KNAUR

GABRIELLA
ENGELMANN

DIE BÜCHERFRAUEN VON LISTLAND

DER GESANG DER SEESCHWALBEN

ROMAN

Besuchen Sie uns im Internet:
www.droemer-knaur.de

Originalausgabe März 2025
© 2025 Knaur Verlag
Ein Imprint der Verlagsgruppe Droemer Knaur GmbH & Co. KG
Maria-Luiko-Straße 54, 80636 München
Alle Rechte vorbehalten. Das Werk darf – auch teilweise –
nur mit Genehmigung des Verlags wiedergegeben werden.
Die Nutzung unserer Werke für Text- und Data-Mining im Sinne
von § 44b UrhG behalten wir uns explizit vor.
Dieses Werk wurde vermittelt durch die
Literarische Agentur Thomas Schlück GmbH, 30161 Hannover.
Redaktion: Birgit Förster
Covergestaltung: Sandra Taufer
Coverabbildung: Sandra Taufer,
unter Verwendung mehrerer Motive von Shutterstock.com
Illustration im Innenteil: Enola99d / Shutterstock.com
Satz: Daniela Schulz, Gilching
Druck und Bindung: CPI book GmbH, Leck
ISBN 978-3-426-52507-4

Kontaktadresse nach EU-Produktsicherheitsverordnung:
produktsicherheit@droemer-knaur.de

2 4 5 3 1

PERSONENREGISTER

Listland – Vergangenheit

Beeke und Konrad Iwersen – Eltern von
Lene Iwersen
Marten Behlau – Feriengast aus Friedrichstadt
Friso Pauls – Lenes Ehemann
Martje Pauls – Tochter
Fenja Pauls – Tochter
Ole Lorenzen – Fenjas Ehemann

Hamburg/Listland/Friedrichstadt – Gegenwart

Anna März, Journalistin
Kathrin März, Annas Tochter
Fenja Lorenzen, ehemals Pauls
Eric Lorenzen – Fenjas Sohn
Elisa Lorenzen – Fenjas Tochter

PROLOG

SYLT-FÄHRE, GEGENWART

Anna

Verloren und traurig stand ich an der Reling der Fähre, die gerade vom Lister Hafen auf Sylt abgelegt und Kurs auf Dänemark genommen hatte. Langsam drehte ich mich in Blickrichtung des Hauses, das mit jeder Seemeile kleiner und kleiner wurde. Es warf sein Spiegelbild auf das glatte Wasser der Nordsee, deren Oberfläche schimmerte wie Seide. Dahinter ragte der Leuchtturm auf, die Sonne durchbrach die Wolkendecke, die schwer über dem Meer lag.

Listland, der Ort am Ende der Welt …

Ich spürte den Wind in meinen Haaren und schnupperte den süßlichen Duft des Strandhafers. Ich wusste, wie sich die Morgenstunden dort anfühlten, wie sie rochen. Sie schmeckten wie Küsse, von denen man nicht genug bekam.

An diesem abgelegenen Fleckchen Erde hatte ich die Liebe gefunden und gleich darauf wieder verloren.

Meine Gedanken schweiften zu der alten Dame im Reetdachhaus am Meer. Sie hieß Fenja Lorenzen, und ich hatte eigentlich geplant, ein Buch über ihr Leben zu schreiben. Doch dann kam alles anders, und ich wusste nicht mehr, ob ich dazu noch in der Lage sein würde. Denn um dieses Werk zu vollbringen, müsste ich nach Listland zurückkehren und erneut den vielen ungeklärten Fragen nachgehen. Nach Antworten suchen, welche die

Vergangenheit jedoch nicht mehr ungeschehen machen konnten.

Ich müsste *ihn* wiedersehen.

Aber sollte ich Fenja Lorenzen nicht trotzdem bei der Spurensuche unterstützen?

Sie hatte jemandem versprochen, sich ihrer Vergangenheit zu stellen, und wollte dieses Versprechen unter allen Umständen halten, selbst wenn dabei ihr Herz brach.

Und sie hatte ausgerechnet mich dazu auserkoren zu versuchen, Licht in dieses Dunkel zu bringen …

TEIL EINS

1

LISTLAND, 1937

Lene

»Lene, wo steckst du? Zeit fürs Abendessen.«

Beeke Iwersen blinzelte in die schräg stehende Sonne, die Listland in goldenes Licht tauchte. Die Luft stand über der Nordsee, Mücken umschwirrten in schwarzen Schwärmen das Dünengras. Auf der Suche nach ihrer Tochter stolperte sie beinahe über ein Huhn, das auf dem Boden umherpickte und aufgeregt gackerte, als der Hofhund sich müde streckte und schließlich seinem Frauchen hinterhertrottete.

»Da bist du ja«, begrüßte Beeke die sechzehnjährige Lene, die, unweit vom Haus entfernt, auf dem mit Küstengrasbüscheln und Strandhafer bewachsenen Uferabschnitt saß und in ein Buch versunken war.

Die Mutter setzte sich dazu, ihre nackten Füße bohrten sich in den grobkörnigen Sand, der die Wärme des Tages in sich gespeichert hatte. Dann ließ Beeke den Blick über das Wattenmeer und die gegenüberliegende Landzunge schweifen. Die Nordseewellen hatten allerlei Treibgut, tote Krabben und Muscheln an den Flutsaum gespült. Vor dem Einsetzen der Abenddämmerung würde sie, wie jeden Tag, den Strand absuchen, denn die See wusste ebenso zu geben wie zu nehmen, und manchmal wartete ein schönes Geschenk am Ufer, mit dem sie ihrer Familie eine Freude bereiten konnte. Das Gehäuse der Wattschnecken ließ sich hervorragend auf eine Kette fädeln. Aus Treibholz, Seegras, Schafwolle und Muscheln hatte sie Puppen für Lene gebastelt, als diese noch Freude daran gehabt hatte, mit ihnen zu spielen.

Seit einiger Zeit galt ihre große Liebe jedoch dem geschriebenen Wort, und so schien Lene weder ihre Mutter zu bemerken noch Hund Joona, so sehr war sie in die Lektüre vertieft.

Beeke strich ihrer Tochter über das Haar, das schon bald den Farbton von Sommerweizen annehmen würde. »Was liest du denn da Schönes?«

Lene blinzelte, als müsste sie sich mit jedem Wimpernschlag mühsam in die Realität zurückkämpfen. »Die Geschichte *Wat di dünem fortelt*«, erwiderte sie und zeigte der Mutter einen Ausschnitt aus der Zeitungsbeilage *Fuar Sölring Lir,* in der regelmäßig Gedichte und kurze Erzählungen wie *Was die Düne erzählt* aus der Feder des Sylter Dichters Jens Emil Mungard abgedruckt wurden. Lene sammelte und verwahrte diese in einem Buch, dessen Leineneinband sie mit aufwendigen Stickereien verziert hatte und das sie hütete wie einen Schatz. »Ist es nicht wunderbar, dass jemand den Mut hat, eine Düne von vergangenen Zeiten berichten zu lassen? Das ist so modern und so ... radikal.«

»Das ist es in der Tat«, stimmte Beeke zu, denn auch sie liebte Mungards fantasievolle Geschichten und Gedichte. Und ganz besonders die mystischen, die von Meerfrauen, Hexen und Zauberern handelten, welche in den Dünentälern und Höhlen hausten. Sie waren unheimlich und spannend zugleich, genau wie die Sagen über tollkühne Strandräuber, die man sich an kalten Winterabenden am Kachelofen erzählte.

Hier, in der Abgeschiedenheit von Listland, schien alles möglich, und die wenigen Bewohner dieses Landstrichs glaubten wahrscheinlich weit mehr an Seemannsgarn und Mythen als andernorts auf der Insel.

»Hilfst du mir nachher bei den Vorbereitungen für die Ankunft unseres neuen Gasts?«, fragte Beeke, die unablässig arbeitete, damit es ihren Lieben möglichst an nichts mangelte. Aus diesem Grund vermietete sie in den warmen Monaten Fremdenzimmer an Sommerfrischler. Lene nickte vage, streichelte gedankenverloren Joonas flauschigen Hundekopf und schien schon wieder meilenweit von der Wirklichkeit entfernt. Beeke seufzte, konnte ihrer Tochter aber nicht böse sein, denn auch für sie waren Bücher ein Lebenselixier und Luxus von unschätzbarem Wert.

»Dann also bis später«, sagte sie und erhob sich. Die frisch gewaschene Bettwäsche musste von der Leine genommen und geplättet, der Eingangsbereich des Hauses mit dem Reisigbesen gefegt werden, da der Wind ständig Flugsand, kleine Zweige oder trockene Blätter herbeiwehte. Danach würde sie kochen, denn sie erwartete ihren Mann nach längerer Abwesenheit zum Nachtmahl und wollte ihm einen schönen Empfang bereiten.

Er sollte sich nach der strapaziösen Zeit auf dem Meer heimisch und willkommen fühlen, sich erholen und für seine harte Arbeit als Fischer belohnt werden. Konrad Iwersen war Miteigentümer einer Austernzucht in List und verdiente zusätzlich Geld mit dem Fang von Krabben, von den Insulanern *Porren* genannt. Beeke vermisste ihn jede Minute, denn sie liebte ihren Mann von ganzem Herzen und bangte stets um ihn, wenn die Nordsee schäumend tobte, sich aufbäumte, hohe Wellen über den Kuttern und Schiffen auf See zusammenschlugen und so manche Mannschaft für immer in den eisigen Abgrund rissen.

Nachdem Beeke die getrocknete Wäsche sorgsam in einen Korb aus geflochtenem Seegras gelegt hatte, ging sie in Richtung des Nutzgartens, den schon ihre Vorfahrinnen angelegt und mit viel Mühe kultiviert hatten. Die Erde am nördlichsten Punkt der Insel war im Gegensatz zum Marschboden nicht sonderlich fruchtbar. Pflanzen mussten genügsam sein, wenn sie hier Wurzeln schlagen und gedeihen sollten.

»Was gibt es zum Abendessen?«, fragte Lene, die plötzlich neben Beeke auftauchte, begrüßt von Joona, der ein freudiges Bellen ertönen ließ.

»Eine kräftige Suppe«, erwiderte Beeke. »Dazu Brot und zum Nachtisch ausnahmsweise ein Stück Kuchen mit schwarzen Johannisbeeren.«

»Wirklich?«, fragte Lene und leckte sich genüsslich mit der Zunge über die geschwungenen Lippen. Beekes Tochter war eine kleine Schönheit, was sich bereits auf der Insel herumgesprochen hatte.

Doch zum Bedauern der heiratswilligen Herren kam Lene nur selten nach Westerland, Keitum oder Kampen, wo es die Möglichkeit gegeben hätte, die junge Iwersen auszuführen. Sie schien sich selbst zu genügen, Tanzveranstaltungen und kurzweiliges Amüsement bedeuteten ihr nichts.

»Wer reist denn morgen an?«, fragte Lene und betrachtete die Beete im Garten. Mit geübtem Blick erfasste sie, welches Gemüse und Obst reif genug war, um es zu verarbeiten, all dies hatte ihre Mutter sie gelehrt. Sie kniete neben den zarten Pflanzen, befühlte und beäugte sie, roch an den Stielen und Blättern von Karotten und der Schale der Frühkartoffeln. Dann schüttelte sie trockene Erdklumpen vom Gemüse, schnitt Petersilie und Schnittlauch ab und legte die Zutaten für die Suppe in verschiedene Körbe.

Beeke liebkoste währenddessen Emma, eines der ehemaligen Flaschenlämmer aus dem letzten Frühling, das mittlerweile zur Familie gehörte – sehr zum Leidwesen von Joona, dessen Aufgabe es war, die Schafherde im Zaum zu halten und vor dem Winter zusammenzutreiben, wenn es auf den Dünen keine Wildkräuter mehr zu fressen gab. Emma schmiegte ihr wollweißes Köpfchen in Beekes Handfläche, und Lene schmunzelte, als sie ihre Mutter und das kleine Schaf betrachtete.

»Wir erwarten einen jungen Mann namens Marten Behlau aus Friedrichstadt«, sagte Beeke und schmuste weiterhin vergnügt mit Emma. »Er ist Buchhändler und möchte sich hier zurückziehen, um einen Roman zu schreiben. Gebucht hat er für vier Wochen, mit Option auf Verlängerung, und wahrscheinlich kommt seine jüngere Schwester auch noch nach.«

»Einen Roman? Das ist ja himmlisch. Und wahnsinnig aufregend.« Lene reckte wie zur Untermalung ihrer Worte frisch geerntete Lauchzwiebeln in die Luft, ihr Unterkiefer mahlte, wie immer, wenn sie konzentriert war. »Ich kann es kaum erwarten, ihn zu seinem Beruf und zu seinem Vorhaben zu befragen.«

»Aber denk dran, dass Schriftsteller Ruhe brauchen, um ihren Gedanken Flügel zu verleihen und sie zu Papier zu bringen«, mahnte Beeke ihre Tochter, wohl wissend, dass diese sich nicht mehr an die Worte der Mutter erinnern würde, sobald es um Literatur ging.

»Natürlich respektiere ich das, keine Sorge, ich mache dir schon keine Schande, Mutter«, erwiderte Lene mit schelmischem Lächeln. »Ich sehe gleich mal nach, welche Bücher ich ihm auf den Nachttisch legen kann, und stelle sicher, dass im Fremdenzimmer eine Leselampe steht. Vielleicht können wir Vater überreden, unserem Gast für die Dauer des Aufenthalts seinen bequemen Ohrensessel zu borgen.«

Mit diesen Worten nahm Lene die Körbe und ging, fröhlich summend, in die Küche des Reetdachhauses. Das Herzstück des Raums bildete die Küchenhexe, die mit Holz und Kohle beheizt wurde, je nachdem, was gerade verfügbar war. Beeke polierte die gusseisernen Abdeckplatten und dekorativen Elemente aus Emaille mit Hingabe und war stolz auf den Ofen, der vor einer hübsch gefliesten Wand stand. Auf der einen Herdplatte köchelte stets ein großer Topf mit warmem Wasser, zudem beheizte er die angrenzende Stuv.

Wenn es Lene kalt war, kauerte sie auf dem Boden und wärmte sich beim Lesen den Rücken. Joona gesellte sich häufig dazu und bedeckte mit seinem Hundekörper ihre Füße, die daraufhin mollig warm wurden. Wenn Lene den Kopf hob und durch den Türspalt spähte, sah sie ihre Mutter, die beim Plätten der Wäsche stets ein Buch las und es zu diesem Zweck auf einen Notenständer gestellt hatte, der in Blickweite war.

In Momenten wie diesen fühlte sich Lene ihr sehr nah und verspürte tiefe Liebe für die Frau, die sie geboren und mit der Welt von Geschichten und Büchern bekannt gemacht hatte. Einer Welt, die Lene alles bedeutete und in die sie gern viel tiefer eintauchen würde, als es ihr derzeit möglich war.

2

HAMBURG, GEGENWART

Anna

Ich saß im Vorzimmer der Verlegerin und wartete darauf, mit Frau Dr. Christiansen über das Ideenkonzept zu sprechen, das ich ihr vor einiger Zeit geschickt hatte. Es handelte sich dabei um die Biografie der fünfundachtzigjährigen Sylterin Fenja Lorenzen, die sich um die Buchkultur Nordfrieslands verdient gemacht hatte wie keine Zweite und zudem mit ihrer Stiftung *Nordfriisk Boker* junge Schriftstellertalente finanziell förderte. Die Folge meines Podcasts *Bemerkenswerte Bücherfrauen* gehörte zu den meistgehörten Beiträgen der Reihe und rangierte seit Monaten an der Spitze der Podcast-Charts. Daher wollte ich in meinem Buch das erzählen, was kein Thema meines Interviews gewesen war, nämlich die persönliche Seite der alten Dame, über die nicht viel bekannt war. Allerdings nur in dem Maße, in dem sie selbst Einblicke in ihr Privatleben gewähren wollte.

Meine Augen schweiften über die große Monstera-Pflanze in einem mit Bast überzogenen Blumentopf, gerahmte Fotografien von Autorinnen und Autoren an den Wänden, Regale voller Bücher und schließlich über den Schreibtisch des Assistenten. Er schaute von seiner Arbeit am Bildschirm auf und suchte meinen Blick. »Das Meeting mit dem Lektorat dauert sicher nicht mehr lange«, sagte er und lächelte freundlich. »Möchten Sie noch einen zweiten Kaffee oder lieber etwas anderes?« Ich bat um ein stilles

Wasser und blickte aus dem Fenster mit Sicht auf die Elbe. Während ich trank, zählte ich mir nochmals die Verkaufsargumente für mein geplantes Buchprojekt auf. Als erfahrene Journalistin und Autorin von etlichen erfolgreichen Sachbüchern in diesem Verlag wusste ich, dass ein gutes Konzept und eine solide Kalkulation die Basis für alle Entscheidungen waren, zumindest bis zu dem Zeitpunkt, zu dem die Buchbranche einem Wandel unterworfen war und die Dinge sich häufig nicht mehr so entwickelten wie gewohnt. Doch weit mehr als der Kopf hing mein Herz an der Idee, ein Buch über Fenja Lorenzen und andere beeindruckende Frauen aus der Buchbranche zu schreiben. Sollte also wider Erwarten kein Verlag an meinem Konzept interessiert sein, war ich entschlossen, die Reihe im Selbstverlag zu veröffentlichen. Allerdings wäre das ungleich schwieriger zu realisieren und zudem ein finanzielles Risiko.

»Wie schön, Sie zu sehen, Anna«, sagte Frau Dr. Christiansen, als wir in ihrem Büro einander in schwarzen Ledersesseln gegenübersaßen. »Glückwunsch zum großen Erfolg des Podcasts. Wir sind alle große Fans und warten sehnsüchtig auf neue Folgen. Deshalb finden mein Team und ich den Gedanken wunderbar, aus den Beiträgen eine Buchreihe zu machen – mit dem über Fenja Lorenzen als Aushängeschild. Die Kombination aus Sylt-Flair, den Buch-Tipps rund um die Region, empfohlen von einer echten Nordfriesin, und den Verkaufszahlen, die solche Inselbücher regelmäßig erzielen … Die Atmosphäre, die man beim Zuhören spürt, als sei man selbst gerade an diesem Sehnsuchtsort, das ist einfach unschlagbar für den Auftakt. Wann, denken Sie, könnten wir mit den ersten drei Ausgaben rechnen? Wir wollen der Reihe einen besonderen Stellenwert im Programm einräumen, verbunden mit einem großen Werbebudget, vorausgesetzt, wir starten im ersten Verkaufsjahr gleich mit drei Titeln. Doch die können Sie unmöglich alle selbst verfassen.«

»In der Tat benötige ich schätzungsweise ein Jahr, bis ich ein druckfertiges Manuskript abliefern kann.«

»Wären Sie damit einverstanden, die weiteren Stoffe von anderen Autoren schreiben zu lassen und dabei lediglich als Beraterin zu fungieren?« Frau Dr. Christiansen musterte mich mit einem Blick, in dem neben der Frage eine gewisse Härte lag. Sich als Frau Mitte dreißig an der Spitze eines männerdominierten Unternehmens zu behaupten, war naturgemäß nicht einfach. Nicht nur für diese Leistung gebührte ihr mein voller Respekt, ich schätzte zudem sowohl ihre Kompetenz als auch ihren Spürsinn für Bestseller, gepaart mit einer gehörigen Portion Risikofreude in wirtschaftlich schwierigen Zeiten.

»Unter der Voraussetzung, dass ich die gesamte Reihe als Herausgeberin kuratiere und meine Arbeit anteilig angemessen vergütet wird, könnte ich mir das durchaus vorstellen. Allerdings behalte ich mir die Auswahl der Autorinnen und Autoren vor, denn sie müssen unbedingt zu den Porträtierten passen.«

Frau Christiansen nickte zustimmend. »Das lässt sich natürlich machen. Aber mir ist wichtig, dass wir uns einig darüber sind, wie die Reihe inhaltlich ausgerichtet sein soll. Wir benötigen ein Unterscheidungsmerkmal zum Podcast. Wir wollen die private Seite der Frauen zeigen. Uns interessiert, welche Höhen und Tiefen sie erlebt haben, welchen Raum große Gefühle – vielleicht eine aufregende Liebesgeschichte – in ihrem Leben eingenommen haben. Gibt es etwas, was wir von diesen starken Frauen lernen können? Ich muss Ihnen sicher nicht sagen, dass wir in den heutigen Zeiten vor allem die Leserschaft erreichen, die an wahren Geschichten interessiert ist. An persönlichen Schicksalsschlägen, an emotionalen Dramen. Alle Porträtierten müssen dazu bereit sein, sich Ihnen zu öffnen, ansonsten versprechen wir uns keinen Verkaufserfolg.«

Irgendetwas an der Intention meiner Verlegerin gefiel mir nicht, zumal das persönliche Drama nicht in Fenja Lorenzens Natur lag. Die Sylterin war eher zurückhaltend und nordfriesisch herb in ihrem Auftreten, wenn es darum ging, Themen abzuschmettern, die ihr missfielen. Dennoch hatte sie zugesagt, mir ihre Zeit in ihrem Haus im Listland zu schenken, um auszuloten, ob sie einer solchen Biografie zustimmen würde, und ich wollte keinesfalls riskieren, dass dabei etwas schieflief. Doch das musste Frau Dr. Christiansen nicht wissen. Nachdem wir weitere Details besprochen hatten, verabredeten wir uns für ein Telefonat in den kommenden Tagen. Ich verließ den Verlag jedoch mit dem unguten Gefühl, dass meine Sicht auf die Biografien-Reihe sich nicht eins zu eins mit den Vorstellungen der Verlegerin deckte, also würde ich versuchen müssen, den goldenen Mittelweg zu finden, mit dem sich alle wohlfühlten.

Eine Stunde später war ich mit dem Vater meiner Tochter Kathrin in einem Bistro in der HafenCity zum späten Mittagessen verabredet. Wir begrüßten uns mit einem Kuss auf die Wange, dann setzten wir uns nebeneinander an den Tisch, im Rücken die von der Sonne aufgewärmte Mauer aus Backstein.

»Wie war deine Besprechung?«, fragte Christian, der bereits alles über meine Idee wusste. Ich berichtete ausführlich, und Christian hörte, wie gewöhnlich, aufmerksam zu. »Das klingt erst mal großartig. Was hast du denn für ein Gefühl?«, fragte er und schaute, genau wie ich, auf das Wasser der Elbe, das in der Sonne grünlich golden schimmerte. Die am Kai festgemachten Boote schaukelten auf den sanften Wellen des Tideflusses, Möwen überflogen die Masten und hellen Segel der Boote im Traditionsschiffhafen.

»Ich weiß es noch nicht genau«, antwortete ich wahrheitsgemäß. »Natürlich freue ich mich sehr, dass meine Idee so gut angekommen ist. Aber ich bin mir nicht sicher, ob Fenja Lorenzen so viel Privates von sich preisgeben will, wie vom Verlag erwartet. Zudem bereitet mir der Terminplan Kopfzerbrechen. Es muss nämlich alles mit der heißen Nadel gestrickt werden, um einen Programmplatz halten zu können, der sonst anderweitig vergeben wird. Aber ich bin es allmählich leid, alles rasend schnell machen zu müssen, weil dann unweigerlich die Qualität leidet. Wirklich schade, dass Aufwand heutzutage als Raub von Lebensqualität empfunden wird, anstatt Zeit als Luxus zu genießen.«

»Hört, hört«, erwiderte Christian schmunzelnd, nachdem wir unsere Bestellung aufgegeben hatten. »Solche Worte aus dem Munde der Frau, die es liebt, möglichst viele Projekt-Bälle auf einmal in der Luft zu jonglieren, und immer auf der Überholspur unterwegs war. Die für besonders schwierige Reportagen brannte und nachts aufschreckte, weil ihr eine brillante Idee gekommen war und sie erst wieder einschlafen konnte, wenn sie sie notiert hatte.«

»Das ist schon eine ganze Weile her«, erwiderte ich mit einem Lächeln und erinnerte mich an die Phase, in der beruflicher Ehrgeiz die Hauptrolle in meinem Leben gespielt hatte. »Vergiss nicht, dass zwischen der Anna von früher und der von heute fünfundzwanzig Jahre und eine Mutterschaft liegen. Ich bin nicht mehr die Allerjüngste und leider auch nicht die Allerschnellste.«

»Wie findet Kathrin deine Buchidee?«, fragte Christian, ohne auf meinen Einwand hinsichtlich des Alters einzugehen. »Unsere Tochter ist doch sicher stolz, dass ihre Mutter einen erfolgreichen Podcast hat, oder nicht?«

»Ja, das ist sie. Und sie hofft, dass er so bekannt wird, dass daraus eine Bühnenshow entsteht, die Arenen mit einem vor Begeisterung tobenden Publikum füllt. Doch sie vergisst dabei, dass Interviews und Beiträge mit Büchermacherinnen sich nicht mit

True-Crime-Podcasts oder Ähnlichem vergleichen lassen. Wann hast du sie eigentlich zum letzten Mal gesehen?«

Christian schenkte uns beiden die frische Zitronen-Ingwer-Limonade ein, die der Kellner serviert hatte, und trank einen Schluck. »Ist schon eine Weile her, aber ich habe mir fest vorgenommen, sie so bald wie möglich in Friedrichstadt zu besuchen und dann ein paar Tage mit ihr in St. Peter-Ording zu verbringen, so wie wir es eigentlich jedes Jahr machen.«

Wie er da saß, das Gesicht und die Unterarme leicht gebräunt, schlank, lässig, aber gut gekleidet, und in die Sonne blinzelte, konnte ich wieder nachvollziehen, dass ich mich als fast Dreißigjährige in ihn verliebt hatte. Wir waren Kollegen im Ressort Kultur und Stadtgeschehen bei einem Hamburger Magazin gewesen, und noch bevor ich von Christians physischer Attraktivität angezogen wurde, hatten seine Klugheit, Wissbegierde und Integrität Eindruck auf mich gemacht. Dass ich nach einigen Wochen unserer Sommeraffäre schwanger geworden war, hatte weder auf meiner noch auf seiner Lebensagenda gestanden, ebenso wenig wie die Gründung einer Familie.

Ich mochte Christian und war gern mit ihm zusammen, aber uns war beiden klar, dass wir keine tiefe Liebe füreinander empfanden, sondern uns lediglich nach Aufregung, Romantik und ein wenig Nähe gesehnt hatten. Also zogen wir Kathrin gemeinsam groß, wenn auch in getrennten Wohnungen. Christian hatte nicht weit von uns entfernt gelebt und war immer zur Stelle gewesen, wenn wir ihn brauchten, und daran hatte sich bis heute nichts geändert.

»Darüber wird sie sich freuen«, erwiderte ich und dachte voller Sehnsucht an die Nordsee. »Wie geht's Marie und den Kindern?« Christians Frau und seine beiden Söhne waren für mich ebenso ein Teil der Familie wie Kathrin.

»So weit ganz gut«, erwiderte Christian und erzählte kleine Alltagsanekdoten, die mich zum Lachen brachten. Doch ich war nicht vollends bei der Sache, denn meine Gedanken schweiften immer wieder zu Fenja Lorenzen. Würde es mir gelingen, sie mit Geduld und Feingefühl zu überzeugen, mir weitere Details aus ihrem Leben anzuvertrauen, die sie im Interview ausgelassen hatte? Mein Spürsinn für spannende Geschichten und die jahrelange Erfahrung als Journalistin sagten mir, dass es weit mehr über sie zu sagen gab, als ich bisher wusste, denn sie hatte im Interview kleine Andeutungen gemacht, aus denen ich schloss, dass es in ihrer Familie etliche Geheimnisse gab.

3

HAMBURG, GEGENWART

Anna

Wann geht's noch mal auf die Insel, Anna?«

Mein Nachbar schloss gleichzeitig mit mir die Wohnungstür aus schwerem Eichenholz ab. Tommy und seine Familie lebten seit über zwanzig Jahren Wand an Wand mit mir im Altbau im Herzen von Eimsbüttel, dem Hamburger Stadtteil, der Kreative anzog wie ein Magnet.

»In einer knappen Stunde«, erwiderte ich und verknotete die Henkel des Müllbeutels, den ich nach unten bringen wollte, bevor ich meine Reise nach Listland antrat. »Ich fahre mit der Regionalbahn, steige aber in Friedrichstadt aus, weil Kathrin mich dort abholt und auf Rømø zur Fähre bringt. So haben wir wenigstens Zeit, ein bisschen zu plaudern.«

Dann trabte ich Tommy hinterher, der sein Rad geschultert hatte, und versprach, meine Tochter zu grüßen. Er würde sich während meiner Abwesenheit um die Zimmerpflanzen sowie die Post kümmern. Für eine Alleinstehende wie mich war unser nachbarschaftlicher Zusammenhalt Gold wert.

Der Tag präsentierte sich verhangen, und feiner Nieselregen benetzte mein Gesicht, als ich den Briefkasten leerte und einen Blick auf den Vorgarten warf, in dem es noch nicht so blühte wie erhofft. Hamburger Frühsommer konnten wunderbar warm und sonnig sein, sich aber zuweilen auch anfühlen, als trüge der

Herbst sein feuchtes Nebelkleid. Angesichts der zarten Knospen, von denen Wassertropfen abperlten, fiel mir ein, dass ich nicht vergessen durfte, meinen Regenmantel, eine Mütze und Gummistiefel einzupacken.

»Habe ich wirklich an alles gedacht?«, fragte ich mich und überprüfte erneut das Sammelsurium, das ich zuvor auf der Tagesdecke des französischen Betts ausgebreitet hatte, denn an der Nordsee war das Wetter noch unberechenbarer als in Hamburg. »Notizbuch, Powerbank, Richtmikrofon, Ladekabel«, zählte ich laut auf, denn Listland lag so weit ab vom Schuss, dass ich nicht mal eben einkaufen konnte, wenn ich etwas vergessen hatte, das ich für meine Arbeit benötigte. Anschließend schrieb ich eine Nachricht an meine Freundin Svenja, die gerade für ein halbes Jahr als Schutzwartin auf Fehmarn war, um Vögel zu kartieren. »Hoffe, du fühlst dich wohl in deiner abgelegenen Hütte, umgeben von Feldlerchen, Wiesenpiepern und Dorngrasmücken. Freue mich auf ein Wiedersehen mit dir, auch wenn das leider noch eine ganze Weile dauern wird.« Svenja würde sicher erst spät antworten, denn sie nutzte die Auszeit auf Fehmarn für Digital Detox und, um zu sich selbst zu finden, nachdem ihre drei Kinder von zu Hause ausgezogen waren und ihr Mann gerade beruflich sehr eingespannt war. Ihre aktuelle Tätigkeit, bei der sie sich als studierte Biologin mit dem Brutverhalten von Vögeln beschäftigte und dafür sorgte, dass weder Krähen noch Füchse die Eier von Bodenbrütern rauben konnten, passte hervorragend zu ihrem *Empty-Nest-Syndrom*.

Nachdem ich das Handy beiseitegelegt hatte, packte ich drei Romane und zwei Sachbücher in den Koffer, die ich von Verlagen als Rezensionsexemplar erhalten hatte. Auf dem Weg ins Bad wäre ich beinahe über einen der Bücherstapel gestolpert, die ich vor dem Wandregal aufgetürmt hatte, weil ich die Titel einsortieren wollte. Bislang war ich noch nicht dazu gekommen und hatte mittlerweile sogar Gefallen an den Türmen gefunden, weil sie mir das Gefühl gaben, das passende Buch zum Lesen in Griffweite zu haben, egal in welcher Stimmung ich gerade war.

Im Badezimmer sammelte ich meine Kosmetika zusammen. Beim flüchtigen Blick in den Spiegel schaute mich das Gesicht einer Frau Mitte fünfzig an, die schon einiges erlebt und durchgemacht hatte. Feine Fältchen umrahmten meine nussbraunen Augen, meine Haare färbte ich seit einiger Zeit in einem dunkelbraunen Ton, gemischt mit etwas Kupfer. Doch ich liebäugelte damit, demnächst der Natur freien Lauf zu lassen und mich mit dem Grau anzufreunden, das mittlerweile meine natürliche Haarfarbe war. »Alles in allem siehst du aber noch ganz passabel aus«, raunte ich mir selbst belustigt zu.

Wenig später checkte ich im Zug auf dem Tablet meine Mails und sortierte sie nach Priorität. Seit ich den Podcast gestartet hatte, konnte ich mich vor Zuschriften kaum retten, und es kostete viel Zeit, jede einzelne von ihnen zu beantworten. Doch ich freute mich über die Komplimente, die ich nach einer langen beruflichen Durststrecke während der Pandemie endlich für meine Arbeit bekam.

Wie schön es ist, wieder reisen zu können, dachte ich, als ich aus dem Fenster schaute und Kühe auf saftigen Weiden grasen sah, Windmühlenparks erblickte, die sich vor dem endlosen Horizont Nordfrieslands erhoben, und Felder voll mit Sonnenkollektoren, wo früher überwiegend Raps, Getreide oder Mais angebaut worden waren.

Andere Zeiten, andere Gegebenheiten ...

In Friedrichstadt angekommen, begann mein Herz vor Vorfreude zu pochen. Ich hatte meine fünfundzwanzigjährige Tochter zuletzt an Weihnachten gesehen und konnte mich nicht daran erinnern, dass wir jemals zuvor so lange getrennt gewesen waren außer in den Monaten, die sie als Austauschschülerin in Amsterdam verbracht hatte.

»Mama«, rief Kathrin aus, als sie mich auf dem Parkplatz am Bahnhof erblickte, und stürmte auf mich zu. Schon umschlangen ihre Arme meinen Hals, ihre zarte Wange schmiegte sich an meine. Ich schloss die Augen und atmete den schönsten Duft der Welt ein.

»Ich hab dich so vermisst.«

»Ich dich auch, mein Kätzchen, ich dich auch«, murmelte ich.

»Umso schöner, dass wir während der Fahrt Zeit miteinander verbringen können. Geht's dir gut?«

Kathrin setzte sich hinter das Steuer und startete den Motor. »Alles in allem ja, aber das Geschäft läuft leider nach wie vor sehr schleppend. Friedrichstadt lockt zwar viele Touristen an, aber die meisten bleiben nur kurz und kaufen wenig oder Preiswertes. Nachhaltige Kleidung kostet aber nun mal einiges, erst recht, wenn sie handgefertigt ist. Vielleicht war es ein Fehler, den Laden dort zu eröffnen und nicht in Hamburg.«

Ich blickte stumm geradeaus. Meine spontane Antwort hätte gelautet: »Ich habe es dir ja gesagt«, doch ich wollte Kathrin gegenüber weder oberlehrerhaft wirken noch sie zusätzlich verunsichern. In schlaflosen Nächten machte ich mir nicht nur Gedanken über meine eigene berufliche Zukunft, sondern vor allem über die meiner Tochter. Sie war eine begabte Schneiderin und mit viel Leidenschaft bei der Sache, doch das schien in heutigen Zeiten leider nicht honoriert zu werden.

»Verkauft wenigstens Viv etwas von ihrem Schmuck?« Kathrins beste Freundin Viviane war sofort begeistert gewesen, als meine Tochter bei einem Ausflug nach Nordfriesland das leer stehende Geschäft nahe der Friedrichstädter Gracht entdeckt und sich Hals über Kopf darin verliebt hatte. Seitdem bürgte ich für die monatliche Miete, andernfalls hätte Kathrin keinen Vertrag für das Ladenlokal am Rande des malerischen Marktplatzes bekommen.

Kathrin stieß einen Stoßseufzer aus und bog auf die Autobahn ab. Zwischen den Lkws und SUVs wirkte der rote Fiat wie eine Nussschale. »Bei ihr läuft es etwas besser, aber ehrlich gesagt verkaufen wir überwiegend Seifen aus Schafsmilch, Postkarten, Briefmarken und die Becher, die Viv anfertigt, wenn sie mal wieder Lust auf Keramikarbeiten hat«, erwiderte sie. »Wir werden wohl mehr in Werbung investieren und endlich einen Onlineshop einrichten müssen, damit wir nicht mehr abhängig von Laufkundschaft sind. Aber erzähl du mal, wie lange wirst du bei Fenja Lorenzen bleiben? Der Podcast-Beitrag ist übrigens wirklich super geworden, Viv und ich haben ihn schon mehrfach gemeinsam gehört. Die alte Dame scheint eine tolle Frau zu sein und gibt super Buchtipps. Sollte ich mal Mutter werden, besorge ich mir auf alle Fälle ihre Kinderbücher. Ich bin schon gespannt, was du alles über ihr Leben erfährst, wenn sie dir tiefere Einblicke gewährt.«

Wenn sie dazu wirklich bereit ist, dachte ich und überlegte, wie ich die Sache strategisch am besten anging, sollte ich auf Widerstand stoßen. Falls Fenja nicht gewillt war, sich mir zu öffnen, dann fehlte das Zugpferd für die Bücherserie zum Podcast.

»Wenn alles wie geplant läuft, bin ich ungefähr zwei Wochen dort. Sollte ich jedoch länger bleiben, kannst du mich gern besuchen«, erwiderte ich. »Wir finden für dich bestimmt ein nettes Pensionszimmer in List, und du kannst endlich mal wieder ein wenig durchatmen, Fahrrad fahren, am Strand spazieren und die Seele baumeln lassen.«

Den Rest der Wegstrecke unterhielten wir uns über Kathrins Alltag, Christian, ihren neuen Freundeskreis in Friedrichstadt, meine Eltern und über alles, was uns gerade in den Sinn kam.

Und ehe ich michs versah, näherten wir uns auch schon dem Grenzübergang zu Dänemark und erreichten wenig später den Damm, der zum Fähranleger auf der Insel Rømø führte.

Nach der Ankunft steckte ich Kathrin unauffällig einen Hunderteuroschein in die Tasche ihres Mantels, andernfalls hätte sie protestiert und das Benzingeld nicht angenommen. Anschließend stiegen wir aus dem Auto, umarmten einander und versprachen, bis zum nächsten Wiedersehen nicht wieder so viel Zeit ins Land gehen zu lassen.

Zeit war so kostbar.

Zeit war so endlich ...

Und es war mehr als überfällig, dass ich länger in Friedrichstadt blieb und mir ein besseres Bild von ihrem dortigen Leben verschaffte.

Nachdem ich mein Ticket vorgezeigt und den Koffer über die Brücke gerollt hatte, drehte ich mich noch einmal zu Kathrin um, die mir winkte und Kusshände zuwarf.

Dann wurde die Ladeluke der Fähre geschlossen, und ich ging an Deck, wo Strandkörbe dazu einluden, sich hineinzusetzen, verträumt aufs Meer zu schauen, den Flug der Möwen zu beobachten oder genüsslich einen Hotdog zu essen.

In wenigen Augenblicken begann die Fahrt in Richtung Sylt, und wie immer verspürte ich Abschiedsschmerz, wenn Kathrin aus meinem Blickfeld und damit aus meinem täglichen Leben verschwand. Doch mit jeder Seemeile, die das Schiff zurücklegte, legte sich auch die sehnsüchtige Wehmut.

Neugier und Vorfreude auf die gemeinsame Zeit mit Fenja Lorenzen in Listland überlagerten die Melancholie, und ich konnte es kaum erwarten, dem Gast meines Podcast-Interviews endlich persönlich gegenüberzustehen.

Das Haus am Ende der Welt

Seit Menschengedenken stand es da, das Haus am Ufer des Lister Ellenbogens, mit Blick auf die Vogelinsel Uthörn.

Den Stall nach Westen gebaut, um den Wind abzufangen, der meist aus dieser Himmelsrichtung wehte und um das Mauerwerk strich, auf der Suche nach einer Lücke, um hineinzuschlüpfen und die Räume mit seinem kalten Tosen zu erfüllen. Der Wohnbereich mit zwei Ebenen war gen Osten gebaut worden, wo morgens die Sonne aufging, die Wolkendecke durchbrach und ihre hellen Strahlen über die Insel schickte.

Die Eingänge zum Stall und den Wohnräumen lagen wiederum gen Süden, ein Flur führte durch den Bau hindurch und teilte das Friesenhaus in zwei Hälften.

In früheren Zeiten lebten Mensch und Tier an diesem Ort eng zusammen, das Vieh wärmte mit seinem Fell all diejenigen, die sich in seiner Nähe aufhielten oder Handschuhe, Mützen, Schals und Pullover aus seiner Wolle trugen.

Rote Ziegel bildeten das Mauerwerk für das weiß getünchte uthlandfriesische Haus, das im Laufe der Jahre zahllose Menschen, Geschichten und Schicksale beherbergt, beschützt und bewahrt hatte. Über der Eingangstür thronte ein spitzer Giebel, damit das Reet im Falle eines Brandes links und rechts herabfiel und der Fluchtweg frei blieb. Der Dachboden selbst war für die Ernte bestimmt. Doch die Kinder versteckten sich dort gern zwischen den Heuballen, balgten herum, lachten und erzählten sich Geschichten. Das Gewicht des Obergeschosses lag auf dem Ständerwerk, oftmals errichtet aus Strandgut wie Planken und Schiffsmasten, das Fundament bestand aus Feldsteinen.

Seine Geheimnisse hingegen barg es an Stellen, die nicht leicht zugänglich waren und daher erst gelüftet wurden, wenn das Haus sich gewillt zeigte, diese zu offenbaren …

4

LISTLAND, GEGENWART

Anna

Nachdem die Fähre in List angelegt hatte, suchte ich mir ein Taxi, das mich zum Haus von Fenja Lorenzen am Lister Ellenbogen bringen würde. Der Fahrer begrüßte mich mit einem freundlichen »Moin« und verstaute mein Gepäck im Kofferraum. Möwen umkreisten das sonnenbeschienene Hafenbecken und suchten nach Beute aus dem Meer oder Fischen, die sie den umherflanierenden Urlaubern aus den Brötchen stibitzen konnten. Diese Szenerie an der Nordspitze Sylts glich immer mehr einem Jahrmarkt, in der Hochsaison gab es hier vergleichsweise so viele Touristen wie auf der Piazza San Marco in Venedig. Wehmütig dachte ich an die Zeiten zurück, als hier kaum etwas los gewesen war und der Besuch in der urigen *Alten Bootshalle* sich angefühlt hatte, als tauchte man in das Nordfriesland der Seefahrer, Walfänger und Krabbenfischer ein.

Die Fahrt zu Fenjas Haus führte am Meer entlang zur Mautstation, an der Pkw-Fahrer vor der Weiterfahrt eine Gebühr entrichten mussten, denn der Lister Ellenbogen war Privatland. Da meine Gastgeberin meinen Besuch angekündigt hatte, konnten wir ohne Zahlung passieren, und ich genoss die Fahrt durch das wunderschöne Niemandsland, in dem es nur Dünen, Heideflächen, Sandverwehungen und Vogelschwärme am hohen Himmel gab.

In dieses Paradies verirrten sich nicht viele Urlauber, daher bildete der Landstrich einen reizvollen Kontrast zu dem nervenaufreibenden Trubel, der auf weiten Teilen der Insel herrschte. Es war lange her, seit ich zuletzt die Nordspitze besucht hatte, denn Kathrin liebte besonders die Wattseite in Keitum und die Brandung an der Seeseite von Kampen. Wann immer es mir möglich gewesen war, hatte ich hier die Ferien mit ihr verbracht, da die jodhaltige Nordseeluft Kathrins schwachen Bronchien guttat und wir beide die innige Mutter-Tochter-Zeit genossen.

Der Fahrer bremste, als eine Herde Schafe auf die Küstenstraße trottete und es nicht im Mindesten eilig zu haben schien. Ich hatte zuvor das Hinweisschild mit einem Schafsmotiv gesehen und schmunzelte, als die Tiere zunächst am Rande der Fahrbahn auftauchten, sich quer über den Weg verteilten und einfach dort stehen blieben, wo es ihnen gerade gefiel.

»Die haben die Ruhe weg, und das ist auch gut so«, sagte der Taxifahrer, der bislang geschwiegen hatte. »Ich hoffe, Sie haben es nicht eilig.«

Nein, das hatte ich nicht, obwohl ich darauf brannte, Fenja endlich persönlich zu treffen und das Haus zu bestaunen, das ich bislang nur von Fotos kannte. Bevor ich den Kopf schütteln konnte, kam Bewegung in die Herde, die wie auf ein geheimes Kommando in Richtung Dünenkamm trabte und schließlich dahinter verschwand, als hätte es die Schafe nie gegeben. Links von der Fahrbahn ragte der rot-weiß geringelte Leuchtturm am Horizont auf, wenige Meter weiter gabelte sich der Weg und führte rechts in Richtung des Wohnorts von Fenja Lorenzen. Nun konnte ich das Reetdachhaus, das in den kommenden Tagen mein Zuhause und Arbeitsplatz sein würde, in der Ferne erkennen.

Von so einem abgeschiedenen, idyllischen Ort hatte ich immer schon geträumt, wenn mir der Trubel in Hamburg zu viel wurde, deshalb freute ich mich sehr darauf, diesen Luxus zu genießen. Als das Taxi auf dem gepflasterten Hofplatz hielt, kamen von allen Seiten kleinere Schafe herbei und beäugten meine Ankunft. Eines der Schäfchen hatte schwarzes Fell und schnupperte an der Autotür, die ich aus Vorsicht verschlossen hielt.

»So einen Schubs müssen die Tiere abkönnen«, sagte der Fahrer, stieg aus und öffnete die Klappe des Kofferraums. Erschreckt durch das Geräusch, begannen nun auch Hühner zu gackern und aufgeregt auf dem Vorplatz des Hauses umherzutippeln. Die Schafe stoben auseinander, verteilten sich in alle Himmelsrichtungen, und ich hatte ein schlechtes Gewissen wegen der Störung ihrer friedvollen Ruhe. Nachdem ich bezahlt hatte, stand ich vor dem Eingang des weiß getünchten Hauses, an dem kein Namensschild hing, und klingelte. Insgeheim hatte ich damit gerechnet, dass Fenja mich längst erspäht hatte und von selbst an die Tür kommen würde, doch was wusste ich schon *wirklich* über den Gast meines Podcasts und dessen Gepflogenheiten? Nachdem sich weiterhin nichts rührte, läutete ich ein zweites und drittes Mal, doch vergeblich. Daher zückte ich mein Handy und scrollte zu der E-Mail-Korrespondenz mit Fenja, um mich zu vergewissern, dass ich mich nicht im Datum oder der Uhrzeit geirrt hatte, doch es war alles korrekt. Also ließ ich den Koffer auf der Fußmatte stehen und umrundete das Haus, gefolgt von dem schwarzen Schäfchen, das offensichtlich Spaß daran hatte, sich an meine Fersen zu heften.

Die Fenster des Hauses waren allesamt geschlossen, die Terrasse zur Seeseite leer, nirgends eine Spur von Fenja Lorenzen. Konnte es sein, dass der fünfundachtzig Jahre alten Dame etwas zugestoßen war? Sie hatte einmal beiläufig erwähnt, dass sie zu Stürzen neigte, hatte diesen *Hang zum Purzeln* jedoch mit einem Lachen abgetan. Entschlossen, den Dingen auf den Grund zu gehen, drückte ich die Klinke der zweigeteilten Klönschnacktür, die, wie häufig in Nordfriesland, nicht abgeschlossen war. Ich trat ein, rief den Namen meiner Gastgeberin und schaute mich im Erdgeschoss um, jedoch vergebens. Schließlich ging ich in den ersten Stock, aber auch dort war niemand. Der größte der drei Räume wirkte, als sei er hastig verlassen worden. Eine Kommodenschublade war nicht sorgfältig geschlossen, ein bunter Sommerschal lugte daraus hervor, ein verwelkter Blütenkopf war aus dem Wildblumenstrauß gefallen und lag nun friedlich auf dem Nachttisch. Ein Duftgemisch aus Lavendel und Zirbenholz hing im Raum, und ich konnte den Abdruck eines Körpers in der weichen Matratze des ungemachten Bettes unterhalb der dicken Holzbalken erkennen. Die Tagesdecke lag zusammengerollt auf einem Stuhl und schien auf ihre eigentliche Bestimmung zu warten. Zutiefst beunruhigt ging ich wieder nach unten und schaute mich dort noch einmal genauer um. Das Erdgeschoss bestand fast ausschließlich aus einem großen Raum, der in die Küche überging. Am Fenster mit Blickrichtung Meer und Terrasse stand ein ovaler Tisch aus Nussbaumholz, und darauf lag ein Umschlag.

Als ich meine Lesebrille aufsetzte, erkannte ich, dass er an mich adressiert war, und öffnete ihn hastig.

Liebe Anna,
leider musste ich aus persönlichen Gründen dringend nach Niebüll reisen. Für Essen und Getränke ist ausreichend gesorgt, bitte bedienen Sie sich. Ihr Zimmer befindet sich oben rechts, fühlen Sie sich hier wie zu Hause. Ich melde mich, sobald ich weiß, wann ich wieder auf die Insel kommen kann.
Fenja Lorenzen

Da es der alten Dame offenbar gut ging, steckte ich den Brief wieder zurück in das Kuvert und atmete erleichtert auf. Doch dann schoss mir sofort der knappe Zeitplan in den Kopf und verursachte mir augenblicklich Magengrummeln. Was, wenn Fenja Lorenzen mehrere Tage wegblieb? Dann geriet mein Terminkonstrukt ins Wanken und gefährdete den angedachten Erscheinungstermin. Binnen Sekunden war ich so in sorgenvolle Gedanken vertieft, dass ich erst jetzt bemerkte, dass das schwarze Schäfchen mir ins Haus gefolgt war und einen Bastkorb anknabberte, in dem Fenja Zeitschriften aufbewahrte, was sicher nicht in deren Sinn war. Zudem waren die einzelnen Halme miteinander verklebt, was selbst dem robustesten Schafsmagen bestimmt nicht guttun würde.

»Ich muss dich leider hinausbitten«, sagte ich und öffnete die Tür. Doch das Schaf kaute unbeeindruckt weiter und dachte nicht im Entferntesten daran, meinem höflichen Rauswurf Folge zu leisten. »Tut mir leid, aber ich meine es ernst. Schschhh, mach, dass du nach draußen kommst. Glaub mir, es ist zu deinem Besten.« Da auch dieser Satz keinerlei Wirkung zeigte und das Schaf mittlerweile einige Halme aus dem Korb gezogen hatte, legte ich meine Hände auf seinen Rücken und versuchte, das Tier auf diese Weise sanft hinauszubugsieren, auch wenn seine Anwesenheit etwas sehr Nettes und zudem Beruhigendes hatte. Das Schaf stieß ein unwilliges »Mäh« aus, wirkte jedoch friedvoll, was mich dazu ermutigte, den Druck etwas zu erhöhen und es Richtung Tür zu schieben. Das Fell fühlte sich mollig weich, aber auch wächsern an, völlig anders als vermutet. Für einen kurzen Moment verspürte ich den Impuls, das Gesicht darin zu vergraben, meine Augen zu schließen und die reale Welt zu vergessen. Doch nun schien das Schaf zu begreifen, dass es hier drinnen unerwünscht war, und trabte tatsächlich nach draußen, lautstark begrüßt von den anderen.

Ich schaute noch eine Weile hinaus und beobachtete die Tiere, doch dann überfiel mich bleierne Müdigkeit. Das frühe Aufstehen, Kofferpacken, die Bahnfahrt und Fenjas überraschende Abwesenheit forderten offenbar ihren Tribut. Daher ging ich in das für mich bestimmte Zimmer und legte meinen Koffer auf den Innenboden des alten Bauernschranks, der wurmstichig war, aber wunderschön. Ich strich über die leeren Drahtbügel, die beim Aneinanderstoßen einen Ton erzeugten, der wie ein Glockenspiel klang. Anschließend öffnete ich das Sprossenfenster mit dem weiß lackierten Holzrahmen und hakte es an einem Eisenring ein. In Nordfriesland wehte die meiste Zeit ein rauer Wind, daher musste man das Fensterglas entsprechend schützen, damit es bei Zugwind nicht zerbrach. Die vor mir liegende Aussicht war atemberaubend und noch viel schöner, als ich es mir in meinen kühnsten Träumen ausgemalt hatte: Wenige Meter vom Haus entfernt begann der unterhalb einer sanften Düne gelegene Küstenabschnitt.

Seegras wogte silbrig glänzend im Wind, dahinter schimmerte der Sand puderzuckerweiß in der Sonne, und ich konnte das Rauschen des Meeres hören. Begeistert betrachtete ich drei Strandkörbe unweit vom Haus entfernt, die auf einem von Grasbüscheln durchsetzten Steinboden standen. Von diesem malerischen Standort konnte man mit Sicherheit den Lauf der Sonne vom Aufgang bis zum Untergang bestaunen und das einzigartige Farbspektakel genießen, das an der Nordsee am allerschönsten ist. Doch das alles würde noch so lange warten müssen, bis ich einen kleinen Powernap gemacht hatte. Müde schlug ich die geblümte Tagesdecke zurück und legte mich auf die rechte Seite des Doppelbetts. Die ebenfalls geblümte Bettwäsche war aus Naturleinen und duftete so herrlich nach frisch gemähtem Gras und Zitrone, dass ich verzückt am Kopfkissen schnupperte und mit geschlossenen Augen die Aromen inhalierte.

Und schon bald glitt ich ins Reich der Träume, in dem ich durch eine Sommerwiese voller Klatschmohnblüten, Margeriten und Kornblumen lief, das Gesicht in Richtung der wärmenden Sonne gestreckt ...

5

LISTLAND, 1937

Lene

Lene war an diesem Morgen früh aufgewacht, denn sie fieberte der Ankunft des Buchhändlers Marten Behlau aus Friedrichstadt entgegen. Jede Zelle ihres Körpers vibrierte vor Vorfreude, und sie hoffte sehr, dass der gelehrte Herr sich als zugänglich erweisen und ihr einen Teil seiner kostbaren Zeit schenken würde. Voller Tatendrang schlug sie die Daunendecke beiseite und bemerkte gar nicht, dass diese auf den Boden fiel, zu sehr war sie damit beschäftigt, sich mit dem Wasser aus dem Waschkrug das Gesicht zu reinigen und den dicken Blondzopf neu zu flechten, der im Gegensatz zu ihren dunklen, gebogenen Wimpern stand, die ihre Augen strahlen ließen wie ein heller Sommertag. Beinahe achtlos warf Lene sich eine von Beeke gestrickte Jacke aus Schafwolle über das Nachthemd, schlüpfte in die Holzpantinen und stürmte ins Freie.

Es war kurz vor halb fünf Uhr morgens, ihre liebste Tageszeit, egal wie müde sie auch war, weil sie mal wieder abends beim Lesen kein Ende gefunden hatte. Doch jede Stunde, die sie mit Büchern verbringen konnte, genoss sie doppelt oder gar dreifach, und die Lektüre gab ihr so viel, dass es die kleinen Anflüge von Müdigkeit allemal wert war.

Die Morgensonne schlief noch hinter Schleierwolken, als Lene den Strand erreichte und dort ihre Pantinen auszog. Die Insel war in tiefes Nachtblau getaucht, nur der Mond spiegelte sich in den Prielen der Nordsee.

»Guten Morgen, meine Kleine«, ertönte die Stimme ihres Vaters, der sich nun neben sie stellte und den Arm um ihre Schultern legte. Lene lehnte sich an ihn, und so standen Vater und Tochter stumm nebeneinander, die Füße im Wasser, bis rötliche Strahlen das Blau durchdrangen und Listland allmählich erwachte. Die Rufe der Seeschwalben klangen in ihren Ohren wie Gesang, der sich mit dem Raunen des Strandhafers und dem Plätschern der Wellen vermischte.

»Ist das nicht der schönste Ort der Welt?«, sagte Lene, die noch nie woanders gewesen war als auf der Insel, jedoch Konrad Iwersens Reiseberichten ebenso andächtig lauschte wie den Klängen und Melodien aus dem Grammofon, das ihr Vater in der Stuv aufgestellt hatte.

»Ja, das ist er«, erwiderte Konrad und drückte die Hand seiner Tochter. Lene wurde warm ums Herz, denn ihr Vater war so stark, mutig und liebevoll, wie man es sich nur wünschen konnte. »Und das ist er vor allem, weil es dich und deine Mutter gibt. Noch schöner wäre es, ich müsste nicht so häufig von euch getrennt sein, aber ich weiß, dass ihr beide es gut miteinander habt und aufeinander achtgebt. Erzähl mir doch mal, wie es dir in der Zeit meiner Abwesenheit ergangen ist. Gestern hatten wir kaum Gelegenheit, über dich zu sprechen, weil du mit deinen Gedanken offenbar schon bei dem jungen Mann aus Friedrichstadt bist.«

Lene konnte es zwar nicht sehen, weil sie wie gebannt auf die Nordseewellen schaute, die nun in orangefarbenem Licht schimmerten, doch sie hörte förmlich das liebevolle Augenzwinkern aus Konrads Stimme heraus. »Danke, dass du ihm deinen Sessel zur Verfügung stellst«, entgegnete sie, ohne auf die freundliche Aufforderung ihres Vaters einzugehen. »Herr Behlau wird es zu schätzen wissen, beim Lesen oder Nachdenken darin zu sitzen. Das ist doch weit bequemer als der Holzstuhl am Schreibtisch.«

»Das mache ich nur dir zuliebe«, erwiderte Konrad. »Denn ich wünsche mir nichts mehr, als dass du glücklich bist.«

»Das bin ich, Papa, das bin ich«, flüsterte Lene und beobachtete den *Tanz der Strandkrabben,* wie sie die Bewegung der Krebse nannte, die an diesem Landstrich so häufig ans Ufer gespült wurden, als zöge sie der Lister Ellenbogen geradezu magisch an. Sie schwammen im flachen Wasser vor dem Flutsaum aufeinander zu, verschränkten sich und trieben dann wieder auseinander. Es war, als umarmten sie sich kurz und wünschten sich dann gegenseitig eine gute Reise durch die Tiefen des Wattenmeers, bevor die Wellen sie wieder in unterschiedliche Richtungen spülten.

Konrad gab Lene einen Kuss auf den Scheitel und ging zurück ins Haus, denn er wollte seiner Frau mit den Vorbereitungen für das Frühstück zur Hand gehen. Lene blieb an der Wasserkante zurück und sah der Sonne dabei zu, wie sie sich träge aus dem Meer erhob, dann Meter für Meter weiter nach rechts wanderte und schließlich so stand, dass Lene die Augen zusammenkneifen musste, um nicht von den Strahlen geblendet zu werden. Als eine Zwergseeschwalbe Kurs auf ihren Kopf nahm, duckte Lene sich schnell, denn sie wusste sehr genau um die Entschlossenheit, mit der die Eltern ihre frisch geschlüpften Jungvögel verteidigten. In diesem Moment kam Emma mit einem fröhlichen *Mäh* auf den Strand gehüpft, woraufhin eine der Zwergseeschwalben das Schäfchen drohend umkreiste.

Lene rannte zu Emma und trieb sie in Richtung Haus, wo das Schaf weit genug von den Brutstätten der Vögel in den Sandkuhlen entfernt war. »Du bist wohl hungrig und hast mich deshalb gesucht, oder?«, fragte sie und streichelte das Schäflein, das neben ihr hertrabte wie ein Hund. Dann ging sie zu Beeke, die bereits auf dem Küchenofen Milch erwärmt und diese in Flaschen mit einem Saugnapf gefüllt hatte. Lene gab ihrer Mutter einen Guten-Morgen-Kuss auf die Wange und ging auf den Hof, um die Lämmer zu füttern, die blökend auf ihr Frühstück warteten. Anschließend begrüßte sie die Ponys auf der Weide und fütterte sie mit Mohrrüben aus dem Garten. Danach schaute sie erneut im Zimmer von Marten Behlau, das im Anbau unweit des Haupthauses untergebracht war, nach dem Rechten. Der weiß getünchte Holzbau beherbergte insgesamt vier Zimmer, zwei im Erdgeschoss und zwei im ersten Stock. Konrad Iwersen hatte ihn mithilfe von Freunden nach dem Vorbild schwedischer Blockhäuser gebaut. Lene hätte den Anbau liebend gern in jenem hübschen Rotton namens Faluröd angemalt, den die Skandinavier im 16. Jahrhundert als Farbpigmentstoff aus Kupfererz gewonnen hatten, doch Konrad empfand diesen Ton als zu auffällig inmitten der sandfarbenen Landschaft.

Beeke hatte das rechte Zimmer im Erdgeschoss für Marten Behlau vorgesehen und das gegenüberliegende reserviert für den Fall, dass seine Schwester Mathilde tatsächlich ebenfalls auf die Insel kommen würde. Andere Gäste hatten sich bislang noch nicht angekündigt, denn das Reisen war eine aufwendige, äußerst kostspielige Angelegenheit.

In diesen Zeiten kämpften die Betreiber der Hotels und Pensionen auf Sylt um die Gunst der Gäste und unterboten sich gegenseitig preislich, was zu mancher Zwangsversteigerung und wirtschaftlichem Ruin führte. Doch hier, an der Nordspitze der Insel, schien die Welt noch in Ordnung. Lene öffnete das Fenster, um die frische Nordseeluft hereinzulassen, und schon flatterten die Gardinen aus blau-weiß gestreiftem Leinen fröhlich. Mit Argusaugen inspizierte sie den Raum, den der Buchhändler aus Friedrichstadt nach seiner Ankunft bewohnen würde. Wie beinahe in jedem Zimmer auf dem Anwesen der Iwersens stand auch hier ein Regal voller Bücher, die Beeke und ihre Vorfahrinnen – teils unter abenteuerlichen Umständen – akribisch gesammelt hatten. *Mario und der Zauberer* von Thomas Mann reihte sich an Robert Musils *Mann ohne Eigenschaften,* den Antikriegsroman *Im Westen nichts Neues* von Erich Maria Remarque, gefolgt vom Kinderbuch *Das fliegende Klassenzimmer* von Erich Kästner. Lene liebte die Werke von Kästner, allen voran *Pünktchen und Anton.* Am meisten beeindruckte Lene jedoch *Das kunstseidene Mädchen* von Irmgard Keun. Allerdings entsprach dieses Buch sicher nicht den Lesegewohnheiten des Feriengastes, also legte sie zusätzlich *Kleiner Mann – was nun?* von Hans Fallada sowie den *Radetzkymarsch* von Josef Roth auf den Nachttisch aus dunklem Holz.

Am späten Nachmittag war es so weit. Ein Pferdefuhrwerk brachte den Feriengast nach dessen Eintreffen mit dem Schiff im Hafen von Munkmarsch zu den Iwersens. Für gewöhnlich fuhren Urlauber mit der Inselbahn, von den Syltern liebevoll *Käseschieber* oder *Dünenexpress* genannt, zu den jeweiligen Ferienorten. Doch das Haus am Lister Ellenbogen war viel zu abgelegen für die Eisenbahn, die mit vierzig Stundenkilometern von der Nordspitze in List zur Südspitze nach Hörnum tuckerte. Lene beobachtete die Ankunft von Marten Behlau von der zweigeteilten Klönschnacktür aus, deren obere Hälfte sie geöffnet hatte. Sie wusste, dass es sich nicht ziemte, den fremden Herrn anzusprechen, diese Ehre gebührte allein ihren Eltern. Konrad Iwersen nahm die Gepäckstücke in Empfang und trug die Koffer in den Anbau. Beeke begrüßte den Neuankömmling freundlich, aber dennoch mit einer gewissen Distanz, die sie allen Gästen gegenüber an den Tag legte. Ihre Stimme klang dann eine Tonlage tiefer, und es fehlte ihr ein wenig an Wärme. Beekes Schultern waren gestrafft, und sie stand so steif da, als hätte sie ein Stück Treibholz verschluckt. In Augenblicken wie diesen wünschte Lene, sie könnte sich mit einer Schwester über alles unterhalten, was sie gerade beobachtete oder empfand. Doch ein Geschwisterchen war ihr nicht vergönnt, die genauen Umstände des eher ungewöhnlichen Daseins als Einzelkind waren ihr jedoch nicht bekannt. In der Grundschule hatten die Kinder gelegentlich Bemerkungen darüber gemacht, dass ihr Vater wohl zu viel Zeit auf See verbrachte und somit Lene auf lange Sicht die Einzige sein würde, die für den Fortbestand des Namens Iwersen und des Anwesens am Lister Ellenbogen sorgte.

»Möchtest du unseren Gast willkommen heißen?«, fragte Beeke in dem Moment, als Lenes Stimmung sich zu verdüstern drohte und die schier unerträgliche Spannung überschattete.

Lene erwiderte: »Aber gern«, öffnete die Tür und stand Sekunden später einem Mann gegenüber, der ihre kühnsten Erwartungen weit übertraf: Marten Behlau war von großer Statur, ungefähr zwanzig Jahre alt, schlank und geschmackvoll gekleidet. Er trug einen dunkelblauen Anzug und blank polierte Schuhe, sein Hemd schimmerte blütenweiß und hob die schönsten Augen, in die Lene je geblickt hatte, wunderbar hervor: Sie waren blau wie das Meer an einem Sommertag, und es lag ein Ausdruck in ihnen, als hätte der Buchhändler alles gesehen und erlebt, wovon Lene nur träumen konnte. Dunkelblonde Haare umspielten in seidigen Wellen seinen Kopf, eine Strähne hatte sich in Martens Wimpern verfangen, und Lene musste an sich halten, um sie ihm nicht aus dem Gesicht zu streichen. Zudem duftete er wundervoll nach Zedernholz, Karamell und … Büchern.

Nachdem Beeke die beiden einander vorgestellt hatte, gab Marten Behlau Lene einen charmant altmodisch wirkenden Handkuss und sagte: »Es freut mich sehr, Ihre Bekanntschaft zu machen.«

In diesem Augenblick war es um Lene geschehen, und sie wäre um ein Haar ohnmächtig zu Boden gesunken, so gewaltig war der Gefühlsorkan, den seine warme, melodiöse Stimme und die weichen, aber dennoch festen Lippen auf dem Handrücken in ihr auslösten ...

6

LISTLAND, GEGENWART

Anna

Verwundert stellte ich fest, dass ich deutlich länger geschlafen hatte als beabsichtigt. Das liegt wahrscheinlich an der guten Inselluft, dachte ich und ging in das kleine Bad, das zu meinem Zimmer gehörte. Nach dem Duschen zog ich eine weite Leinenhose und ein blau-weiß geringeltes T-Shirt an und warf einen flüchtigen Blick in den antiken Wandspiegel neben der Tür. Auch wenn Dörte Hansen in ihrem Roman *Zur See* über die Kleidung der Nordfriesland-Touristen spöttelte, liebte ich das Streifenmuster, weil es gute Laune machte. Nachdem ich mir Sneaker angezogen und eine Jeansjacke über die Schulter geworfen hatte, schaute ich erneut aus dem geöffneten Fenster und nahm erst jetzt bewusst die im Sonnenglanz erstrahlende Vogelschutzinsel Uthörn wahr, genau wie den dahinterliegenden Mövenbergdeich. Über allem lag eine wohltuende, friedliche Stille, bis auf Vogelstimmen war nichts zu hören. In Hamburg hatte man das Gefühl, dass die Stadt niemals schlief. Motorengeräusche mischten sich mit denen von Polizeisirenen, Musik, die aus den Bars nach draußen drang, quietschenden Reifen und den Stimmen der Menschen, die, wie ich leider auch, mit der Geschwindigkeit eines Überschallflugzeugs durchs Leben rasten. Doch plötzlich vernahm ich, von unten kommend, ein Geräusch, als würde jemand die Tür öffnen und kurz darauf wieder schließen.

War Fenja etwa doch schon aus Niebüll zurückgekehrt?

Neugierig ging ich die knarrende Treppe aus weiß lasiertem Holz hinunter und blickte unvermittelt in die blauen Augen einer Frau, etwa Mitte vierzig, die mich genauso verwundert anschaute wie ich sie. »Dürfte ich erfahren, wer Sie sind und was Sie im Haus meiner Mutter machen?«, fragte sie in scharfem Tonfall, und in meinem Kopf ratterte es. Fenja Lorenzen hatte weder erwähnt, dass sie eine Tochter hatte, noch, dass diese ebenfalls hier sein würde. Ich stellte mich vor, behielt jedoch den wahren Grund meiner Anwesenheit für mich und erklärte lediglich, dass Fenja mich eingeladen hatte, hier einige Tage als Gast zu verbringen.

»Wenn das so ist, teilen wir uns wohl das Obergeschoss, denn ich bleibe eine Weile, um meiner Mutter bei der Katalogisierung der Buchschätze für das Sylt-Archiv zu helfen. Allerdings glänzt sie aus irgendeinem Grund durch Abwesenheit, und ich frage mich, wo sie steckt.« Die Stimme von Elisa vibrierte förmlich vor Ungeduld, ihr Gesichtsausdruck sprach ebenfalls Bände.

Ich suchte in ihren Zügen nach Ähnlichkeiten mit Fenja, doch vergebens. Kein Wunder, schließlich kannte ich die alte Dame lediglich von den wenigen Fotografien im Internet, hauptsächlich Zeitungsartikel über Fenja Lorenzens Verdienste um die Buchkultur. »Sie hat Ihnen sicher, ebenso wie mir, einen Brief geschrieben«, beeilte ich mich zu sagen. »Meiner lag auf dem Esszimmertisch. Sie musste wohl dringend nach Niebüll und weiß noch nicht, wann sie zurückkommt.«

»Nach Niebüll?« Die Ungeduld in Elisas Stimme verstärkte sich, und ich fröstelte, obgleich die Sonne gerade durch die Fenster schien und den Raum spürbar erwärmte. »Dann sehe ich wohl mal oben nach, ob sie dort eine Nachricht für mich hinterlassen hat. Bin gleich wieder da.«

In ihrer Abwesenheit vertrieb ich mir die Zeit damit, den Inhalt der Bücherregale in der Stuv in Augenschein zu nehmen.

Dort stand neben Fenjas Kinderbuchreihe das *Sölring Wörterbuch* von Nann Mungard, daneben der dicke Wälzer *Stella Termogen* von Utta Danella, dieser wiederum Seite an Seite mit den *Kampener Skizzen* von Clara Tiedemann und dann Theodor Storms *Sylter Novelle*. Ich blätterte gerade in einem Bildband mit historischen Inselfotografien von Bleicke Bleicken, als Elisa zurückkam. Sie hielt einen Umschlag in der Hand und schenkte mir einen Blick, in dem Ratlosigkeit lag. Daher fragte ich: »Tee?«, weil in Nordfriesland beinahe jedes Beisammensein vom Genuss dieses Getränks begleitet wurde.

»Gern«, erwiderte Fenjas Tochter, und nun umspielte ein hauchzartes Lächeln ihre blassrosafarbenen Lippen. »Mit Tee ist einfach alles leichter, finden Sie nicht auch?«

Ich nickte und studierte mein Gegenüber, erprobt in schneller Wahrnehmung: Elisa maß etwa einen Meter achtzig und wirkte sportlich durchtrainiert. Zumindest verriet das ihr flacher Bauch in der hüfthohen Jeans, von dem kurz etwas zu sehen war, wenn ihr dunkelblaues T-Shirt in der Bewegung ein wenig nach oben rutschte. Sie trug die hellblonden Haare mit einem kühnen Schwung geföhnt in einer Länge bis knapp über die Ohren, was bei mir bieder ausgesehen hätte, bei der um zehn Jahre jüngeren Frau allerdings cool und sexy wirkte. Als hätte sie erst jetzt die Situation begriffen, schlug sie sich mit der Hand auf die Stirn und ging zielstrebig in die Küche. »Sie sind ja hier zu Gast und kennen sich gar nicht aus, also ist es natürlich meine Aufgabe, den Tee zuzubereiten. Bitte entschuldigen Sie diese Unhöflichkeit.«

Ich war gerade im Begriff, etwas wie »Ich bin schon groß, ich schaffe das auch allein« zu erwidern, doch ich wollte Elisa nicht wissen lassen, dass ich mich in Fenjas Haus tatsächlich schon heimisch fühlte, also legte ich das leicht angelaufene Silberbesteck, das sie mir anreichte, auf den Esstisch. Während das Wasser im verbeulten Teekessel blubberte, durchsuchte sie die Hängeschränke, klappte mehrmals Türen auf und zu. »Das ist ja seltsam«, sagte sie schließlich und trat ratlos vor mich, in der Hand zwei Becher und zwei Teller. »Ich vermisse Mamas Teegeschirr, das sie über dem Herd aufbewahrt. Sie kennen es sicher auch, weil es in dieser Region sehr beliebt ist: ein Dekor aus indigoblauen Ornamenten und Lilien auf gerippten, weißem Porzellan.«

O ja, dieses Geschirr kannte ich sehr gut. Meine Großmutter Clara hatte ein solches Service besessen, und ich verband seinen Anblick mit dem Duft von selbst gebackenem Apfelkuchen, österlichem Hefezopf und Zimtsternen in der Adventszeit.

Der Pfeifton des dampfenden Wasserkessels unterbrach meine gedankliche Nostalgiereise und läutete die späte Teestunde ein. Da Elisa nun den Inhalt des antiken Vitrinenschranks in der Stuv durchsuchte, kümmerte ich mich um das Teewasser. Elisa fand anstelle des vermissten Geschirrs lediglich ein Gefäß aus schwerem Bleikristall für Kekse und Waffelgebäck und wirkte immer noch leicht verstört, als sie uns beiden Friesentee einschenkte, den jede von uns mit etwas Milch verdünnte. Das Handy lag neben ihrer Tasse, und sie blickte beinahe fortwährend darauf.

»Plant Ihre Mutter, alle Bücher dem Archiv zu spenden oder nur gewisse Titel?«, fragte ich schließlich im Bemühen, die Stille zu unterbrechen.

Elisa brauchte eine Weile, um zu antworten, und ich konnte mich des Gefühls nicht erwehren, dass ich hier gerade mehr als unerwünscht war. »Soweit ich weiß, nur einen Teil. Um die richtige Auswahl zu treffen, muss vorher der Bestand gesichtet werden, was vermutlich Wochen dauern wird, weil der Dachboden bis oben hin mit Büchern vollgestopft ist. Aber ich freue mich darauf, denn das Katalogisieren gehört zu meinen liebsten Aufgaben in der Bücherei.«

»Sie sind also Bibliothekarin, wie schön.« Offenbar hatte Elisa Fenjas Liebe für Bücher geerbt.

»Ja, ich leite eine Kinder- und Jugendbibliothek in Lübeck.« Mit einem Mal entspannten sich ihre Gesichtszüge, das plötzliche Strahlen in den Augen stand Elisa gut. »Es ist großartig und äußerst erfüllend, den Kids bei der Auswahl von Büchern, Spielen, Tonies und Filmen behilflich zu sein, denn nicht alle haben Eltern, die sich um derartige Belange kümmern. Doch eine Welt ohne Bücher ist für mich unvorstellbar, und ich möchte so viele Kinder wie möglich für das Lesen begeistern und ihnen zeigen, wie sehr Bildung und Geschichten unser Leben bereichern können«, fuhr sie fort.

Erst jetzt bemerkte ich, wie schön Elisas Hände waren. Länglich, schmal, beinahe wie die einer Pianistin oder Ballerina. Die Nägel trug sie kurz und unlackiert, und sie hielt den Keramikbecher mit einer Eleganz, als sei dieser eine filigrane Sektflöte.

»Haben Sie Kinder?«, fragte sie unvermittelt und schaute mich nun direkt an.

»Eine Tochter«, erwiderte ich. »Sie heißt Kathrin, ist fünfundzwanzig und lebt seit einer Weile in Friedrichstadt. Ich selbst wohne in Hamburg«, fügte ich einen kleinen Teil meines biografischen Puzzles hinzu.

»Vermissen Sie sie? Oder bin ich jetzt zu direkt?« Elisas Blick ruhte konzentriert auf mir, das Handy schien für einen Augenblick vergessen.

»Jeden einzelnen Tag«, erwiderte ich. »Aber ich freue mich für Kathrin, denn sie liebt dieses Städtchen und ihren Beruf als Schneiderin. Das Glück meiner Tochter ist alles, was für mich zählt.«

»Dann sind Sie offenbar eine tolle Mutter«, entgegnete Elisa und wirkte mit einem Mal wieder meilenweit entfernt. Sie biss von einem Keks ab und zerkrümelte den Rest auf dem Teller. »Ich gehe jetzt nach oben und packe aus, wir sehen uns dann später«, sagte sie unvermittelt und stand so abrupt auf, dass sie beinahe den Tischläufer aus hellem Leinen mit sich gerissen hätte, als sie nach dem Mobiltelefon griff.

Ich erwiderte: »Bis dann«, und fragte mich, ob ich unwissentlich etwas gesagt oder getan hatte, was Elisa missfiel, obwohl ich gedacht hatte, dass unsere Unterhaltung gerade eine positive Wendung genommen hatte.

Nachdem ich den Tee ausgetrunken und das Geschirr in die Spülmaschine geräumt hatte, beschloss ich, einen Spaziergang zu machen. Durch das ständige Herumsitzen schmerzte mein Rücken, zudem sehnte ich mich nach frischer Luft, der endlosen Weite des Horizonts und dem Meer. Außerdem musste ich über das Verschwinden von Fenja und meine damit verbundenen beruflichen Probleme nachdenken.

Kurz darauf stand ich am Ufer, und schon wenige Minuten Anblick des gurgelnden Wassers der Nordsee genügten, um meinen inneren Horizont zu weiten und damit Raum für Optimismus zu schaffen: Fenja würde schon wieder auftauchen und sich für das Buchprojekt begeistern, wenn wir erst mal genug Zeit und Muße hatten, um darüber zu sprechen.

Die Luft war allerdings nicht so erfrischend wie erhofft, sondern schwül. Mücken umschwirrten meinen Kopf, und das Meer roch beinahe muffig. Ich ging linker Hand am Flutsaum entlang, zog nach wenigen Metern die Schuhe aus, weil meine Füße beim Laufen viel zu warm wurden, und krempelte die Hosenbeine hoch. Seeschwalben überflogen mit einem laut kratzenden *Kriit* das Wasser und begleiteten mich auf meiner Marschroute. Aus der Ferne hörte ich Donnergrollen, kurz darauf zuckten Blitze über dem Wattenmeer. Die eben noch sanfte Brise wurde stärker, und ich staunte über diesen rasanten Wetterumschwung, der auch meinem Kreislauf zu schaffen machte. Dummerweise hatte ich vergessen, mir etwas zu trinken mitzunehmen. Weil mir schwindelig wurde, setzte ich mich und betrachtete das Lächeln, das die sich im Wind wiegenden Strandqueckenhalme in den Sand getupft hatten.

»Wer hat diese Bilder gemalt?«, hatte Kathrin wissen wollen, als sie dieses Phänomen als Kind zum ersten Mal entdeckte.

»Die Natur«, hatte ich geantwortet, Kathrin hatte die »Sandgesichter« mit Muscheln verziert und einen Körper mit weit ausgestreckten Armen und Beinen hinzugefügt. Später erweiterte sie ihr kreatives Repertoire durch Hüte, Kleider, Hosen oder Röcke. Mal zeichnete sie einen Regenschirm dazu, ein andermal Gummistiefel.

Seitdem schickten wir uns gegenseitig Fotos, wenn wir, voneinander getrennt, am Meer unterwegs waren. Ich knipste einige Bilder und sandte sie an Kathrin, die daraufhin sofort mit einem Herz-Piktogramm antwortete.

Der Wind ließ mittlerweile Schaumkronen auf den hohen Wellen tanzen und trieb Flugsand über den Strand, der hart gegen meine nackten Waden schlug. Der Abstand zwischen Blitz und Donner verringerte sich, die Schreie der Vögel verstummten, also ging ich zurück zu Fenjas Haus. Gewitter übten zwar eine gewisse Faszination auf mich aus, doch jedes Kind wusste, dass Blitz und Wasser eine gefährliche Kombination waren. Als ich den Hofplatz erreicht hatte, begann es zu schütten, Starkregen prasselte voller Wucht auf den Boden, und ich hörte das verstörte Blöken der Schafe, die sich unter dem Vordach eng aneinanderkuschelten.

»Kommen Sie herein, bevor Sie pitschnass werden«, rief Elisa, die gerade die Eingangstür geöffnet hatte.

»Müssen wir uns nicht um die Tiere kümmern?«, fragte ich, als ich im Trockenen war und Elisa die Tür hinter mir schloss.

»Das habe ich schon getan«, erwiderte sie. »Und ich habe auch nachgesehen, was wir essen können, wenn wir Hunger bekommen. Meine Mutter hat zum Glück vorgesorgt, Speisekammer und Kühlschrank sind gut gefüllt, zudem ist sie im Besitz hervorragender Weine. Haben Sie Lust auf eine Suppe? Oder eher auf Salat?«

»Auf Salat«, erwiderte ich, denn mir war immer noch etwas flau und zudem warm. »Aber vor allem brauche ich jetzt Wasser, ich bin ziemlich dehydriert.«

»Oje, Sie Ärmste«, erwiderte Elisa, ohne eine Spur von kühler Reserviertheit. »Dann wird Ihnen sicher das Zitronenwasser mit frischer Minze aus dem Garten und Ingwer guttun, das ich gerade vorbereitet habe.«

Ich folgte ihr erneut an den Esstisch, auf dem eine große Karaffe aus hellblauer Keramik stand. Elisa schenkte uns beiden ein, ich trank das Glas in einem Zug leer und lutschte dann an einem der Eiswürfel. Als der Signalton der Warn-App die Stille durchbrach, zuckten wir beide zusammen und griffen zeitgleich nach unseren Handys.

»Unwetterwarnung höchster Stufe für die Insel«, murmelte Elisa. Wie aufs Stichwort rüttelte der Wind an den Fensterläden. Mittlerweile war es fast stockfinster, und grelle Blitze zuckten am Himmel.

»So ein Frühsommergewitter hat was, finden Sie nicht?« Elisa schenkte mir einen Blick, als wollte sie mich testen und zugleich betont fröhlich wirken. Doch mir war der Gesichtsausdruck nicht entgangen, mit dem sie auf die Benachrichtigung des Wetterdienstes reagiert hatte. Eine Sekunde lang hatte sie ausgesehen wie ein kleines Kind, das sich vor einem Gespenst fürchtete.

»Ein echtes Naturschauspiel, keine Frage«, erwiderte ich und beobachtete, wie der besonders biegsame Ast einer nahe stehenden Kiefer immer wieder gegen die Scheibe schlug, als wolle er auf sich aufmerksam machen. Die gesamte Situation war inzwischen so surreal, als würde ich träumen.

Wo war ich nur hingeraten, und wie konnte es sein, dass sich mein Aufenthalt im Listland von Anfang an gänzlich anders entwickelte als geplant? Mittlerweile wurde der Regen durch die Kraft des Windes mit solcher Wucht gegen das Fenster gedrückt, dass man durch die Schlieren der Tropfen nicht mehr ins Freie blicken konnte und sich der Raum nach und nach verdunkelte.

Sturmböen heulten dermaßen lautstark ums Haus, dass man glauben konnte, die Seelen der Verstorbenen wollten Kontakt zu den Lebenden aufnehmen und verlangten nach Aufmerksamkeit für die Schicksale, die ihnen widerfahren waren. Auch wenn ich dieses Spektakel genoss, hatte ich zugleich großen Respekt vor der Kraft der Natur, die immer stärker sein würde als der Mensch. In dem Moment, als ich mir Wasser nachschenken wollte, ertönte aus dem Obergeschoss ein ohrenbetäubender Knall.

7

LISTLAND, 1937

Lene

Lene lag auf ihrem Bett, die Arme hinter dem Kopf verschränkt, den Blick auf die hölzerne Decke des blau gestrichenen Alkovens geheftet, und dachte an Marten Behlau. Zuerst hatte sie versucht, sich durch Lesen davon abzulenken, dass sie liebend gern das Gespräch mit dem soeben angereisten Feriengast gesucht hätte, doch diesmal vermochte keine Lektüre sie genügend zu fesseln. Weil noch Zeit bis zum Abendessen war und ihre Mutter sie gerade nicht brauchte, beschloss Lene, ein wenig spazieren zu gehen. Ihr Lieblingsort war der Nehrungshaken, an dem das Wattenmeer und die raue Brandung der See aufeinandertrafen und schäumend ineinanderflossen. Dort befand sich einst das Dorf Listum, bis es 1362 unter einer Wanderdüne begraben worden war. Bis zum Nehrungshaken war es zwar ein gutes Stück Weg, doch frische Luft und ein strammer Marsch würden ihr jetzt sicher guttun. Lene steckte sich in der Küche einen rot glänzenden Apfel in die Tasche ihres dunkelblauen Kittelkleids, nahm den Sonnenhut aus Stroh und füllte eine Feldflasche mit Trinkwasser. Zunächst hatte sie gar nicht gewusst, dass dieses Gefäß in erster Linie von Soldaten genutzt wurde, sonst hätte sie es nie bei Bo, dem fliegenden Händler, gekauft, da sie Gewalt und Hass aus tiefstem Herzen verabscheute. Doch die flache Form, der Bezug aus grünem Filz und die Möglichkeit, die Flasche mittels einer Öse am Gürtel zu befestigen, hatten es ihr sofort angetan. Lene bevorzugte es nämlich, die Hände frei zu haben, um allzeit ein Buch lesen zu können, zuweilen sogar im Gehen. Oder einfach die Arme auszustrecken und sich um die eigene Achse zu drehen, wie die Tänzerin der Porzellanspieluhr auf der Schlafzimmerkommode ihrer Mutter.

Derart ausgerüstet, schlug sie den Weg nach links ein und bewegte sich parallel zur Wasserlinie. Ab und an erregte eine besonders hübsche Muschelschale ihre Aufmerksamkeit ebenso wie die wundersamen Formen, die Algen und Tang zuweilen bildeten, als wollten sie Lene zeigen, in welch einem Paradies voller wunderbarer Schätze sie lebte: Trockenes Seegras fühlte sich unter den bloßen Füßen an wie ein weiches Kissen, Queller schmeckte köstlich als Salat, aus den Gehäusen von Wendeltreppenschnecken bastelte sie Ohrringe oder Ketten, Treibgut erzählte Geschichten von fernen Gestaden. Als der Leuchtturm in ihrem Blickfeld aufragte, stoppte sie ihren Marsch, betrachtete den Bau eine Weile und dankte ihm innerlich dafür, dass sein Signalfeuer ihrem Vater und vielen anderen Seeleuten zuvor seit nunmehr fast einem Jahrhundert den Weg in den sicheren Hafen wies.

Ich möchte später auch etwas tun, was der Menschheit dient oder ihr zumindest Freude schenkt, dachte sie mit Bedauern, weil sie wusste, dass es so gut wie keine Leuchtturmwärterinnen gab und den Frauen auch viele andere interessante Berufe verwehrt blieben. Das weibliche Geschlecht war nun mal dazu bestimmt, zu heiraten, Kinder zu gebären und für das Wohl der Familie zu sorgen. Bislang hatte sich Lene nicht eine Sekunde vorstellen können, sich an jemanden zu binden, den sie in bestimmten Belangen um Erlaubnis fragen musste oder der ihr sogar Verbote erteilen konnte. Dies akzeptierte sie ausschließlich von ihren Eltern und auch nur dann, wenn diese ihr genau erklärten, weshalb Lene dies tun oder etwas anderes lassen sollte.

Was ist, wenn mein künftiger Ehemann keine Bücher mag und eifersüchtig reagiert, weil ich so viele Stunden mit den Figuren aus Romanen verbringe?, hatte sie sich schon häufiger gefragt, seit sie ins heiratsfähige Alter gekommen war. Die Knaben aus der entfernten Nachbarschaft oder in der Volksschule am Lister Landwehrdeich erschienen ihr meist kindisch oder von zu schlichtem Gemüt. Sie lachten, wenn sie sich im Deutschunterricht als Erste gemeldet hatte, während ihre Klassenkameraden nur selten etwas mit dem Unterrichtsstoff anfangen konnten und das Lesen häufig als lästige Zeitverschwendung betrachteten. Im schlimmsten Fall bezeichneten sie Lene sogar als Streberin, was ihr einerseits zusetzte, sie andererseits aber auch mit Stolz erfüllte, genau wie die guten Zensuren, die sie erhielt. Daher war sie froh, dass ihre Mutter sie später selbst unterrichtete, da sie eine ausgebildete Lehrerin war.

Als sie Schritte auf dem knirschenden Sand hörte, löste sie den Blick vom Leuchtturm und drehte sich um.

»So schnell sieht man sich wieder, Fräulein Lene«, sagte Marten Behlau und lächelte. »Haben Sie etwas dagegen, wenn wir ein Stück des Wegs gemeinsam gehen?«

»Ich ... mich ... nein«, stammelte Lene und spürte, dass ihr Gesicht kochend heiß wurde, was nur bedingt an der Sonne lag, die heute warm und hell über dem Listland erstrahlte. Und so gingen beide nebeneinanderher, in genau dem Tempo, das Lene liebte: nicht zu schnell, um nicht Gefahr zu laufen, die Schönheit der Landschaft zu verpassen, die sich einem darbot. Aber auch nicht zu langsam, denn schließlich sollten Herz und Kreislauf beim Spaziergang ordentlich in Schwung kommen.

»Mama hat mir erzählt, dass Sie als Buchhändler arbeiten und planen, ein Buch zu schreiben«, hob Lene schließlich an, denn dies war die perfekte Gelegenheit, um den Feriengast gründlich auszufragen, sofern er sich nicht an ihrer Neugier störte.

»Das ist richtig«, erwiderte Marten, der als Sonnenschutz einen Hut trug, der ihm ausnehmend gut stand. »Zumindest plane ich das. Lesen Sie gern?«

»Gern?«, wiederholte Lene und schnappte förmlich nach Luft. »Das wäre eine Untertreibung. Ich tue kaum etwas lieber als das und möchte gern eines Tages beruflich etwas mit Büchern machen. Ihre Tätigkeit muss äußerst erfüllend sein. Arbeiten Sie in Friedrichstadt?«

Marten schüttelte den Kopf, und Sonnenstrahlen verfingen sich in seinen Haaren. In einigen Tagen wären diese bestimmt schon viel heller, vorausgesetzt, das Wetter blieb so wunderbar und er verschanzte sich nicht vornehmlich in seinem Zimmer.

»Da es in Friedrichstadt keine Buchhandlung gibt, arbeite ich in Husum, habe mir jedoch von meinem Vorgesetzten eine längere Auszeit erbeten, um zu prüfen, ob es mir vergönnt ist, ein wirklicher Schriftsteller zu sein. Da Sie Bücher lieben, wissen Sie, dass nicht jeder Roman gelungen ist. Bislang habe ich nur vage Ideen für eine Geschichte im Kopf, deshalb erhoffe ich mir viel von meinem Aufenthalt auf der Insel.«

Lene hätte am liebsten in Erfahrung gebracht, wie Marten es sich finanziell erlauben konnte, seinen persönlichen Neigungen nachzugehen, doch sie biss sich auf die Zunge. Stattdessen fragte sie: »Schwebt Ihnen etwas Zeitgenössisches vor oder eher ein Buch, das sich der Vergangenheit widmet? Wo wird es spielen? Am Meer? Auf unserer Insel?«

»Ich liebe die Gegenwart und bin fasziniert von der Zukunft. Rückwärtsgewandtes interessiert mich nur bedingt«, erwiderte Marten und blickte mit zusammengekniffenen Augen auf die

Nordsee, geblendet vom gleißenden Sonnenlicht. »Das Meer wird sicher eine große Rolle spielen, denn es ist mächtig, gefährlich und gleichzeitig wunderbar. Es hat sehr viel zu erzählen, wenn man genau hinhört. Es verbindet Kontinente, es inspiriert Entdecker und Reisende, an seinen Gestaden kann man sitzen und sich in der Weite des endlosen Horizonts verlieren. Außerdem trifft man dort zuweilen auf charmante junge Damen, die das Lesen lieben.«

Lene errötete noch tiefer, war jedoch bemüht darum, sich nicht anmerken zu lassen, dass ihr das Herz bis zum Hals schlug. »Macht es Freude, Bücher zu verkaufen?«, fragte sie schließlich, denn sie liebäugelte mit dem Gedanken, eine Ausbildung zur Buchhändlerin zu absolvieren, vorausgesetzt, ihre Eltern gestatteten dies.

»Wenn ich ehrlich bin, mal ja, mal nein. Ich schätze den Austausch mit klugen Menschen, die sich mit den derzeitigen Gegebenheiten auseinandersetzen und nicht nur nach Büchern suchen, welche die Welt, in der wir leben, unkritisch verherrlichen. Wir haben viele Stammkunden aus gutem Hause, mit denen es große Freude macht, über Literatur und Politik zu diskutieren. Aber leider auch, bitte verzeihen Sie meine Häme, gelangweilte Ehefrauen, die lediglich von mir unterhalten werden möchten und schließlich entweder gar nichts kaufen oder derart seichte Lektüre, dass es zum Haareraufen ist.«

Lene schmunzelte, denn sie glaubte zu wissen, was Marten Behlau meinte. Zudem konnte sie sich gut vorstellen, dass die eine oder andere Dame ein Auge auf den gut aussehenden und sympathischen Mann geworfen hatte und versuchte, mit der Bitte um eine Buchempfehlung seine Aufmerksamkeit zu erregen.

»Was ich wirklich liebe, ist der Moment, wenn die Verlage ihre Novitäten in den Katalogen ankündigen und ich die Auswahl für das Sortiment treffe, obgleich das in der heutigen Zeit schwer ist, denn vieles fällt der Zensur zum Opfer«, fuhr Marten fort. »Aber natürlich auch den Augenblick, wenn die Titel in Kisten angeliefert werden, ich sie auspacke, katalogisiere und den geeigneten Platz in der Buchhandlung auswähle.«

»Dies zu tun wäre mein Traum«, murmelte Lene, die kurz die Augen schloss und sich den jungen Mann in einer Umgebung vorstellte, die für sie, neben einer Leihbücherei, zu den schönsten der Welt gehörte.

»Dann leben Sie Ihren Traum, Lene, so wie ich gerade. Wir wissen nicht, was die Zukunft bringt. Die Zeiten sind unruhig und düster. Umso wichtiger ist es also, Licht in die Welt zu tragen und den Menschen Geschichten nahezubringen, die sie erheitern, etwas lehren, sie nachdenklich stimmen oder trösten. Seien Sie mutig, und packen Sie das Glück mit beiden Händen, Sie werden sehen, dass Sie im Gegenzug reich beschenkt werden.«

Marten Behlaus Worte fielen tief, und Lene wurde augenblicklich warm ums Herz. Endlich war sie jemandem begegnet, der ihre Leidenschaft verstand und nicht so zaghaft war wie ihre Mutter oder stark auf ihre Sicherheit bedacht wie ihr Vater, obgleich ihre Eltern natürlich beide nur das Beste für ihre Tochter wollten.

8

LISTLAND, GEGENWART

Anna

Der erste Morgen nach meiner aufregenden Ankunft präsentierte sich, als hätte es die vergangene Sturmnacht mit den starken Regenfällen und einem Stromausfall über mehrere Stunden niemals gegeben. Und auch nicht die zerborstene Scheibe in Elisas Zimmer, die wir gestern notdürftig durch mit Reißzwecken am Fensterrahmen befestigte Frischhaltefolie ersetzt hatten. Ich rieb mir schlaftrunken die Augen, als ich aus dem Fenster schaute, und schmunzelte. Junge Schafe tobten ausgelassen auf der Düne umher und hielten immer mal wieder inne, um zu fressen. Ein Feldhase querte blitzschnell die Grasfläche zwischen Terrasse und Küstenabschnitt, die Sonne spiegelte sich im graugrünen Wasser und tupfte goldene Glanzpunkte auf die Wellenkämme. Bevor ich nach unten ging, setzte ich mich an den Tisch, auf dem mein Laptop lag, und checkte meine E-Mails. Ich hatte gestern Abend an Fenja geschrieben, denn dies war augenblicklich meine einzige Möglichkeit, sie zu erreichen, doch wahrscheinlich nicht sehr aussichtsreich, wie Elisa mir prophezeit hatte. Die alte Dame besaß nämlich weder ein Handy noch ein Tablet. Unsere bisherige Kommunikation hatte über das Festnetz stattgefunden oder per Mail mittels des klobigen PCs, der in Fenjas Zimmer stand. Das Interview für den Podcast hatten wir über die Internetleitung und technische

Anlage eines Radiosenders in Westerland geführt und uns ansonsten Briefe geschrieben.

Tatsächlich erhielt ich keine Antwort auf meine Nachricht, in der ich ihr mitgeteilt hatte, dass es mir im Listland gefiel und dass ich mich gut mit Elisa verstand. Unschlüssig starrte ich auf den Bildschirm, denn allmählich musste ich entscheiden, wie lange ich hierbleiben und auf Fenja warten wollte. Jeder ungenutzte Tag wirkte sich negativ auf den Terminplan aus. Als ich spürte, wie sich leichter Kopfschmerz anbahnte, beschloss ich, bis morgen abzuwarten. Das Wetter war gut, der Strand herrlich, warum also nicht die Zeit genießen und vielleicht sogar als Geschenk betrachten? Wann hatte ich zuletzt die Möglichkeit gehabt, mich einfach mal treiben zu lassen? Ich konnte mich nicht mehr erinnern.

Nachdem ich eine Mail meiner Agentin beantwortet und einige Newsletter überflogen hatte, trieb mich der Kaffeedurst in die Küche. Dort stand eine Thermoskanne neben dem Herd, darauf klebte ein Post-it mit den Worten »Kaffee ist fertig« in rundlicher Schrift und mit einem Smiley. Ich freute mich über diese nette Geste, füllte das Heißgetränk in den Becher, der ebenfalls auf der Arbeitsfläche bereitstand, und nahm ihn mit nach draußen. Es zog mich magisch zu den Strandkörben, denn ich liebte diese Sitzmöbel, die perfekt zu Nordfriesland passten, weil sie den Wind abhielten, man sich in ihnen einkuscheln und sie als Schattenspender nutzen konnte. Bei näherer Betrachtung erkannte ich, dass die weiße Farbe des Flechtwerks ziemlich abgeblättert und das gestreifte Innenfutter an einigen Stellen zerschlissen war.

Doch diese kleinen Schönheitsfehler taten meiner Freude keinerlei Abbruch, und ich setzte mich in den einen, der in Blickrichtung Wasser aufgestellt war, nachdem ich die Sitzfläche zuvor mit einem Putztuch trocken gewischt hatte. Ich saß kaum, da trabte schon das schwarze Schaf heran und bedachte mich mit einem rührenden Blick aus dunklen Knopfaugen.

»Tut mir leid, ich habe kein Leckerli für dich«, sagte ich und streichelte vorsichtig das Fell des niedlichen Schäfleins. »Aber hier gibt es genug Gras und Kräuter, und vielleicht finde ich nachher im Kühlschrank etwas, was du magst.«

Das Schaf schien mir beinahe andächtig zu lauschen und rührte sich nicht von der Stelle. Einem spontanen Impuls folgend, zückte ich das Handy und richtete die Kamera auf Luzie, wie ich das Schaf spontan taufte, und bat es spaßeshalber, meiner Tochter einen kleinen Gruß zu schicken. Ich lachte laut los, als Luzie tatsächlich ein freundliches »Mäh« ertönen ließ und dann mit ihrer rosa Zunge das Display meines Mobiltelefons abschleckte. Kathrin war online und schickte postwendend ein »Ist das süß« zurück. Als Nächstes wanderte Luzies Zunge in Richtung des Kaffeebechers, den ich auf die Ablage des Strandkorbs gestellt hatte, doch ich konnte ihn gerade noch rechtzeitig auffangen, bevor der Becher mit der Aufschrift »Moin« auf dem Boden gelandet wäre. In diesem Moment blökte ein anderes Schaf vom Ufer her, Luzie verlor das Interesse an mir und trabte Richtung Wasser. Nachdem ich ausgetrunken und mein Gesicht eine Weile der wohltuenden Sonne entgegengereckt hatte, ging ich zurück ins Haus, weil ich mir eine leichte Jacke holen wollte.

Als ich am Treppenabsatz angekommen war, sah ich, dass dort eine Trittleiter aufgestellt war und vom ersten Stock durch eine Luke auf den Dachboden führte. Dann hörte ich es von oben poltern. Neugierig stieg ich hinauf und erklomm, halb gebückt, Stufe für Stufe, meine Seele überflutet von längst vergessen geglaubten Kindheitserinnerungen, in denen ich im Haus meiner Großmutter nahe Tönning auf dem Heuboden mit den Nachbarskindern

Verstecken gespielt oder dort sogar übernachtet hatte. Wie schön war diese Zeit gewesen, so unschuldig, voller Wunder und Magie. Weshalb musste man eigentlich erwachsen werden, und warum wich der Kindheitszauber damit unweigerlich einer Welt voller Herausforderungen und Kraftakte?

Nachdem sich meine Augen an das Zwielicht des Dachgeschosses gewöhnt hatten, sah ich Elisa inmitten von Kartons stehen, Staubflusen im Haar, mit dunklen Ringen unter den Augen und todernster Miene. Dann erst erkannte ich, dass der Holzboden klitschnass war und die meisten Kartons sich entweder von der Feuchtigkeit bogen, bereits in sich zusammengesackt waren oder eine feine Wasserschicht den Deckel der Kisten bedeckte.

»Es hat hereingeregnet«, sprach Elisa das Offensichtliche aus. »Ich habe schon Dutzende Kartons inspiziert, doch der Inhalt der meisten ist meines Erachtens so gut wie zerstört. Meine Mutter dreht durch, wenn sie das hier sieht. Allerdings hat sie jahrelang die Warnungen meines Bruders in den Wind geschlagen, der immer schon gesagt hat, dass das Reetdach ausgebessert werden muss und dass es ratsamer sei, ihre Schätze woanders aufzubewahren.«

»Ach du meine Güte«, erwiderte ich, als ich einen Stapel Bücher erblickte, der einem einzigen Klumpen glich, und wusste sofort: Jetzt ist es an der Zeit zu handeln! »Wir sollten versuchen, die Kisten so schnell wie möglich hier herauszuschaffen und den Inhalt zu trocknen, vor allem für den Fall, dass es wieder regnet. Außerdem muss dringend ein Handwerker her und jede helfende Hand, die wir bekommen können, denn es dauert sicher eine Weile, bis wir den Boden leer geräumt haben.« Ich mochte mir gar nicht ausmalen, wie anstrengend es sein würde, die Kartons über die wacklige Trittleiter nach unten zu befördern. Doch Bücher zu retten war fraglos jede Anstrengung wert. »In diesem Fall wäre ein Seilzug hilfreich oder etwas, womit wir die Kartons auf anderem Weg in Sicherheit bringen können.«

»Ich versuche, meinen Bruder zu erreichen«, sagte Elisa, nahm ihr Handy und stellte sich etwas abseits, während ich die vorn stehenden Kisten so nah an die Leiter schob, dass ich zuerst in das darunterliegende Geschoss klettern und hoffentlich von dort aus einen Pappkarton nach dem anderen auf den Boden hieven konnte, auch wenn das ein ziemlich riskantes Unterfangen war. Es würde wahrscheinlich nur gelingen, wenn Elisa mir von oben die Kisten anreichte oder – noch einfacher – wir die Bücher in kleinen Stapeln nach unten trugen. So oder so würde es Stunden dauern, bis wir den Dachboden leer geräumt hatten.

»Eric kann leider erst heute Nachmittag, weil er gerade einen Job auf dem Festland hat, aber er will sich umhören und kann wahrscheinlich eine hydraulische Arbeitsbühne besorgen«, erklärte Elisa, nachdem sie das Telefonat beendet hatte.

»Das klingt fürs Erste schon mal gut«, erwiderte ich und versuchte, mir eine praktikable Systematik zu überlegen. »Aber wohin dann mit den Büchern? Wir brauchen einen Platz, um sie zu trocknen.«

»Ich gehe mal eben in den Anbau und schaue nach, ob es dort eine Möglichkeit zur Zwischenlagerung gibt«, erwiderte Elisa und schenkte mir ein zaghaftes Lächeln. »Danke, dass du bereit bist, zu helfen.«

Als Elisa den Dachboden verlassen hatte, versuchte ich, mir einen Überblick über das Ausmaß der Zerstörung zu verschaffen. Zum Glück gab es Stellen, die beinahe trocken waren, die Bücher in den dort stehenden Kartons sollten eigentlich unbeschädigt sein. Ich öffnete die nächststehende Kiste und erkannte zuoberst eine Sammlung von Geschichten aus der Feder von Jens Emil Mungard, dem berühmten Sylter Dichter. Die meisten seiner

Texte waren ausschließlich in Sölring, dem Sylter Friesisch, erhältlich, und es gab nur noch wenige Exemplare, wie ich von Bekannten erfahren hatte, die an einer CD mit vertonten Texten von ihm arbeiteten. Wieso nur hatte Fenja diese kostbare Rarität auf dem Dachboden verwahrt, statt das Buch irgendwohin zu stellen, wo es keiner Gefahr ausgesetzt war? Vorsichtig nahm ich es aus dem Karton und sah, dass es wahrscheinlich schon vor dem Regenguss in Mitleidenschaft gezogen worden war. Zwischen den Wasserflecken konnte man auch die Stockflecken sehen, die das Buch gelblich braun verfärbt hatten. Wäre es nicht so nass gewesen, wäre mir sicher sofort der modrige Geruch in die Nase gestiegen, der so typisch für zersetztes Papier oder Textilien war.

Je länger ich herumräumte und versuchte, die völlig zerstörten Bücher von denjenigen zu trennen, bei denen es noch Hoffnung gab, desto melancholischer wurde ich.

Fenja Lorenzen war die personifizierte Bücherliebe, und ich wusste, dass sie diese von ihrer Mutter und deren Mutter genauso geerbt hatte wie viele der Titel, die nun Opfer der Sturmnacht geworden waren. Wieso nur hatte die alte Dame nicht auf den Rat ihres Sohnes gehört und längst einen Dachdecker beauftragt, um Katastrophen wie diese zu verhindern?

Lag es am mangelnden Geld, oder bedeuteten ihr die Bücher womöglich nichts mehr? Weshalb sonst wollte sie sie wohl dem Archiv spenden, anstatt sie für nachfolgende Generationen ihrer Familie zu bewahren?

Das Haus
am Ende der Welt

Jede Generation, so heißt es, deckt ein Reetdach.

Je nach Qualität, Witterungsverhältnissen und Pflege konnte es zwischen fünfundzwanzig und vierzig Jahre lang halten. Doch es gab Zeiten, in denen die Bewohner eines Reetdachhauses sich um Dinge kümmern mussten, die ihnen viel wichtiger waren als die Instandhaltung des Reets. Sie liebten, sie hassten, sie wurden von Krankheiten geplagt, frönten heimlichen Leidenschaften und hatten Stelldicheins. Sie lachten aus vollem Herzen, gebaren Kinder, verloren sich in Träumereien, trugen sich mit dem Gedanken, ihr Leben an einem anderen Ort zu verbringen oder ins Meer zu gehen. Das Dach über ihren Köpfen breitete einen schützenden Mantel über alles, was darunter geschah. Das Schilfrohr, aus dem es gemacht wurde, wuchs an Ufern oder in sumpfigem Gelände und diente zudem der Bestickung der Deiche, die Nordfriesland vor schweren Sturmfluten schützen sollten. Das Reet kühlte in heißen Sommern und hielt in langen Wintern die Kälte draußen, der First wurde aus Grassoden gefertigt. Das Dach neigte sich in einem Winkel von fünfundvierzig Grad der Erde zu, sodass Wassertropfen von Halm zu Halm nach unten gleiten, in ausreichendem Abstand zum Mauerwerk abtropfen und schließlich im Boden versickern konnten. Doch irgendwann alterte das Reet, es hatte zuweilen auch mit Pilzbefall zu kämpfen, der es schleichend sterben ließ. Dann wurde es allerhöchste Zeit, dafür Sorge zu tragen, dass es ausgebessert und erneuert wurde. Ansonsten lief man nämlich Gefahr, eines Tages hilflos mit ansehen zu müssen, dass Dinge, die man verborgen geglaubt hatte, ans Licht kamen ...

9

LISTLAND, GEGENWART

Anna

Ich war schweißgebadet und erschöpft vom Schleppen der Bücher, als Elisa einem Bekannten ihres Bruders namens Lasse die Tür öffnete und ihn ins Haus bat, nachdem er zunächst einen kleinen Radlader mit Palettengabel auf dem Hofplatz abgestellt hatte. Anschließend fuhr er noch einmal nach List und kehrte mit einem Anhänger zurück, auf dem eine hydraulische Arbeitsbühne stand. Danach tranken wir auf der Terrasse Kaffee.

»Schöner Schiet«, sagte Lasse mehrmals und wiegte den Kopf hin und her, als wir beratschlagten, wo die mobile Bühne positioniert werden sollte.

»Am besten stellen wir den Radlader hier auf die Terrasse, denn das Dachbodenfenster befindet sich direkt darüber«, mischte sich nun ein Mann ins Gespräch, der gerade aus einem Lieferwagen gestiegen war und aufgrund seiner sommerweizenblonden Haarfarbe und der markanten Gesichtszüge eine gewisse Ähnlichkeit mit Elisa hatte. »Das Pflaster ist ohnehin nicht mehr in besonders gutem Zustand, also kann es fast nicht mehr schlimmer werden. Auf alle Fälle müssen die Bücher von da oben weg, sonst können die Handwerker später ihren Job nicht machen. Außerdem wird es morgen wahrscheinlich regnen.«

»Hat denn überhaupt jemand so kurzfristig Zeit?«, fragte Elisa, und Eric schüttelte bedauernd den Kopf. Erst dann fiel ihr offenbar ein, dass sie ihren Bruder und mich einander vorstellen musste. Begrüßt hatte sie Eric weder mit einer Umarmung noch einem Kuss, was mich ein wenig verwunderte.

»Freut mich sehr«, sagte ich, gab Eric die Hand und bereute zugleich, dass ich sie mir nicht vorher gewaschen hatte.

Alles an mir klebte, das Räumen in der Wärme brachte mich an meine körperlichen Grenzen.

»Wir müssen erst mal die Strandkörbe zur Seite schaffen, bevor wir loslegen können, Lasse«, sagte Eric, nachdem er mir ein kurzes Lächeln geschenkt hatte. »Machst du das mal eben mit dem Radlader?«

Es dauerte nicht allzu lange, bis Lasse einen Strandkorb nach dem anderen auf die an das Haus grenzende Wiese gebracht hatte, wo die Hühner gerade emsig herumpickten, beobachtet von dem umherstolzierenden Hahn. Danach steuerte Eric den Wagen mit dem Anhänger rückwärts auf die Terrasse und entlud mit Lasses Hilfe die Arbeitsbühne.

»Gut, dass das kein Hochhaus ist«, sagte Eric augenzwinkernd und fuhr die Bühne schließlich auf Höhe des Fensters im Dachboden. »Mädels, seid ihr bereit, die Kisten über das Sims zu hieven, oder soll einer von uns euch helfen?«

»Wir machen das schon. Lasse kann die Kartons unten in Empfang nehmen und in den Anbau tragen, wo ich Platz geschaffen habe«, erwiderte Elisa. Sie hatte mir vorhin erzählt, dass das Holzhaus neben dem von Fenja früher zur Beherbergung von Feriengästen gedient hatte. Jetzt standen darin vorwiegend altes Spielzeug, Gartengeräte und anderer Krimskrams, die sie ins obere Geschoss des ehemaligen Gästehauses getragen hatte, während ich weiter die Bücher sortierte. Auch Elisa sah aus, als könnte sie eine erfrischende Dusche gebrauchen, ihre Haare waren verklebt, die Nase leicht gerötet, da sie in der Aufregung wohl vergessen hatte, Sonnenschutz aufzutragen.

Als die Abenddämmerung einsetzte, waren wir endlich fertig und zutiefst erschöpft von der harten Arbeit. Eric und Lasse hatten die Lücken im Reetdach provisorisch abgedichtet und alle Kartons im Anbau verstaut, in dem man sich nun kaum drehen und wenden konnte.

»Morgen kann ich mich bestimmt nicht rühren vor Muskelkater«, sagte ich, als wir mit Blick aufs Meer Bier tranken, das Elisa aus dem Kühlschrank geholt hatte. Lasse und Eric saßen in einem der Strandkörbe, die sie zuvor zurück an ihren ursprünglichen Platz gebracht hatten, Elisa und ich jeweils in einem der anderen beiden. Elisa sprach kein Wort und starrte, in Gedanken versunken, unablässig auf ihr Handy. Eric und Lasse unterhielten sich über die Arbeit. Aus den Gesprächsfetzen schloss ich, dass Eric alle möglichen Handwerkerjobs auf der Insel und dem Festland übernahm. Schließlich stand er auf und verabschiedete sich mit der Bemerkung, dass er morgen früh erneut versuchen würde, einen Reetdachdecker zu erreichen, und sich auch um einen Glaser bemühen wollte, der Elisas Fenster ersetzte. Lasse gähnte herzhaft und schloss sich Eric an.

Elisa löste den Blick nur kurz von ihrem Mobiltelefon, sagte knapp: »Danke, bis morgen«, und tippte dann eine Nachricht.

Mir erschien diese Verabschiedung viel zu verhalten angesichts der großen und vor allem raschen Hilfe, die wir von den beiden Männern bekommen hatten, und der Tatsache, dass Elisa und Eric Geschwister waren. »Vielen Dank, dass ihr beide so spontan eingesprungen seid und euch die Zeit genommen habt«, sagte ich daher und gab erst Lasse die Hand, dann Eric.

»Tja, Männer wie ich sind zurzeit heiß begehrt, das liegt am

Fachkräftemangel, doch wenn wir gebraucht werden, machen wir das nach Kräften möglich«, entgegnete er, und ein schelmisches Lächeln umspielte seine schön geschwungenen Lippen. »Aber jetzt mal Scherz beiseite. Es wird schon alles wieder gut, außer dass es meiner Mutter das Herz brechen wird, zu erfahren, was passiert ist. Letztlich findet sich jedoch immer für alles eine Lösung.«

»Doch dazu müsste Mama erst mal erreichbar sein«, zischte Elisa, die ihren Blick kurz vom Handy löste. »Sie hat den perfekten Zeitpunkt gewählt, um sich aus dem Staub zu machen.« Aus ihren Worten sprach eine solche Aggression, dass es mir schier die Sprache verschlug. Doch Eric verließ gemeinsam mit Lasse das Grundstück, ohne auch nur mit einer Silbe auf die Bemerkung seiner Schwester einzugehen.

Elisa und ich blieben zurück, und ich wusste nicht, wie ich mit ihrer Gemütslage umgehen sollte, die mir beinahe körperliches Unbehagen bereitete. »Soll ich uns etwas zu essen machen?«, schlug ich vor, weil mir gerade nichts Besseres einfiel. Außerdem knurrte mein Magen, wir alle hatten tagsüber nur nebenbei etwas Obst oder ein belegtes Brot gegessen, um nicht unnötig Zeit zu verlieren.

»Das wäre nett«, murmelte Elisa beinahe unhörbar, und ich glaubte, Tränen in ihren Augen schimmern zu sehen.

Hätte es sich um meine Freundin Svenja gehandelt, so hätte ich sie in den Arm genommen und so lange gehalten, bis sie sich ausgeweint hatte und es ihr besser ging. Doch Elisa kannte ich erst wenige Stunden und empfand ihr bisheriges Verhalten als ambivalent und etwas anstrengend.

»Ich sehe mal, was ich uns zaubern kann, und bringe dann alles nach draußen. Oder möchtest du lieber im Haus essen?«

»Nein, nein, frische Luft tut gut, außerdem ist das ein wirklich herrlicher Abend. Kaum zu glauben, dass es gestern so stark gestürmt hat, aber so ist das nun mal an der Nordsee. Ich danke dir für alles, was du für uns getan hast, du hättest genauso gut deine Sachen packen und wieder zurück nach Hamburg fahren können, schließlich wolltest du hier Urlaub machen. Während du also netterweise das Essen zubereitest, kümmere ich mich um die Hühner und die Schafe. Leider habe ich die Flaschenlämmer heute wegen all der Aufregung nicht so regelmäßig gefüttert, wie es sein sollte, ich hoffe, sie verzeihen mir das.«

Ich erwiderte: »Bis gleich«, ging in die Küche und inspizierte den Inhalt des Kühlschranks sowie der Speisekammer. Da Nudeln schnell zuzubereiten waren, ließ ich eine halbe Packung Linguine in einen Topf mit sprudelndem Salzwasser gleiten und briet dann in der Pfanne eine Mischung aus Zwiebeln, Knoblauch, Paprika, Tomaten und Zucchini an, die ich mit italienischen Kräutern und Chiliflocken würzte. Abschließend entkorkte ich eine Flasche Rotwein, damit dieser noch ein wenig atmen konnte, und prüfte, ob die Nudeln gar waren. Währenddessen fragte ich mich, ob ich meinen Aufenthalt um einen weiteren Tag verlängern sollte.

Momentan hatte ich das Gefühl, dass ich hier noch gebraucht wurde. Und natürlich hegte ich die Hoffnung, dass Fenja bald wieder zurückkehrte.

»Da komme ich ja genau richtig, das duftet köstlich«, sagte Elisa anerkennend, als sie die Küche betrat, und verteilte die Pasta auf zwei tiefe Teller. Dann holte sie zwei Weingläser aus dem Hängeschrank neben dem Herd.

Kurz darauf saßen wir am hölzernen Esstisch auf der Terrasse, mit Blick auf die Strandkörbe und den schmalen Trampelpfad, der zum Wasser führte. Möwen, Seeschwalben und Austernfischer überflogen das Haus in Richtung Meer, nicht mehr lange, und es würde so dunkel werden, dass wir die Windlichter anzünden mussten, um noch etwas sehen zu können.

»Du kannst richtig gut kochen«, lobte Elisa, nachdem sie das Nudelgericht gekostet hatte, und schenkte sich ein zweites Glas Wein ein. Ein wenig argwöhnisch hatte ich registriert, wie schnell sie das erste ausgetrunken hatte. »Was ist denn das Leibgericht deiner Tochter?«

»Sie liebt Spaghetti Bolognese, selbst gemachte Kartoffelpuffer mit Lachs und Labskaus«, erwiderte ich und wünschte, Kathrin wäre jetzt hier. Sie würde diese himmlische Ruhe, den funkelnden Sternenhimmel und die Rufe der Seevögel genauso genießen wie ich. Allein dieser Anblick entschädigte für die heutigen Anstrengungen und machte tatsächlich Lust, zu bleiben. Vielleicht konnte ich den morgigen Tag nutzen, um weitere Notizen für Fenjas Biografie zu machen, schließlich warf die Situation auf dem Dachboden durchaus spannende Fragen auf.

»Meine Mutter hat mir immer Buchstaben-Nudelsuppe gemacht, als ich klein war«, sagte Elisa leise. »Bei ihr dreht sich alles um das geschriebene Wort, das grenzt schon beinahe an Besessenheit.«

Auch ein Punkt, der mehr als interessant war und mich darüber sinnieren ließ, wie es wirklich um die Mutter-Tochter-Beziehung bestellt war.

In dem Moment, als Elisa diese erneute Kritik an Fenja formuliert hatte, schien sie selbst zu bemerken, wie unangemessen es war, ihre Verbitterung mir gegenüber so deutlich auszusprechen. »Bitte entschuldige, Anna. Ich bin zurzeit ziemlich durch den Wind und nicht mehr Herrin meiner selbst. Leider habe ich kein einfaches Verhältnis zu Mama, aber glaub mir, ich liebe sie.«

Das brauchte Elisa gar nicht zu versichern, denn nur Menschen, die einem wirklich etwas bedeuteten, hatten die Macht, einem ernsthaft wehzutun, ob unbewusst oder absichtlich.

»Außerdem hat sich mein Lebensgefährte von mir getrennt, und ich weiß nicht, wo mir der Kopf steht. Während ich hier bin, zieht er gerade aus unserer gemeinsamen Wohnung in Lübeck aus und fragt mich ständig, ob dieser oder jener Gegenstand ihm gehört oder mir. Du denkst wahrscheinlich, ich bin handysüchtig, aber ich muss online sein, sonst schleppt Andreas am Ende noch Möbel oder Dinge weg, die ich von meiner Familie geerbt habe und die mir unendlich viel bedeuten, wie zum Beispiel das Akkordeon meiner Großmutter Lene.« Elisas Stimme brach, und eine Welle von Mitleid überrollte mich. Offenbar war sie in erster Linie deshalb im Listland, weil sie eine große Liebe verloren hatte und Zeit zum Trauern brauchte, wahrscheinlich auch den Trost ihrer Mutter. Doch die war nicht hier, um ihre Tochter in den Arm zu nehmen.

Also tat ich es.

10

LISTLAND, 1937

Lene

»Guten Morgen, mein Schatz, wie geht es dir heute?«, fragte Beeke Iwersen ihre Tochter, als diese mit einem Korb voller Eier, die sie gerade im Hühnerstall gesammelt hatte, in die Küche kam.

»Danke, gut, und dir, Mama?«, antwortete Lene und stellte das ovale Drahtgeflecht auf den Tisch, der als Arbeitsfläche diente. Dann fiel ihr Blick auf die gusseiserne Pfanne mit der weiß emaillierten Oberfläche und den kugelrunden Einkerbungen, die ihre Mutter gerade säuberte, und sie fragte mit leuchtenden Augen: »Essen wir heute etwa Futjes?«

»Ja, die gibt es zu Mittag, mein kleines Leckermäulchen, und zwar auf speziellen Wunsch von Herrn Behlau. Stell dir vor, der junge Mann hat diese Köstlichkeit noch nie zuvor gegessen.«

»Tatsächlich?« Für Lene war es unvorstellbar, dass jemand diese delikate Süßspeise nicht kannte. Das traditionelle nordische Hefeteiggebäck wurde in Fett ausgebacken und erhielt so seine wunderbare goldgelbe Färbung. Serviert wurden diese *Förtchen* mit Apfel- oder Pflaumenmus, zuweilen auch verfeinert mit gehackten Nüssen oder Rosinen. »Dann wird es aber allerhöchste Zeit.«

»Du kannst sie ihm ja später bringen«, erwiderte Beeke mit einem feinen Lächeln auf den Lippen. »Herr Behlau scheint gerade sehr vertieft in seine Arbeit zu sein, denn er wollte heute gar kein Frühstück, sondern nur die Futjes als kleinen Energieschub nach der Mittagsstunde.«

Dies kam genau zur rechten Zeit, denn Lene hatte den ganzen Morgen darüber gegrübelt, unter welchem Vorwand sie den Feriengast aufsuchen konnte. Seit ihrem Spaziergang am Strand waren vier Tage vergangen, ohne dass sie ihn auch nur gesehen oder gar mit ihm gesprochen hatte, und es erschien ihr wie eine Ewigkeit.

»Das mache ich sehr gern«, erwiderte Lene und ging in die an die Küche grenzende Stuv zum Bücherregal. Vielleicht stand dort ein Roman, über den sie mit Marten Behlau sprechen konnte. Lene strich mit dem Finger sanft über die Buchrücken und stellte sich dabei vor, ihre Hände berührten sein Gesicht. Vor ihren Augen tanzten Buchstaben, Titel und Illustrationen, den Leineneinbänden entströmte ein erdiger Duft, für Lene schöner als jedes wohlriechende Duftwasser.

Sie nahm den Roman *Der Zauberberg* von Thomas Mann aus dem Regal, schnupperte zuerst daran und presste den dicken Wälzer dann an ihre Brust. Einem Buch und seinen Figuren so nahe zu sein, erschien ihr stets, als schlüpfte sie in eine Zauberwelt. Für gewöhnlich betrat sie dieses Neuland zunächst zaghaft, versuchte, sich zurechtzufinden, grüßte hie und da freundlich und immer voller Respekt. Dann glitt sie Seite für Seite durch das geheimnisvolle Labyrinth, öffnete Türen zu verschiedenen Räumen, bis sie schließlich gänzlich mit jenem Wunderland verschmolz und am liebsten für immer darin geblieben wäre. Doch natürlich gab es auch Titel, die ihr Herz überhaupt nicht berührten oder sie gar verärgerten, dann suchte sie so schnell wie möglich den Ausgang und sagte nicht einmal Lebewohl.

»Wusstest du, dass es in diesem Buch auch um unsere Insel

geht?«, fragte Beeke, die sich zu ihrer Tochter gesellt hatte. Lene schüttelte den Kopf. Was hatte der Schriftsteller aus Lübeck mit Sylt zu schaffen?, fragte sie sich. Sie wusste wohl, dass der berühmte Autor eine Weile in Clara Tiedemanns Haus Kliffende am Rande von Kampen logiert hatte, aber mehr auch nicht.

»›Auf Sylt hatte er‹«, begann Beeke zu rezitieren, »›in weißen Hosen, sicher, elegant und ehrerbietig, am Rande der mächtigen Brandung gestanden wie vor einem Löwenkäfig. Dann hatte er gebadet, während ein Strandwächter auf einem Hörnchen denjenigen Gefahr zublies, die frecherweise versuchten, über die erste Welle hinaus zu dringen.‹ Ja, Thomas Mann war sehr beeindruckt, als er 1921 die Lister Wanderdüne erklomm und sich in der Sahara wähnte.«

»Ich bewundere dein Textgedächtnis, liebste Mama«, erwiderte Lene und dankte ihrer Mutter insgeheim dafür, dass sie ihr unbeabsichtigt einen Vorwand geliefert hatte, um mit Marten Behlau über mehr zu sprechen als über frisch gebackene Futjes. »Darf ich mir das Buch borgen?«

»Aber natürlich. Ich kann zwar nicht versprechen, dass es dir gefallen wird, denn du mochtest auch die *Buddenbrooks* nicht sonderlich, aber es lohnt sich, in die Sprache dieses exzellenten Schriftstellers einzutauchen. Und Lesen macht stets klüger, doch das weißt du ja selbst. So, nun muss ich aber geschwind zu deinem Vater, denn er benötigt in irgendeiner Angelegenheit meinen Rat. Wir sehen uns dann später, mein Liebes.«

Lene nickte ihrer Mutter zu und beschloss, einen Strandspaziergang zu unternehmen, wie sie es immer tat, wenn ihre Gedanken auf Wanderschaft gingen und sie frische Luft brauchte, um die Gedankenfetzen wieder einzufangen und zu ordnen. Zudem hoffte sie, den fliegenden Händler Bo zu treffen, den sie manchmal um Rat fragte, wenn sie nicht weiterwusste und traurig war, dass sie keine Freundin in der Nähe hatte – nur entfernte Cousinen in Westerland, mit denen sie sich jedoch nicht sonderlich gut verstand.

Zum ersten Mal war Lene Bo an einem Wintertag begegnet, der so eisig gewesen war, wie Listland es lange nicht mehr erlebt hatte. Die Dünenberge der Nordspitze lagen unter einer Haube aus dickem Schnee, durch die nur stellenweise Büschel von Seehafer oder Heidekraut lugten. Der Wassersaum war gefroren, und die anlandenden Wellen glucksten träge unter einer kristallenen Eisschicht, die sich noch nicht vollständig geschlossen hatte. Der Morgenhimmel färbte sich in einem Roséton, der Lene an den losen Puder erinnerte, den Beeke zu feierlichen Anlässen mit einer dicken Quaste auf Gesicht und Dekolleté auftrug, der dabei nach allen Seiten stäubte und wunderbar duftete. Die damals Zehnjährige stapfte durch den knirschenden Schnee und suchte das Ufer nach Fundstücken ab. Für gewöhnlich entfernte sie sich nicht allzu weit vom Haus, doch an diesem Tag war schon seit dem Aufstehen alles anders als sonst. Statt des rechten Fußes hatte Lene den linken zuerst auf den kalten Boden gesetzt und wäre deshalb beinahe gestolpert. Die Ponys hatten beim morgendlichen Füttern störrisch geschnaubt und nichts fressen wollen, die Hühner hatten keine Eier gelegt. Zudem glaubte Lene eine schwarze Katze gesehen zu haben, was eigentlich unmöglich war, da Hofhund Joona sofort Alarm geschlagen und eifersüchtig Jagd auf sie gemacht hätte.

Nach dem Frühstück ging sie an den Strand und entdeckte einen Vogel, den sie noch nie zuvor gesehen hatte. Bo meinte später, es könne ein Eisvogel gewesen sein, und Lene glaubte ihm, weil Bo unendlich viel wusste. Das Gefieder des hübschen Tierchens schimmerte kobaltblau, seine Brust hatte die Farbe von Rost. Sein

Rufen glich einem »Ziii« und klang in Lenes Ohren wie ein Gruß aus einer anderen Welt. Die Kleine beobachtete fasziniert, wie der Vogel immer wieder steil ins Wasser stieß und dann nach oben Richtung Himmel schoss. Mal mit einem kleinen Fisch im Schnabel oder einer Strandkrabbe, mal gänzlich ohne Beute. Lene folgt dem zauberhaften Wesen so lange, bis es aus ihrem Blickfeld verschwand, weil plötzlich Nebel aufstieg und den Strand nach und nach verhüllte. Aus ebenjenem Nebel schälte sich eine Gestalt, die Lene an den Klabautermann aus einem der reich illustrierten Sagenbücher erinnerte, welche der Vater ihr gelegentlich vorlas.

»Guten Tag«, sagte der Klabautermann und lächelte ein beinahe zahnloses Lächeln. Die struppigen Haare undefinierbarer Farbe standen kreuz und quer vom Kopf des Männchens ab, das aussah, als sei es so alt wie das Meer. Doch sein schiefes Lächeln glich dem eines Lausejungen, dem es Spaß machte, Lene zu triezen. »Ich bin Bo, und wer bist du?«

Lene kaute auf den Lippen, denn die Eltern hatten ihr eingebläut, niemals Fremden ihren Namen zu verraten, nicht mit ihnen zu sprechen und schon gar nicht, mit ihnen mitzugehen.

Der seltsame Wicht nahm den graubraunen, hohen Filzhut vom Kopf und deutete mit schwungvoller Handbewegung eine Verbeugung an. »Verzeihung, die Dame, ich vergaß, meinen Hut zu lüften. Das war unhöflich und unangemessen.«

Lene blinzelte ein paarmal, weil sie sichergehen wollte, dass sie keinem Trugbild aufsaß. Doch weil an diesem Tag gar nichts war wie üblich, erwiderte sie schließlich mit leiser Stimme: »Ich bin Lene Iwersen.«

»Freut mich, dich kennenzulernen, kleine Iwersen«, erwiderte Bo, und mit einem Mal stieg Lene ein scharfer Geruch aus Algen, Brackwasser und totem Fisch in die Nase. »Kommst du oft hierher? Ich habe dich noch nie zuvor gesehen.«

»Ich dich auch nicht«, erwiderte Lene und ging einige Schritte rückwärts. Sie musste so schnell wie möglich nach Hause, damit ihre Eltern sich keine Sorgen um sie machten. Seenebel gehörte zu den Ereignissen, vor denen sie ihre Tochter gewarnt und vor denen alle Inselbewohner großen Respekt hatten.

»Ich lebe nicht auf diesem Eiland, sondern bin überall dort zu Hause, wo es Spannendes zu finden oder entdecken gibt. Willst du mal sehen?« Mit diesen Worten öffnete Bo zuerst die eine Seite seines schweren, schwarzen Mantels, der auf dem Boden schleifte, und dann die andere. Lene sah es funkeln und schimmern, und mit einem Mal packte sie eine solche Neugier, dass sie alle Vorsicht und Ängste über Bord warf wie unnützen Ballast und näher trat. Am Innenfutter des Mantels waren kleine Haken befestigt, an denen silberne Löffel, Schmuckstücke, eine Schreibfeder, Schlüssel, Taschenmesser und sogar Parfümfläschchen hingen.

»Möchtest du etwas davon kaufen?«, fragte Bo, als Lenes Blick am Federkiel des Schreibgerätes hängen blieb, zu dem Bo ein passendes Tintenfässchen aus seiner Manteltasche zauberte.

»Ich habe leider kein Geld«, erwiderte Lene wie hypnotisiert.

In ihrer Fantasie sah sie sich am Tisch sitzen, gewärmt vom Feuer der Küchenhexe, und ein Buch schreiben. Oder fürs Erste zumindest einen Brief, denn sie hatte noch nie zuvor auf diese altmodische Weise Zeilen zu Papier gebracht.

»Der Kiel ist aus dem Gefieder eines Kolkraben«, erwiderte Bo, ohne auf Lenes Einwand einzugehen. »Manche bezeichnen ihn als Galgenvogel, ich hingegen bevorzuge es, darauf hinzuweisen, dass Raben als Symbol für Weisheit gelten. Schon Gott Odin besaß zwei dieser klugen und schönen Tiere, die ihm berichteten, was auf der Welt vor sich ging.«

»Was auf der Welt vor sich ging«, hatte die kleine Lene murmelnd wiederholt und ihre Gedanken sehnsuchtsvoll auf eine

Reise nach Asien, Afrika, zu den Pyrenäen und zum Kap der Guten Hoffnung geschickt, obgleich sie Listland über alles liebte.

»Weißt du, was, kleine Lene? Ich schenke dir den Federkiel und die Tinte, wenn du mir im Gegenzug beim nächsten Mal etwas gibst, was du am Meer gefunden hast oder von dem du denkst, dass es mir gefallen würde.« Ehe Lene sichs versah, hielt sie auch schon das Objekt ihrer Sehnsucht in der Hand. Doch bevor sie sich dafür bedanken oder Bo fragen konnte, wann sie einander wiedersehen würden, war er auch schon verschwunden. Nur die Feder des Kolkraben und das Glasfläschchen mit schwarzer Tinte, der Verschluss versiegelt mit blutrotem Wachs, bezeugten, dass Lene sich diese mysteriöse Begegnung wohl nicht eingebildet hatte. Seit diesem Tag hielt sie bei ihren Streifzügen durch die raue Landschaft des Lister Ellenbogens Ausschau nach kleinen und großen Geschenken für Bo.

In den vergangenen Jahren waren sie einander immer wieder begegnet, doch stets, so schien es, zufällig. Und meist dann, wenn Lene es am wenigsten erwartete oder schon glaubte, Bo existiere lediglich in ihrer Fantasie. Wenn sich diese magischen Begegnungen ereigneten, kam es Lene so vor, als stünde die Zeit still. Als gäbe es weder Ebbe noch Flut noch Wellen, spiegelglatte See, Sturm oder Windstille. Horizont und Himmel schienen ineinanderzufließen, und es gab nur noch diesen seltsamen kleinen Mann, den sie alles fragen konnte, was sie sonst vielleicht mit einer guten Freundin beratschlagt hätte. Sie hatte Bo im Laufe der Zeit Muschelketten und Papierschiffchen gebastelt, ihm das Hufeisen eines der Ponys als Glücksbringer geschenkt und Briefe mit Federkiel und Tinte geschrieben sowie kleine Geschichten vom Meer, den Tieren und den Zwergseeschwalben, die in der Nähe des Hauses brüteten und die zu ihren besonderen Lieblingen zählten.

Heute wollte sie Bo fragen, ob er etwas von den großen Gefühlen wusste, von denen sie bislang nur in Büchern gelesen hatte. Und es drängte sie zu erfahren, ob das, was sie für Marten Behlau empfand, Liebe sein könnte. Doch so intensiv sie auch an ihren seltsamen Freund vom Meer dachte – er zeigte sich nicht. Und so musste Lene ihre verwirrenden Sehnsüchte, Fantastereien und Tagträume tief in ihrem jungen Herzen verschließen, damit keiner ahnte, dass sie für einen beinahe Fremden so fühlte wie noch nie zuvor für jemanden.

Als Lene vom Strand zurückgekehrt war, rief Beeke nach ihr, denn die frisch gebackenen Futjes warteten darauf, zu Marten Behlau gebracht zu werden. Nachdem Lene zaghaft an seiner Zimmertür geklopft hatte, um nicht rüde seinen Gedankenfluss zu unterbrechen, öffnete er und strahlte Lene an, als sei sie seine persönliche Muse.

»Darf ich das dorthin stellen?«, fragte diese und deutete mit einem Kopfnicken auf den Esstisch, der am Fenster stand, umrahmt von drei Stühlen.

»Sehr gern, ich freue mich, Sie zu sehen«, erwiderte Marten, und Lene platzierte die Pfanne auf einem Untersetzer, den sie ebenfalls dabeihatte, genau wie den Roman *Zauberberg* von Thomas Mann.

»Ich bringe Ihnen nicht nur Süßes, sondern auch geistige Nahrung«, erklärte sie, als sie das dicke Buch auf die Fensterbank legte. Sonnenstrahlen fielen auf den Einband, und Lene beeilte sich zu erklären, dass Thomas Mann seit seinem ersten Inselbesuch 1921 ein großer Sylt-Liebhaber war.

»Davon habe ich natürlich gehört«, erwiderte Marten Behlau und platzierte zwei Teller auf dem Tisch, eine unmissverständliche Geste. »Ich würde gern mal einen Blick auf das berühmte Haus Kliffende in Kampen werfen, das sowohl den von mir sehr verehrten Schriftsteller als auch den Maler Emil Nolde, den Komponisten Friedrich Hollaender und vor allem den Verleger Ernst Rowohlt unter seinem Dach beherbergt hat. Würden Sie mir die Ehre erweisen, mich zu begleiten?«

Lene bekam weiche Knie und einen trockenen Mund, als sie »Nichts lieber als das« erwiderte und sich fühlte, als schlüge sie das erste Kapitel eines neuen Lieblingsbuchs auf.

11

LISTLAND, GEGENWART

Anna

Vereinzelte Sonnenstrahlen fielen durch die Gardine, ich lauschte versonnen dem Konzert der Seevögel und legte das Buch *Kampener Skizzen* von Clara Tiedemann beiseite. Ursprünglich hatte ich gestern Abend nur kurz in den Memoiren der Eigentümerin des Gästehauses Kliffende blättern wollen. Doch schon nach den ersten Seiten war ich so gefesselt von den Erinnerungen der Schauspielerin gewesen, dass ich nicht mehr aufhören konnte zu lesen.

Wie gut, dass dieses Buch nicht beschädigt wurde, dachte ich und betrachtete den blauen Einband, den eine schwarze Strichzeichnung von dem berühmten Gebäude in Kampen zierte, das mich bei jedem Spaziergang zum Quermarkenfeuer faszinierte. Hinter diesen weißen Mauern gingen einst viele berühmte Künstlerinnen und Künstler ein und aus. Zudem war dort seit 1920 in vielerlei Hinsicht Geschichte geschrieben worden, die es wert war, in Buchform festgehalten zu werden. Ich fragte mich unwillkürlich, ob es mir gelingen würde, das Leben von Fenja Lorenzen ebenso fesselnd und lebendig zu beschreiben, schließlich war ich erfahren im Verfassen von Sachbüchern – doch genau in der Herausforderung eines anderen Erzählstils lag ein großer Ansporn. Beseelt von der Aussicht auf diese schöne Aufgabe, checkte ich meine Mails, denn die Voraussetzung für das

Schreiben der Biografie war nun mal das Gespräch mit der Hauptperson.

Fenja hatte sich allerdings immer noch nicht gemeldet, was ihr nicht ähnlich sah. Ich hatte sie bislang als äußerst zuverlässig erlebt und konnte mir keinen Reim darauf machen, dass sie weder mit ihrer Tochter noch mit mir Kontakt aufnahm, obwohl sie uns beide nach Listland eingeladen hatte.

Mussten wir uns am Ende doch Sorgen um sie machen?

Ich stand auf und beschloss, einen Becher Kaffee am Wasser zu trinken, um dort die aufwühlenden Ereignisse des Vortags Revue passieren zu lassen. Außerdem war es an der Zeit, Elisa endlich die Wahrheit über den Grund meines Aufenthalts zu sagen und mich mit ihr darüber zu beratschlagen, ob es sinnvoller war, zu bleiben oder abzureisen.

Mit dem Becher in der Hand ging ich barfuß über den Pfad, der durch das Küstengras zum Ufer führte, und achtete sorgsam darauf, einen großen Bogen um das Brutgebiet der Zwergseeschwalben zu machen. Der Sand unter meinen Füßen war noch kühl, ein leiser Windhauch streifte mein Gesicht. Es fühlte sich an, als würde er mich streicheln.

Ganz schön lange her, dass mich jemand zärtlich berührt hat, dachte ich und spürte staunend, wie eine längst vergessene Sehnsucht nach Aufmerksamkeit verlangte. Nach der kurzen Beziehung mit Kathrins Vater machte ich mir keine Illusionen mehr über die Liebe. Natürlich gab es im Laufe der vergangenen Jahre die eine oder andere Begegnung, kleine Flirts und wohltuendes Kribbeln, das jedoch so schnell wieder abebbte, wie es begonnen hatte. Doch von Gefühlen, die tief unter die Haut gingen, las ich ausschließlich in Büchern.

Der Anblick einiger junger Zwergseeschwalben, die gerade über dem Wasser das Fliegen übten, erregte meine Aufmerksamkeit. Sie schienen förmlich in der Luft zu stehen, da sie wacker gegen den Wind ankämpften, der nun wieder an Fahrt aufnahm und die Kleinen am Weiterflug hinderte.

Ich hatte vor einigen Jahren eine Ornithologin interviewt, die den Küstenvögeln ihr Leben gewidmet hatte. Eine ihrer Aussagen war mir in Erinnerung geblieben, denn sie war ebenso poetisch wie anrührend: *In der Balz überreicht das Männchen dem Weibchen nach der Paarung ein Brautgeschenk in Gestalt eines Fischchens.* Versunken in den Anblick der unberührten Natur von Listland stand ich da, atmete tief durch und genoss das Rauschen der Brandung, die mit dem auflaufenden Wasser immer näher kam und das Plätschern der Wellen am Uferrand binnen kürzester Zeit übertönen würde. Von weit her hörte ich das Blöken der Lämmer und Schafe und, wenn es einen Augenblick lang besonders still war, das geheimnisvolle Blubbern und Knistern des Wattenmeers unter meinen nackten Füßen. Die Sonne überzog die Nordsee mit ihrem Lichtschein, doch nach und nach kamen Wolken auf, die den Himmel verdüsterten und mich frösteln ließen. Ich musste mir wohl doch eine Jacke holen, also ging ich zurück ins Haus. Im ersten Stock angekommen, sah ich, dass die Trittleiter wieder an der Luke zum Dachboden lehnte, und hörte die Stimmen zweier Männer. Neugierig geworden, stieg ich hinauf, wo ich als Erstes in das Gesicht von Eric blickte und dann in das eines weiteren Herrn.

»Guten Morgen, Anna. Darf ich vorstellen? Arfst Rickmers ist Reetdachdecker und hatte leider nur um diese Uhrzeit die Möglichkeit, hier vorbeizuschauen. Ich hoffe, wir haben Sie nicht geweckt.«

Ich schüttelte den Kopf und erklärte, dass ich gerade vom Strand kam. »Kann ich Ihnen beiden einen Kaffee kochen oder Tee?«

»Sehr gern«, erwiderte Eric und wandte sich wieder Arfst zu, der sich stirnrunzelnd etwas notierte und dann »Für mich bitte auch Kaffee« murmelte. Als ich die Trittleiter nach unten kletterte, hörte ich ihn »Was? So teuer? Das kann meine Mutter sich niemals leisten« sagen und dachte erneut an Fenja und ihre mysteriöse Abwesenheit.

Kurze Zeit später, nachdem ich eine Kanne Kaffee aufgesetzt und zwei Becher bereitgestellt hatte, tauchte Elisa in der Küche auf.

»Guten Morgen, du bist aber schon früh auf den Beinen«, sagte sie, und ich fragte im Gegenzug: »Hat deine Mutter sich bei dir gemeldet? Ich habe leider immer noch keine Antwort auf meine Mail erhalten. Sie muss unbedingt erfahren, was hier gerade los ist, oder nicht?«

Anstelle von Elisa beantwortete Eric, der soeben hereingekommen war, meine Frage. »Es genügt, wenn sie erst davon weiß, wenn wir herausgefunden haben, wie wir den Schaden am Dach für weit weniger Geld beheben, als Arfst es gerade kalkuliert hat, auch wenn es sich bei seinem Kostenvoranschlag um einen echten Freundschaftspreis handelt.«

Elisa begrüßte ihren Bruder mit einem knappen »Hallo« und setzte sich an den Esstisch, diesmal allerdings ohne Handy in Reichweite. »Hast du Lust, mir gleich beim Füttern der Lämmer zu helfen, Anna?«, fragte sie, ohne weiter Notiz von Eric zu nehmen, der soeben Milch in seinen Kaffee gab und so dicht neben mir stand, dass mir sein Aftershave in die Nase stieg, das verlockend nach Meer, Wind und Abenteuer duftete.

»Sehr gern«, erwiderte ich erfreut. »Mit dem schwarzen Schäflein habe ich schon direkt nach meiner Ankunft Freundschaft geschlossen und es Luzie genannt. Es ist entzückend und hat eine ausgesprochen eigenwillige Persönlichkeit, wie mir scheint. Wieso gibt es hier eigentlich so viele elternlose Schafe?«

»Meine Mutter sammelt nicht nur leidenschaftlich gerne Bücher, sondern auch verwaiste Tiere«, erwiderte Elisa. Ihre Lippen waren zu einem schmalen Strich geworden, ihre Worte klangen eher spöttisch als anerkennend.

»Was Elisa damit sagen will, ist, dass leider immer wieder mal eine Aue bei der Geburt stirbt, sich nach einer Mehrlingsgeburt nicht mehr um alle Lämmer kümmern kann oder jemand das Neugeborene angefasst hat und das Mutterschaf es dann nicht mehr als das eigene erkennt. Manchmal findet Fenja bei ihren Spaziergängen auch verletzte Tiere, du hast bestimmt schon gesehen, dass Listland die Heimat vieler Schafe ist.«

Ich erwiderte: »Allerdings«, und versuchte mir vorzustellen, wie viel Arbeit und Liebe es bedurfte, sich dieser Waisen anzunehmen. Das Wort »Liebe« musste unbedingt im Buchtitel vorkommen – ganz im Sinne meiner Verlegerin.

»Tiere hat es auf diesem Anwesen immer schon gegeben, sie gehören zu unserer Familie wie die Möwen zur Küste. Früher hatten die Lorenzens Ponys, um sich auf der Insel fortzubewegen«, erklärte Eric mit leuchtenden Augen. »Pferde sind einfach großartig. Ich wünschte, es gäbe hier heute noch welche, aber der Unterhalt ist natürlich kostspielig. Doch ein Ausritt im Watt bei Sonnenaufgang gehört mit zu den schönsten Erlebnissen, die man auf der Insel genießen kann.«

Angesichts dieses Stichworts dachte ich an meine nächtliche Lektüre. Clara Tiedemann hatte schon auf der ersten Seite ihrer Memoiren von Ausritten auf »guten Pferden« geschwärmt, die Sportart Ringreiten gehörte bis heute zur Inselkultur. Erics Frage »Mögen Sie Pferde?« durchbrach meine Gedanken an das Buch, und ich nickte. »Ich hege große Bewunderung für diese edlen, wunderschönen Tiere, habe aber auch großen Respekt vor ihnen.«

Elisa räusperte sich und klang gereizt, als sie sagte: »Ich störe euer Gespräch nur ungern, aber ich muss jetzt die Hühner und die Lämmer füttern. Also, bis später dann.«

Sie stand abrupt vom Tisch auf und war gerade im Begriff, die Terrassentür zu öffnen, als Arfst mit sorgenvoller Miene in die Küche kam.

»Ich habe leider gerade einen Hohlraum in der Abseite entdeckt, der ebenfalls dringend in Ordnung gebracht werden muss«, erklärte er und nahm den Becher entgegen, den ich ihm reichte. »Wie es aussieht, haben nicht nur der Zahn der Zeit und der Starkregen dem Dachgeschoss zugesetzt, sondern auch etliche Marder. Im Grunde ähnelt das Ganze da oben einem Schweizer Käse mit Schimmelflaum, und es ist mir ein Rätsel, wie das alles so lange unentdeckt bleiben konnte.«

»Weil bis gestern noch Bücherkartons bis tief unter die Decke gestapelt waren und meine Mutter dazu neigt, Unliebsames zu verdrängen«, entgegnete Elisa, und ich verspürte den Drang, mich der negativen Stimmung zu entziehen. Was auch immer in der Familie Lorenzen schiefgelaufen war – ich wollte keinesfalls in diese Querelen hineingezogen werden.

Vielleicht sollte ich tatsächlich heute noch meine Koffer packen und wieder zurück nach Hamburg fahren. Wer wusste schon, wie lange Fenja noch in Niebüll bleiben würde, und dann wäre es besser, die Zeit für meine Arbeit an den kommenden Podcast-Folgen und den anderen Biografien zu nutzen. Denn gestern hatte meine Anwesenheit noch einen Sinn gehabt. Aber heute?!

Statt zu den Lämmern zu gehen, stapfte Elisa energisch nach oben, Eric und Arfst schlossen sich ihr an. Um mir ebenfalls ein Bild von der Situation auf dem Boden zu machen, folgte ich den dreien zur besagten Abseite. Elisa strich gerade seitlich über die Verkleidung eines Dachbalkens, als plötzlich ein Teil davon herausbrach und ihr vor die Füße fiel.

»Das hier oben ist wirklich der reinste Schrotthaufen«, zischte sie aufgebracht, und ich stellte mich dicht neben sie, um den freigelegten Hohlraum näher zu betrachten.

»Kann es sein, dass darin etwas liegt?«, fragte ich, weil ich meinte, einen Gegenstand zu erkennen, und kniff die Augen zusammen.

Elisa nickte und zog dann ein Buch aus dem dunklen Loch. Es war bedeckt mit Holzspänen und Staub, also wischte sie kurzerhand mit dem Ärmel ihres Kapuzenpullovers über den Einband, um die Titelzeile freizulegen. »Was ist das?«, murmelte sie stirnrunzelnd, und ich blickte ihr neugierig über die Schulter. So mussten sich Archäologen fühlen, wenn sie Tonscherben oder andere historische Fundstücke entdeckten.

Der Titel *Sölring Dechtings,* geschrieben in altdeutscher Schrift, stach mir sofort ins Auge, und nun verfolgten alle gebannt, wie Elisa den Buchdeckel der Sylter Gedichtsammlung von 1919 öffnete.

»Was zum …?«, fuhr sie fort, als sich herausstellte, dass der dicke Buchblock im Grunde nur noch als Rahmen für einen weiteren Hohlraum diente, in dem ebenfalls etwas lag.

»Darf ich mal?«, fragte Eric und förderte den Inhalt des Geheimfaches zutage: einen dunkelblauen Samtbeutel und ein silbernes Döschen.

Elisa nahm ihrem Bruder den Beutel aus der Hand und öffnete hastig die Kordel, mit der er verschnürt war. »Eine vertrocknete Stranddistel und ein Fisch aus Holz, offenbar selbst geschnitzt«, sagte sie schließlich leise, während ihr Bruder vorsichtig den Deckel von der Dose hob. Ich traute meinen Augen kaum, als ich den Inhalt – feinen, gräulichen Staub – sah.

»Ist das etwa Asche?«, riefen Elisa und ich wie aus einem Mund, und ich bekam augenblicklich Gänsehaut …

12

LISTLAND, 1937

Lene

»Wieso darf ich morgen nicht gemeinsam mit unserem Gast nach Kampen fahren?«, rief Lene aus und stemmte die Hände in die Hüfte, nicht bereit, das »Nein« ihrer Mutter zu akzeptieren.

»Weil du noch sehr jung bist und es sich nicht schickt, ohne Aufsicht mit einem dir Unbekannten zusammen zu sein«, entgegnete Beeke, deren Tonfall keinerlei Widerspruch duldete. Mutter und Tochter standen in der Stuv des Reetdachhauses und fochten seit dem Frühstück einen Streit aus, der durch Lenes Bitte, den Feriengast aus Friedrichstadt begleiten zu dürfen, ausgelöst worden war.

»Marten Behlau ist schon seit beinahe zwei Wochen bei uns und hat sich die gesamte Zeit über ausgesprochen höflich, anständig und zuvorkommend benommen.« Lene verteidigte weiterhin kämpferisch ihren Standpunkt und würde keinen Millimeter von ihrem Plan abweichen, denn sie freute sich seit Tagen auf den geplanten Ausflug. »Außerdem war ich schon einmal mit ihm spazieren, und dabei wurde weder etwas Unziemliches gesprochen, noch ist etwas geschehen, was du nicht gutheißen würdest.«

»Wieso weiß ich nichts davon, und wann war das?«, meldete sich nun Konrad Iwersen zu Wort, der die Auseinandersetzung bislang schweigend vom Sessel aus verfolgt hatte, und legte die Zeitung beiseite.

»Kurz nach seiner Ankunft«, erwiderte Lene und schob trotzig die Unterlippe vor. »Wir sind einander am späten Nachmittag zufällig am Ellenbogen begegnet und haben uns dort über Literatur, das Meer und den Beruf des Herrn Behlau unterhalten. Zudem hast du mich neulich selbst ermuntert, unserem Gast die Futjes zu bringen, Mama. Im Rahmen des gemeinsamen Essens ist die Idee entstanden, dem legendären Haus Kliffende einen Besuch abzustatten. Was ist so verwerflich daran, wenn wir uns beide für die schönen Künste begeistern?«

»Im Grunde nichts, ganz im Gegenteil«, sagte Lenes Vater und fuhr gedankenverloren über seinen leicht ergrauten Bart. »Aber du bist so jung, warst nur wenige Male in Kampen, und …«

Beeke hüstelte demonstrativ und strich sich dann die blütenweiße Schürze glatt, die sie über einem karierten Baumwollkleid mit Puffärmeln trug.

Lene musste wohl oder übel zu einer List greifen, andernfalls würde sie sich dem Willen der Eltern beugen müssen.

»Wie wäre es, wenn du uns begleitest?«, schlug sie mit liebreizendem Lächeln vor, weil sie genau wusste, dass ihr der Vater nur selten einen Wunsch abschlug. »Du lenkst doch so gern das Pferdefuhrwerk und hattest schon länger keine Gelegenheit mehr dazu. Wir könnten alle gemeinsam im Gasthaus *Zum Roten Kliff* essen, wenn Mama sich uns ebenfalls anschließt. Ein Tapetenwechsel würde euch sicher guttun, außerdem ist das Wetter in diesen Tagen ausgesprochen herrlich. Das wäre doch ein wundervoller Anlass, um nachträglich euren Hochzeitstag zu feiern, der diesmal beinahe unbemerkt verstrichen ist.«

»Der Hochzeitstag«, murmelte Beeke, und nun trat der verträumte Ausdruck in ihre Augen, auf den Lene insgeheim gehofft hatte, denn ihre Mutter war eine echte Romantikerin. »Da war ich leider unpässlich, das stimmt.« Ihr Blick suchte den von Konrad. Doch es verging eine ganze Weile, ohne dass dieser sich äußerte. Der Zeiger der hölzernen Standuhr kroch genauso langsam vorwärts wie die Schnecken auf dem Komposthaufen im Garten, und Lene stand kurz vor einer Explosion.

»Also gut«, stimmte ihr Vater nach einer quälend langen Zeitspanne seufzend zu. »Aber betrachte dies als einmalige Ausnahme, haben wir uns verstanden, Fräulein?«

»Natürlich, liebster Papa«, erwiderte Lene, der in diesem Moment ganze Felsbrocken vom Herzen polterten, und gab Konrad einen Kuss auf die Wange. Dann eilte sie zur Pferdekoppel, wo die Ponys Eeb und Flud sofort zum Zaun trabten, als sie ihrer ansichtig wurden.

»Hallo, meine Schöne«, begrüßte Lene die Schimmelstute Eeb, die von sanftem, zurückhaltendem Temperament war, im Gegensatz zu Ponyhengst Flud, dessen schwarzes Fell in der Sommersonne glänzte. Flud tänzelte nervös auf und ab, wohingegen Eeb sich von Lene am Hals kraulen und mit einer Möhre füttern ließ. »Wir fahren morgen nach Kampen, ist das nicht aufregend?« Flud wieherte wie zur Bestätigung und stellte sich neben die Stute. »Zeigt euch bitte von eurer besten Seite, denn ich möchte, dass ihr einen guten Eindruck auf unseren Gast macht. Er liegt mir sehr am Herzen, und ich wünsche mir nichts mehr, als mit ihm einen schönen, unbeschwerten Tag zu verbringen.«

Nichts außer mit Marten allein zu sein, ergänzte sie in Gedanken und bedauerte zutiefst, noch nicht die Volljährigkeit erreicht zu haben und eigene Entscheidungen treffen zu dürfen. Nachdem sie die beiden Ponys gefüttert hatte, kratzte sie deren Hufe aus und striegelte anschließend das Fell und die Mähnen der Pferde, damit beide für den morgigen Tag einen ebenso glänzenden Auftritt hatten, wie Lene es sich für sich selbst erhoffte.

Am Nachmittag des darauffolgenden Tages hielt Lenes Vater eine Überraschung bereit, nachdem er das Fuhrwerk nahe der Kampener Heide zum Stehen gebracht hatte. »Deine Mutter und ich haben noch einiges zu erledigen und schlagen daher vor, dass wir uns in genau zwei Stunden an dieser Stelle wiedertreffen, bevor wir gemeinsam im *Roten Kliff* speisen.«

Lene hätte am liebsten einen lauten Juchzer ausgestoßen. Ihr Papa war wirklich der Beste, und sie würde ihm ewig dankbar für dieses unerwartete Geschenk sein. *Zwei Stunden ungestörte Zweisamkeit …*

Marten lüftete seinen Sonnenhut, bedankte sich für die angenehme Fahrt, aber auch für das Vertrauen, das die Iwersens ihm entgegenbrachten. »Ich verspreche Ihnen, dass ich gut auf Ihre Tochter achtgebe und nicht zulasse, dass sie sich einen Sonnenstich holt, von der Kliffkante fällt oder im Logierhaus dazu verleitet wird, auf Initiative von Valeska Gert Teil des kabarettistischen Ensembles zum Amüsement der Gäste zu werden.«

Beeke erstarrte sichtbar angesichts dieser Worte, und Lene hatte Mühe, nicht loszuprusten. Seit die exaltierte Ausdruckstänzerin zum ersten Mal nach Sylt gekommen war, hatte sie sich in Kampen verliebt und war häufig im Kliffende zu Gast. Lene war fasziniert von den kurzen, schwarzen Haaren der Künstlerin, dem weiß gepuderten Gesicht und dem blutroten Lippenstift. Sie bewahrte einige Fotos von Valeska auf, die sie in Zeitungen gefunden hatte, denn diese Frau hatte Feuer und kannte keine Furcht. Das imponierte Lene mächtig.

Nachdem die Kutsche sich immer weiter aus dem Blickfeld entfernte, begannen Lene und Marten ihren Marsch durch die von

Heckenrosen umsäumte Kampener Heide. Die zarten Rosenblüten bildeten rosafarbene und weiße Tupfer inmitten der Landschaft und boten einen zauberhaften Anblick.

»Hier ist der Himmel höher und weiter als an irgendeinem anderen Ort der Welt, kein Wunder, dass sich Künstler aller Couleur inspiriert fühlen«, sagte Marten, nachdem die beiden eine Weile schweigsam in Richtung des Quermarkenfeuers gegangen waren, das am Nordende des Roten Kliffs in die Höhe ragte. Lene mochte den schlichten Bau aus Backstein, der als Warnung vor einer gefährlichen Sandbank im Gezeitenstrom Lister Tief diente. Aber wer oder was warnte ein junges, unerfahrenes Mädchen wie sie vor den Gefahren, welche die Gegenwart eines Mannes wie Marten auslöste? Solange Lene unter Beobachtung der Eltern gestanden und der Feriengast sich bei der Fahrt nach Kampen angeregt mit Beeke über Bücher unterhalten hatte, während Lene auf dem Kutschbock neben Konrad saß, hatte sich ihre Nervosität in Grenzen gehalten. Doch jetzt, wo sie beide zu zweit spazieren gingen, fragte Lene sich erneut nach Martens Motiv für diesen Ausflug. Erhoffte er sich ortskundige Führung durch sie? Wollte er nach der einsamen Zeit am Schreibtisch nicht mehr länger allein sein? Oder gefiel Lene ihm ... sie wagte kaum, diesen Gedanken zu Ende zu denken ... genauso wie er ihr?

»Der Duft der Dünenrosen ist betörender als jedes edle Parfüm aus Paris«, hörte sie Marten sagen, nachdem er sich gebückt und mit geschlossenen Augen an einer weißen Blüte geschnuppert hatte.

»Waren Sie schon einmal in der Stadt an der Seine?«, fragte Lene, die dem Duft, der Marten umwehte, eindeutig den Vorzug vor den Sylter Heckenrosen gab. Am liebsten hätte sie gesagt: *in der Stadt der Liebe,* doch sie fürchtete, dass ihr Begleiter sofort bemerkt hätte, welcher Aufruhr gerade in ihrem Herzen herrschte.

»Ich hatte bereits zweimal das Vergnügen«, erwiderte Marten, »und kann nur sagen, dass ich bislang keine schönere und beeindruckendere Stadt besucht habe. Diese Metropole verströmt Kultur, Eleganz und Feinsinn im Überfluss. Paris ist für mich aber vor allem die Stadt der Bücher und derer, die sie geschrieben, übersetzt und verlegt haben. Die Auslagen der Bouquinisten an der Seine würden Ihnen sicher gefallen, genau wie die Buchhandlung *Shakespeare and Company* von Sylvia Beach, wo Ernest Hemingway, Anaïs Nin, Sartre, Gertrude Stein und James Joyce ein und aus gehen.«

»Das klingt wahrhaft himmlisch«, erwiderte Lene und versuchte, den Gedanken an den verlockenden Traum zu verscheuchen, in dem sie Arm in Arm mit Marten durch die Straßen flanierte, in einem der weltberühmten Cafés über Bücher sprach oder das Angebot der Antiquariate nach besonderen Schätzen durchstöberte.

»Vielleicht fahren wir eines Tages gemeinsam dorthin«, erwiderte Marten, und Lene glaubte zunächst, sich verhört zu haben. »Meine Schwester liebäugelt mit dem Gedanken, in Paris Malkurse zu belegen, also werde ich sie bestimmt einmal dort besuchen. Mathilde reist übrigens in drei Tagen an und wird mindestens eine Woche auf der Insel bleiben. Sie ist gerade achtzehn geworden und ein ziemlicher Wildfang. Ich glaube, Sie werden sie mögen.«

»Wenn sie ebenso nett und klug ist wie Sie, dann freue ich mich darauf, Mathildes Bekanntschaft zu machen«, erwiderte Lene, die trotz der Neugier auf Martens Schwester um dessen ungeteilte Aufmerksamkeit bangte.

Es blieben ihnen beiden also nur noch drei Tage … Aber drei Tage wofür?

Lene wusste nicht, was sie sich genau erhoffte, sie wusste nur, dass sie nicht mehr von der Seite dieses jungen Mannes weichen wollte, mit dem sie sich so wohlfühlte, als würden sie einander schon ewig kennen.

»Schauen Sie mal dort vorn«, sagte Marten und deutete mit einem Kopfnicken in Richtung eines stattlichen, gut gekleideten Herrn, der gerade selbstvergessen fotografierte. Er trug einen feinen Anzug, seine kurzen Haare waren akkurat geschnitten, und er hatte zwei Taschen sowie ein Stativ über der Schulter hängen, während er offensichtlich in der Kampener Heide nach Motiven Ausschau hielt.

»Das könnte Bleicke Bleicken sein«, wisperte Lene. »Er war Lehrer in Kampen und Hörnum und hat sich nun gänzlich der Fotografie verschrieben. Wie aus den Zeitungen zu erfahren ist, fotografiert er mit einer Rolleiflex, und niemand weiß genau, wie und wo er sich die Fertigkeiten als Fotograf und zum Entwickeln seiner Bilder angeeignet hat. Sieht er nicht aus wie ein Leinwandheld?«

»Wollen Sie mich etwa eifersüchtig machen?«, entgegnete Marten, und Lene war sich nicht sicher, ob er sie mit dieser Bemerkung aufziehen wollte oder ob doch ein Körnchen Wahrheit in seinen Worten steckte.

Daher fragte sie: »Ist es mir gelungen?«, und lächelte so kokett, wie sie es noch nie zuvor getan hatte.

»Und wenn es tatsächlich so wäre?«, fragte Marten und griff nach Lenes Hand.

»Dann würde mich das sehr freuen«, erwiderte sie und genoss diese unerwartete Berührung, die zugleich aufregend und vertraut war. Vergessen waren Bleicke Bleicken, der Anblick der watteweichen Sommerwolken am Himmel, das Getöse der Brandung unterhalb des Leuchtturms und das eigentliche Ziel – Haus Kliffende. Als Marten fragte: »Dürfte ich Sie küssen?«, nickte Lene, wandte ihm ihr Gesicht zu, schloss die Augen und gab sich dem Moment hin, von dem sie sich wünschte, er würde nie enden.

Später vermochte sie kaum zu sagen, wie sie die restlichen Stunden des Tages verbracht hatten. Die beiden waren zum Logierhaus gegangen, hatten eine Weile staunend davorgestanden und sich vorgestellt, wie es wäre, in diesem Augenblick jemandem zu begegnen, den sie zutiefst verehrten. Oder im Bücherzimmer von Kliffende zu sitzen, Port zu trinken, dem Klang des Pianos zu lauschen oder einer literarischen Lesung. Doch sie konnten beide auch kaum die Augen und Hände voneinander lassen, liebkosten und küssten sich zärtlich, als müssten sie all die Zeit nachholen, die sie nicht miteinander verbracht hatten, seit Marten nach Listland gekommen war.

Darum hörten sie den Satz »Wenn du wüsstest, was zurzeit in Berlin vor sich geht«, den ein Gast beim Verlassen des Grundstücks zu einem anderen sagte, nur durch eine Nebelwand aus Glückseligkeit und Liebe und ahnten nicht, wie sehr sich ihrer beider Schicksal verändern würde ...

13

LISTLAND, GEGENWART

Anna

Eric, Elisa und ich saßen auf der Terrasse und betrachteten abwechselnd den Fund auf dem Dachboden. Arfst war bereits gefahren, ein Glaser ersetzte gerade die zerbrochene Fensterscheibe in Elisas Zimmer. Eric spielte mit der Kordel des Samtbeutels, und Elisa starrte unablässig auf die Asche in der silbernen Dose, während ich auf der Suche nach möglichen Hinweisen durch die übrig gebliebenen Seiten blätterte. Lag hier womöglich der Schlüssel zu der eigentlichen Story, die Fenjas Biografie zu einem Pageturner und Bestseller machte? Ich verspürte ein Kribbeln im Bauch, das sich immer einstellte, wenn ich einem spannenden Thema auf der Spur war. Am liebsten hätte ich sofort begonnen, eigenhändig Nachforschungen anzustellen. Doch der ausgehöhlte Block aus Papier und die wenigen verbliebenen Zeilen waren nicht mein eigenes Fundstück. Und die dahinter verborgene Geschichte nicht Teil meiner eigenen Familiengeschichte.

»Meint ihr, dass das die Reste von verbrannten Fotos sind oder von Briefen?«, fragte Elisa und fuhr mit den Fingerkuppen über den Deckel der silbernen Dose.

»Keine Ahnung, könnte deine Mutter vielleicht etwas darüber wissen?«, entgegnete ich und zog zudem als weitere Möglichkeit Tagebuchseiten, Besitzurkunden und andere Dokumente, die nicht in falsche Hände geraten sollten, in Betracht.

Elisa zuckte mit den Schultern, und Eric untersuchte eingehend den geschnitzten Holzfisch, dessen blaue Farbe beinahe vollständig abgeblättert war.

»Alles, was wir momentan wissen, ist, dass die Person, die das Buch in dem Balken versteckt hat, irgendwann nach 1919 gelebt hat. Wenn wir davon ausgehen, dass sie ein Mitglied der Familie war, kommen dafür natürlich einige infrage: Urgroßmutter Beeke, eventuell sogar deren Mutter, Beekes Mann Konrad, Großmutter Lene oder Fenja selbst. Doch im Grunde kann das Buch mit dem Geheimfach jedem gehören, der sich seit dieser Zeit im Listland aufgehalten hat«, sagte Elisa.

»Also auch einem der Sommerfrischler, die im Anbau wohnten, aber Zugang zum Dachboden hatten«, ergänzte ich, weil ich von Elisa wusste, dass das Holzhaus früher bei Feriengästen sehr beliebt gewesen war.

»Oder Reisende, die im Haus selbst beherbergt wurden, wenn das Gästehaus ausgebucht war«, warf Eric ein. »Mit dem Wiedereinsetzen des Tourismus nach dem Krieg kamen so viele Urlauber nach Sylt, dass die meisten Insulaner jede noch so winzige Kammer ihrer Häuser vermietet haben, sodass die Kinder häufig auf der sogenannten Besucherritze schlafen mussten, weil sie ausquartiert wurden. Soweit ich weiß, wurde der Dachboden früher auch als Heuboden genutzt, was besonders für die Kinder der Feriengäste spannend war, weil sie dort ungestört herumtollen oder schlafen konnten. Hier sind trotz der abgeschiedenen Lage immer schon viele Menschen ein und aus gegangen.«

»Davon habe ich in dem Buch *Ozelot und Friesennerz* von Susanne Matthiesen gelesen«, stimmte ich zu. »Aber würde ein Kind ausgerechnet eine alte Gedichtsammlung wählen, um darin Strandfundstücke zu verstecken? Etwas anderes ist dieses Sammelsurium doch nicht, oder?«

Nun kam auch in Elisa wieder Leben. »Vielleicht ist das aber auch keine willkürliche Mischung, sondern etwas Zusammengehörendes, das symbolisch für etwas steht, das dem- oder derjenigen so sehr am Herzen gelegen hat, dass es in einem sicheren Versteck aufbewahrt werden musste. Aber was haben ein Fisch, eine vertrocknete Blume und Reste von verbranntem Papier miteinander zu tun?« Elisa wirkte nicht sehr überzeugt von ihrer eigenen Theorie und mit einem Mal sehr müde. Ihr verstohlenes Gähnen unterstrich diesen Eindruck. »Ich schlage vor, wir unterbrechen an dieser Stelle das kleine Detektivspiel und fragen meine Mutter, sobald diese endlich geruht, sich zu melden. Ich bin zum einen nicht gut in so was und habe zum anderen zurzeit weit größere Probleme als diesen verstaubten Krimskrams. Eric, hast du irgendeine Idee, was Mama in Niebüll macht und wo sie dort stecken könnte?«

»Leider nein«, erwiderte Eric. Doch irgendetwas an seinem Blick, der meinen für den Bruchteil einer Sekunde kreuzte, sagte mir, dass das nicht ganz stimmte. »Von daher schlage ich vor, dass ich mir morgen im Holzhaus alle Bücher anschaue, die eventuell noch zu retten sind, und sehe, was man dazu unternehmen müsste. Wozu bin ich schließlich vom Fach?«

»Wie meinst du das, du bist vom Fach?«, fragte ich verwirrt. »Ich dachte, du bist Handwerker?«

Eric lächelte, und ein kleines Grübchen am Kinn verlieh seinem Gesichtsausdruck etwas jungenhaft Verschmitztes, obgleich er ungefähr mein Jahrgang sein musste oder sogar ein wenig älter. In seine blonden Haare mischte sich ein leichtes Grau, das sich auch in seinem Dreitagebart wiederfand.

»Ich bin gelernter Buchbinder, Restaurator und Antiquar«, erwiderte Eric, und mir fiel erst jetzt auf, dass in seinen blauen Augen grüne Sprenkel schimmerten. »Ich mag Bücher, genau wie jeder in dieser Familie, und habe deshalb eine Ausbildung an der Universitätsbibliothek in Kiel absolviert. Allerdings kann ich diesen Beruf nicht auf Sylt ausüben, daher habe ich mich auf andere handwerkliche Tätigkeiten verlegt, denn ich lebe nun mal sehr gern hier.«

»Außerdem liebt mein Bruder es, alles vage und unverbindlich zu halten«, mischte Elisa sich ins Gespräch. »Daher hat er auch nicht lange um sein Antiquariat in List gekämpft, als es nicht so gut lief wie erhofft. So, und nun entschuldigt mich bitte, ich bin erschöpft und lege mich einen Moment hin.«

»Mach das, und ruh dich aus, Schwesterherz«, erwiderte Eric, offenbar nicht im Mindesten gekränkt von Elisas verbalen Pfeilspitzen. »In den letzten beiden Tagen ist einiges passiert, und ich kann gut verstehen, dass du Erholung nötig hast, also schlaf schön.«

»Bis später«, erwiderte Elisa knapp und ging ins Haus.

Zurück blieben Eric, ich und der rätselhafte Fund, der jetzt schon mehr Raum in meinen Gedanken einnahm, als mir lieb sein konnte. Der Anblick der Stranddistel löste ein Bild in meinem Kopf aus, doch ich konnte es nicht greifen, sosehr ich auch versuchte, mich zu konzentrieren.

»Lust auf einen kleinen Spaziergang?«, fragte Eric, als ich zum wiederholten Male die Seiten des ausgehöhlten Buchblocks durchblätterte. »Heute ist ein wunderschöner Tag, und es wäre jammerschade, ihn nicht zu nutzen, denn wer weiß schon, was morgen ist. Oder halte ich dich von etwas Wichtigem ab?«

Ich wollte gerade sagen, dass ich eigentlich mit dem Gedanken spielte, wieder zurück nach Hamburg zu fahren, doch ich unterließ es. Ob das an Erics Vorschlag lag oder daran, dass ich wegen der mysteriösen Entdeckung das Gefühl hatte, bleiben zu müssen, wusste ich nicht genau.

»Gern, ein wenig Bewegung kann nicht schaden«, erwiderte ich und freute mich darauf, Zeit mit Eric verbringen zu können. Er strahlte eine wohltuende, angenehme Souveränität aus – im Gegensatz zu seiner Schwester, deren Launen so häufig wechselten wie das Wetter an der Nordsee.

Also gingen wir beide gemeinsam zum Ufer. Die Sonne schien immer noch kräftig, der Himmel hatte die Farbe von tiefem Meerblau. Am Horizont konnte ich die Fähre sehen, die gerade vom Lister Hafen in Richtung Dänemark ablegte, mit vielen Gästen an Bord, die wahrscheinlich einen traumhaft schönen Urlaub erlebt hatten und nun voller Wehmut einen letzten Blick auf *ihre Insel* warfen. Austernfischer mit roten Schnäbeln, Lachmöwen mit schwarz glänzenden Köpfchen und Knutts überflogen das auflaufende Wasser und die hölzernen Buhnen, die immer steiler aus dem Watt ragten, je weiter der Meeresspiegel sich aufgrund der Ebbe senkte. Es war still und laut zugleich. Einfach großartig.

»Diese besondere Stimmung ist der Grund, weshalb ich diesem Teil der Insel gegenüber allen anderen Orten den Vorzug gebe«, sagte Eric, als wir eine Weile am Wassersaum entlanggegangen waren, an dem Herzmuscheln, Stängel von Grasnelken, Seegras und Blasentang ein hübsches Ensemble bildeten.

»Egal, wie das Leben spielt, im Listland hat man das Gefühl, dass die Welt noch in Ordnung ist und nichts und niemand diesem Landstrich etwas anhaben kann, egal, wie sehr es stürmt oder was auch sonst geschieht. Es ist, als hätte jemand einen unsichtbaren Schutzgürtel um dieses magische Naturparadies gezogen.«

Ich versuchte, mich gegen die Wirkung von Erics Worten zu wehren. Er sprach das aus, was ich seit meiner Ankunft gespürt, aber nicht so explizit für mich selbst formuliert hatte, weil die

Ereignisse sich von der ersten Sekunde nach meiner Ankunft an überschlagen hatten und ich gezwungen gewesen war, Entscheidungen zu treffen und zu handeln.

»Wo wohnst du eigentlich?«, fragte ich, denn es fiel mir schwer, mir vorzustellen, wo Eric zu Hause war. Zu dem unsteten Lebenswandel, den Elisa beschrieben hatte, passte wahrscheinlich am ehesten ein Camper. Doch ich wurde eines Besseren belehrt.

»Ich wohne am Süderhörn in List in einem kleinen Haus hinter einem Wall von Heckenrosen. Komm mich gern mal besuchen, wenn du magst. Oder reist du ab, wenn Fenja noch länger wegbleibt? Mir ist übrigens gar nicht klar, weshalb du eigentlich hier bist.«

Obwohl ich nicht geplant hatte, Eric Einblick in meine beruflichen Pläne zu gewähren, erzählte ich ihm von der Biografie, die ich hoffentlich über Fenja schreiben würde.

»Das ist ja spannend«, erwiderte Eric, nachdem er das Gehörte eine Weile auf sich hatte wirken lassen, ohne sofort zu reagieren. »Ein Buch über meine Mutter, die wiederum für mich die Mutter aller Bücher ist«, fuhr er beinahe tonlos fort. »Ich wusste gar nicht, dass sie ein Interview für einen Podcast gegeben hat. Aber ich muss zugeben, dass ich generell keine Beiträge dieser Art höre. Wenn ich nicht gerade ein Gespräch führe, suche ich die Stille. Tut mir leid, ich hoffe, ich habe dich damit nicht gekränkt.«

»Ganz im Gegenteil«, erwiderte ich, während sich ein warmes Gefühl in meinem Bauch ausbreitete. »Ich kann dich gut verstehen. Wir leben nun mal in einer Zeit, in der wir oft, ohne es zu wollen, mit Informationen und Nachrichten aller Art überschüttet werden. Daher kann ich nachvollziehen, dass du die Stille, die Insel und ganz besonders Listland liebst. Dieser Landstrich bedeutet Entschleunigung, Abschalten und Natur pur. Wenn ich die Tiere beobachte, die nach ihrem eigenen Rhythmus leben, frage ich mich, wieso wir uns das Leben so kompliziert machen.«

Eric lachte leise, doch es klang nicht spöttisch, sondern so, als stimmte er meinen Worten zu. »Ich bin gespannt, ob du mehr von meiner Mutter erfährst, als sie dir bislang erzählt hat«, erwiderte er und bückte sich, um das Gehäuse einer dunklen Wellhornschnecke aufzuheben und in die Hosentasche zu stecken. »Sie ist sehr verschlossen, und auch wir Kinder wissen im Grunde nicht viel über ihr Leben. Dieser Fund auf dem Dachboden ist äußerst seltsam, aber ich habe keine Ahnung, ob sie von diesem Versteck weiß, genauso wenig, wie ich eine Vorstellung davon habe, was sie in Niebüll macht, auch wenn meine Schwester offenbar denkt, ich wüsste mehr als sie.«

»Hast du ein ebenso kompliziertes Verhältnis zu deiner Mutter wie Elisa?«, fragte ich ohne Umschweife. Eric würde mir sicher sagen, wenn er meine Neugier als übergriffig empfand.

»Ich nehme meine Mutter, wie sie ist, und freue mich einfach darüber, dass es sie gibt«, erwiderte er freimütig. »Natürlich ist sie etwas kapriziös und hat ihre Macken, aber wer hat die nicht? Leider hat Elisa von klein auf das Gefühl, dass ich der Lieblingssohn bin und sie nur die zweite Geige spielt. Sie würde wahrscheinlich nicht in Lübeck leben, wenn es anders wäre, denn sie liebt Listland genau wie ich. Es geht ihr anscheinend besser, wenn die Entfernung zu meiner Mutter etwas größer ist, was ich sehr schade finde. Doch das müssen die beiden miteinander klären. Aber mal was ganz anderes: Hast du Lust zu schwimmen?«

Ohne meine Antwort abzuwarten, entledigte Eric sich, bis auf den Slip, seiner Kleidung und watete weit ins Wasser hinaus. Ich schaute ihm verblüfft hinterher und konnte nicht umhin zu bemerken, dass er, genau wie seine Schwester, sportlich trainiert war und einen schönen Körper hatte. Irritiert von dieser Wahrnehmung, blinzelte ich gegen die Sonne und rang mit mir. Sollte ich mich ebenfalls spontan in die Brandung werfen, die sicher sehr erfrischend war?

Als ich wenig später das kalte Wasser durchpflügte, schloss ich die Augen und atmete die Meeresluft ein. Ich nahm das Baden mit jeder Faser meines Körpers wahr und genoss das Prickeln des Salzwassers, das Geschrei der Silbermöwen und Seeschwalben, die endlose Weite des Horizonts und das Gefühl, endlich mal wieder etwas zu tun, was nicht akribisch geplant und minutiös durchdacht war.

Und ich fühlte, dass hier im Listland alles möglich werden konnte, wenn ich es zuließ ...

14

LISTLAND, 1937

Lene

Noch ein Tag bis zur Ankunft von Mathilde …
Lene war an diesem Morgen noch früher aufgewacht als sonst oder hatte womöglich gar nicht richtig geschlafen, sondern lediglich gedämmert und dabei wild geträumt. Für gewöhnlich empfand sie den Alkoven, in dem sie die Nacht verbrachte, als äußerst gemütlich und hatte darauf bestanden, ihn zu behalten, als Konrad vorschlug, ihn zu entfernen und Lenes Zimmer moderner zu gestalten. Doch in diesem Augenblick erschien ihr die holzvertäfelte Bettnische wie ein Gefängnis, ein Symbol vergangener Zeiten, in denen Mädchen und Frauen sich in den Dienst ihrer Ehemänner und Familie zu stellen hatten und es ihre Aufgabe gewesen war, das Heim so behaglich und komfortabel wie möglich zu gestalten. Als Symbol für Zeiten, in denen Mädchen und Frauen nur ein begrenzter Freiraum zur Verfügung stand und es wichtig erschien, Bettwäsche aus Linnen mit Monogrammen zu besticken.

Ich brauche dringend frische Luft, bevor ich ersticke, dachte Lene und schlug die schwere Daunendecke beiseite. Dann setzte sie sich aufrecht und versuchte, den Puls zu beruhigen, der ihr in den Ohren dröhnte wie die Schläge des Hammers, wenn Konrad die Umzäunung der Pferdekoppel ausbesserte oder etwas im Haus in Ordnung brachte. Ihr Blick fiel auf das gegenüberliegende

Regal, das im Alkoven eingelassen war, und die helle Holzschachtel, ihr Schatzkästchen, mit den dunklen Intarsien, die Beeke ihr zum letzten Geburtstag geschenkt hatte. Darin bewahrte Lene Dinge auf, die sie vor neugierigen Blicken schützen wollte – seit gestern eine Haarlocke von Marten. Sie drehte den silbernen Schlüssel im Schloss der Schachtel und nahm das Symbol der Erinnerung an die vergangene Nacht in die Hand. Martens Haare hatten im hellen Mondschein geschimmert, und Lene hatte nicht aufhören können, erst sein Gesicht zu streicheln, seine warmen Lippen zu küssen und dann mit beiden Händen durch die Lockenpracht zu fahren, die ihr ausnehmend gut gefiel, weil sie kaum zu bändigen war. Marten hatte sich auf Lenes Bitte hin mit einem Taschenmesser eine Strähne abgeschnitten und sie ihr geschenkt.

»Ich kann mir gar nicht vorstellen, jemals wieder nach Hause zurückzukehren«, hatte er gemurmelt und erst Lenes Gesicht, dann ihren Hals und schließlich den Ansatz ihres Dekolletés mit Küssen bedeckt. Die Vorstellung, diesen wundervollen Mann womöglich nie wiederzusehen, hatte Lene augenblicklich Tränen in die Augen getrieben und ihr Verlangen danach, ihm so nahe wie möglich zu sein, verstärkt. Mit jedem Zentimeter nackter Haut, den sie beide beim anderen erkundeten, mit jedem Kuss und jeder Zärtlichkeit schien sich das unsichtbare Band zwischen ihnen weiter zu festigen. Die anfangs beinahe flüchtige Berührung ihrer beider Lippen wurde immer drängender, intensiver und das, was in Büchern als »leidenschaftlich« beschrieben wurde.

In Lene erwachte der Wunsch, von Marten an Stellen berührt zu werden, die schier unaussprechlich waren und die sie selbst gerade erst mit wachsendem Staunen erforschte.

Während Lene an die magischen Stunden unter dem Sternenhimmel Listlands dachte, erkannte sie, dass sie Marten Behlau nicht gehen lassen durfte, ehe sie nicht das mit ihm erlebt hatte, was die Heldinnen ihrer Lieblingsromane beschrieben und damit schon früh ihre Neugierde entfacht hatten.

Lene legte die Locke zurück, verschloss die Schachtel und griff nach dem Buch *Lady Chatterley*, einer Emanzipationsgeschichte aus der Feder des britischen Schriftstellers D. H. Lawrence, die 1928 erschienen war und einen Skandal ausgelöst hatte. Beeke hatte durch Freunde, die – wie viele Nordfriesen – nach Amerika ausgewandert waren, von diesem Buch gehört. In den USA waren Raubkopien heiß begehrt und mehrten den Ruhm. Als die deutsche Übersetzung 1930 erschien, setzte Beeke alle Hebel in Bewegung, um eine der seltenen Ausgaben zu ergattern. Lene war durch die hymnische Besprechung von Erich Kästner in der Zeitung auf das Buch aufmerksam geworden und sehr erstaunt, als sie es zufällig, versteckt zwischen Beekes Nachthemden, in deren Schrank gefunden hatte. Natürlich hatte es eines längeren Ringens bedurft, bis sie die Erlaubnis bekam, den Roman zu lesen, doch schließlich hatte Lenes Mutter nachgegeben, da sie wusste, dass ihre Tochter das Buch finden würde, egal, wie sehr sie sich bemühte, es gut zu verstecken.

Ich möchte all die Dinge mit Marten tun, die Lady Chatterley mit ihrem Liebhaber tat, dachte Lene und konnte es kaum erwarten, bis endlich wieder die Dämmerung über Listland hereinbrach und sie sich heimlich mit Marten treffen konnte. Doch bis dahin vergingen noch einige Stunden, in denen sie sich ablenken musste, um nicht vor Ungeduld und Verlangen zu platzen.

Ich sollte Pläne für gemeinsame Aktivitäten mit Mathilde schmieden, schoss es ihr in den Sinn, und sie stellte den erotischen Roman wieder zurück ins Bord. In einer großen Austernschale neben der Schachtel lagen Spangen aus Schildpatt, und Lene steckte sich die Haare hoch, damit sie ihr nicht wirr ins Gesicht hingen und sie beim Denken störten.

In diesem Moment klopfte es an der Tür, und ihre Mutter betrat das Zimmer.

»Dann habe ich ja richtig gehört, und du bist schon wach«, sagte sie und musterte Lene mit einem Blick, als ahnte sie, was ihre Tochter gerade umtrieb. »Hast du Lust, heute mit mir nach Westerland zu fahren? Ich habe einige Besorgungen für deinen Vater zu machen, bevor er wieder auf große Fahrt geht. Wir könnten außerdem nach einem neuen Kleid für dich Ausschau halten und auf der Kurpromenade spazieren gehen.«

Für gewöhnlich hätte Lene vor Freude laut gejuchzt, doch an diesem Tag wollte sie nichts anderes tun, als von Marten zu träumen und jede Sekunde der vergangenen Nacht in Gedanken so intensiv rekapitulieren, als durchlebte sie diese ein zweites und drittes Mal. Doch ihre Mutter hätte sofort Verdacht geschöpft, also setzte sie ein strahlendes Lächeln auf und erwiderte: »Sehr gern, wann fahren wir los?«

Nachdem Beeke die Tür hinter sich geschlossen hatte, seufzte Lene tief, weil sie schon jetzt den Abschiedsschmerz so intensiv spürte, als sei heute der Tag von Martens Rückkehr nach Friedrichstadt.

Als sie am späten Vormittag mit ihrer Mutter vor dem Schaufenster des Kaufhauses H. B. Jensen in der Friedrichstraße 1, Ecke Maybachstraße stand und die Auslage bewunderte, verliebte sie sich auf Anhieb in ein Kleid aus hellblauer Baumwolle mit weißen Stickereien. Für gewöhnlich trug sie Selbstgefertigtes von Beeke, mal aus Leinen genäht, mal gestrickt aus der Wolle der Lister Schafe. Sie hasste die Kniestrümpfe aus dem kratzigen Material, wobei sie zugeben musste, dass diese vorzüglich wärmten, genau wie die schafwollene Unterwäsche. Beim Gedanken an das, was sie unter ihrer Kleidung trug, stieg ihr Schamröte ins

Gesicht. Bislang hatte Marten nur die Haut zwischen dem Ende der Strümpfe und dem Anfang der Strumpfhalter berührt. Doch was, wenn …?

Gab es denn nichts Hübscheres, das sie *darunter* tragen konnte?

»Dieses Kleid würde dir ausgezeichnet stehen«, sagte Beeke in dem Moment, als Lene überlegte, ob es in dem Gemischtwarenladen auch Reizwäsche gab, wie die seidenen Kleidungsstücke genannt wurden, die in Frankreich Dessous hießen. »Komm, wir gehen hinein, und du probierst es an.«

Dies ließ sich Lene nicht zweimal sagen, und so dauerte es nur einen Wimpernschlag lang, bis sie sich in der Umkleidekabine ihres Kittelkleids entledigt hatte und in den Traum aus hellblauem Stoff geschlüpft war.

»Ihre Tochter ist bildschön und dieses Kleid wie für sie gemacht«, schwärmte die ältere Verkäuferin mit dem strengen Dutt und tupfte sich mit einem Taschentuch Tränen der Rührung aus den Augenwinkeln. »Ich wünschte, ich wäre noch jung und so gertenschlank. Gibt es denn einen besonderen Anlass, zu dem sie das Prachtstück tragen wird?«

Diese Frage hatte Lene sich schon während der Zugfahrt von List nach Westerland gestellt, doch nun kannte sie die Antwort: *Zu meinem heutigen Rendezvous mit Marten in der wahrscheinlich letzten Nacht, in der wir allein sein werden.*

»Lene braucht etwas Hübsches, wenn sie sich für eine Lehrstelle als Buchhändlerin bewirbt«, erwiderte Beeke zu Lenes großem Erstaunen. »In erster Linie zählt natürlich das Wissen in ihrem klugen Kopf, die außerordentliche Belesenheit und Liebe zu Büchern. Aber wir wissen alle, dass man sich besser fühlt, wenn man sich schön gemacht hat, und dieses Selbstbewusstsein soll meine Tochter ausstrahlen, wenn sie hoffentlich alsbald zu einem Vorstellungsgespräch eingeladen wird.«

»Bücher«, wiederholte die Verkäuferin, und nun trat erst recht ein schwärmerischer Ausdruck in ihr Gesicht. »Lesen ist einfach wundervoll, und es gibt nichts Schöneres, als sich in fremde Welten und Abenteuer zu träumen. Wirklich ein Jammer, dass die Lese-Strandhalle von Julius Meyer 1911 abgebrannt ist. Aber immerhin existiert das Logierhaus neben der ehemaligen Buch- und Papierhandlung noch. Beides sind Orte wie aus dem Märchen und eine Besonderheit für unsere Insel.«

Ein Logierhaus neben einer Buchhandlung?!

Lene hörte zum ersten Mal davon und hätte sich in diesem Augenblick am liebsten in eine Zeitmaschine gesetzt, die sie in das Jahr 1896 katapultiert hätte, als das Logierhaus erbaut worden war, wie die Verkäuferin auf Nachfrage erzählte.

»Dann sind wir uns ja einig«, erwiderte Beeke mit einem freundlichen Lächeln. »Wir nehmen das Kleid.«

Wenige Minuten später standen Mutter und Tochter auf der belebten Friedrichstraße. Lene trug voller Stolz die Tüte, in der das Kleid darauf wartete, von ihr getragen zu werden.

»War das dein Ernst mit dem Vorstellungsgespräch?«, fragte Lene und schaute einer Lachmöwe hinterher, die in Richtung Promenade flog.

»Mein voller«, erwiderte Beeke, in ihren schönen, hellblauen Augen blitzte Schalk auf. »Und aus diesem Grund statten wir jetzt Frau Alice einen Besuch bei *Sölring Boker* ab«, fuhr sie fort und deutete in Richtung der parallel verlaufenden Strandstraße. Lene folgte ihrer Mutter verdutzt und voller Vorfreude darauf, nach langer Zeit endlich mal wieder in der Buchhandlung stöbern zu dürfen, in der sie am liebsten wohnen würde – so gut gefiel es ihr dort. *Sölring Boker* war über Eck gebaut, nicht besonders groß, verwinkelt und bis oben hin mit Büchern gefüllt, die auf von der Last gebogenen Regalbrettern gestapelt waren, dass einem schwindelig wurde vor Glück. Das Buchhändlerehepaar Alice und Robert Johannsen führte den Laden seit vielen Jahren mit Liebe, Hingabe und Geduld. Und es brauchte tatsächlich ein Quäntchen Langmut, um auf einem Eiland mitten in der Nordsee seinen Lebensunterhalt mit dem Verkauf von Büchern zu verdienen. Die meisten Insulaner lebten von Viehzucht, Ackerbau und Fischfang, sie schliefen wenig, arbeiteten dafür lange und hart, hatten viele Münder zu stopfen und kaum Zeit für Müßiggang. Anstatt zu lesen, erzählten sie sich lieber Döntjes am Kamin oder tauschten den neuesten Inselklatsch aus.

Doch Alice und Robert gaben nicht so schnell auf. Wenn jemand erst einmal den Zauber von Büchern entdeckt hatte, so ihre einhellige Meinung, dann war er ihm für immer rettungslos verfallen. Und so köderten sie manch Zögerlichen mit kleinen Geschenken oder Leihgaben. Selbst wenn sie daran kein Geld verdienten, so wurden sie belohnt von denjenigen, die mit leuchtenden Augen nach mehr verlangten, wenn sie Feuer gefangen und einen Schriftsteller entdeckt hatten, dessen Worte sie so tief im Inneren berührten wie ein zärtlicher Liebesbrief.

»Habe ich denn etwa jetzt schon das Vorstellungsgespräch?«, fragte Lene, der plötzlich mulmig wurde. Natürlich war es ihr Traum, in dieser Buchhandlung eine Ausbildung zu machen, aber sie war nicht auf diesen Moment vorbereitet.

»Nein, mein Schatz«, antwortete Beeke und beschleunigte das Schritttempo. »Ich möchte heute erst einmal bei Alice vorfühlen, ob es überhaupt die Möglichkeit gibt, bei ihr in die Lehre zu gehen, und wie sie die Haltung ihres Mannes dazu einschätzt. Robert ist, wie immer um diese Zeit, auf Reisen zu den Verlagen, also können wir uns ganz in Ruhe zu dritt unterhalten.«

Als die beiden die Tür der Buchhandlung öffneten, sah Lene zunächst nur den Rücken von *Alice im Bücherland,* wie Sylter

Buchliebhaber die Dame nannten, von der niemand genau wusste, wie alt sie war. Sie stand auf einer Trittleiter, den Kopf in den Nacken gelegt, und studierte offenbar den Inhalt des Regalmeters vor ihrer markanten Nase, auf der eine Lesebrille saß. Wenn diese nicht in Benutzung war, hing sie an einem geflochtenen Band um den Hals von Alice und baumelte keck zwischen ihren Brüsten.

Beeke ließ ein fröhliches »Moin« ertönen, doch Alice war entweder zu sehr in ihre Arbeit vertieft, oder sie hörte weit schlechter, als sie es zugeben würde, wenn man sie danach fragte. Also wiederholte Beeke den Gruß etwas lauter, und Alice drehte sich um.

Ihre schwarz glänzenden Haare sehen wie eine Perücke aus, dachte Lene unwillkürlich und hielt einen Moment die Luft an. Der Anblick der in die Arbeit vertieften Buchhändlerin erfüllte sie mit Ehrfurcht, und sie wagte es kaum, davon zu träumen, eines Tages selbst auf der Leiter zu stehen und Bücher zu sortieren.

»Beeke, wie schön«, rief Alice aus, nachdem sie sich umgedreht hatte, und schien erst dann Lenes Anwesenheit zu bemerken. »Und noch dazu in so entzückender Begleitung.« Mit diesen Worten stieg sie von der Trittleiter hinab und schenkte Mutter und Tochter ein warmherziges Lächeln. »Wir haben uns ja eine Ewigkeit nicht mehr gesehen. Erzähl, wie geht es euch?«

»In der Tat haben wir einander seit Längerem nur Briefe geschrieben«, erwiderte Beeke, die meist auf diesem Weg neues Lesefutter bei *Sölring Boker* bestellte und sich per Post nach Listland schicken ließ. »So weit ganz gut, allerdings machen auch uns die Auswirkungen der Wirtschaftskrise immer noch zu schaffen, wir müssen den Gürtel ebenso enger schnallen wie die meisten. Doch das Leben geht trotzdem weiter, und ich wollte heute einmal bei dir nachfragen, ob ihr euch vorstellen könntet, meine Lene als Lehrmädchen einzustellen. Bücher sind ihr Leben, und sie wünscht sich nichts sehnlicher, als beruflich in eure Fußstapfen zu treten.«

Lene spürte den Blick von Alice Johannsen auf sich ruhen und wünschte mit einem Mal, dass sie selbst dieses Anliegen vorgetragen hätte und nicht nur teilnahmslos danebenstand, während über ihre berufliche Zukunft gesprochen wurde. »Seit dem Tag, als Mutter mir ein Bilderbuch gegeben hat, liebe ich das geschriebene Wort, fantasievolle Geschichten, farbenprächtige Illustrationen und Traumreisen in fremde Welten«, hob sie deshalb an und schaute der Buchhändlerin fest in die Augen. »Mir ist selbstverständlich bewusst, dass es bei dieser Tätigkeit nicht darum geht, sich selbst des Lesens zu erfreuen, sondern darum, die Kundschaft für Bücher zu begeistern und sie zum Kauf zu verführen. Ich glaube, dass ich dies kann, was ich gern unter Beweis stellen würde. Vielleicht gibt es ja die Möglichkeit, zur Probe bei Ihnen zu arbeiten?«

Einen Moment war es mucksmäuschenstill in der Buchhandlung, und Lene bekam weiche Knie. Hatte sie sich zu weit aus dem Fenster gelehnt und ihre Mutter brüskiert, indem sie selbst das Wort ergriffen hatte?

Alice putzte ihre Brille mit einem Tuch, das sie aus der Tasche ihrer schwarzen Marlene-Dietrich-Hose gezogen hatte, setzte sie auf und betrachtete Lene so eingehend, dass diese sich fühlte wie unter einem Mikroskop. »Ein junges Mädchen, das weder auf den Kopf noch auf den Mund gefallen ist, das gefällt mir«, hob sie schließlich an, und nun sah Lene die Knitterfalten um die dunkelrot geschminkten Lippen der Dame, die, wie sie bei näherer Betrachtung feststellte, vermutlich an die siebzig Jahre alt war. »Doch ich fürchte, dass ich dir dennoch keine Hoffnung machen kann, denn wir leben weiterhin von der Hand in den Mund, da bisher noch nicht ausreichend Urlauber hierherkommen und viele Insulaner noch unter den Folgen der Wirtschaftskrise leiden. Wir können kein Lehrgeld zahlen, sosehr ich es bedauere, dies sagen zu müssen, denn wir könnten durchaus Hilfe brauchen, wir werden schließlich nicht jünger, und ein wenig frischer Wind schadet sicher auch nicht.«

Lene hörte Beeke scharf ausatmen und kämpfte mit einem Kloß im Hals, der ihr die Kehle zuschnürte. Bis vor wenigen Stunden hatte sie noch gar nicht gewusst, dass sie heute die Gelegenheit haben würde, sich um eine Ausbildungsstelle zu bemühen. Und nun, da ihr Ziel zum Greifen nah war, wurde sie auch schon eines Besseren belehrt. Doch die Zeiten waren nicht leicht, das durfte sie nicht vergessen, auch wenn Listland so weit von allem entfernt war, dass man sich zuweilen fühlte wie auf einem anderen Planeten oder im Paradies.

»Und wenn Lene auf das Lehrgeld verzichtet?«

Beekes Frage schwebte förmlich durch den Raum, und nun wanderte der Blick aus Alice' dunkelbraunen Augen zu Lenes Mutter.

»Das würde in der Tat ein anderes Licht auf die Angelegenheit werfen«, erwiderte die Buchhändlerin. »Doch Lene müsste nach Westerland ziehen und zur Berufsschule aufs Festland, hast du das bedacht?«

»Selbstverständlich«, erwiderte Beeke, und Lene fragte sich, wann ihre Mutter diesen Plan geschmiedet und mit Konrad besprochen hatte. Denn ohne seine Einwilligung, das wusste Lene, würde sie Alice niemals so ein Angebot unterbreiten. »Es findet sich für alles eine Lösung, wenn man es wirklich will. Beratschlage dich mit Robert, und lass mich wissen, wie ihr euch entschieden habt. Und da das nun besprochen ist, würde ich mich gern in der Rubrik Besondere Bücher umsehen.«

Die letzten Worte untermalte sie mit einem kaum wahrnehmbaren Augenzwinkern, und Alice lächelte verschmitzt zurück.

»Na, wenn das so ist, folgt mir bitte nach nebenan. Dann kann ich Lene gleich zeigen, wo die Bücher gelagert werden, bevor sie in die Regale kommen, und wo wir die Paketpost für unsere Kunden fertig machen.«

Lene konnte kaum glauben, was in den letzten Minuten passiert war, und hätte zu gern mit Beeke darüber gesprochen, wie sich ihr Leben künftig gestalten würde. Doch ihre Mutter war offenbar so beseelt von der Vorstellung, neue Leseempfehlungen zu erhalten, dass sie Alice Johannsen folgte und noch nicht einmal einen kurzen Blick mit ihrer Tochter wechselte.

Besondere Bücher? Was war damit gemeint?, fragte Lene sich und ging den beiden Frauen hinterher in ein fensterloses Zimmer neben dem Ladenlokal, das noch weit vollgestopfter war als die Buchhandlung. Um an den Schreibtisch zu gelangen, musste man geschickt die turmhohen Stapel umrunden, die auf dem Holzfußboden verteilt waren und auf denen Zettel mit Beschriftungen wie *Fachliteratur, Liebe, Inselkunde, Biografien, Reiseberichte* und Ähnliches lagen.

»Das sind antiquarische Titel, die wir von Kunden geschenkt bekommen oder aus Nachlässen erhalten«, erklärte Alice und tänzelte mit der Grazie einer Primaballerina durch den Raum. Dann setzte sie sich an den dunklen Holztisch, auf dem ein Briefbeschwerer, Umschläge und Stifte lagen sowie leicht vergilbte Quittungsblöcke, Stempel und gebrauchte Tassen. Eine feine Staubschicht überzog das unordentliche Sammelsurium, der Duft von leicht modrigem Papier, Bohnerwachs und kaltem Kaffee hing in der Luft, und Lene inhalierte das Gemisch mit geschlossenen Augen. Jeder andere hätte diesen Geruch wahrscheinlich als störend empfunden, doch für Lene war er beinahe genauso schön wie der Duft, der ihr in die Nase stieg, wenn sie mit Marten zusammen war.

Alice räumte Briefbogen, Stapel alter Tageszeitungen und mehrere Packen des Postkartensets »Acht Bilder von Sylt«, illustriert von dem jüdischen Maler Franz Korwan, von dem Möbelstück, auf dem sie lagen, auf den Schreibtisch. Dann öffnete sie einen Deckel, dessen Metallscharniere so erbärmlich quietschten, als hätte man einer Katze auf den Schwanz getreten. Erst jetzt erkannte Lene, dass es sich um eine Truhe handelte, in der Bücher – die besonderen?! – verstaut waren.

»Wirf einen Blick hinein, meine Liebe, und such dir aus, was du haben möchtest«, sagte Alice zu Beeke gewandt. Diese ließ sich nicht zweimal bitten und beugte sich über die dunkle Holztruhe mit den Messinggriffen. Lene stellte sich neben sie und beäugte ebenfalls die Titel, die hier offenbar versteckt wurden. Schriften von Karl Marx tanzten vor ihren Augen neben denen von Bertolt Brecht und dem von ihr so geliebten Erich Kästner. Bücher von Lion Feuchtwanger lagen Seite an Seite mit denen von Kurt Tucholsky, und allmählich dämmerte Lene, dass es sich bei dieser Sammlung ausnahmslos um Titel handelte, die der strengen Zensur unterlagen und von denen 1933 in vielen deutschen Städten etliche Exemplare verbrannt worden waren. Beim Gedanken an diesen Akt roher Gewalt schnürte sich Lenes Kehle erneut zusammen, denn sie konnte sich noch gut an den Tag erinnern, als die Nachricht über diese Gräueltaten Listland erreicht hatte. Beeke hatte bitterlich geweint und der damals elf Jahre alten Lene zunächst nicht den Grund für ihren großen Kummer verraten. Doch Lene hatte sich schon damals nicht abwimmeln lassen, wenn sie etwas wissen oder verstehen wollte. Und so hatte ihre Mutter ihr schließlich in kindgerechten Worten erklärt, dass gewisse Politiker sich von der Macht kluger und kritischer Worte bedroht fühlten und sich nicht anders zu helfen wussten, als die gefürchteten Schriften in Flammen aufgehen zu lassen.

Beeke suchte rasch fünf Bücher zusammen, Alice umwickelte sie mit einer alten Tageszeitung, schlug das Päckchen zusätzlich in braunes Packpapier ein und verschnürte es mit einer Kordel. Bargeld wechselte den Besitzer, und beide Frauen sprachen erst wieder miteinander, als sie sich an der Eingangstür der Buchhandlung verabschiedeten.

»Ich schicke dir eine Nachricht, sobald ich mit Robert alles Notwendige in Hinblick auf die Lehrstelle besprochen habe«, sagte Alice und wandte sich nun direkt an Lene. »Ich freue mich auf unsere gemeinsame Zeit. Auf bald.«

Kurz darauf standen Mutter und Tochter im Freien, und Lene betrachtete versonnen die Schaufensterauslage von *Sölring Boker,* ihrem künftigen Ausbildungsplatz. Ihr Herz pochte vor Freude, und sie konnte es kaum erwarten, Marten von der märchenhaften Entwicklung zu berichten, die dieser Tag unerwartet genommen hatte. Doch dann fiel ihr Blick auf eine Schmiererei an der weiß getünchten Fassade der Buchhandlung.

»Verschwindet von der Insel, ihr Dreckjuden«, stand in scharlachroten Buchstaben an der Wand, und Lene wurde augenblicklich schwindelig …

15

LISTLAND, GEGENWART

Anna

Ein Klingeln durchdrang die Stille der Bibliothek, in der ich mich befand, umgeben von Büchermassen, wie ich sie noch nie zuvor gesehen hatte. Ich suchte nach einem bestimmten Titel, der in schwindelerregender Höhe stand, und versuchte mein Glück, indem ich auf einer hohen Leiter balancierte, in der Hand eine Greifzange mit einem langen Griff. Doch trotz aller waghalsigen Bemühungen trennten mich immer noch mehrere Meter vom obersten Brett des dunklen Regals aus poliertem Mahagoniholz. Ein feiner Schweißfilm trat mir auf die Stirn, mein Herz hämmerte hart gegen die Brust. Ich reckte und streckte mich, aber das Buch, von dem mein Leben abhing, blieb unerreichbar, egal, wie sehr ich mich auch bemühte, es zu fassen zu bekommen. Das Klingeln war das Signal dafür, dass die Katastrophe unausweichlich nahte ...

Ich schreckte aus dem Schlaf, und noch immer drang der Klingelton alarmierend in meine Ohren. Er stammte von meinem Handy, so viel wurde mir klar, als ich versuchte, den Albtraum abzuschütteln und zurück in die Realität zu finden.

Als ich den Namen *Dr. Christiansen* auf dem Display sah, wurde ich schlagartig wach.

»Ich dachte schon, ich erreiche Sie nicht«, ertönte die Stimme meiner Verlegerin, und ich blickte auf die Uhr. »Wie läuft es denn auf Sylt? Haben Sie interessante Neuigkeiten über das Leben von Fenja Lorenzen in Erfahrung bringen können?«

Es war elf Uhr vormittags, ich hatte so lange geschlafen wie schon ewig nicht mehr und war aufgrund meiner Benommenheit meilenweit davon entfernt, telefonieren zu können. Dennoch versuchte ich, den Anschein zu erwecken, als sei ich schon seit Stunden auf den Beinen.

»Es läuft alles bestens«, erwiderte ich und legte so viel Schwung in meine Stimme wie möglich. »Ich habe etwas Spannendes auf dem Dachboden entdeckt und zudem viele weitere Erkenntnisse gewonnen, die das Buch zu etwas Besonderem machen werden.«

Immerhin war dies nicht gelogen ...

»Fein, fein«, erwiderte Frau Dr. Christiansen. »Das passt hervorragend, denn Vertrieb und Marketing benötigen innerhalb der nächsten zwei bis drei Wochen detaillierte Informationen und idealerweise eine Leseprobe für erste Sondierungsgespräche mit den großen Buchhandelsketten. Zudem möchten wir ein Leseexemplar produzieren, das wir den Verlagsvertreterinnen und -vertretern sowie dem Buchhandel zur Verfügung stellen können. Sie wissen selbst, wie wichtig solche Marketinginstrumente in heutigen Zeiten für die Kalkulation der Auflagenhöhe sind.«

In der Tat! Ein Bestseller wurde bereits im Vorfeld zu einem solchen gemacht und avancierte nicht erst an der Ladentheke zum Verkaufsrenner. Unter anderen Umständen hätte ich Tag und Nacht durchgearbeitet und alles darangesetzt, jeden noch so knappen Zeitplan einzuhalten. Doch momentan lagen die Dinge völlig anders, ich hatte noch nicht einmal Kontakt zu der Person, deren Biografie ich schreiben wollte.

Und das Allerschlimmste: nicht die geringste Ahnung, wann und ob ich Fenja erreichte.

»Das klingt alles großartig«, erwiderte ich, obgleich ich mich fühlte wie im emotionalen Schleudergang. »Ein Leseexemplar wäre ein toller Auftakt für die Reihe, und ich freue mich sehr, dass der Verlag so viel Engagement zeigt. Selbstverständlich bekommen Sie alles zum gewünschten Zeitpunkt.«

»Genau das wollte ich hören. Dann wünsche ich Ihnen einen schönen Tag, grüßen Sie mir die Insel«, erwiderte die Verlegerin und beendete das Gespräch.

Nachdem ich das Handy am Ladekabel angeschlossen und ungelesene Nachrichten gecheckt hatte, stand ich eine Weile am Fenster und blickte hinaus. Heute trug Listland ein graues Regenkleid, Tropfen prasselten, getrieben von starkem Wind, gegen die Fensterscheibe, und draußen sah es ähnlich trostlos aus wie in meinem Inneren. Vergessen waren der schöne Spaziergang mit Eric und das spontane Bad in der Nordsee. Vergessen der freudige Schauer, der mich gestern beim Schwimmen in Richtung des endlosen Horizonts erfasst und mir die Zuversicht vorgegaukelt hatte, dass sich alles zum Besten wenden würde.

Was sollte ich jetzt bloß tun?

Aufgeben war keine Option, aber ich konnte auch nicht auf Verdacht nach Niebüll fahren und dort auf eigene Faust nach Fenja suchen, oder doch?

Ich versuchte, mir jedes Detail unserer Gespräche – auch außerhalb der Podcast-Themen – in Erinnerung zu rufen. Hatte sie da jemals über die Kleinstadt gesprochen, die viele vor allem deshalb kannten, weil der Ort als Tor zu den Nordfriesischen Inseln galt?

Ich heftete meinen Blick auf die Nordsee, die heute mangels Sonnenlichts bräunlich wirkte und, aufgepeitscht vom Wind, schäumend tobte. Dann drehte ich mich um und betrachtete die gerahmte Reproduktion eines Ölgemäldes über dem Bett, das die Stimmung im Listland wunderbar einfing und den Titel »Dünen mit Schaf« trug. Die heranrollende Brandung im Hintergrund wurde durch den Einfall von Sonnenstrahlen erhellt, ein Schaf trabte einsam zwischen den Dünenbergen hindurch, deren Kämme mit Küstengras bewachsen waren, das mal silbrig schimmerte, in Teilen aber auch im Dunkeln lag. Rechts unten erkannte man bei genauem Hinsehen die Signatur »Katzenstein«. Es handelte sich also um den Künstler Sally Katzenstein, oder auch Franz Korwan, wie sich der gebürtige Hesse nach dem Besuch der Hochschule für Bildende Künste in Berlin nannte. Fenja hatte anlässlich der Ausstellung zum hundertfünfzigsten Geburtstag des Malers und Illustrators im Sylt-Museum in Keitum am begleitenden Katalog mitgearbeitet und einige Postkarten aus ihrem Besitz für die Werkschau gespendet. Von dieser Tätigkeit hatte sie mir im Rahmen des Interviews stolz erzählt, denn es war ihr ein großes Anliegen, in Vergessenheit geratenen Künstlern eine neue Bühne zu bieten. Der Gedanke an die Bücher, die sie dem Museum *Altfriesisches Haus* in Keitum gespendet hatte, setzte Überlegungen in mir in Gang: Fenja hielt sich am liebsten dort auf, wo sie von Büchern umgeben war oder aus ihnen vorlesen, wahlweise über sie berichten oder diskutieren konnte: in Buchhandlungen, Bibliotheken, Heimatmuseen, Vortragssälen, Kindergärten, Schulen oder in den Räumlichkeiten privater Buchclubs und Lesezirkel.

Gab es etwas in dieser Art auch in Niebüll?

Ich nahm mein Tablet zur Hand und suchte anhand der Stichwörter »Bücher« und »Kultur« in Verbindung mit der Stadt des Kreises Südtondern und wurde alsbald fündig: Neben drei Museen, einer Buchhandlung und der Stadtbücherei bot die Stadthalle Niebüll in Zusammenarbeit mit dem Kulturbüro Veranstaltungen für jeden Geschmack: Konzerte, Lesungen, Theater, Vorträge und Tanzevents. Alles in allem musste ich mich wohl ein bis zwei Tage dort aufhalten, um mir jeden Ort anzuschauen, der potenziell für Fenja von Interesse sein konnte. Auch wenn dieses Vorhaben etwas irrwitzig war, erschien es mir allemal besser, als untätig herumzusitzen. Wenn ich also den nächstmöglichen Zug von Westerland nahm und eine Nacht im Hotel verbrachte, konnte ich mir wahrscheinlich einen guten Überblick darüber verschaffen, was Niebüll für Fenja so reizvoll machte. Doch zuvor wollte ich mit Elisa sprechen und sie bitten, mir ein Fahrrad zu leihen, mit dem ich zur Bushaltestelle in List fahren konnte.

Auf der Suche nach ihr ging ich auf den Vorplatz des Reetdachhauses, wo sie gerade dabei war, die Lämmer zu füttern, die sich um sie drängten und sich gänzlich unbeeindruckt von den Regenschauern zeigten.

»Hallo, Elisa, das sieht ja niedlich aus. Kann ich dir helfen?«, rief ich beim Anblick von Fenjas Tochter, die links und rechts eine Flasche Milch in der Hand hielt und sich zudem eine dritte zwischen die Beine geklemmt hatte, an der ein Lämmchen saugte.

»Sehr gern«, erwiderte Elisa, die einen gelben Friesennerz trug, von dessen Kapuzenrand Regen auf ihr ungeschminktes Gesicht tropfte. Wie sie da stand, die Füße in blau-rot geringelten Gummistiefeln, ähnelte sie einem jungen Mädchen. »Schnapp dir die vollen Flaschen in der Kiste auf dem Tisch, und halt sie gut fest.«

Ich tat wie geheißen und wusste eine Sekunde später, wie es sich anfühlte, wenn ein Schaf gierig am Saugnapf einer Milchflasche zog. Ich hatte Mühe, dagegenzuhalten und die Flaschen nicht fallen zu lassen, zudem versuchten sich die Schafe gegenseitig wegzuschubsen und damit vorzudrängen.

Elisa beobachtete mich mit einem amüsierten Lächeln, in dem aber auch Wohlwollen lag. »Lass dich nicht unterkriegen, Anna«, spornte sie mich an. »Fürs erste Mal hältst du dich ziemlich wacker.«

Kurz darauf waren die Schäfchen gesättigt und stoben, fröhlich blökend, nach allen Seiten. Nur Luzie ließ sich nicht blicken, dabei hätte ich das schwarze Schaf liebend gern begrüßt und ebenfalls gefüttert.

»Ich habe übrigens ein Foto von dir gemacht«, sagte Elisa und zeigte mir ein Bild auf dem Handy-Display, das auf charmante Weise darstellte, wie konzentriert ich eben bei der Sache gewesen war, aber auch, wie sehr mich das Füttern angestrengt hatte. Meine Lippen waren aufeinandergepresst, meine Haare klitschnass, und meine Arme standen so steif vom Körper ab, als hätte ich mir die Schafe so weit wie möglich vom Leib halten wollen, was jedoch gar nicht der Fall war.

»Das ist nett. Kannst du es mir schicken? Ich würde es gern an meine Tochter weiterleiten«, bedankte ich mich und gab Elisa meine Telefonnummer. Danach sandte ich das Bild an Kathrin, bei der ich mich unbedingt bald melden musste. Da Elisa gut gelaunt zu sein schien, beschloss ich jedoch, erst mal die Gunst der Stunde zu nutzen, und fragte, ob ich bei einer Tasse Tee etwas mit ihr besprechen könnte. Sie warf mir zunächst einen verwunderten Blick zu, bejahte aber schließlich, und so gingen wir beide in die Küche, wo ich den Wasserkessel aufsetzte.

»Du fühlst dich hier schon richtig heimisch, nicht wahr?«, sagte Elisa, die verschiedene Teedosen in die Hand nahm und die Etiketten studierte. Wir entschieden uns beide für die Sorte Sylter Schietwetter-Tee, denn was wärmte an einem solchen Regentag besser als eine Kräutermischung aus Spitzwegerich, Brombeerblättern, Melisse, Hagebutten, Anis und Fenchel. »Also, was gibt's?« Elisas Blick ruhte auf mir, diesmal war weit und breit kein Handy in Sicht, das sie ablenkte.

»Das wird eine etwas längere Geschichte«, hob ich an und verspürte auf einmal eine gewisse Nervosität. Hätte ich ihr doch nur von Anfang an den wahren Grund für meine Anwesenheit im Listland genannt!

»Ich habe alle Zeit der Welt«, erwiderte Elisa und pustete in den Becher aus dunkelblauem Ton, dem heißer Dampf entstieg. Meine Erklärung klang zunächst stockend und so, als fühlte ich mich schuldig. Ich spürte beim Reden die Anspannung in jeder Faser meines Körpers, als ich von dem geplanten Buch über Fenja, dem Druck, der auf dem Projekt lastete, erzählte und davon, wie sehr das plötzliche Verschwinden ihrer Mutter alles erschwerte. Ich ließ weder meine schwierige berufliche Lage außen vor noch den Anruf meiner Verlegerin heute Vormittag, am liebsten hätte ich sogar von dem Albtraum erzählt, aus dem ich aufgeschreckt war. Elisa hörte ruhig zu, doch an ihrer Miene war nicht abzulesen, wie sie über all das dachte.

Es verging eine gefühlte Ewigkeit, bis sie schließlich sagte: »Das ist ja ein aufwendiges Projekt, aber angesichts der momentanen Umstände schwierig zu realisieren. Was hast du denn nun vor?«

»Ich plane, noch heute nach Niebüll zu fahren und auf eigene Faust nach ihr zu suchen, auch wenn die Chance sehr gering ist, dass ich Erfolg habe, das ist mir durchaus bewusst. Daher wollte ich fragen, ob du mir ein Rad für die Fahrt nach List leihen kannst und ob du nicht doch eine Idee hast, wo deine Mutter stecken könnte.«

Elisa runzelte die Stirn, und ich hörte eine Nanosekunde auf zu atmen. Jeder noch so kleine Hinweis konnte entscheidend sein.

»Ich weiß nur, dass meine Mutter in Niebüll gern sowohl in das Richard-Haizmann-Museum am Rathausplatz geht als auch in das Friesische Museum, denn Letzteres kooperiert gelegentlich mit dem in Keitum. Doch ihre Vorliebe für diese Orte ist sicher keine Erklärung dafür, dass sie uns beide hier sitzen lässt und sich seit drei Tagen nicht meldet. Ich gebe zu, dass ich allmählich beginne, mir Sorgen zu machen. Was hältst du davon, wenn wir beide gemeinsam mit dem Auto fahren? Dann könnten wir uns bei der Suche aufteilen. Vier Augen sehen mehr als zwei.«

»Das ist eine wunderbare Idee.« Ein Teil meiner verlorenen Zuversicht kehrte zurück und damit auch wieder ein Hauch von Leichtigkeit.

»Dann sind wir uns ja einig«, sagte Elisa und lächelte breit. »Aber glaub ja nicht, dass ich mir ein Zimmer mit dir teile, denn du schnarchst sehr laut, meine Liebe.«

Ich tat brüskiert und entgegnete: »Bitte, was? Ich glaube, da hast du dich verhört«, und freute mich darüber, dass es möglich war, mit Elisa herumzualbern.

»Wie auch immer. Ich versuche, zwei Zimmer im Hotel Landhafen zu bekommen. Vorher rufe ich aber schnell noch Eric an, weil ich nur hier wegkann, wenn er sich um die Fütterung der Tiere kümmert.«

Eine halbe Stunde später war alles organisiert, ich hatte meine Sachen gepackt und konnte es kaum fassen, dass ich gleich zusammen mit Elisa zu einer Fahrt nach Niebüll aufbrechen würde. Ich mochte diese lebendige, typisch nordfriesische Kleinstadt mit dem schönen Umland, war allerdings schon länger nicht mehr dort gewesen.

In dem Moment, als ich neben Elisa im Auto Platz nahm, erfasste mich wieder dieses Jagdfieber, das sich in meinen *großen* Zeiten als Reporterin zu einem wahren Rausch steigern konnte. Der heutige Journalismus unterschied sich zwar in vielen Dingen von der Art, wie ich dieses Handwerk gelernt hatte, aber es ging bei allem nach wie vor um eins: um eine gute, packende Story, die Menschen in ihren Bann zog.

16

NIEBÜLL, GEGENWART

Anna

Während der Reise in Richtung Niebüll sprachen Elisa und ich nur wenig, stattdessen hörten wir den Podcast-Beitrag mit Fenja. Elisa konzentrierte sich auf die Fahrt, die uns über die Landstraße vorbei an Feldern und Windmühlenparks führte. Ich saß neben ihr und versuchte, aus ihrem Gesichtsausdruck herauszulesen, ob ihr das Interview gefiel, und dann wieder den Anblick der spröden Landschaft zu genießen.

Erst kurz vor Erreichen des Hotelparkplatzes äußerte sich Elisa anerkennend über das Gespräch zwischen mir und ihrer Mutter rund um Fenjas lebenslange Liebe zu Büchern. Auch wenn ihr Lob nicht entscheidend war, freute ich mich.

»Warst du hier schon mal?«, fragte Elisa, nachdem die Rezeptionistin uns die Zimmerschlüsselkarten ausgehändigt und ich mich im Hotelfoyer umgesehen hatte.

»Bisher noch nicht, aber ich liebe es jetzt schon«, erwiderte ich und betrachtete die quietschgelben Gummistiefel sowie die Milchkanne mit dem knallroten Regenschirm vor der grauen Betonwand im Eingang, über der der beleuchtete Schriftzug »Moin« hing. Außerdem hatte man durch die Glastüren im Loungebereich einen guten Blick auf den weitläufigen Garten, dessen Mittelpunkt ein imposanter Dalben bildete, um dessen hölzerne Ramme einige Feuerschalen im aufgeschütteten Sand standen.

»Das freut mich, denn ich finde es hier auch toll, vor allem, weil die Besitzer echte Nordfriesen sind und Wert auf Regionalität legen. Hier gibt's zum Frühstück sogar Queller, und der schmeckt absolut himmlisch. Wollen wir uns in zehn Minuten am Ausgang treffen und dann zu Fuß den Ort erkunden?«

Ich nickte und ging dann in mein Zimmer, dessen Wand eine Künstlertapete mit der Darstellung einer historischen Karte von Nordfriesland zierte sowie charmante Fotos, auf denen ein Schaf und ein Apfelbaum zu sehen waren. Das Highlight war jedoch das tiefe Sims mit gemütlichen Kissen. Wenn man daraufsaß und aus dem Fenster schaute, konnte man Ziegen, Zwerghühner, alte Obstbäume und die blau gestrichene Badehütte aus Dagebüll sehen, die den naturbelassenen Garten so besonders und urig machte. Ich liebäugelte kurz mit dem Gedanken, die Fasssauna auszuprobieren, doch dafür fehlte leider die Zeit.

Kurz darauf spazierten Elisa und ich die Hauptstraße entlang, die ins Zentrum von Niebüll führte. Rechts von uns befanden sich die Apostelkirche und der angrenzende Friedhof, links tauchte irgendwann ein imposantes Haus mit zwei runden Türmen auf.

»Das Wohnhaus des Malers Carl Ludwig Jessen, genannt Turmhaus, erinnert ein bisschen an das Lübecker Holstentor, nicht wahr? Er hatte dort sein Atelier im Keller und malte großartige Bilder, von denen einige in der Deezbüller Kirche hängen«, erzählte Elisa, nachdem ich den Bau fotografiert hatte, und ich konnte ihr nur zustimmen.

Wer hätte gedacht, dass dieser beschauliche Ort so viel Geschichte und Kultur atmete?

Auf dem Weg zum Rathausplatz musterten wir alle Passanten, die an uns vorbeikamen, blickten in jedes parkende oder vorbeifahrende Fahrzeug und waren so konzentriert auf unser Vorhaben, dass wir kaum miteinander sprachen.

Erst als wir die Stadtbücherei erreicht hatten, sagte Elisa: »Ich kenne die Mitarbeiterinnen und frage, ob meine Mutter in den letzten Tagen hier war«, und schon standen wir vor dem Empfangstresen und wurden von einer Dame freundlich begrüßt. Ich ging an einem Regal mit aktuellen Zeitungen vorbei zu dem Teil des Raums, in dem sich Kriminalromane, DVDs und CDs befanden, während Elisa sich unterhielt. Ich hörte das fröhliche Kichern von Kindern und stand alsbald vor knallroten Holzmöbeln, reich bestückt mit Bilderbüchern, und mein Herz schlug vor Freude, weil die Kids dort herumtobten und begeistert in den Büchern blätterten. Unweit von der Kinderbuchabteilung erblickte ich eine Glasvitrine, in der ein Buch in altdeutscher Schrift ausgestellt und mit *Heimreich, Anton: Nordfriesische Chronik, 1819, Schenkung von Fenja Lorenzen* betitelt war. Elektrisiert von dieser unerwarteten Entdeckung, ging ich zu Elisa, um ihr von meinem Fund zu berichten, doch sie kam mir bereits entgegen.

»Meine Mutter war tatsächlich an dem Tag hier, als wir den Schaden auf dem Dach entdeckt haben, und hat sich Hör-CDs ausgeliehen, obwohl sie eine Abneigung gegen Audiofassungen von Büchern hat«, flüsterte sie und deutete mit einem Kopfnicken in Richtung der Schubfächer, in der die CDs alphabetisch geordnet waren. Die erste Lade war noch halb geöffnet, zuoberst lag die Hör-CD von Robert Seethalers Roman *Der letzte Satz* über die Tage des Komponisten Gustav Mahler vor dessen Tod.

»Hast du gefragt, welche Titel das waren?«, fragte ich im Hinausgehen.

»Na klar habe ich das, aber ich wurde freundlich auf das Thema Datenschutz hingewiesen, obwohl ich durchblicken ließ, dass ich mir Sorgen über den Verbleib meiner Mutter mache. Allzu deutlich wollte ich aber nicht werden, das gibt sonst nur unnötigen Tratsch.«

»Schade«, erwiderte ich enttäuscht.

Ein kühler Wind rauschte durch die Blätter der stämmigen Eichen auf dem Rathausplatz, doch trotz der wenig sommerlichen Temperaturen war ich froh, dass es an diesem Tag wenigstens nicht regnete. Gegenüber plätscherte ein Springbrunnen, dahinter ragte das Museum für Moderne Kunst auf. Der Backsteinbau mit der Sammlung der Gemälde, Holzschnitte und Plastiken des Künstlers Richard Haizmann, die während der nationalsozialistischen Diktatur als »entartete Kunst« verfemt worden waren, stand damit in direktem Bezug zu der vor dem Museum stehenden »Hitler-Eiche«, die in der Zeit des Nationalsozialismus zu Ehren des »Führers« gepflanzt worden war. Mich überliefen Schauer bei dem Gedanken an diese schrecklichen Zeiten und dem Anblick der Bäume mit starker Symbolkraft. Unter ihnen waren früher Urteile gesprochen worden, sie standen zudem für Stärke, Ehre, Kraft und Unsterblichkeit.

»Aber immerhin wissen wir jetzt, dass Fenja in Niebüll gesehen wurde«, erwiderte ich. »Wollen wir sonst mal im Museum nachschauen? Da läuft gerade eine Sonderausstellung, wie ich auf dem Plakat vor dem Eingang gesehen habe.«

»Das müssen wir auf morgen Vormittag vertagen, denn es hat schon geschlossen«, sagte Elisa. »Ich schlage vor, wir teilen uns auf und sehen uns sowohl in der Bücherstube Leu als auch in den Lädchen rund um den Platz um. Meine Mutter liebt den Niebüller Weltladen und auch den Pack & Schnack-Laden mit dem charmanten Café. Danach sollten wir aber etwas essen, denn ich falle gleich um vor Hunger.«

Nach vergeblicher Suche mussten wir unser ohnehin wenig aussichtsreiches Vorhaben für den heutigen Tag aufgeben und schlugen den Weg zurück zum Hotel ein. Ich empfand in diesem Moment eine Mischung aus Enttäuschung, Sorge um Fenja, aber auch Abenteuerlust und Aufregung. Immerhin hatte jemand Elisas Mutter gesehen, und es war ihr offensichtlich gut gegangen. Doch wieso lieh sie sich in aller Seelenruhe Hörbücher aus, wenn sowohl Elisa als auch ich dringend auf ein Lebenszeichen von ihr warteten?

»Ich hätte Lust, mich nach dem Abendessen an eine der Feuerschalen zu setzen, ein Glas Rotwein zu trinken und Marshmallows zu rösten«, sagte Elisa, als wir durch die Eingangstür des *Landhafen* gegangen waren.

»Marshmallows?« Ich dachte unwillkürlich an Kathrin und daran, wie gern sie diese Süßigkeit aß. Ich konnte mir nicht vorstellen, wie die Schaumzuckerware schmeckte, wenn sie am offenen Feuer geröstet wurde. Doch Versuch machte bekanntlich klug. »Klingt furchtbar süß, aber auch verlockend. Ich bin also gern dabei.«

Elisa reservierte an der Rezeption sowohl einen Tisch für das Abendessen als auch eine Feuerschale am Fuße des Dalben, und nun blieb mir eine halbe Stunde, um mich im Zimmer frisch zu machen und Kathrin anzurufen, die wissen wollte, ob Fenja sich endlich gemeldet hatte und wie lange ich unter den gegebenen Umständen in Nordfriesland bleiben würde.

»Das ist ja krass«, erwiderte sie, nachdem ich sie über die Ereignisse der vergangenen Tage ins Bild gesetzt hatte. »Meinst du, ihr ist irgendetwas zugestoßen? Oder wollte sie sich heimlich abseilen, weil sie ahnte, was für ein Chaos nach dem starken Sturm auf dem Dachboden herrschen würde? Vielleicht hat sie Schulden und ist deshalb untergetaucht.«

»Du hast eindeutig zu viele True-Crime-Podcasts gehört, mein Schatz«, hielt ich lachend dagegen. Doch tief in mir meldete sich eine Stimme, die sagte: Es könnte doch sein, dass an Kathrins Theorie trotz einiger Logikmängel etwas dran ist!

»Oder ich habe einen objektiveren Blick auf die Situation, weil ich nicht so persönlich involviert bin wie du. Allerdings trifft es mich ebenfalls, wenn aus der geplanten Biografie nichts wird, weil ich weiß, wie sehr dein Herz daran hängt. Ich hoffe, ihr werdet bald fündig oder Fenja meldet sich von selbst.«

Nachdem wir noch eine Weile über die Entwürfe für die Website ihres Ladens gesprochen hatten, wurde es Zeit für das Abendessen.

»Schickst du mir bitte ein Video von eurem Lagerfeuer und sagst mir, wie dir die gerösteten Marshmallows geschmeckt haben?«, sagte Kathrin, und ich hätte am liebsten geantwortet: »Setz dich ins Auto und komm hierher. Von Friedrichstadt bis Niebüll ist es nicht weit, und wir könnten uns hier einen netten Mutter-Tochter-Abend machen.«

In diesem Moment hatte ich große Sehnsucht nach Kathrins frischer und direkter Art, nach dem unverstellten Blick einer jungen Frau auf die Dinge, die mich seit Tagen in Atem hielten. Doch die folgenden Stunden gehörten Fenjas Tochter, die sich Gedanken über das Verschwinden ihrer Mutter machte und der ein wenig seelischer Beistand sicher guttat.

»Ein perfekter Abend für ein gemütliches Beisammensein an der Feuerschale«, schwärmte Elisa, nachdem wir den malerischen Sonnenuntergang über den Feldern bestaunt hatten, die hinter dem Garten des Hotels lagen. In der Tat war es windstill, am Himmel ging gerade der Mond auf, und wir stellten den Teller mit den Schaumzuckerköstlichkeiten und unsere beiden Weingläser auf einem kleinen Holztisch ab, zu dem zwei Stühle mit Sitzpolstern und wärmenden Kuscheldecken gehörten. Über unseren Köpfen zogen Möwen mit ausgebreiteten Schwingen ihre Kreise, die Abendvögel gaben ein kleines Konzert, und aus dem hohen Gras ertönte das Zirpen von Grillen. Elisa hatte die Holzscheite in der

Eisenschale aufeinandergeschichtet und mit geübten Griffen ein Feuer entfacht, das nun gemütlich knisterte und Funken in den Himmel steigen ließ.

Mag Eric wohl Lagerfeuer?, fragte ich mich und erschrak sogleich. Wieso kam mir ausgerechnet jetzt Elisas Bruder in den Sinn? Und warum verspürte ich mit einem Mal ein leises, wehmütiges Ziehen in der Herzgegend, vergleichbar mit den Momenten, in denen ich Kathrin vermisste? Lag dieses undefinierbare Gefühl am Genuss des *Austernfischer*-Rosés? War es die Stimmung unter freiem Himmel, die förmlich nach Romantik schrie, oder verlor ich seit meiner Ankunft im Listland nach und nach die Kontrolle?

»Wie fühlst du dich angesichts der Tatsache, dass deine Mutter in Niebüll gesehen wurde?«, fragte ich Elisa, um mich von meinem eigenen Emotionswirrwarr abzulenken.

Beim Abendessen hatten wir das Thema »Fenja« bewusst gemieden und über Unverfängliches geplaudert.

»Keine Ahnung«, erwiderte Elisa und spießte abwechselnd weiße und rosafarbene Marshmallows auf die zwei Holzstäbe, die im Korb mit dem Feuerholz gewesen waren. Dann gab sie mir den einen und hielt ihren eigenen so lange in die Glut, bis die Süßigkeit von einem glänzenden Film überzogen wurde – laut Elisa der perfekte Moment, um sie zu essen. »Ich überlege die ganze Zeit, ob diese merkwürdige Geschichte mit Fenjas Kindheit in Niebüll zu tun haben könnte. Es heißt doch, dass man sich im Alter immer mehr mit seiner Vergangenheit beschäftigt beziehungsweise von ihr eingeholt wird. Vielleicht ist irgendetwas in Niebüll passiert, was ihre volle Aufmerksamkeit fordert und keinen Raum mehr für anderes lässt. Meine Mutter mag vieles sein, aber nicht unzuverlässig.«

»Heißt das, dass Fenja früher in Niebüll gelebt hat?«, fragte ich erstaunt, denn ich war bislang davon ausgegangen, dass die alte Dame ihr Leben durchgängig auf der Insel verbracht hatte.

»Sie wurde als Kind von ihrer Mutter verstoßen und wuchs bei ihrem Vater Friso auf, der aus Niebüll stammte und nach dem Scheitern der Ehe mit meiner Großmutter Lene wieder in seine Heimatstadt zurückkehrte. Wusstest du das nicht?«

Von der Mutter verstoßen …

Diese Worte waren schier unaussprechlich und trafen mich tief ins Mark. Ich musste unwillkürlich an die Mutterschafe denken, die ihre Lämmer ablehnten, weil sie zu wenig Milch für die Jungtiere hatten oder diese zu schwach oder gar behindert waren. War Fenjas Mutter Lene von solcher Natur gewesen? Ich konnte mir das nicht vorstellen! Fenja selbst gewährte den mutterlosen Lämmern Zuflucht, fütterte sie und gab ihnen im Listland ein Zuhause. Wollte sie damit womöglich kompensieren, dass sie ihrer Tochter Elisa keine so gute Mutter war und deshalb das Verhältnis zwischen den beiden arg angespannt war?

Allmählich dämmerte mir, weshalb die Beziehung von Mutter und Tochter sich so schwierig gestaltete: Oftmals belasteten nicht aufgearbeitete Traumata von Eltern deren Kinder. Denn wie konnte eine Frau wie Fenja, die offenbar selbst keine gute Mutter gehabt hatte, ihrer Tochter Elisa die Liebe und Geborgenheit geben, die sie selbst nicht erfahren und sicher schmerzlich vermisst hatte?!

17

LISTLAND, 1937

Lene

Lene platzte gleich vor Wut. Für gewöhnlich gingen ihre Eltern früh zu Bett, nachdem die anstrengenden Tätigkeiten rund um den Haushalt und den Hof erledigt waren und sie zu dritt zu Abend gegessen hatten. Nur wenn noch alle munter waren, spielten sie ein Brettspiel oder lauschten gebannt, wenn Beeke aus einem Buch vorlas. An manchen Tagen musizierten sie auch gemeinsam. Lene erlernte seit zwei Jahren das Akkordeonspiel von ihrem Vater, der bei seinen Fahrten auf hoher See häufig selbst Schifferklavier spielte, wenn es die Arbeit an Bord zuließ. Doch ausgerechnet heute war es wie verhext, als ahnte ihre Mutter, dass Lene ein aufregendes Rendezvous mit Marten am Strand plante.

»Ich hoffe, der heutige Tag hat dich nicht zu sehr aufgewühlt, Liebes«, sagte Beeke, der jeder Vorwand recht zu sein schien, um das Zimmer von Lene aufzusuchen.

Diese war gerade dabei, ihre Haare so zu flechten, dass lediglich ein Teil als kleine Krone auf ihrem Kopf saß und ihre blonden Locken sich schimmernd über die Schultern ergossen. Als ihre Mutter erneut, ohne anzuklopfen, im Türrahmen stand, war Lene kurz davor, die Beherrschung zu verlieren. Sie würde zu spät kommen, wenn Beeke sich nicht endlich zur Nachtruhe zurückzog.

Ihr lag auf der Zunge zu erwidern: »Natürlich«, doch sie wollte keinen Anlass bieten, sich in eine Diskussion zu verstricken, und ihrer Mutter nicht das Gefühl geben, sie zu brauchen. Also schüttelte sie den Kopf, nahm demonstrativ die Sammlung mit den Texten von Mungard zur Hand und bemühte sich, den Eindruck zu erwecken, als wolle sie gleich in die Wortwelten des Sylter Schriftstellers eintauchen. Wenn auch dies nichts half, würde sie mehrmals hintereinander gähnen und sagen, wie müde sie nach diesem aufregenden Tag in Westerland war.

»Das ist gut, mein Liebling, denn wir sollten uns erst über deine Lehrstelle freuen, wenn der Vertrag unterschrieben ist. Es sind unsichere Zeiten, also ist es besser, mit allem zu rechnen, aber natürlich auch mit dem Besten. Dein Vater und ich würden uns sehr freuen, wenn Alice und Robert dich als Lehrmädchen nähmen. Dann könntest du weitgehend auf der Insel und somit in unserer Nähe bleiben.«

»Ja, das wäre schön«, murmelte Lene, gerührt von den Worten ihrer Mutter. »Ich möchte mich ja auch nicht von euch trennen, immerhin ist Vater ohnehin sehr oft auf langen Fahrten unterwegs, und auch du hast nicht unbegrenzt Zeit zur Verfügung. Zudem könnte ich dir an den freien Tagen weiterhin auf dem Hof zur Hand gehen, und auch die Ponys müssen regelmäßig bewegt werden.«

Es stimmte schon: Trotz aller Abenteuerlust konnte Lene sich nicht vorstellen, ihre Heimat am Lister Ellenbogen zu verlassen. Weder die Eltern noch das Haus noch die Tiere. Auch nicht dieses wilde, weite Eiland unter den hohen Himmeln Nordfrieslands mit seinen Sagen und Mythen, seiner eigentümlichen Sprache, den Traditionen, der würzigen Luft und dem Wunderland Wattenmeer.

Beeke trat an den Alkoven heran, gab Lene einen Kuss auf die Stirn und erwiderte kaum hörbar: »Du wirst erwachsen, meine Kleine, und breitest die Flügel aus. Dein Vater und ich werden deinen Weg begleiten, solange wir leben, dessen kannst du gewiss sein.« Danach drehte sie sich um und schloss die Tür hinter sich.

Lene kämpfte mit einem Anflug von Melancholie, ohne sich über die Ursache im Klaren zu sein. Sie spürte, wie sich Tränen hinter ihren Augenlidern sammelten, und schluckte schwer. Gleichzeitig schritt die Zeit voran, und es blieb ihr nur noch eine halbe Stunde, bis sie sich mit Marten an der Stelle des Ufers traf, wo sie einander am Tag seiner Ankunft begegnet waren. Bis dahin musste sie noch das neue Kleid anziehen und ungefähr eine Viertelstunde Fußmarsch einplanen.

Mit ein wenig Verspätung trat sie schließlich den Weg an und schaute dem Tag dabei zu, wie er mit der Nacht verschmolz. Sollte sie jemals in einer Stadt leben, würde sie dieses sagenhafte Naturschauspiel vermissen: die Stimmen der Abendvögel, die über dem Meer, das allmählich zur Ruhe kam, ihre Kreise zogen. Das nervöse Tippeln der Sanderlinge am Flutsaum. Die Schlieren der Schleierwolken, die sich in den Farbtönen der Abenddämmerung ergossen. Der süßliche Duft des Strandhafers, das Rauschen der Brandung in weiter Ferne.

In dem Moment, als Himmel und Erde sich berührten, tauchte Bo auf. »Wohin so eilig des Wegs und noch dazu so spät?«, fragte der koboldartige Geselle und lächelte frech. »Du hast mir schon länger keine Geschenke mehr gemacht, kleine Lene. Hast du mich etwa vergessen?«

Bos Stimme klang kokett und vorwurfsvoll zugleich, und Lene blinzelte ein paarmal gegen das Zwielicht der anbrechenden Nacht an. Es stimmte schon: Seit sich ihre Beziehung zu Marten Behlau intensiviert hatte, dachte sie kaum noch an den merkwürdigen Klabautermann, dem sie einst ihre Geheimnisse anvertraut und Fragen gestellt hatte, die sie niemandem sonst hätten stellen können. Doch nachdem er nicht für sie da gewesen war, als sie darüber gegrübelt hatte, ob ihre Gefühle für Marten Liebe waren, hatte sie begonnen, daran zu zweifeln, dass es Bo wirklich gab.

»Natürlich nicht. Das werde ich wieder, ganz bestimmt«, erwiderte sie und hatte zum ersten Mal seit ihrer Begegnung mit Bo vor sechs Jahren das Gefühl, mit sich selbst zu sprechen. »Doch jetzt entschuldige mich bitte, ich komme zu spät zu einer sehr wichtigen Verabredung.«

»Überleg dir das lieber noch mal, noch ist es Zeit, umzukehren«, erwiderte Bo, und schon stieg ihr wieder der modrig-fischige Geruch in die Nase, der zu Bo gehörte wie sein bodenlanger, schwarzer Mantel, dessen Saum mit feuchtem Sand bedeckt war. Dann ließ Bo ein höhnisches Lachen ertönen, das noch in Lenes Ohren nachhallte, als sie den Schein des Feuers sah, das Marten am Strand entfacht hatte. Von Bo war nun weit und breit keine Spur mehr zu sehen, dafür kam Marten ihr entgegen, und Lene flog förmlich in seine weit ausgebreiteten Arme.

»Da bist du ja endlich«, sagte Marten, und in seiner Stimme lag so viel Zärtlichkeit, dass Lene nach und nach den unangenehmen Beigeschmack der Begegnung mit Bo abschüttelte. »Du siehst bezaubernd aus. Hast du ein neues Kleid?«

Bevor Lene diese Frage beantwortete und Marten von ihren Erlebnissen in Westerland erzählte, schmiegte sie sich in seine Arme und ergötzte sich an seinen leidenschaftlichen Küssen, von denen sie den ganzen Tag geträumt hatte. Sein Duft umhüllte sie, seine Anwesenheit erfüllte sie mit tiefer Freude und Glückseligkeit. Könnte sie diesen Moment doch für immer festhalten!

»Mama hat es mir heute geschenkt«, flüsterte Lene und sah, dass Marten vor dem Lagerfeuer eine Decke auf dem Sand ausgebreitet hatte. In der Mitte stand ein Korb, darin befanden sich

Kuchen, belegte Brote und eine Piccoloflasche Schaumwein. »Hätte ich gewusst, dass wir auf dem Boden sitzen, hätte ich mir etwas weniger Feines angezogen.«

»Freust du dich denn nicht?«, fragte Marten und wirkte enttäuscht. Wenn er über etwas nachdachte oder ihm etwas missfiel, bildete sich auf seiner sonst so glatten Stirn eine steile Falte, die ihn älter aussehen ließ als zwanzig.

»Doch, natürlich freue ich mich«, erwiderte Lene und schlang erneut die Arme um seinen Hals. »Und es ist mir gleichgültig, ob mein Kleid zerknittert oder womöglich fleckig wird. Hauptsache, wir sind zusammen und genießen die Zeit, die wir noch gemeinsam haben, bis deine Schwester auf die Insel kommt.«

»Das ist allerdings wahr«, murmelte Marten und nahm die Flasche aus dem Korb. »Du bist eigentlich zu jung, um Alkohol zu trinken, aber ich würde gern mit einem Fingerhut voll auf uns anstoßen, wenn du magst.«

Mit geübten Griffen entkorkte er den Sekt und schenkte Lene zuerst einen winzigen Schluck ein und dann sich selbst ein halbes Glas. Lene erkannte sofort, dass das Geschirr aus dem Gästehaus stammte, und schmunzelte.

»Ich habe dieses Jahr zu Silvester unter Aufsicht meiner Eltern Sekt probiert«, erklärte sie und fühlte sich mit einem Mal erwachsen und erfahren. »Also, worauf trinken wir?«

Marten nestelte mit der freien Hand in der Tasche seines Sakkos und förderte schließlich ein Samtkästchen zutage.

Dann hob er sein Glas und sagte: »Auf uns und auf unsere Begegnung. Als ich meine Reise hierher plante, hätte ich niemals für möglich gehalten, einem so zauberhaften, klugen und wunderschönen Wesen wie dir zu begegnen. Die Vorstellung, dich alsbald verlassen zu müssen, hat mir so manche schlaflose Nacht bereitet, und es blieb mir nichts anderes übrig, als mir einzugestehen, dass ich nicht mehr ohne dich sein möchte.«

Lenes Herz pochte angesichts von Martens Worten, ihre Wangen glühten vom wärmenden Feuer, aber vor allem von der Aufregung, die sie so stürmisch mit sich riss wie eine hohe Welle. Marten stellte das Glas auf den Boden, öffnete das Kästchen und holte einen funkelnden Ring heraus, wie nur Prinzessinnen ihn trugen. Dann nahm er sanft ihre rechte Hand und steckte Lene das Schmuckstück an den Ringfinger.

Lene wäre beinahe in Ohnmacht gefallen. So aufgewühlt, wie sie war, drehte sich alles um sie herum, und sie glaubte zu träumen. Doch dann stellte Marten ihr genau die Frage, die Lene sich in wachen Nächten ausgemalt hatte, wenn sie darüber nachdachte, dass Marten ihr als Ehemann ganz sicher kein Quäntchen ihrer über alles geliebten Freiheit rauben würde. Ganz im Gegenteil: Seite an Seite mit ihm würde sie die Welt entdecken und erobern, dessen war sie sich gewiss.

»Liebste Lene, auch wenn wir uns erst kurze Zeit kennen, möchte ich dich fragen, ob du meine Frau werden und bis zur Hochzeit diesen Verlobungsring tragen möchtest. Er wird dich an mich erinnern, wenn wir nicht zusammen sein können, und dir versichern, dass ich stets an dich denke, wo immer ich auch gerade sein mag.«

Lene begann vor Freude und Aufregung zu weinen und erwiderte auf den Antrag aus tiefstem Herzen: »Ja, ich will.«

Über ihnen funkelten die Sterne am Himmel wie kleine Diamanten, die Luft duftete nach Meer und Verheißung, das Feuer knisterte, und Funken flogen in die tiefblaue Nacht, direkt zu den Sternen.

Lene und Marten küssten sich und konnten gar nicht mehr damit aufhören. Sie hielten einander eng umschlungen, erkundeten nach und nach jeden Zentimeter des Körpers des anderen, schmeckten und liebkosten ihn. In diesem Moment war es Lene egal, dass sie keine Seidenunterwäsche trug, schließlich war sie ein Inselmädchen und keine feine Dame aus Paris. Und in dieses Inselmädchen hatte Marten sich Hals über Kopf verliebt. Als seine Hand immer weiter zum oberen Ende ihres Strumpfhalters wanderte, wurde Lene von Schauern schier unerträglicher Lust erfasst. In diesem Augenblick interessierte es sie nicht, was die Etikette vorschrieb, denn sie würde Martens Frau werden. Also gab sie sich ihm hin und vertraute darauf, dass er sie behutsam in die Geheimnisse einweihen würde, die Eheleute im Bett miteinander teilten.

»Ich liebe dich, Lene Iwersen«, flüsterte Marten, seine Lippen dicht an ihrem Ohr. Und sie erwiderte: »Ich dich auch. Von der ersten Sekunde an, in der wir uns begegnet sind. Du bist mein Schicksal, Marten Behlau, ich kann es kaum erwarten, den Rest meines Lebens mit dir zu verbringen und voller Stolz deinen Namen zu tragen.«

18

NIEBÜLL, GEGENWART

Anna

Mit Beginn des Sonnenaufgangs war ich schlagartig wach. Licht fiel durch den Spalt des Rollos. Durch das gekippte Fenster hörte ich die Morgenvögel zwitschern, einen Hahn krähen und aus der Ferne einen Hund bellen. Ich drehte mich ein paarmal von einer Seite auf die andere, doch das gestrige Gespräch mit Elisa ging mir nicht mehr aus dem Kopf.

Sie hatte von Fenjas Mutter Lene gesprochen, die ebenfalls im Reetdachhaus im Listland gelebt hatte. »Meine Großmutter hatte zwei Töchter, Martje und Fenja«, hatte sie erzählt, während der Schein des lodernden Feuers die eine Hälfte ihres Gesichts erhellt hatte. »Martje war zwei Jahre älter als meine Mutter, ich habe meine Tante jedoch nie kennengelernt, weil sie als junge Frau die Insel verlassen hat und ab diesem Zeitpunkt jegliche Spur von ihr im Sand verlief. In der Nachkriegszeit gab es leider viele solcher Schicksale, und der Name Martje ist in unserer Familie absolut tabu. Wahrscheinlich hat meine Mutter auch dir gegenüber nie ihren Namen erwähnt, oder?«

Ich hatte den Kopf geschüttelt, zutiefst erschüttert darüber, dass Elisas Großmutter Lene ihre eine Tochter Fenja verstoßen und die andere verloren hatte, weil diese spurlos verschwunden war, so wie Fenja jetzt. Wie konnte so etwas nur passieren?

Ich bekam augenblicklich Gänsehaut, weil mir die Duplizität

der Ereignisse auch heute Morgen noch bildlich vor Augen stand. Deshalb musste ich mich schleunigst von der Welle der Übelkeit ablenken, die mich stets überrollte, wenn es um Krieg, Schuld und Verschweigen ging. Die Zeit des Verdrängens familiärer Tragödien neigte sich zwar allmählich dem Ende zu, weil man sich mit der längst überfälligen Aufarbeitung beschäftigte. Doch gab es immer noch viel zu viele, die glaubten, dass der Schmerz aufhörte, wenn man nicht über ihn sprach und ihn nicht in sein Herz ließ.

Ich beschloss kurzerhand, Trost in der gegenüberliegenden Kirche zu suchen, schlüpfte in bequeme Kleidung und überquerte die Deezbüller Straße, auf der um diese Tageszeit nur ein Traktor und wenige Autos unterwegs waren.

Das schlichte Gotteshaus stammte aus dem 14. Jahrhundert und war aus rotem Backstein gemauert. Rund um das Kirchenschiff erstreckte sich der idyllische Friedhof, den man von zwei Straßenseiten aus betreten konnte. Bienen summten emsig umher und flogen von Blüte zu Blüte der liebevoll bepflanzten Ruhestätten. Da die Kirche nicht geöffnet war, spazierte ich an den Grabsteinen vorbei und betrachtete sowohl die Gedenktafel der in den beiden Weltkriegen Gefallenen als auch das imposante Grabmal der Familie des Niebüller Malers C. L. Jessen. Nachdenklich umrundete ich die Friedhofsfläche, las hie und da Inschriften, die meine Neugier weckten, und war froh über die Ruhe, die dieser Ort ausstrahlte. Ich beobachtete, wie sich ein Eichhörnchen von einem Ast zum anderen schwang, lauschte dem rhythmischen Klopfen eines Spechts und hatte das Gefühl, jenseits von Raum und Zeit zu sein.

Als es unweit von mir entfernt raschelte, sah ich eine Frau, die mit dem Rücken zu mir stand und Blumen auf ein Grab legte. Dann streichelte sie flüchtig über den schlichten Stein der Ruhestätte und verschwand hinter einer hohen Konifere aus meinem

Blickfeld. Neugierig näherte ich mich dem Grab und traute meinen Augen kaum, als ich die Inschrift las: *Friso Pauls. 1916–1956. Ruhe in Frieden.* Hätte ich den Namen Friso nicht gestern Abend von Elisa gehört, wäre ich niemals stutzig geworden. Doch die Übereinstimmung sowohl des Vor- als auch des Nachnamens und die Daten sprachen Bände, wenngleich die Namen Friso und Pauls in dieser Region häufig vorkamen.

Fenja war 1940 geboren, das passte also zeitlich.

Als mir dämmerte, dass ich wahrscheinlich soeben nur wenige Meter von Fenja entfernt gestanden hatte, begann ich zu laufen. Ich sprintete in Richtung Ausgang und stoppte an der Deezbüller Straße, um herauszufinden, in welche Richtung die alte Dame gegangen war. Doch so angestrengt ich auch die Umgebung absuchte – ich konnte Fenja nirgends entdecken. Mittlerweile herrschte mehr Leben auf der Straße, etliche Pkws fuhren in Richtung Dagebüll. Scharf rechts ging es zur Bahnstation Deezbüll, ein Ort, der aus meiner Sicht nicht infrage kam. Also entschied ich mich dafür, auf der rechten Seite weiterzugehen, und hastete schließlich über den Bürgersteig in Richtung des Zentrums von Niebüll. Bedauerlicherweise gabelte sich die Straße erneut, und ich musste mich wieder entscheiden, auch auf die Gefahr hin, dass ich Fenja nicht mehr fand. Da ich ein Hinweisschild auf das Friesische Museum erblickte, hoffte ich, die richtige Fährte zu verfolgen, und beschleunigte mein Tempo.

Ich staunte über Fenjas Kondition und verfluchte mich gleichzeitig selbst dafür, atemlos nach Luft zu japsen.

Als ich das reetgedeckte Museum erreicht hatte, konnte ich jedoch weit und breit keine Spur von Elisas Mutter entdecken. Ich ging noch eine ganze Weile auf und ab, hoffte auf ein Wunder oder zumindest einen weiteren Zufall und musste mir schließlich eingestehen, dass ich auf dem Friedhof zu spät reagiert hatte.

Mit dem Gefühl, versagt zu haben, ging ich zurück ins Hotel und nahm erst mal eine ausgiebige Dusche. Anschließend setzte ich mich auf die Terrasse und trank einen starken Kaffee, den ich mir zuvor am Büfett geholt hatte. Nach wie vor brodelte Ärger in mir, und es gelang mir nicht, mich von dem Selbstvorwurf freizusprechen. Meine Alarmglocken hätten schon läuten müssen, als ich sah, dass noch jemand außer mir so ungewöhnlich früh auf dem Friedhof war. Ich hätte am leicht gebeugten Rücken der Frau erkennen müssen, dass sie nicht mehr die Jüngste war. Ihr farbenfroher Mantel passte vom Stil her zur bunten Bettwäsche im Listland, und ich wusste, dass Fenja dunkle Kleidung geradezu verabscheute.

»Das Leben ist manchmal trist genug, da muss ich nicht auch noch Mausgrau oder Tiefschwarz tragen«, hatte sie gesagt, als es darum ging, welche Farben sie bei der Wahl ihrer Garderobe bevorzugte, wenn sie in der Öffentlichkeit über Bücher sprach oder als ehrenamtliche Lesepatin Kinder mit Geschichten verzauberte.

Während ich darauf wartete, mit Elisa zu frühstücken, googelte ich den Namen Friso Pauls in der Hoffnung, etwas über Fenjas Vater zu erfahren. Doch so viele Stichwortkombinationen ich auch eingab, es gelang mir nicht, auch nur den kleinsten Hinweis darauf zu finden, wo Friso in diesem Ort gelebt, womit er sein Geld verdient hatte oder woran er verstorben war. Dies war augenscheinlich ein Fall fürs Archiv. Die Suchmaschine ergab allerdings einen Treffer mit Hinweis auf Historienblätter, herausgegeben vom Verein für Niebüller Geschichte, der sein Büro im Haus der Stadtbücherei hatte. Natürlich glich die Lektüre von Heimatschriften der sprichwörtlichen Suche nach der Nadel im Heuhaufen, doch mein Ehrgeiz war entfacht. Ich würde das Rätsel um Fenjas Verschwinden lösen, komme, was wolle. Also tippte ich weitere Suchbegriffe ins Handy, als plötzlich der Signalton einer Nachricht ertönte, und ich war erstaunt zu sehen, dass diese von Eric stammte.

»Wie läuft's in Niebüll?«, wollte er wissen, und schon glühte die Lava in meinem Bauch noch heißer als ohnehin schon, denn ich hatte in den vergangenen Stunden häufiger an Eric gedacht. Während ich im Geiste an einer Antwort feilte, tauchte Elisa auf, also legte ich das Telefon beiseite, um sie zu begrüßen. Sie wirkte trotz der Umstände erstaunlich ausgeruht, und ihr Lächeln war genauso warm wie die Sonnenstrahlen, die den Hotelgarten mit den blauen Holzsesseln und den Strandkörben umschmeichelten. Auch wenn die Stimmung eigentlich zu schön war, um sie zu verderben, erzählte ich von meiner frühmorgendlichen Begegnung auf dem Friedhof und der kleinen Verfolgungsjagd, die ich haushoch verloren hatte.

»Vielleicht solltest du mal Sport machen«, sagte Elisa. Bevor ich erwidern konnte, dass mir dazu die Zeit fehlte, streichelte sie kurz meinen Arm und setzte sich dann die Sonnenbrille auf die Nase. »Sorry, das war nur ein Scherz«, fuhr sie fort und nippte an dem grünen Tee, den sie mit an den Tisch gebracht hatte.

Ein fruchtiger Duft von Rosenblättern und Minze stieg mir in die Nase, und alles hätte so entspannt und friedlich sein können. Doch jetzt war nicht die Zeit, um abzuwarten und Tee zu trinken, sondern zu handeln, und zwar schnell!

»Nein, im Ernst. Dich trifft keine Schuld, sondern allein meine Mutter, weil sie gerade auf einem Egotrip ist und uns beide völlig außer Acht lässt. Ich schaue mir nach dem Frühstück mal an, welche Blumen sie auf das Grab meines Großvaters gelegt hat, vielleicht findet sich dort ein Hinweis auf ihren Verbleib.«

Wenig später standen wir gemeinsam vor der Grabstätte von Friso Pauls und betrachteten das Arrangement, das in einem Sahnegießer mit friesischem Muster steckte, dessen Henkel fehlte.

»Unglaublich! Das Kännchen gehört zu dem Geschirr, das aus dem Haus verschwunden ist«, wisperte Elisa und nahm die kleine Kanne aus geriffeltem Porzellan zur Hand, die im Efeu eingesunken war, welches die letzte Ruhestätte ihres Großvaters überwucherte. »Und die unterschiedlichen Blüten wirken wie eine Botschaft, findest du nicht?«

»Das sehe ich ähnlich«, erwiderte ich. »Das sind eine Kornblume, eine Wicke, eine Blüte, die hier zwar überall wächst, aber deren Namen ich nicht kenne, und eine blaue Kugeldistel.«

»Diese zarte, fliederfarbene Blüte ist ein Wiesenstorchschnabel«, erklärte Elisa, die den Sahnegießer in der Hand hin und her drehte. »Die Pflanze wurde früher in der Heilkunde eingesetzt, aber ich habe leider vergessen, wofür.«

Ich befragte mal wieder das Internet und wurde alsbald unter dem Stichwort »Blumensprache« fündig. »Die Kornblume sagt: Ich gebe die Hoffnung nicht auf«, las ich vor. »Die Wicke: Tag und Nacht umschwebt mich dein Bild. Der Storchenschnabel: Nicht jedes ist wahr, was man spricht. Und die Distel: Du hast mich verletzt, aber ich liebe dich.« Als ich die Deutung der Symbolik laut aussprach, bekam ich Gänsehaut. Dies hier war zwar keine Stranddistel, wie die im Geheimversteck der Schachtel auf Fenjas Dachboden, sondern eindeutig aus einem Blumenladen, doch beide Pflanzen gehörten zur selben Gattung. Ich recherchierte sogleich die Stranddistel und stieß schon in der ersten Zeile auf den Namen »Meer-Mannstreu«. Letzteres beschrieb zwar die Zugehörigkeit zur Familie der Doldenblütler, dennoch schwirrten die Begriffe »Mann« und »Treue« in meinem Kopf umher.

»Das klingt alles unglaublich bedeutungsschwanger und ein bisschen verrückt«, sagte Elisa und verzog ihr hübsches Gesicht.

»Glaubst du, es ist purer Zufall, dass der Henkel abgebrochen ist? Oder ist das auch ein Symbol?« Ich verspürte wieder ein aufgeregtes Kribbeln am ganzen Körper und hätte am liebsten sofort mit dem Schreiben des Buchs über Fenja begonnen. Die Szene am Grab ihres Vaters wäre ein spannender Einstieg!

»Ich weiß, wen wir fragen könnten, ob sie meine Mutter in den letzten Tagen gesehen hat. Gesche Jessen verkauft in ihrem Lädchen und auf dem Wochenmarkt Blumenarrangements in Kombination mit antikem Porzellan. Fenja liebt diese Art Dekoration, weil Gesche altem Trödel durch das Upcycling neues Leben einhaucht. Wenn wir uns beeilen, kommen wir noch rechtzeitig, bevor der Markt zu Ende ist.«

Dies ließ ich mir selbstverständlich nicht zweimal sagen. Elisa stellte das Kännchen zurück auf das Grab, und schon sprinteten wir los. Wir erreichten den Markt in Rekordzeit, und ich entdeckte Gesches Blumenzelt sofort zwischen den Ständen, an denen Honig und Gemüse aus der Region angeboten wurden, und einem mit Arbeiten aus Holz. Die Herzen mit der Aufschrift »Glückstag« oder »Das Leben ist schön« wären bestimmt der Renner im Laden meiner Tochter Kathrin.

Elisa fragte Gesche ohne Umschweife, ob sie Fenja den Sahnegießer und das Blütenarrangement verkauft hatte.

»Die Blumen ja, aber nicht das Kännchen«, erwiderte die sympathische Dunkelhaarige. »Wieso wollt ihr das wissen?«

Mein Herz schlug etliche Takte schneller, denn diesmal durfte unser Vorhaben nicht daran scheitern, dass sich jemand auf Datenschutz oder Diskretion berief.

Diesmal brauchten wir eine Antwort.

»Ich wollte Fenja mit beruflichen Neuigkeiten überraschen, und daher ist es gut zu wissen, dass sie momentan noch in Niebüll ist«, sagte ich und versuchte, so überzeugend wie möglich zu klingen. *Hätte ich mich doch nur besser vorbereitet!* »Ich bin Journalistin und habe den Auftrag, Fenja im Namen der Verlegerin ein schönes Blumenarrangement zu überreichen. Daher wäre es toll, wenn Sie einen Strauß nach Fenjas Geschmack binden, in eines Ihrer Porzellangefäße einbetten und das Ganze später an sie liefern könnten. Wir würden das gern selbst tun, aber wir müssen gleich wieder zurück auf die Insel.«

»Kein Problem, dann bringe ich die Blumen nachher in ihre Ferienwohnung neben dem Friesischen Museum«, erwiderte Gesche und war bereits damit beschäftigt zu prüfen, ob sie passende Blumen hatte. »Frau Lorenzen liebt Kamille, Malven, Margeriten und ...«

Ich hörte Gesche gar nicht mehr richtig zu, sondern freute mich, dass meine Überrumpelungstaktik funktioniert hatte, und suchte im Netz nach infrage kommenden Wohnungen in der Nähe des Museums. Zum Glück lag der Bau in einer Wohngegend, und es gab nur zwei Häuser, in denen offiziell an Feriengäste vermietet wurde.

»Fein, fein, Gesche, dann wäre das ja schon mal geklärt. Was bekommst du?« Während Elisa die Details mit der Floristin besprach und das Präsent bezahlte, rotierte es in meinem Kopf, als wirbelten darin die Flügel zahlloser Windmühlen herum. Wieso hatte Fenja eine Wohnung angemietet und uns nicht angerufen, obwohl es dort doch höchstwahrscheinlich Festnetz gab? Und selbst wenn dies nicht der Fall war, kannte sie doch sicher genügend hilfsbereite Menschen in Niebüll, die ihr ein Handy liehen oder sie von daheim aus telefonieren ließen.

All dies ließ nur einen Rückschluss zu: Fenja scheute zurzeit den Kontakt zu ihren Kindern und mir oder war aus irgendeinem Grund nicht in der Lage, sich zu melden.

Wäre ich Krimiautorin, wäre diese dubiose Story ein gefundenes Fressen, doch ich plante eine seriöse Biografie.

Als Elisa sich bei mir unterhakte und »Los, komm mit. Nächste

Station Friesisches Museum« sagte, fühlte ich mich erschöpft, obgleich wir wahrscheinlich kurz vor dem Ziel standen.

Meine innere Stimme warnte mich davor, Fenja zu überfallen – denn anscheinend wollte sie zurzeit nicht gefunden werden.

Und ich verabscheute Überfälle aller Art …

19

LISTLAND, 1937

Lene

Morgenröte tauchte Listland in flammenden Purpur, Zwergseeschwalben überflogen die Decke, auf der Lene und Marten eng umschlungen lagen, trunken vor Liebesglück, Zukunftsmusik im Herzen. Als eine Strandkrabbe Lene in den nackten Zeh zwickte, erschrak sie gewaltig. Marten erwachte von ihrem Schrei, verscheuchte den kleinen Krebs, und Lene sah zu, wie er sich langsam Richtung Flutsaum bewegte und schließlich von einer Welle überspült wurde.

»Ich muss nach Hause, bevor meine Eltern bemerken, dass ich nicht in meinem Bett liege«, murmelte sie schläfrig und richtete sich auf. Ihr Körper schien nicht mehr ihr selbst zu gehören, und doch fühlte sie sich so gut wie noch nie zuvor. In der vergangenen Nacht war sie »zur Frau geworden«, wie es so schön hieß.

»Noch eine Minute, meine Liebste«, erwiderte Marten und zog Lene wieder fest an sich. »Ich werde ohnehin noch heute bei deinem Vater vorstellig werden, denn deine Eltern sollen wissen, wie ernst es mir mit dir ist. Mathilde wird sich freuen, wenn sie von unserer Verlobung erfährt, und ich kann es kaum erwarten, meinen Eltern die guten Neuigkeiten zu überbringen. Doch bevor es so weit ist, schenk mir bitte noch einen Augenblick deiner Nähe.«

Lene ließ sich nicht zweimal bitten und verdrängte den Gedanken daran, was geschehen würde, wenn Beeke und Konrad bemerkten, dass ihre Tochter ausgebüxt war, noch bevor sie selbst Gelegenheit hatte, ihnen zu erklären, dass alles in bester Ordnung war, weil Marten sie ehelichen würde. Immerhin stammte er aus gutem Hause, verfügte über ein ansehnliches Vermögen und würde sie zu einer glücklichen Frau machen, davon war sie felsenfest überzeugt. Als das kräftige Purpur am Horizont nach und nach einem fröhlichen Himmelblau wich, entschied Lene, dass es höchste Zeit sei, sich auf den Heimweg zu machen. Sie schlüpfte in das zerknitterte Kleid, klopfte den Sand aus dem Stoff und ordnete ihre zerzausten Haare, so gut es ging. Marten würde erst eine geraume Zeit später folgen, damit niemand sie beide zusammen sah, falls Konrad mit Hund Joona einen morgendlichen Spaziergang am Watt unternahm oder Beeke sich um diese frühe Stunde im Garten zu schaffen machte.

Und tatsächlich stand Lenes Vater in der Nähe des Trampelpfads, der vom Haus zum Wasser führte, und hielt Ausschau, neben ihm der hechelnde Hofhund.

Hoffentlich sucht er nicht nach mir, dachte Lene und wünschte, sie wäre nicht so töricht gewesen, das neue Kleid anzuziehen, das sie augenblicklich verraten würde. Bedauerlicherweise gab es am weiten Strand keine Möglichkeit, sich zu verstecken, und für eine Umkehr war es nun zu spät.

Ihr Vater hatte sie bereits entdeckt und ging ihr mit ernster Miene entgegen. »Wo kommst du her?«, fragte er mit solch wütendem Funkeln in den Augen, wie Lene es noch nie zuvor an ihm gesehen hatte.

Sie atmete tief durch und suchte fieberhaft nach einer glaubwürdigen Ausrede, doch es wollte ihr nichts einfallen. Zudem kannte Konrad sie gut genug, um zu erkennen, wann sie flunkerte. »Ich, ich …«, hob sie an und streckte ihm den Ringfinger entgegen, an dem der Brillant funkelte wie ein Stern in dunkelster

Nacht. Marten hatte den Ring in Westerland gekauft und genau Lenes Geschmack getroffen. Doch sie hätte auch »Ja« gesagt, wenn der Ring aus geflochtenem Seegras gewesen wäre. »Herr Behlau und ich sind verlobt und würden dieses beglückende Ereignis gern heute mit euch feiern. Marten wird selbstverständlich später bei dir um meine Hand anhalten, wie es sich gehört«, stieß sie atemlos hervor.

»Daraus wird aber nichts, mein Fräulein, denn soeben haben seine Eltern telegrafiert. Herr Behlau muss wegen dringender Familienangelegenheiten unverzüglich nach Friedrichstadt zurückkehren. Eine Kutsche ist bereits bestellt, ebenso die Fahrkarte für den Zug.«

Konrads Stimme klang scharf, und Lene konnte kaum glauben, was sie da gerade hörte.

»Wieso hast du Kenntnis von diesem Telegramm?«, fragte sie und fühlte sich angesichts der Neuigkeiten, als sei sie in einen Strudel aus Treibsand geraten.

»Weil der Bote an unserer Tür geklopft hat, nachdem er Marten nicht im Gästehaus antraf«, erwiderte Konrad. »Als deine Mutter sah, dass auch du nicht in deinem Bett lagst, haben wir uns erlaubt, einen Blick auf die Nachricht aus Friedrichstadt zu werfen. Wo befindet sich Herr Behlau jetzt?«

»Er ... er kommt gewiss gleich nach«, stammelte Lene, um die herum sich alles drehte. Marten würde heute noch abreisen ...

»Dann sollten wir jetzt zum Haus gehen, wo deine Mutter auf dich wartet.«

Lenes einziger Trost in dieser beängstigenden Situation war Joona, der seinen Kopf in ihre herabhängende Hand schmiegte, freudig mit dem Schwanz wedelte und so dicht neben Lene ging, als wolle er sie beschützen. Konrad sprach kein weiteres Wort, noch nie war Lene der Weg nach Hause so lang erschienen. Sie mochte gar nicht daran denken, welches Donnerwetter gleich über ihr ergehen würde, wenn die Mutter ihrem Zorn freien Lauf ließ.

Tatsächlich stand Beeke vor dem Haus und hielt nach Lene und Konrad Ausschau. Sie schirmte mit der einen Hand die Augen gegen die steil ansteigende Sonne ab und hatte die andere in die Hüfte gestemmt. Lene wusste nicht, was ihr gerade mehr Angst machte: die Befürchtung, Marten zu verlieren, oder der drohende Ärger mit den Eltern und die daraus folgenden Konsequenzen.

»Da seid ihr ja«, hob Beeke an und nahm Lene zu deren großer Überraschung in den Arm. »Kind, wo bist du nur gewesen? Wir haben uns Sorgen gemacht.«

Die Umarmung ihrer Mutter tat Lene gut. Beeke streichelte ihr über den Kopf, wie sie es stets getan hatte, wenn Lene als Kind mit Fieber und Schnupfen oder einem verdorbenen Magen im Bett gelegen hatte.

»Unsere Tochter und Herr Behlau haben sich heute Nacht am Strand verlobt«, beantwortete Konrad die Frage seiner Frau, und Lene schlug das Herz bis zum Hals. Nun folgte sicher die unvermeidliche Gardinenpredigt.

Doch stattdessen erwiderte Beeke: »Das sind ja wundervolle Neuigkeiten«, und nahm Lenes Gesicht zärtlich zwischen ihre Hände. »Auch wenn die momentanen Umstände nicht die besten sind und ich mir zudem gewünscht hätte, Herr Behlau hätte zuallererst mit uns gesprochen. Nun bleibt also nur zu hoffen, dass ihn die Familienangelegenheiten nicht allzu lange in Friedrichstadt aufhalten, sodass wir alsbald eure Verlobung auf der Insel feiern können.«

Lene löste sich aus der Umarmung ihrer Mutter und spürte, wie die Anspannung ein wenig nachließ.

In diesem Moment erblickte Konrad Marten am Strand und winkte ihn zu sich.

Lene konnte nicht anders: Sie lief ihm entgegen und fiel ihm stürmisch um den Hals. »Meinen Vater müssen wir wohl erst noch überzeugen, aber Mutter freut sich über unsere Verlobung, ist das nicht wundervoll? Allerdings musst du sofort nach Hause ...«, rief sie atemlos aus, umrundet von Joona, der ein aufgeregtes Bellen ertönen ließ.

In diesem Moment näherte sich Konrad den beiden und überreichte seinem zukünftigen Schwiegersohn das Telegramm aus Friedrichstadt. Lene sah, wie sich beim Lesen die steile Falte auf Martens Stirn bildete, die sie am liebsten wegküssen würde, denn sie wünschte sich nichts sehnlicher, als dass es ihrem Geliebten gut ginge.

»Mir bleiben nur noch drei Stunden, um meine Angelegenheiten zu klären und zu packen«, sagte er beinahe tonlos. Dabei warf er Lene einen Blick zu, der ihr tief ins Herz schnitt. Dann hob Marten seinen Kopf, räusperte sich und bat mit fester Stimme darum, Lene zur Frau nehmen zu dürfen.

Es vergingen qualvolle Minuten, bis Konrad schließlich sagte: »Ich bin zwar nicht angetan von der Reihenfolge, doch ich habe Sie während Ihres Aufenthalts im Listland zu schätzen gelernt. Sie scheinen ein anständiger junger Mann zu sein, lieben, wie unsere Lene, die Literatur und schönen Künste. Das Herz meiner Tochter schlägt für Sie, das kann man sehen, und aus diesem Grund vertraue ich sie Ihnen an. Allerdings unter dem Vorbehalt, dass eine angemessene Verlobungszeit eingehalten wird und wir die Bekanntschaft Ihrer werten Eltern machen.«

»Das ist vollkommen verständlich«, erwiderte Marten und lächelte erfreut. »Ich telegrafiere aus Friedrichstadt, und entweder kommen wir Sie besuchen oder Sie uns. Doch zunächst muss ich mir ein Bild davon machen, aus welchem Grund meine vorzeitige Rückkehr aufs Festland erforderlich ist.«

»Wir helfen Ihnen sehr gern beim Packen, nicht wahr, Lene?«, erwiderte Beeke. »Je schneller wir sind, desto mehr Zeit bleibt, damit ihr euch voneinander verabschieden könnt.«

Als die Liebenden ein wenig später gemeinsam am Strand saßen und auf die sich sanft kräuselnden Wellen schauten, hielt Marten Lenes Hand.

»Du wirst sehen, die Zeit vergeht wie im Flug«, sagte er, als Lene ihren Kopf auf seine Schulter legte.

Nicht mehr lange, dann holte ihn der Fahrer der Pferdekutsche ab und brachte ihn zum Bahnhof Westerland. Alsbald würde Marten im Zug sitzen und auf dem Weg über den Hindenburgdamm eine Meile nach der anderen zurücklegen, die sie beide auf unbekannte Zeit voneinander trennen würde.

»Ich liebe dich, Lene Iwersen, und ich verspreche dir, dass wir uns schon ganz bald wiedersehen. Es liegt eine großartige Zukunft vor uns, und ich habe unendlich viele Pläne. Was hältst du von einer Inselhochzeit und anschließenden Flitterwochen in Paris?«

Lene überlief ein kleiner Schauer bei dem Gedanken daran, gemeinsam mit Marten durch die Stadt der Liebe zu flanieren. »Paris wäre ein Traum«, erwiderte sie. »Doch für mich zählt allein die Zeit, die wir gemeinsam verbringen, ganz egal, wo. Ich liebe dich ebenfalls, Marten Behlau. Für den Rest meines Lebens und auch dann, wenn wir beide nichts weiter mehr sind als ein winziges Sandkorn in den Geschichten, die sich unsere Nachfahren erzählen, um sich unserer zu erinnern.«

20

NIEBÜLL, GEGENWART

Anna

»Wie gehen wir jetzt vor?« Elisa hatte offenbar beschlossen, dass ich die Expertin war, wenn es um die Suche nach ihrer Mutter ging.

»Wir klingeln an jeder Tür und hoffen, dass Fenja entweder selbst öffnet oder jemand uns etwas darüber sagen kann, wo sie sich aufhält«, erwiderte ich und drückte einen von vier Knöpfen an der Backsteinwand des ersten Hauses unweit vom Friesischen Museum, das infrage kam. Auf den Schildern über den Türklingeln standen klangvolle Namen wie »Strandflieder«, »Austernfischer« oder »Ebbe und Flut«, auch wenn Niebüll nicht am Meer lag.

Da uns bedauerlicherweise niemand aufmachte, wurde es Zeit, unser Glück beim zweiten Haus zu versuchen. Gerade als ich bei »Leuchtturmliebe« läuten wollte, erhielt Elisa einen Anruf von ihrem Bruder und stellte sich etwas abseits, um zu telefonieren. Ich vernahm die Satzfetzen »Wenn es nicht anders geht« und »Kann denn niemand für dich einspringen?«, schließlich beendete sie das Telefonat.

»Das war Eric«, erklärte Elisa, als plötzlich eine alte Dame öffnete und mich fragend anschaute. Die Frau war eindeutig nicht Fenja, also entschuldigte ich mich und wünschte der Bewohnerin der Wohnung »Dünensand« einen schönen Tag.

»Ich muss leider sofort zurück nach Listland, weil Eric einen eiligen Auftrag in Langenhorn angenommen hat und schon unterwegs ist«, erklärte sie und seufzte tief. »Solange wir meine Mutter nicht gefunden haben, ist es meine Aufgabe, mich um die Tiere zu kümmern und mit der Sichtung der Bücher im Holzhaus weiterzumachen. Da wir nun wissen, dass meiner Mutter nichts zugestoßen ist, haben die Buchschätze wieder absolute Priorität.«

»Soll ich einfach in Niebüll bleiben? Ich könnte mich hier in der Umgebung so lange aufhalten, bis Gesche die Blumen liefert, dann kenne ich zumindest die genaue Adresse und kann eine Nachricht für deine Mutter hinterlassen.«

»Das wäre großartig«, erwiderte Elisa. »So kurz vor dem Ziel aufzugeben ist nicht meine Sache, aber ich kenne niemanden, den ich mit der Versorgung der Tiere beauftragen kann, da Mamas Freundin, die das sonst macht, gerade im Urlaub ist. Im Hotel haben wir zum Glück bereits um eine Nacht verlängert. Du hättest dann allerdings kein Auto mehr.«

»Kein Problem, hier kommt man wunderbar zu Fuß zurecht, und für die Rückfahrt nehme ich einfach den Zug.«

Nachdem dies geklärt war, verabschiedete Elisa sich. Der Markt war seit zwanzig Minuten vorbei, also sollte es aller Wahrscheinlichkeit nach nicht mehr allzu lange dauern, bis die Floristin hier auftauchte. Zum Glück lagen beide Ferienhäuser nebeneinander, sodass ich beide gut im Blick behalten konnte. Das eine war eine imposante Villa, erbaut im Stil der nordfriesischen Seebäderarchitektur. Das andere ein uthlandfriesisches Langhaus unter Reet.

Um mir die Zeit zu vertreiben, antwortete ich auf die Textnachricht von Eric. Er war bereits auf dem Weg nach Langenhorn, wo seine Hilfe bei einem ins Stocken geratenen Bauprojekt benötigt wurde, und rief mich vom Auto aus an.

»Hast du heute Abend schon etwas vor? Ich bin nämlich ganz

in deiner Nähe«, sagte er, und mich überlief ein Schauer, als ich seine warme, angenehme Stimme hörte.

Ob ich wollte oder nicht, Elisas Bruder stahl sich, seit ich ihn kennengelernt hatte, immer wieder in meine Gedanken. Die Vorstellung, ihn heute eventuell noch zu sehen, erfüllte mich mit prickelnder Vorfreude.

Ich antwortete: »Im Prinzip nicht, doch meine Planung hängt davon ab, wie ich mit der Suche nach eurer Mutter vorankomme. Ich melde mich später noch mal.«

In diesem Moment sah ich Gesches Kombi mit Anhänger in die Straße einbiegen, die zum Museum führte, und beendete hastig das Telefonat, denn sie durfte mich auf keinen Fall sehen. Es gab nur zwei Möglichkeiten, nicht von der Floristin entdeckt zu werden: das Versteck hinter dem Stamm einer mächtigen Eiche oder eine kugelförmige Buchsbaumhecke im frei zugänglichen Garten gegenüber der Villa. Ich entschied mich für Letzteres und betete inständig, dass keiner der Bewohner ausgerechnet in diesem Moment auf die Idee kam, den Rasen zu mähen oder Blumen zu gießen. Mit dem amüsierten Gefühl, wie früher als Kind Verstecken oder Detektivin zu spielen, ging ich in die Hocke. Gesche parkte direkt vor dem Backsteinbau, ging zielstrebig zur Haustür, doch es öffnete niemand, das konnte ich erkennen, da ich vorsichtig hinter dem Buchs hervorlugte. Gesche wartete einen Moment ab und stellte dann das Bouquet auf die oberste Treppenstufe. Kurz darauf fuhr sie wieder in Richtung Hauptstraße.

Gerade als ich mich aufrichten und zur Villa gehen wollte, schlug ein Hund an, und ich stand plötzlich vor einer riesigen, schwarzen Dogge, die mich anbellte und bereits zum Sprung ansetzen wollte, als sie von einem jungen Mädchen zurückgepfiffen wurde. Ich zitterte am ganzen Leib, denn die Dogge war riesig und Furcht einflößend.

»Platz, Ronja, Platz.«

Die Hündin warf mir einen bösen Blick zu, knurrte und zog sich dann in ihre Hundehütte zurück.

»Danke für die Rettung«, sagte ich, als mir das Mädchen, das schätzungsweise fünfzehn Jahre alt war, gegenüberstand. Sie hielt ein Buch unter den Arm geklemmt und schaute mich fragend an. »Bitte entschuldige mein unerlaubtes Eindringen in euren Garten. Mir ist gerade ein wenig übel, und ich wollte nicht …«

»… auf die Straße reihern?«, vollendete das Mädchen grinsend den Satz und gab beim Lächeln eine charmante Zahnlücke preis. »Geht es Ihnen jetzt besser?«

»Ich musste dann zum Glück doch nicht … so, ich gehe dann besser mal wieder. Danke nochmals für dein Verständnis. Das ist übrigens ein grandioser Roman, wie weit bist du denn damit?«

»Sie kennen *Zugvögel* von Charlotte McConaghy?«, fragte das Mädchen und schenkte mir einen tiefen Blick aus dunkelblauen Augen. »Das Buch ist wahnsinnig spannend, aber auch traurig. Als Fenja es mir geschenkt hat, wollte ich es erst nicht lesen, weil sie mir prophezeit hat, dass ich weinen würde, weil ich doch Tiere und insbesondere Küstenseeschwalben so liebe. Aber alle Bücher, die sie empfiehlt, sind super, also habe ich mich getraut und es bislang nicht bereut. Es ist doch wichtig zu wissen, dass wir besser mit unserer Umwelt umgehen müssen, wenn wir eine Zukunft haben wollen.«

»Meinst du etwa Fenja …«, ich wagte es kaum, den Satz zu Ende zu sprechen, »Lorenzen?«

»Ja, genau. Sie schenkt mir jedes Jahr zum Geburtstag und zu Weihnachten Lesestoff und auch immer, wenn sie Urlaub in ihrer Wohnung in Niebüll macht. Ich bin oft bei ihr drüben und lasse mir vorlesen, weil sie so eine schöne Stimme hat. Leider bin ich mittlerweile zu alt für ihre Kinderbuchserie, aber ich finde sie genauso toll wie die *Nis Puk*-Bücher von Boy Lornsen. Sie hilft mir auch bei den Deutschhausaufgaben, nur in Mathe ist sie leider genauso schlecht wie ich.«

Ich war im Zwiespalt: Einerseits stand ich knapp davor zu erfahren, in welcher der Wohnungen Fenja wohnte, andererseits wollte ich keinesfalls ein junges Mädchen dazu benutzen, mir etwas zu verraten, was die alte Dame bewusst geheim hielt. Gut, dass die Kleine nichts davon ahnte, mit welchen Zweifeln ich mich gerade herumschlug.

»Ich heiße übrigens Inna. Und du?«

»Du wirst es kaum glauben, aber mein Name ist Anna. Lustig, nicht wahr?«

»Kennst du Fenja auch?«

»Ich habe mal einen Podcast mit ihr gemacht«, erklärte ich, und schon überzog ein Strahlen Innas hübsches Gesicht.

»Den kenne ich, der ist mega. Ich habe auch andere Folgen gehört, aber die mit Fenja war die coolste.«

»Weißt du zufällig, wann sie wieder nach Hause kommt? Ich muss sie dringend erreichen, aber Fenja hat kein Handy. Es geht um ein Buch, das ich aus dem Podcast machen will.«

»Echt jetzt?« Innas Augen leuchteten mit der Sommersonne um die Wette. »Ein richtiges Buch? Wann erscheint es denn?«

»Das hängt davon ab, wann ich in Ruhe mit Fenja sprechen kann«, hob ich an. »Wie gesagt, ich muss sie dringend erreichen, deshalb bin ich in Niebüll.«

»Hm, das ist ja blöd«, erwiderte Inna und richtete ihren Blick auf die Villa. »Ich dachte, sie sei auf der Insel. Haben Sie es dort versucht? In Niebüll war sie schon länger nicht mehr, sonst hätte sie sich bestimmt bei mir gemeldet.«

Ich schnappte innerlich nach Luft. Spielte die alte Dame etwa gerade mit uns allen Katz und Maus? Ich gab Inna meine Nummer für den Fall, dass sie Fenja doch noch traf, verabschiedete mich und ging nach gegenüber, in der Hoffnung, dass Gesche den Namen von Fenjas Wohnung auf der Karte des Blumenarrangements notiert hatte.

Doch leider war dies nicht der Fall, also blieb mir nur eines übrig: Ich riss vier Blätter aus meinem Notizbuch und schrieb auf alle, dass ich dringend Fenjas Rückruf erwartete. Dann warf ich die Zettel mit meinen Kontaktdaten in die jeweiligen Briefkästen, atmete einen Moment tief durch und setzte mich auf die Treppenstufe neben den Strauß, den Gesche in einer Kanne aus Emaille drapiert hatte. Ich überlegte, was ich noch tun konnte, war jedoch allmählich am Ende mit meinem Latein. Vielleicht sollte ich mir eine Pause gönnen und ein Sonnenbad im Garten des Hotels genießen?

Wenig später saß ich in einem der Sessel *am kleinsten Strand Nordfrieslands,* wie das Hotel die Badestelle mit aufgeschüttetem Sand und dem Holzsteg nannte. Hier hatte laut Überlieferung in den Chroniken aus dem 13. Jahrhundert der Deezbüller Hafen gelegen, an dem Segel- und Fischerboote festgemacht hatten. Ich fand es schön, dass das Hotel aus diesem Grund den Namen Landhafen trug und den Dalben als Symbol für frühere Zeiten aufgestellt hatte, nachdem die alte Rotbuche auf dem Gelände bedauerlicherweise hatte gefällt werden müssen. Dieser Ort verströmte eine tiefe Liebe zu Nordfriesland, die Gestaltung spiegelte eine authentische Verbundenheit mit der Geschichte dieser Region wider.

Je länger ich dasaß und meinen Gedanken nachhing, die sich fast ausnahmslos um die Definition von »Wahrhaftigkeit« rankten, desto deutlicher spürte ich, wie sehr die Anspannung mich mittlerweile zermürbte. Ich war durch äußere Umstände in eine

Situation geraten, die ich mir niemals hätte träumen lassen, und das behagte mir gar nicht. Auf mir lastete jetzt nicht nur beruflicher Druck, sondern auch das Gefühl, dass hinter dem bewussten Abtauchen von Fenja weit mehr steckte, als ihre Familie wahrhaben wollte.

Ich schaute einem Schmetterling dabei zu, wie er auf der Armlehne des Sessels neben mir landete und seine wunderschön gemusterten Flügel gemächlich von der Sonne bescheinen ließ. Die Vögel in den Bäumen zwitscherten fröhlich, Frösche sprangen vom seerosenberankten Rand ins Wasser, doch dieses Idyll verstärkte die innere Unruhe nur, die von Minute zu Minute stärker wurde und mit einer Frage einherging, die ich mir schnellstens beantworten musste: Brachten mein beruflicher Ehrgeiz und die Vorfreude auf das Schreiben der Biografie Fenja Lorenzen und mich selbst womöglich in eine unkontrollierbare Lage? Sollte ich das Projekt absagen, bevor es irgendwann zu spät war?

Doch dann dachte ich an Eric, den ich vermutlich nie mehr wiedersehen würde, wenn ich nicht nach Listland zurückkehrte. Zumindest diesen Abend wollte ich gern noch mit ihm verbringen, also wählte ich seine Nummer.

Als hätte er bereits auf meinen Anruf gewartet, schlug er sofort vor, mit seinem Camper nach Dagebüll zu fahren und dort gemeinsam den Sonnenuntergang zu genießen …

Das andere Haus

Die rote Backsteinvilla ächzte von der schweren Last ihrer Geschichte und sehnte sich nach der Ära, in der ihre Bewohner noch Zeit und Muße gehabt hatten, nach getaner Arbeit auf einer Bank zu sitzen, einen Schnack mit den Nachbarn zu halten, eine Pfeife zu schmauchen oder einfach nur in den weiten Himmel zu schauen. Einer Zeit, in der die Kinder auf den Feldwegen Fangen spielten und sich hinter uralten Bäumen versteckten. Einer Zeit, wo Spiele noch Namen wie Gipseln, Hinkepott oder Pickpahl trugen. In der die Kleinen in eiskalten Wintern auf den zugefrorenen Gräben des Gotteskoogs auf den Kufen rostiger Schlittschuhe umhersausten, die Hackenreißer genannt wurden. Doch die Zeiten hatten sich geändert. Kriege und Hungersnot hielten die Menschen in Atem, forderten ihnen alles ab und brachten Kummer und Elend über das Land. Auch in diesem Haus wurde getrauert, doch ebenso gelacht und gelebt. Vor allem aber viel gelesen. Das Mädchen von der Insel lebte in seiner ganz eigenen Welt voller Fantasie und Geschichten. In einer Welt, in der es kein Leid gab, wo an den Ästen der Bäume rot glänzende Äpfel reiften, goldgelber Mais auf den Feldern wuchs, Menschen genug zu essen hatten, einander nichts neideten und sich liebevoll zugetan waren. Man musste nur Geschichten erzählen, die den Horizont weiteten und von Zuversicht kündeten, dann würde die Welt schon bald ein besserer Ort. Davon war das Mädchen felsenfest überzeugt, egal, wie oft der mit dem Leben hadernde Vater das Gegenteil beschwor und damit Dunkelheit und Hass in sein Herz ließ.

21

NIEBÜLL, GEGENWART

Anna

Nervös nestelte ich an meinen Haaren herum, die an diesem Tag ein Eigenleben zu führen schienen. So lange hatte ich schon ewig nicht mehr vor dem Spiegel gestanden, und ich fühlte mich in diesem Augenblick wie ein unsicherer, alberner Teenager. Was soll's! Eric hat mich schon verschwitzt und außer Puste erlebt, als wir die Kartons von Fenjas Dachboden weggeschafft haben, dachte ich, schulterte meine Tasche und ging hinaus zum Hotelparkplatz. Pünktlich auf die Minute bog der Camper um die Ecke, und wenig später nahm ich neben Eric auf dem Beifahrersitz Platz.

»Alles okay?«, fragte er, nachdem wir einander begrüßt hatten und er auf die Straße in Richtung Fährhafen fuhr. »Du wirkst ein wenig angespannt.«

Ich erwiderte: »Das bin ich leider auch, aber ich hoffe, dass sich das legt, wenn wir in Dagebüll sind.«

»Das wird es ganz bestimmt, denn der Anblick der Nordsee tut immer gut. Und ich hoffe, meine Gegenwart auch. Bedrückt dich die erfolglose Suche nach meiner Mutter?«

Ich schilderte Eric die Erlebnisse des heutigen Tages und all meine Bedenken, mit Ausnahme der Überlegung, das Buchprojekt mit Fenja bleiben zu lassen.

»Du bist ja ganz schön aktiv gewesen«, erwiderte Eric anerkennend, den Blick auf die Fahrbahn geheftet.

Links und rechts von der Landstraße erblickte ich Schafe, ab und zu einen Feldhasen, Fasane und sogar ein Reh. Am Himmel segelten watteweiche Schäfchenwolken träge umher, doch es würde nicht mehr lange dauern, dann setzte die Abenddämmerung ein, das Himmelblau verwandelte sich erst in Abendröte und schließlich in tiefschwarze Nacht.

»Tut mir leid, dass du es sogar mit einem Höllenhund zu tun bekommen hast. Ich gebe zu, das hätte ich gern gesehen.«

Ich erwiderte: »Haha«, und musste selbst beim Gedanken an den »Angriff« von Dogge Ronja lachen, die sich später von mir hatte streicheln lassen.

»Im Ernst, meiner Ansicht nach habt ihr beide alles unternommen, was möglich war, wofür ich dankbar bin, da ich mir selbst allmählich so meine Gedanken mache. Ich kenne Inna aus Erzählungen und weiß, wie viel sie meiner Mutter bedeutet. Wenn sie sich also nicht mal bei ihr gemeldet hat, dann gehe ich davon aus, dass Fenja mit irgendetwas beschäftigt ist, das niemanden außer sie selbst etwas angeht. Und das sollte man respektieren.«

Es tat gut zu hören, dass Eric die Gegebenheiten ähnlich einschätzte wie ich. »Weißt du eigentlich, dass deine Mutter offenbar die Wohnung in Niebüll besitzt, in der sie regelmäßig Zeit verbringt?« Normalerweise hätte ich diese Frage nicht gestellt, da ich keine Unruhe innerhalb der Familie heraufbeschwören und keine Geheimnisse ausplaudern wollte. Doch in diesem Fall ging es darum, herauszufinden, was mit Fenja los war.

»Ihr gehört nicht nur die Wohnung, sondern das ganze Haus. Sie hat als Kind gemeinsam mit ihrem Vater Friso darin gelebt. Er war als Untermieter bei einer alten Witwe eingezogen, die Fenja nach ihrem und Frisos Tod das Haus vermacht hat, weil sie selbst keine Familie mehr hatte.«

Erics Antwort erstaunte mich. Fenja Lorenzen gehörte der villenähnliche Bau mit vier Ferienwohnungen? Damit besaß sie nicht nur weiteres Eigentum, sondern erzielte mit Sicherheit übers Jahr solide Mieteinnahmen von Feriengästen. Vermutlich zahlten Urlauber in Niebüll nicht so viel für Übernachtungen wie auf den Inseln, aber Geld war nun mal Geld.

Während Eric auf den Parkplatz fuhr und ein Ticket zog, wirbelten erneut zahllose Fragen in meinem Kopf umher. Die drängendste von allen lautete natürlich, weshalb Fenja nicht schon längst das marode Reetdach im Listland hatte ausbessern oder neu decken lassen, wenn sie augenscheinlich über ausreichende finanzielle Mittel verfügte.

»Ich hoffe, du picknickst gern«, sagte Eric, nachdem er das Parkticket hinter die Windschutzscheibe seines Campers gelegt hatte. »Es ist zwar etwas improvisiert, aber der gute Wille zählt.« Mit diesen Worten öffnete er die Seitentür des Wohnmobils, und ich betrachtete das schlichte Innenleben. »Für Übernachtungen an den Baustellen reicht es, in den Urlaub würde ich damit aber nicht fahren«, sagte Eric, als hätte er meine Gedanken gelesen, denn das Interieur war mehr als spartanisch. Er griff nach einem Weidenkorb, aus dem eine Flasche Wein ragte, und schloss dann die Tür. »Wollen wir auf den Deich, oder möchtest du lieber erst mal Fähren gucken?«, fragte er, was ich sehr aufmerksam fand.

»Lass uns gern gleich auf den Deich gehen«, erwiderte ich. »Ich liebe es zwar, den Fährschiffen beim Ein- und Auslaufen zuzusehen, aber es wird bald dunkel, und ich mag den Anblick der Badehäuschen, weil sie so schön bunt und meist recht hübsch geschmückt sind. Ein paar davon stehen auch im Garten des Hotels, dort werden sie allerdings als Strandbar genutzt oder dienen als Rückzugsort für Yogastunden.«

Wir überquerten den Übergang der Bahn, die zwischen Niebüll und Dagebüll Mole pendelte, und waren sogleich auf dem betonierten Deich, auf dessen Krone das Strandhotel thronte, von dessen Terrasse aus man einen spektakulären Blick auf das Wattenmeer, die Inseln und Halligen hatte. Obgleich es sich mittlerweile abgekühlt hatte, herrschte hier reges Treiben. Urlauber spielten vor den Häuschen Karten, Teenies lagen auf Decken und lasen oder ließen sich von Musik beschallen. Es duftete nach Sonnencreme, Kokos und Aperol Spritz. Einige gingen gerade schwimmen, andere kamen aus dem Wasser und wuschen sich unter den Außenduschen das Salz der Nordsee ab.

»Lass uns ruhig noch ein Stück weiter in Richtung Leuchtturm gehen, am besten zu der Stelle, wo die Lore nach Oland den Deich quert«, schlug ich vor, weil mir plötzlich die Stille von Niebüll und Listland fehlte. In diesem Augenblick widerstrebte mir die Vorstellung, demnächst wieder in das trubelige, laute Hamburg zurückzukehren.

Auf dem Weg zu unserem Picknickplatz erzählte Eric von seinen neuen Baustellen, und ich fragte mich, ob ein Feingeist wie er tatsächlich seine Erfüllung darin fand, beim Bau eines Carports behilflich zu sein, gelegentliche Klempnerarbeiten auszuführen, an maroder Elektrik zu basteln oder Gartenzäune hochzuziehen. Einzig und allein das Erbauen von Friesenwällen schien zu ihm zu passen, denn diese zu errichten war von jeher Tradition in Nordfriesland und zudem eine echte Kunst.

»Findest du diese Stelle genauso perfekt wie ich?«, fragte Eric, als wir in der Nähe der Lore-Gleise zum Stehen kamen, mit Blick auf die Buhnen, die wie hölzerne Köpfe aus dem grünlich schimmernden Wasser herausragten. Vereinzelt grasten Schafe auf dem Deich oder trabten neugierig zum Watt.

Ich nickte und nahm ihm die Decke ab, die sich Eric unter den Arm geklemmt hatte, und breitete sie auf dem saftigen Gras aus, das nach einem wunderschönen Sommertag duftete und mit Gänseblümchen übersät war. Die Sonne stand mittlerweile tief, in knapp einer Viertelstunde würde sie im Meer versinken und sich in den Prielen spiegeln.

»Ich hoffe, du magst Rotwein, Käse, Weintrauben, Baguette und Oliven«, sagte Eric, holte nach und nach die Leckereien aus dem Korb und legte alles auf ein Holzbrett, das er vorhin mit der Decke umwickelt hatte. »Leider habe ich nur ein Brotmesser dabei und ansonsten kein Besteck«, sagte er entschuldigend. »Dafür aber zwei Gläser, auch wenn sie ursprünglich für Senf gedacht waren.«

Ich erwiderte: »Alles bestens, ich habe eine Vorliebe für Rustikales«, und überlegte, wann ein Mann zuletzt Essen für mich zubereitet hatte. Vor Monaten hatte mich ein Verleger nobel ausgeführt, doch schnell das Interesse an mir verloren, weil ich nicht auf seine plumpen Avancen eingegangen war und ich mich zudem in dem steifen Restaurant in Alsternähe unwohl gefühlt hatte. Auf Verabredungen wie diese konnte ich gut verzichten.

Eric schenkte Rotwein ein, und ich brach zwei Stücke vom Brot ab, das knusprig war und ausgesprochen köstlich duftete, genau wie die Olivenmischung mit Kräutern. Der Wein, den Eric gewählt hatte, schmeckte samtig weich, war aber stark.

»Wie verbringst du für gewöhnlich deine Abende, wenn du beruflich auf dem Festland unterwegs bist?«

»Du meinst, wenn ich auf Montage bin?« Ein verschmitztes Lächeln umspielte Erics Lippen. »Meist nicht so nett wie heute. Entweder gehe ich spazieren, schaue Filme, oder ich lese. Manchmal treffe ich Bekannte, aber oft bin ich so müde, dass ich einfach einschlafe. Diese Jobs beginnen meist im Morgengrauen und sind anstrengend, erst recht, wenn man nicht mehr zwanzig ist. Und du? Was macht eine Journalistin im Alltag? Bist du viel mit Kulturschaffenden zusammen, oder brauchst du auch mal Abstand vom Medienzirkus?«

»Gute Frage«, erwiderte ich und musste tatsächlich nachdenken. »Die vergangenen Jahre waren so kräftezehrend, dass die Zeit nur so verflogen ist, weil man als Freiberuflerin natürlich fortwährend um Aufträge kämpfen muss. Doch ich arbeite nicht nur, sondern bin sehr gern mit meiner Tochter Kathrin zusammen und habe einen netten und lebendigen Freundeskreis. Außerdem liebe ich Spaziergänge an der Elbe, Kochen, und ich gehe gern ins Kino. Alles in allem lebe ich nicht sonderlich spektakulär, von daher ist mein Aufenthalt hier mit Sicherheit das Spannendste, was mir in letzter Zeit widerfahren ist. Eure Familiengeschichte wirft hingegen viele Fragen auf … zu viele, wenn ich ehrlich bin.«

Auf diese Aussage, die mir herausgerutscht war, folgte erst mal ein langes Schweigen. Das Treiben auf dem Deich hatte mittlerweile nachgelassen, es waren kaum noch Menschen unterwegs. Abendstunden am Meer waren einfach wundervoll, denn in ihnen lag ein besonderer Zauber, der nur mit den frühen Morgenstunden am Wasser vergleichbar war.

Stille senkte sich über das Wattenmeer, bei Ebbe zog sich die Nordsee nach und nach zurück, als wolle sie höflich Platz für die anbrechende Nacht machen. Die Schreie der Möwen klangen gedämpft und wurden vom Gesang der Seeschwalben übertönt, auch die Farben und Konturen der Landschaft wurden weicher und schienen sich irgendwann gänzlich aufzulösen. Von der Mole legte gerade die letzte Fähre Richtung Inseln ab, eine andere kam ihr entgegen und brachte die Gäste im goldenen Licht der untergehenden Sonne an Land.

Eric seufzte und trank einen Schluck Wein, bevor er sagte: »Auch Elisa und ich haben zahllose Fragen hinsichtlich unserer

Herkunft, doch Mutter ist leider trotz unserer dringlichen Bitte nicht bereit, über die Vergangenheit zu sprechen, obwohl diese unsere Gegenwart stärker prägt, als uns lieb ist, und damit vermutlich auch die Zukunft. Wie sehr meine Schwester mit Fenja hadert, hast du ja selbst erlebt.«

»Was ist eigentlich mit eurem Vater? Ist er schon lange tot?«, fragte ich, weil Eric mich nun förmlich dazu einlud, tiefer in die Familienwelt der Lorenzens einzutauchen.

»Mein Vater Ole war einer der nettesten Männer, die ich kenne, obgleich er bei der Polizei war und man vermuten würde, dass er eher zur Fraktion ›harter Kerl‹ gehörte. Doch er hat meine Mutter und uns Kinder abgöttisch geliebt und verwöhnt, wann immer sich die Gelegenheit dazu bot. Leider ist er vor fünf Jahren an einem Herzanfall gestorben. Ich wünschte, er würde noch leben, denn er fehlt mir sehr.«

»Das tut mir leid«, murmelte ich und dachte an meine Eltern, die einen großen Teil des Jahres als fröhliche Pensionäre in der Toskana lebten und die mediterrane Lebensart genossen.

»Meine Mutter hat Papa kennengelernt, während sie als Buchhändlerin in Westerland arbeitete und sich intensiv mit der Suche nach ihrer älteren Schwester Martje beschäftigte. Du hast sicher schon von dieser Geschichte gehört?« Ich nickte, und Eric fuhr fort: »Ole Lorenzen war damals noch ein junger Polizist, als sie ihn in der Wache traf, und verliebte sich auf der Stelle in sie. Doch es hat lange gedauert, bis sie seinem beharrlichen Werben nachgegeben und ihn geheiratet hat. Ich kann nur sagen, dass ich froh darüber bin, dass sie sich so entschieden hat, denn er war der beste Vater, den man sich nur wünschen konnte, wohingegen meine Mutter schon immer in ihrer ganz eigenen Welt lebte.«

»Wo ist er denn begraben?«, fragte ich und verspürte einen leichten Anflug von Wehmut. Der Gedanke daran, dass meine

Eltern eines Tages nicht mehr lebten, war schier unvorstellbar, und ich versuchte, ihn so gut wie möglich zu verdrängen.

»Auf dem Lister Dünenfriedhof«, erwiderte Eric leise. »Warst du schon mal dort?«

Ich schüttelte den Kopf, denn ich hatte bislang weder eine Veranlassung noch die Zeit gehabt, auf den Friedhof zu gehen, der als Tipp in vielen Reiseführern aufgeführt wurde.

»Dieser Ort ist verwunschen und wunderschön«, fuhr Eric fort. »Wann immer es mir möglich ist, gehe ich dort spazieren. Manchmal besuche ich meinen Vater und halte Zwiesprache mit ihm, manchmal setze ich mich einfach nur auf eine Bank, schließe die Augen und lausche der Stille.«

Während Eric sprach, versuchte ich mir die junge Fenja vorzustellen: Sie hatte eine Ausbildung bei *Sölring Boker,* der Buchhandlung Ecke Strandstraße in Westerland absolviert, die heute *Bücherwurm* hieß, und so lange dort gearbeitet, bis die Buchhandlung durch einen Milchladen ersetzt worden war, in dessen Schaufenster eine kleine Kuh stand, die mit dem Kopf nicken konnte.

Auf *Sölring Boker* lag ein Fluch, so raunte man sich auf der Insel zu. Zuerst war das jüdische Gründerpaar Alice und Robert Johannsen deportiert und 1940 in Sachsenhausen ermordet worden, so wie der berühmte Heimatdichter Jens Emil Mungard. Danach hatte die Buchhandlung während des Krieges leer gestanden und war in der Wirtschaftswunderzeit von einem freundlichen älteren Herrn wiedereröffnet worden, dessen Herz für Bücher schlug und auch für die buchbegeisterte Fenja. Er liebte sie wie seine eigene Tochter und brachte ihr alles bei, was es brauchte, um die Buchhandlung zu übernehmen, wenn er einst zu alt und müde für seinen Beruf sein würde.

Doch das Schicksal hatte andere Pläne mit dem Laden. Mit Milchprodukten, so schien es, ließ sich mehr Geld verdienen als mit Literatur. Und so geschah es, dass Fenja und der alte Nissen nach der Kündigung seitens des Vermieters mit Tränen in den Augen dabei zusehen mussten, wie das Emailschild mit dem Schriftzug der Buchhandlung abgenommen und durch ein neues ersetzt wurde.

»Woran denkst du?«, fragte Eric, und ich zuckte zusammen, weil ich mich gerade in Fenjas Vergangenheit verloren hatte.

»An deine Mutter«, erwiderte ich wahrheitsgemäß. »Ich kann verstehen, dass ihr sie als kapriziös oder eigenbrötlerisch empfindet und auch, dass sie vermutlich für euch nicht der Inbegriff einer idealen Mutter war, die ihre Kinder zum Mittelpunkt des Lebens gemacht hat. Aber sie hat sich in schwierigen Zeiten durchgekämpft und ist zielstrebig ihren Weg als emanzipierte Frau gegangen. Sie hat dafür gesorgt, dass wichtige Bücher aus der Feder von nordfriesischen Autoren erhalten geblieben sind, hat persönlich bei Verlegern darauf gedrungen, dass Neuauflagen gedruckt wurden, obwohl viele dieser Titel längst in Vergessenheit geraten waren. Sie hat Geschichten für Kinder geschrieben und illustriert, um in ihnen die Liebe zur Insel und den Traditionen wachzuhalten. Auch die kleine Inna schwärmt von dem Podcast und findet die Idee toll, ein Buch über deine Mutter zu schreiben.«

Ich versuchte, in Erics Gesicht zu lesen, ob meine Darstellung von Fenjas Persönlichkeit seine Zustimmung fand, und war erleichtert, als er leise lachte.

»Danke für dieses flammende Plädoyer, Frau März, ich bin wirklich beeindruckt. Du schätzt meine Mutter sehr, das spürt man. Ich stimme dir prinzipiell in allen Punkten zu, aber mich beschäftigt dennoch seit geraumer Zeit die Frage, wie viel Verständnis man für das Verhalten und etwaige Verfehlungen seiner Eltern aufbringen sollte und wann es manchmal heilsam ist, sich abzugrenzen, so wie Elisa es versucht.«

»Diese Entscheidung ist sicher eine fortwährende Gratwanderung«, erwiderte ich. »Wir sind nun mal die Generation, die indirekt an den Folgen des Krieges zu knapsen hat, weil unsere Eltern und Großeltern davon traumatisiert sind. Ich bin froh, dass meine Tochter sich nicht mit solchen Themen herumschlagen muss, weil sie in ihrem jungen Leben keine Rolle spielen. Doch auch Kathrin muss hin und wieder Enttäuschungen hinnehmen, die ich ihr gern ersparen würde.«

Eric hakte an diesem Punkt der Unterhaltung ein, und so wechselten wir unmerklich das Thema und sprachen über Kathrin und ihr Leben in Friedrichstadt. Ich genoss es, dass er ein so guter Zuhörer war, echtes Interesse an meiner Tochter zeigte, und ertappte mich bei der gedanklichen Frage, ob er selbst ein guter Vater wäre. Mittlerweile umhüllte uns Dunkelheit, nur die Lichter von kleinen Booten tanzten auf dem tiefschwarzen Wasser. Vereinzelt funkelten Sterne am Himmel, wenn sie nicht gerade von vorbeiziehenden Wolken verdunkelt wurden. Mir war der Wein zu Kopf gestiegen, und ich verspürte den Wunsch, mich an Eric anzulehnen und sein Gesicht zu streicheln. Ich erschrak allerdings ein wenig über meine plötzliche Sehnsucht nach Nähe, denn ich hatte ein derartiges Verlangen schon seit Ewigkeiten nicht mehr empfunden. Doch eine mahnende Stimme übertönte sofort den Impuls, über die Stränge zu schlagen und meinen Gefühlen spontan freien Lauf zu lassen. Denn erstens wusste ich nicht, ob Eric überhaupt frei war, zweitens nichts über seine Empfindungen für mich und vor allem nicht, was gerade mit mir los war.

»Fährst du morgen wieder auf die Insel zurück und verfolgst deinen Plan, das Buch zu schreiben, trotz aller Widrigkeiten weiter?« Erics Frage durchschnitt die Nacht, und es war schwer, sie eindeutig zu beantworten. Ich musste noch einmal gründlich über alles nachdenken, was ich in den letzten Stunden erlebt und erfahren hatte. Dann würde ich mein Herz entscheiden lassen, denn der Verstand sagte mir, dass das Buch großes Potenzial hatte, kämen erst einmal alle Geheimnisse der Familie Lorenzen ans Licht und würde Fenja erlauben, davon zu erzählen.

Ich erwiderte: »Auf alle Fälle, denn ich muss meine Sachen holen. Ob ich bleibe, vermag ich aber noch nicht zu sagen, denn ich möchte nichts tun, was deiner Mutter oder eurer Familie womöglich Leid zufügt. Das Herumwühlen in alten Geschichten bringt erfahrungsgemäß oftmals Dinge zutage, die besser im Verborgenen bleiben, daher sollte man genau abwägen, wie weit man geht und ob man mit den Antworten auf die Fragen umgehen kann, die man gestellt hat.«

So wie die nach dem Hintergrund des seltsamen Fundes auf dem Dachboden, der mit Sicherheit eine weit größere Bedeutung hatte als nur ein Sammelsurium von Strandfundstücken …

22

NIEBÜLL/LISTLAND, GEGENWART

Anna

Am nächsten Morgen erwachte ich mit leichten Kopfschmerzen, da ich mich die halbe Nacht schlaflos umhergewälzt hatte. Zum Abschied hatte Eric mir auf dem Hotelparkplatz einen Kuss gegeben und war, kaum dass ich wusste, wie mir geschah, so schnell zurück nach Langenhorn gefahren, als hätte er etwas Unüberlegtes getan und müsse nun so viel Abstand wie möglich zwischen uns beide bringen. Ich setzte mich im Bett auf, fuhr mit dem Finger über meine Lippen und schloss die Augen, um dem vergangenen Abend nachzuspüren.

So gut hatte ich mich schon lange nicht mehr gefühlt.

Und gleichzeitig so schlecht.

Erics Kuss war wunderschön gewesen, und nun wünschte ich mir, es wäre nicht nur bei diesem einen geblieben, denn dieser eine machte Lust auf mehr. Auf sehr viel mehr ...

Eric hatte etwas an sich, das mich tief im Inneren berührte, doch ich wusste nicht, wie ich mit diesem Gefühl umgehen sollte, das mir so neu war, als hätte es all die Küsse meines bisherigen Lebens nie gegeben. Ich wusste nur, dass ich ihn jetzt schon vermisste, dass ich mir eine Fortsetzung dessen wünschte, was ich nicht für mich selbst definieren konnte. In der Hoffnung, etwas Klarheit zu gewinnen, nahm ich mein Telefon zur Hand und begann eine Textnachricht an meine Freundin Svenja mit den

Worten »Du glaubst nicht, was passiert ist, ich glaube, ich habe mich allen Ernstes verl...« zu schreiben. Doch anstatt weiterzutippen, starrte ich auf die Zeilen, die eine Empfindung benannten, die mir so ungeheuerlich erschien, als hätte mir jemand gesagt, ich hätte ein Château in Frankreich geerbt. War ich nach all der Zeit des Single-Daseins derart ausgehungert nach dem Kribbeln im Bauch, das so viele Künstler beschrieben, ohne diesem Gefühl in ihren Beschreibungen auch nur im Mindesten gerecht zu werden? Verwechselte ich einen kleinen Flirt mit Verliebtsein? War ich einfach außer Rand und Band? Ich legte das Handy wieder beiseite. Svenja brauchte Ruhe, und ich würde ihr erst von Eric erzählen, wenn etwas Bedeutungsvolles geschehen war. Momentan gab es nur einen wunderschönen Abend, der viel zu schnell zu Ende gegangen war, und einen Kuss, der erahnen ließ, was noch folgen konnte. Also würde ich nach Listland fahren in der Hoffnung, Eric dort wiederzusehen, wenn er von seinem Job auf dem Festland zurückkam.

Bevor ich Niebüll verließ, wollte ich allerdings den Gottesdienst besuchen. Im Hotel hatte ich zufällig aufgeschnappt, dass die Gemeinde eine neue Pastorin hatte, die abwechselnd den Gottesdienst hier in Deezbüll und in der Christuskirche in Niebüll abhielt, und das hatte mein Interesse geweckt. Zudem verspürte ich gerade jetzt das Bedürfnis nach optimistischem Zuspruch und Vertrauen in eine »höhere Instanz«, nach innerer Einkehr und Klarheit, denn schließlich hatte mich nicht nur Erics Kuss aufgewühlt, sondern auch, was ich über Fenja erfahren hatte.

Nachdem ich in Windeseile gepackt und gefrühstückt hatte, überquerte ich die Straße und sah, wie sich viele Gemeindemitglieder am Eingang der Apostelkirche versammelt hatten und mit der Pastorin unterhielten, die ausgesprochen sympathisch wirkte und jedem ein warmes Lächeln schenkte. Ich nickte ihr zu, ging hinein und ergatterte einen Platz in den vorderen Reihen. Nachdem die ersten Klänge der Orgel ertönt waren, setzte die beruhigende Wirkung der sakralen Musik ein und erinnerte mich daran, wie häufig ich mit meiner Großmutter Clara im Gottesdienst gewesen war, wenn ich Ferien bei ihr auf Eiderstedt gemacht, und wie geborgen ich mich dabei gefühlt hatte. Für sie war die Kirchengemeinde eine zweite Familie gewesen, und auch hier beobachtete ich, wie viele einander zunickten oder darauf bedacht waren, zusammensitzen zu können. Das Thema Liebe stand im Mittelpunkt der lebendigen und äußerst zeitgemäßen Predigt der Pastorin, die unweit von mir auf der Kanzel stand und so viel Zuversicht ausstrahlte, dass ich ein wenig Hoffnung schöpfte. Dieses Stichwort trug mich sofort wieder zu Eric, und ich verlor mich erneut in Erinnerungen an den vergangenen Abend. An die Gemeinsamkeiten, die uns verbanden, an sein ausdrucksstarkes Gesicht, die schönen Augen, seinen Duft …

Nachdem die Gemeinde gesungen und die Pastorin den Segen erteilt hatte, las sie zunächst die Namen der Täuflinge der vergangenen Woche vor und dann die Namen zweier Verstorbener. »Frauke Petersen ist am Montag im hohen Alter von neunundneunzig Jahren von uns gegangen und am Freitagabend Jasper Timm mit siebenundachtzig Jahren. Beide werden uns fehlen, aber immer in unseren Herzen bleiben.«

Als ich den Namen Jasper Timm vernahm, war ich wie elektrisiert, denn er rührte etwas in mir an. Doch wo hatte ich diesen Namen gehört und in welchem Zusammenhang? Ich durchforstete mein Gedächtnis so intensiv, als ließe ich einen Scanner darüberlaufen, doch es blieb bei einem vagen Gefühl. Nachdem ich Geld in den Klingelbeutel gesteckt hatte, checkte ich im Hotel aus und ließ mich mit dem Taxi zum Bahnhof Niebüll bringen. Auf der Fahrt hielt ich Ausschau nach Fenja in der Hoffnung, ihr erneut zufällig zu begegnen, doch schon wieder vergebens.

Im Zug dachte ich darüber nach, wie ich – abgesehen von einem weiteren Treffen mit Eric, auf das ich hoffte – die vor mir liegenden Tage gestalten sollte, denn in wenigen Tagen würde ich meine Verlegerin auf den neuesten Stand bringen und ihr zuvor erste Textproben schicken müssen. Doch nach wie vor stand und fiel das Buchprojekt damit, ob Fenja sich meldete. Zudem wollte ich unbedingt in Erfahrung bringen, was es mit dem verstorbenen Jasper Timm auf sich hatte und weshalb mir sein Name bekannt vorkam. Kurz bevor die Regionalbahn auf den Hindenburgdamm fuhr, gab ich die Daten im Handy in Verbindung mit dem Suchbegriff »Niebüll« ein und wurde sofort fündig: Jasper hatte jahrelang ehrenamtlich für das Friesische Museum gearbeitet, war Familienvater gewesen und ein sehr beliebtes Gemeindemitglied. Die Online-Traueranzeige war von den Kindern und zudem im Namen der Gemeinde aufgegeben worden, seine Frau war offenbar vor ihm verstorben.

Ich lehnte mich im Sitz zurück, schloss die Augen und ließ die Zeit in Niebüll Revue passieren: Ich dachte an den Wochenmarkt, den Besuch in der Stadtbücherei, den Abend mit Elisa an der Feuerschale, unsere Suche in den vielen Lädchen und an die Begegnung mit der kleinen Inna. Dann kamen mir Erics Sätze *Doch es hat lange gedauert, bis Fenja dem beharrlichen Werben meines Vaters nachgegeben und ihn geheiratet hat. Ich kann nur sagen, dass ich froh darüber bin, dass sie sich so entschieden hat* in den Sinn und überlagerten sich mit der Erinnerung an den Anblick des Hörbuchs *Der letzte Satz* in der Bücherei. Da der Autorenname Seethaler nicht am Anfang des Alphabets stand, hätte das Hörbuch eigentlich weiter unten ins Regal gehört. Die Bibliothekarinnen hatten Elisa erzählt, dass Fenja CDs ausgeliehen hatte, obwohl sie die Vertonung von literarischen Texten nicht mochte. Da Fenja zuverlässig war und mich bestimmt nicht nach Listland eingeladen hätte, wenn sie gewusst hätte, dass sie gar nicht dort sein würde, gab es meiner Ansicht nach nur eine Erklärung für ihr sonderbares Verhalten: Jasper bedeutete ihr sehr viel, und sie war spontan zu ihm geeilt, als er im Sterben lag. Vielleicht hatte sie die CDs für ihn ausgeliehen und eigentlich auch den Seethaler mitnehmen wollen, hatte sich aber letztlich dagegen entschieden, weil sie nicht wollte, dass Jasper besagten letzten Satz sagte, der beide für immer trennen würde?!

Dass die beiden sich kannten, stand außer Frage, da Fenja das Museum liebte und ihr Haus nur einen Steinwurf entfernt davon lag. Es war allerdings unklar, wie nahe sich die beiden gestanden hatten, immerhin waren beide verheiratet gewesen.

Und wieder kamen mir Erinnerungsfetzen von gestern Abend in den Sinn. »Meine Eltern haben bis zum Tod meines Vaters eine gute Ehe mit tiefem Respekt füreinander geführt«, hatte Eric erzählt. »Aber ich habe immer gespürt, dass Vater meine Mutter mehr geliebt hat als sie ihn. Ich kann nicht genau sagen, weshalb ich das glaube, aber ich bin der Ansicht, dass meine Mutter nie voll und ganz bei unserer Familie war. Zwischen uns und ihr war eine dünne Wand aus durchsichtigem Papier. Wir konnten sie zwar sehen und mit ihr sprechen, sie war liebevoll und durchaus fürsorglich, schien jedoch oft meilenweit entfernt. Sprach sie hingegen über Bücher, über ihre Arbeit für die Nordfriisk-Boker-Stiftung oder das Schreiben der Kinderbuchserie, sprühte sie vor Leidenschaft und war äußerst präsent. Zudem habe ich kaum Zärtlichkeiten zwischen meinen Eltern wahrgenommen, auch wenn das typisch für diese Generation war. Dennoch hat mein Vater ihr immer mal wieder einen Kuss gegeben, ihre Hand gestreichelt oder sich ganz dicht neben sie gesetzt, wenn beide zusammen auf dem Sofa saßen, um zu lesen oder ein Klassikkonzert im Radio zu hören.«

War Fenjas Ehe eine Vernunftheirat gewesen, wie sie früher häufig üblich war? Ich konnte mich nicht erinnern, irgendwo in Fenjas Haus ein Foto von ihrem Mann Ole gesehen zu haben oder eines, das sie beide als Paar zeigte. Im Interview hatte sie lediglich kurz erwähnt, dass ihr Mann und sie die Liebe zu Büchern geteilt hatten, mehr aber auch nicht.

So ungeheuerlich der Gedanke auch war, aber konnte es sein, dass Fenja und Jasper eine Affäre gehabt hatten?

Da Fenja nicht sehr emotional war, konnte ich mir allerdings nur schwer vorstellen, dass sie heimlichen Stelldicheins frönte, noch dazu in einer Kleinstadt, wo jeder jeden kannte. Allerdings wusste ich so gut wie gar nichts über die *private Fenja,* die meinen Verlag so brennend interessierte. Eine leidenschaftliche Affäre wäre genau der Stoff, auf den Frau Dr. Christiansen spekulierte. Doch den würde ich ihr aus Respekt vor Fenja nicht liefern, selbst wenn sich herausstellte, dass an meiner Vermutung etwas dran war.

Ich beschloss, erst einmal für mich zu behalten, was ich glaubte, in Erfahrung gebracht zu haben.

Nach Jaspers Tod würde Fenja sicher wieder zurück nach Listland reisen, denn weshalb sollte sie unter den gegebenen Umständen noch weiter in Niebüll bleiben? Die Frage war allerdings, in welcher Verfassung sie nach ihrer Rückkehr sein würde und ob sie angesichts ihres persönlichen Verlusts überhaupt noch Interesse an der Biografie hätte.

Zum Glück wurden meine Grübeleien unterbrochen, als Elisa mich in Westerland abholte. Während der Fahrt erzählte ich ihr von meiner Begegnung mit Inna, davon, dass Fenja sich entgegen ihrer sonstigen Gewohnheit nicht bei dem jungen Mädchen gemeldet hatte, und von dem Abend mit Eric in Dagebüll.

Elisa ließ lediglich ein erstauntes »Ach, sieh an« ertönen und kommentierte meine Verabredung mit ihrem Bruder nicht weiter. »Und was hast du jetzt vor? Bleibst du, oder bist du nur gekommen, um deine Sachen zu holen?«

Ich blickte auf die imposante Düne links von der Fahrbahn und spürte, wie sehr ich mich auf Listland freute, unabhängig von Eric. Ich hatte mich von der ersten Sekunde an in diesen Landstrich verliebt, das wurde mir jetzt erst bewusst. »Wenn es okay für dich ist, würde ich gern auf der Insel an meinem Konzept arbeiten, das ich meiner Verlegerin bald schicken möchte. Das kann ich bestimmt eher hier als daheim, wo mich fast immer jemand stört. Außerdem würde ich dir gern helfen, wenn es noch etwas in Zusammenhang mit den Büchern zu tun gibt, die wir ins Holzhaus geschafft haben.«

»Ich freue mich, wenn du mir Gesellschaft leistest, denn du bist mir fast ein bisschen ans Herz gewachsen«, erwiderte Elisa mit gespielter Ironie in der Stimme und wich dann einem Schaf aus, das gemächlich über die Straße trottete. »Luzie scheint dich auch zu vermissen, denn sie hörte auch nach der Fütterung gestern Abend nicht mehr auf zu blöken und treibt sich seit Neuestem noch mehr in der Nähe des Hauses herum als vorher.«

Mir wurde warm ums Herz, als ich an das schwarze Schaf dachte, dessen Bekanntschaft ich gleich nach meiner Ankunft im Listland gemacht hatte. In diesem Moment sehnte ich mich so sehr nach der idyllischen Ruhe, dem Duft des Strandhafers, der Terrasse mit Meerblick und dem Küstenstreifen vor Fenjas Haus, dass ich es kaum erwarten konnte, bis wir endlich da waren.

Mein Handy vibrierte mehrfach, als Elisa auf den Hofplatz fuhr, im Display stand der Name Eric. Obwohl mein Herz vor Aufregung bis zum Hals schlug, drückte ich den Anruf sofort weg, denn ich hatte das Gefühl, dass seine Schwester nicht besonders begeistert davon war, wenn wir intensiveren Kontakt hatten. Was sie wohl dazu sagen würde, dass Eric mich gestern geküsst hatte?

Nachdem ich ausgestiegen und hinauf zu meinem Zimmer gegangen war, um Eric zurückzurufen, sah ich, dass er bereits eine Nachricht geschickt hatte: *Abendessen heute bei mir in List? Ich hole dich ab, wenn du magst.* Wie elektrisiert starrte ich auf die Einladung, die ich liebend gern angenommen hätte. Doch wie sollte ich Elisa erklären, dass ich Eric in seinem Haus besuchen würde? Zwei Herzen schlugen in meiner Brust und rangelten heftig miteinander. Am Ende siegte die Sehnsucht, und ich schrieb zurück, dass ich mich auf unser Wiedersehen freute. Dann klopfte ich an Elisas Tür, um ihr von meiner Verabredung zu erzählen.

23

LISTLAND, GEGENWART

Anna

Meine Großmutter sagte immer: ›Mi bäwern de Büxen‹ oder ›Dat Hart sitt mi in't Hosenbein‹, wenn sie wegen irgendetwas nervös gewesen war«, erzählte ich Luzie, als ich auf dem Parkplatz vor Fenjas Haus auf Eric wartete. Das schwarze Schäflein schaute mich erst mit großen Augen an und ließ dann ein meckernd klingendes »Mäh« ertönen. »Ja, ja, mach dich ruhig lustig über mich, ich habe es verdient, weil ich wegen eines Kerls aufgeregt bin, und das in meinem Alter«, sagte ich und kraulte Luzie hinter dem Ohr. »Verstehst du eigentlich auch Platt oder nur Sölring?«

In diesem Moment kam Elisa aus dem Haus, in der Hand zwei volle Müllbeutel. Zeitgleich bog Eric auf die Einfahrt, Elisa stapfte jedoch, ohne zu grüßen, an ihm vorbei und ging weiter zu den Abfalltonnen. Eric begrüßte seine Schwester durch das geöffnete Fenster und dann mich mit einem freundlichen, wenn auch leicht verhaltenen Lächeln, als er mir die Beifahrertür öffnete und ich einstieg. Ich verspürte eine gewisse Verlegenheit, weil ich nicht wusste, was mich erwartete, und mein Herz wieder viel zu heftig pochte, als ich ihn anschaute. Aus den Lautsprecherboxen ertönte Klaviermusik, während wir am Wasser entlang Richtung List fuhren. Das Pianospiel klang teilweise poetisch und zart, dann wieder dissonant und aufgewühlt wie das Meer und meine Gemütslage.

»Was ist das für Musik?«, fragte ich und schaute aus dem Fenster.

Im sonnigen Abendlicht waren viele Kitesurfer am Lister Königshafen unterwegs, einem der bekanntesten Spots der Nordseeküste. Die bunten Segel flatterten im Wind, viele nutzten das perfekte Wetter, um in der Naturbucht kühne Sprünge zu wagen oder sich einfach über die Wellenkämme mit den weißen Schaumkronen tragen zu lassen. Ein buntes Spektakel an einem Ort, dessen Farbpalette sonst von Puderzuckerweiß über Sandfarben bis Goldbraun reichte.

»Das sind Kompositionen, basierend auf alten und neuen Melodien von der Insel. Sie handeln von der Treue der Seemannsbraut, dem Biikebrennen, Frühling am Meer oder der Sagengestalt Nis Puk«, erwiderte Eric. »Gefällt's dir?«

Ich erwiderte: »Sehr sogar«, und betrachtete das Booklet der CD, die Eric aus dem Handschuhfach seines Campers geholt und mir gegeben hatte. »Wer ist Jürgen Borstelmann? Hier steht, dass er die Stücke selbst komponiert und auf dem Klavier eingespielt hat.«

»Jürgen ist gebürtiger Westerländer und über Sylt hinaus bekannt. Seine Familie lebt seit Generationen auf der Insel, und er ist tief verwurzelt mit der Heimat. Jürgens Vater war bis vor Kurzem Organist bei uns in List, ist aber leider seit Längerem taub. Doch da er die Musik im Geiste hört, konnte er bis zur Pensionierung seiner Arbeit nachgehen, und nun hat sein Sohn die Nachfolge übernommen, worüber wir alle sehr glücklich sind.«

»Schön, wenn etwas innerhalb der Familie weitergegeben werden kann«, erwiderte ich und war froh, dass mir das Gespräch über Musik über meine Verlegenheit hinweghalf. Eric derart nahe zu sein, ließ die Erinnerungen an den gestrigen Abend so lebendig werden, als säßen wir noch auf dem Deich in Dagebüll. Als küssten wir einander zum Abschied.

»Apropos Familie, was sagt meine Schwester dazu, dass du den heutigen Abend mit mir verbringst?«

»Sie hat nicht gerade Luftsprünge gemacht«, antwortete ich ehrlich. »Doch das lag wahrscheinlich daran, dass sie sich darauf gefreut hatte, mit mir zu essen, denn sie hatte extra frischen Fisch gekauft und wollte grillen. Ich muss gestehen, dass ich tatsächlich ein schlechtes Gewissen ihr gegenüber habe.«

»Ach was, das musst du nicht. Ich lade sie demnächst zu meiner legendären Scampipfanne ein, dann ist sie wieder versöhnt«, erwiderte Eric, bog links in den Süderhörn ein, und ich amüsierte mich über den Anblick des holzgeschnitzten Meeresgottes Poseidon, der anstelle des sagenumwobenen Meermannes Ekke Nekkepenn auf dem hölzernen Straßenschild thronte und einen Dreizack in die Luft reckte.

Wir fuhren den Weg an einer Talsenke vorbei, die überwiegend mit Heidekraut bewachsen war, das sich allmählich färbte. Spätestens im August verwandelte sich die zarte Blüte in ein kraftvolles lila Farbenmeer, wie alle Heideflächen auf der Insel. In der Senke namens Frischwassertal wuchsen zudem Bäume und hohes Gras, die umliegenden Häuser waren allesamt adrett, neueren Baujahrs und durch Friesenwälle oder weiß lackierte Pforten zur Straße hin abgegrenzt. Ich hätte Erics Zuhause niemals in dieser gutbürgerlichen Umgebung vermutet, doch mein Bild von ihm pendelte sich wieder ein, als er vor einer windschiefen, alten Kate hielt, deren zerzaustes Reetdach sich hinter hohen Heckenrosen duckte.

»Da wären wir«, sagte Eric, brachte den Camper zum Stehen, und wir stiegen beide aus. »Willkommen in meiner kleinen, bescheidenen Hütte. Ich hoffe, sie gefällt dir.«

Mit diesen Worten öffnete er die Tür, und schon befand ich mich in einem schmalen Flur, an dessen Wänden unzählige Bilder und gerahmte Fotografien hingen. Nun standen Eric und ich dicht an dicht. Ich konnte ihn riechen und fühlen, auch wenn wir einander nicht berührten, was ich sehr gern getan hätte. Doch jetzt hieß es: cool bleiben und abwarten, wie sich der Abend entwickelte. Er hatte gestern den ersten Schritt in Richtung Intimität gemacht, also war es auch an ihm, sich zu erklären.

»Sind das nicht Illustrationen aus Fenjas Kinderbüchern?«, fragte ich, weil mir einige davon bekannt vorkamen.

Eric erwiderte: »Ganz genau. Sie hat mir die meisten Originale überlassen, weil ich für die Gestaltung des Buches und die Herstellung zuständig war. Und das da ist eines der wenigen Familienporträts, auf denen auch mein Vater zu sehen ist.«

Fasziniert betrachtete ich die gerahmte Schwarz-Weiß-Fotografie, die Eric und Elisa im Alter von schätzungsweise sechs Jahren vor Fenjas Haus zeigte. Elisa trug voller Stolz eine Schultüte, Ole Lorenzen stand hinter den beiden Kindern und hatte den Arm liebevoll um sie gelegt, wohingegen Fenja zwar in die Kamera lächelte, aber gleichzeitig meilenweit entfernt zu sein schien.

»Hast du großen Hunger, oder reichen erst mal Knabbereien, wenn wir auf der Terrasse einen Schluck darauf trinken, dass es dich hierher nach Listland verschlagen hat? Danach koche ich selbstverständlich.«

»Du musst meinetwegen nicht gleich an den Herd stürzen«, erwiderte ich und folgte Eric in den Wohnbereich, an den die Terrasse grenzte.

Hier standen, ähnlich wie bei Fenja, hohe Bücherregale, die bis oben hin gefüllt waren. Die Einrichtung war einfach, aber geschmackvoll und zeugte vor allem davon, dass Eric ein Faible für antiken Trödel hatte. Obwohl ich erst kurz hier war, fühlte ich mich sofort pudelwohl und genauso geborgen wie in Fenjas Haus, was meine Sympathie für Eric verstärkte. In der einen Ecke stand eine alte Schulbank, auf der Platte aus Buchenholz staubte ein

Tintenfass vor sich hin. Der dazu passende schwarze Federkiel lag direkt daneben, als hätte eben noch jemand geschrieben und dann das Schreibgerät beiseitegelegt.

»Dieses Ensemble gehörte meiner Großmutter Lene. Ich habe es vor Kurzem hierhergebracht, weil meine Mutter sich davon trennen wollte«, erklärte er und stellte sich so dicht neben mich, dass ich weiterhin tief ein- und ausatmen musste, um mir meine Aufregung nicht anmerken zu lassen. »An dieser Bank wurde Lene von Urgroßmutter Beeke unterrichtet, nachdem die Schule am Landwehrdeich geschlossen worden war. Hier hat Lene ihre Hausaufgaben gemacht und mit Federkiel und Tinte Briefe und kleine Geschichten für einen fliegenden Händler namens Bo geschrieben, den sie als Kind am Lister Ellenbogen getroffen haben soll. Keiner aus der Familie hat ihn jemals gesehen, aber wir wissen auch nicht, wie diese Utensilien damals in Lenes Hände gelangen konnten, vielleicht hat sie sie einfach gefunden. Lenes fantasievolle Geschichten von Bo sind jedoch legendär und Teil meiner Kindheit. Zudem taucht der Klabautermann als Figur in Fenjas Kinderbüchern auf, wie du weißt. Möchtest du einen leichten Weißwein, Prosecco oder Rosé?«

Ich entschied mich für Weißwein und betrachtete den Inhalt der Regale, denn es war schön, auf diese Weise in Erics Welt einzutauchen. Auch hier fanden sich alte Ausgaben von Inselliteratur, ebenso Fachbücher über Buchgestaltung, Architektur, Fotobildbände und Künstlerbiografien. Ich nahm mir vor, Eric später nach seinem Antiquariat zu befragen, das er in List betrieben hatte, doch weit mehr interessierte mich im Augenblick der Grund für seine Einladung. Wünschte er sich eine Fortsetzung des gestrigen Abends? Oder wollte er mich lediglich noch einmal sehen, bevor ich wieder zurück nach Hamburg fuhr? Doch ich würde mich noch gedulden müssen, denn Eric werkelte nun in der Küche.

Mit einem Mal erregte ein großformatiges Buch mit Leineneinband meine Aufmerksamkeit, und ich zog es aus dem Regal. Es war mit Blumenstickereien verziert, und als ich die ersten Seiten aufschlug, flatterte eine vergilbte Postkarte zu Boden. Ich hob sie auf und betrachtete das Motiv mit der Bildunterschrift »Friedrichstadt/Eider – Mittelburgwall«. Die Fotografie zeigte eine der vielen Grachten, links und rechts den begrünten Wall, im Hintergrund die Brücke über die Treene. Im Vordergrund ein Boot, in dem zwei Frauen mit dem Rücken zum Betrachter saßen, ihnen gegenüber ein Mann, der ruderte. Die Karte war weder beschriftet, noch trug sie einen Poststempel. Dem Gefühl nach ordnete ich sie zeitlich um etwa 1930 oder später ein.

»Ah, du hast die Sammlung der Lieblingstexte von Großmutter Lene gefunden«, sagte Eric, als er endlich mit einem Tablett aus der Küche kam. Es war mir ein wenig unangenehm, dass ich ungefragt in den Regalen herumgestöbert hatte, und ich entschuldigte mich für meine Neugier.

»Ach was, kein Ding«, erwiderte er. »Du bist Journalistin, da liegt es in deiner Natur, deine Umgebung besonders aufmerksam zu beobachten. Du hältst übrigens etwas sehr Kostbares in der Hand, nämlich eine beachtliche Sammlung von Texten und Gedichten aus der Feder unseres Heimatdichters Jens Emil Mungard. Lene schwärmte für seine Literatur, seit sie zum ersten Mal etwas von ihm in die Finger bekommen hatte. Die Gedichte *Dünenrosen* und *Verklungen* haben ihr besonders viel bedeutet, und sie rezitierte sie bis kurz vor ihrem Tod, wenn ich sie darum bat. Lene hatte eine wunderschöne Vorlesestimme, konnte toll singen und Akkordeon spielen.«

»Das klingt, als hättest du eine innige Beziehung zu deiner Großmutter gehabt«, sagte ich, während meine Finger über einen sorgfältig ins Buch geklebten Zeitungsausschnitt fuhren und ich mir vorstellte, sie über Erics Haut wandern zu lassen.

Eric stellte das Tablett auf die Schulbank und strich sich eine Haarsträhne hinters Ohr. »Ja, die hatte ich, denn sie war eine ganz besondere Frau. Ich war einunddreißig, als sie im Alter von fünfundsiebzig Jahren starb, und obwohl das alles schon sehr lange her ist, vergeht kaum ein Tag, ohne dass ich an sie denke. Das Schicksal hat es ihr nicht leicht gemacht, aber sie hat trotz allem versucht, ihr Los tapfer zu tragen. Besondere Sylter Frauen wie Merret Lassen oder die Hörnumer Hexe Maren Taken waren ihre Vorbilder, Elisa und ich der Grund für sie weiterzuleben, obgleich sie gelegentlich von Depressionen geplagt wurde.«

Die Enkel waren also Lenes Lebenselixier gewesen ...

Ich musste unweigerlich daran denken, dass Lene ihre jüngere Tochter Fenja verstoßen und deren ältere Schwester Martje in den Nachkriegswirren unauffindbar verloren hatte. Und zum ersten Mal, seit ich von dieser Ungeheuerlichkeit erfahren hatte, spürte ich beinahe körperlich, dass an dieser Geschichte irgendetwas nicht stimmte. *Welche Mutter verstieß die eine Tochter und behielt die andere?*

»So, jetzt aber genug von den alten Zeiten, lass uns nach draußen gehen. Ich kann dir Lenes Buch gern leihen, wenn du magst.« Erics Worte ließen mich zusammenzucken, denn meine Fantasie trieb bunte Blüten. War Fenja etwa das Resultat einer ...? Ich hielt die Luft an, weil ich den bloßen Gedanken an eine mutmaßliche Gewalttat nicht ertrug. Nein, so etwas durfte ich nicht einmal denken. Und doch ...

»Anna? Alles okay mit dir?«

Ich nickte und folgte Eric nach draußen. Frische Luft würde mir jetzt zweifelsohne guttun.

Auch die Terrasse spiegelte Erics Wesen wider, ein alter Nähmaschinentisch fungierte als Platz für das Tablett mit den Gläsern, Knabbereien und den Weingläsern. Im Gegensatz zu den gepflegten Vorgärten der Nachbarhäuser herrschte hier weitgehend Wildwuchs, in einem Baum hing ein Vogelfutterhäuschen, von dem die Farbe abgeblättert war. Zwischen den Heckenrosen lugte ein verwittertes Insektenhotel hervor, auf dem Boden standen einige Schalen mit Wasser.

»Die sind für Vögel oder umherstreunende Katzen«, erklärte Eric. »Manchmal trinken aber auch Eichhörnchen oder Igel daraus, je nachdem, welche Tiere sich hier nachts oder in den frühen Morgenstunden herumtreiben.« Dann hob er das Glas. »Darauf, dass du es nicht bereust, nach Listland gekommen zu sein, auch wenn sich alles anders entwickelt hat als geplant. Ich hoffe, du kannst dein Buchprojekt dennoch realisieren.«

Irrte ich mich, oder schwang da etwas in Erics Ton mit, das verdächtig nach Abschied klang? Ich war froh, dass sich mittlerweile Dunkelheit über die Insel gesenkt hatte und es schummerig auf der Terrasse war, hinter der eine majestätische Düne aufragte, die beinahe jegliches Licht schluckte. Ich hoffte, dass Eric nicht bemerkte, wie sehr ich mich anstrengen musste, um mein Pokerface zu wahren.

»Ehrlich gesagt, weiß ich das nicht, das hängt ganz allein von Fenja ab«, erwiderte ich. »Sollte sie sich bis spätestens übermorgen nicht melden, werde ich dem Verlag sagen müssen, dass wir den Termin entweder verschieben oder die Biografie von der Publikationsliste streichen müssen. Auf alle Fälle kann ich nicht mehr weiter untätig herumsitzen und darauf warten, dass etwas passiert.«

»Untätig würde ich das nicht gerade nennen, ganz im Gegenteil«, widersprach Eric. »Es imponiert mir, was du in den vergangenen Tagen alles geleistet und wie sehr du uns geholfen hast. Ich würde es natürlich bedauern, wenn du die Insel wieder verlässt, aber ich könnte auch verstehen, wenn du gehst.«

Mein Herz pochte wie verrückt, und am liebsten hätte ich gesagt: Dann gib mir doch einen Grund zu bleiben. Oder zumindest einen kleinen Hinweis. Wieso hast du mich geküsst und zu dir nach Hause eingeladen?

Doch ich unterließ es, weil mir meine Intuition sagte, dass ich nicht hier war, weil Eric sich weiter mit mir einlassen wollte.

»Ich habe dich eingeladen, weil ich dir etwas sagen muss«, hob Eric an. »Es fällt mir nicht leicht, doch ich möchte ehrlich zu dir sein. Du bist eine wunderbare, kluge und schöne Frau, Anna, und du gefällst mir sehr. Ich hätte dich gestern Abend nicht so überfallen und küssen dürfen, aber ich konnte einfach nicht anders. Seit ich dich kenne, fühle ich mich zu dir hingezogen, und ich habe das Gefühl, dir geht es nicht anders.«

»Aber?« Ich sandte dieses kleine, jedoch entscheidende Wort in die hereinbrechende Nacht, während sich alles in mir verkrampfte. Eric wollte also beenden, was er nicht einmal richtig begonnen hatte. Das tat weh. Und zwar weit mehr als befürchtet. Ich versuchte dennoch, weiter zuzuhören, denn ich musste unbedingt verstehen, was in Eric vorging, andernfalls würde ich mit der plötzlichen Kehrtwendung nicht umgehen können.

»Aber ich habe einen fast vierjährigen Sohn. Und auch wenn ich seine Mutter nicht liebe, fühle ich mich verpflichtet, einen Weg zu finden, um mit ihr zusammen zu sein und Matthis dadurch die Familie zu geben, die er verdient. Ich wollte, dass du das weißt, und ich musste dir einfach unter vier Augen von meinem Sohn erzählen und nicht am Telefon.«

Mein Herz sprang in dieser Sekunde in zwei Teile.

Ich hatte mit allem Möglichen gerechnet, aber nicht damit, dass Eric Vater eines kleinen Jungen war. Wieso hatte er mir nicht schon von ihm erzählt, als wir über meine Tochter gesprochen hatten?!

So konnte ich nichts weiter als »Rufst du mir bitte ein Taxi« erwidern und biss mir auf die Lippen, um nicht zu weinen.

»Es tut mir unendlich leid, ich wünschte, es wäre alles anders«, flüsterte Eric, bevor ich ins Auto stieg und wieder Richtung Listland fuhr, Lenes Leinenbuch mit Mungards Texten in den Händen.

Als das Taxi auf dem Parkplatz hielt, kam Elisa mir entgegen. Ich wischte mir, so gut es ging, die Tränen aus dem Gesicht und putzte mir die Nase. Sie legte mir den Arm um die Schultern und dirigierte mich sanft in Richtung Terrasse.

»Lass es ruhig raus, vor mir musst du dich nicht verstecken. Eric hat mir geschrieben, was passiert ist, damit ich weiß, was zwischen euch vorgefallen ist«, sagte sie. »Möchtest du ein Glas Wein? Oder lieber gleich einen Schnaps?«

Ich flüsterte: »Schnaps«, und fand mich wenig später, eingehüllt in eine flauschige Wolldecke, in einem der Strandkörbe wieder.

Elisa hatte uns beiden Aquavit von der Insel eingeschenkt und ein Windlicht auf den Tisch gestellt, dessen Flamme mit den Sternen am Himmel um die Wette leuchtete. Ich war dankbar für die liebevolle Fürsorge und Empathie und spürte, wie sehr sich unsere Beziehung seit der Zeit in Niebüll verändert hatte. Wir waren offenbar tatsächlich auf dem Weg, so etwas wie Freundinnen zu werden.

»Jetzt weißt du, warum ich so verhalten auf die Anbahnung zwischen meinem Bruder und dir reagiert habe«, sagte Elisa, und ich verstand. Sie hatte mich schützen und gleichzeitig nicht ihrem Bruder in den Rücken fallen wollen. »Ich bin froh, dass er ehrlich zu dir war und von Matthis und Nadine erzählt hat. Der Kleine ist so süß und verdient es, so viel Zeit wie möglich mit seinem Vater zu verbringen. Deshalb hoffe ich, dass Eric sich endlich einen Ruck gibt und endgültig mit Nadine, die er ja sehr gerne mag, zusammenzieht, anstatt wie jetzt zwischen beiden Häusern zu pendeln oder sich in Arbeiten auf dem Festland zu flüchten, die es ihm erlauben, tagelang in seinem Camper umherzufahren.«

Nadine also …

»Und ich habe übrigens noch eine Neuigkeit für dich. Meine Mutter hat sich endlich gemeldet und kommt morgen Vormittag zurück. Vielleicht tröstet dich diese Nachricht etwas über deinen Kummer hinweg.«

24

LISTLAND, GEGENWART

Anna

Der Morgen, an dem Fenja Lorenzen nach Listland zurückkehren würde und ich verkraften musste, was Eric mir gestern mitgeteilt hatte, weinte bittere Tränen. Sie prasselten gegen die Fensterscheibe des Gästezimmers und klangen für mich wie Hagelkörner, so eisig kalt, wie es sich in meinem Inneren anfühlte. Ich hatte erneut kaum geschlafen und mehrfach in Erwägung gezogen, die Insel schnellstmöglich zu verlassen und damit allem den Rücken zu kehren, was mir Schmerz zufügte. Doch schließlich riss ich mich zusammen, denn ich war aus beruflichen Gründen nach Listland gekommen und nicht, um mir das Herz brechen zu lassen. Mein Liebeskummer durfte sich keinesfalls negativ auf das Buchprojekt auswirken, sonst verlor ich unweigerlich den Boden unter den Füßen.

Ich starrte weiter auf den prasselnden Regen und bedauerte, dass die alte Dame ausgerechnet bei einem solchen Wetter zurückkommen und erfahren musste, welch ein verheerender Schaden auf dem Dachboden sie erwartete. Zum Glück hatten Arfst und sein Team die größten Leckagen besser abgedichtet, als es Eric zuvor gelungen war, doch auch das war keine Dauerlösung.

Elisa war schon unterwegs zum Bahnhof und hatte mir eine Thermoskanne mit Kaffee und einen Becher auf den Esstisch in der Stuv gestellt, wie ich sehen konnte, als ich nach unten in die

Küche kam. Ich schaute auch dort nochmals durch das Fenster, als läge hinter der Glasscheibe die Antwort auf all die ungeklärten Fragen, doch ich sah nichts außer Regenschwaden, die wie feuchter Nebel über dem Grundstück hingen. Die Hühner hatten sich im Stall verkrochen, die Schafe ebenfalls irgendwo Unterschlupf gesucht. Kein einziger Vogel zog am trüben Himmel seine Kreise, es schien, als stünde die Welt für einen Moment still – nicht nur für mich.

In diesem Moment sehnte ich mich nach meiner Freundin Svenja. Sie hätte die richtigen Worte gefunden und mich womöglich sogar zum Lachen gebracht. Doch sie war weit weg auf einer Halbinsel in der Ostsee und damit beschäftigt, ihrem Leben ohne die Kinder einen neuen Sinn zu geben. Ich schickte ihr dennoch eine Nachricht, denn ab und zu meldete sie sich. Vielleicht fiel es ihr mittlerweile auch schwer, die Einsamkeit als Vogelschutzwartin auszuhalten, und sie hatte das Bedürfnis, mit mir zu telefonieren. Ich wusste sehr genau, wie sie sich fühlte, denn ich hatte diese Phase selbst durchlaufen, als Kathrin mit zwanzig zunächst in eine Hamburger WG gezogen war und später nach Friedrichstadt.

Ob Fenja wohl jemals Sehnsucht nach Eric und Elisa verspürt hatte, wenn sie länger auf Reisen gewesen war? Wenn ich mir ihren abwesenden Blick auf dem Foto in Erics Flur in Erinnerung rief, konnte ich mir das nicht vorstellen. Aber wahrscheinlich tat ich ihr unrecht. Schließlich war dies nur eine Momentaufnahme, eine winzig kleine Sequenz einer Vielzahl von Bildern, ausgewählt von einem Fotografen, dessen Augenmerk wahrscheinlich auf anderen Details oder der Gesamtkomposition gelegen hatte. Als ich an Erics Haus und die knappe Stunde dachte, die ich darin verbracht hatte, saß der Schmerz so tief, dass ich mich fragte, wo dieser starke Kummer herrührte. Ich kannte Eric erst seit fünf Tagen. Wir hatten uns nur einmal geküsst. Galt mein Gefühl, etwas

Wertvolles verloren zu haben, wirklich ihm oder eher einem Traum, den ich mir lange nicht mehr gestattet hatte zu träumen und der nicht in Erfüllung gegangen war? Ich hörte Svenja im Geiste sagen: »Wir Menschen sind nicht dafür gemacht, allein durchs Leben zu gehen, egal, wie sehr wir uns das einreden und unabhängig sein wollen.«

Während ich Kaffee trank, sah ich, dass Elisas Auto auf den Hofplatz fuhr. Wenige Augenblicke später stand Fenja Lorenzen vor mir, gab mir höflich die Hand und sagte: »Schön, dass Sie geblieben sind und wir uns endlich persönlich kennenlernen, Anna.«

Sie wirkte älter als auf den letzten Fotos im Internet und viel zerbrechlicher als auf Bildern. Vor mir stand eine hagere Frau mit dunkelblauen Augen, die unendlich viel gesehen haben mussten. Die wussten, wie schwer das Leben zuweilen sein konnte, aber auch wie schön und leicht. Diese Frau war klug und charakterstark, daran bestand nicht der geringste Zweifel. Zudem strahlte sie Autorität aus.

Ich erwiderte: »Es ist mir eine Freude«, und blickte dann zu Elisa, die ein wenig verloren danebenstand, als sei sie gerade zu einer Statistin degradiert worden.

»Ich lege mich erst einmal hin, denn die vergangenen Tage waren anstrengend. Aber ich würde Sie gern heute Abend unter vier Augen sprechen, wenn es Ihre Zeit erlaubt.«

Fenjas Bitte glich eher einer Anweisung, doch ich war froh, dass wir endlich Gelegenheit haben würden, uns zu unterhalten. Diese eine Nacht würde ich noch überstehen, auch wenn mich hier alles an Eric erinnerte.

Es war höchste Zeit, wieder in meinen Alltag zurückzukehren und auch Kathrin zu besuchen, dann würden sich die Dinge unweigerlich wieder zurechtrücken, und ich konnte irgendwann auf die kurze Episode mit Eric zurückschauen und hoffentlich mit einem dankbaren Lächeln auf den Lippen an sie denken.

Ich erwiderte: »Sehr gern«, und sah zu, wie Fenja die Treppe hinaufging. Jeder einzelne Schritt schien ihr unendlich schwerzufallen, und ich bekam eine vage Ahnung davon, was man gemeinhin unter dem Begriff »gramgebeugt« verstand. Erstaunlich, dass Fenja mir in Niebüll hatte entwischen können. Aber vielleicht war sie gar nicht so schnell gewesen, sondern ich hatte mir nur zu viel Zeit gelassen, bis ich endlich realisiert hatte, dass sie die Besucherin am Grab ihres Vaters Friso Pauls gewesen war.

»Wie war die Fahrt, und wie geht es dir?«, fragte ich Elisa, die immer noch an derselben Stelle vor dem Fenster stand, als sei sie dort festgewachsen. »Weiß deine Mutter schon, was mit den Büchern passiert ist?«

Elisa nickte und setzte sich dann an den Tisch. »Sie kennt noch nicht das ganze Ausmaß der Katastrophe, aber ich habe ihr sowohl erzählt, dass du uns in den vergangenen Tagen sehr tatkräftig geholfen, als auch, dass du in Niebüll Detektivin gespielt hast. Und ebenso, dass du in dieser kurzen Zeitspanne zu einer Art Familienmitglied geworden bist. Allerdings hat sie mit keiner Silbe erwähnt, weshalb sie uns beide hat hängen lassen, ohne sich zu melden. Doch das ist ein Stück weit typisch für sie. Ich bin gespannt, was sie heute Abend mit dir besprechen möchte und vor allem, wo. Vielleicht erteilt sie mir ja Stubenarrest, damit ihr zwei ungestört seid.«

Elisa zwinkerte zwar, doch in ihrem Blick lag so viel Frustration, dass ich sie gern getröstet hätte.

»Übrigens hat Eric mir auf die Mailbox gesprochen. Er hat sich über ein Verfahren schlaugemacht, mit dem man durch Gefriertrocknung des Papiers den größten Schaden minimieren kann. Allerdings hätten wir innerhalb der ersten Stunden nach dem

Regen etwas unternehmen müssen, aber vielleicht gibt es doch noch Hoffnung für den einen oder anderen Titel, vorausgesetzt, meine Mutter ist in der Lage, das nötige Geld dafür aufzubringen. Auf alle Fälle hat er sich diese Woche freigenommen, um hier zu retten, was noch zu retten ist.«

Eric würde also die kommenden Tage weitgehend hier im Listland verbringen ... Ich wollte gerade die Mieteinnahmen von Fenjas Haus in Niebüll erwähnen, die man sicher für die Instandsetzung der Bücher aufwenden könnte, entschied mich dann aber dagegen. Ich vermutete, dass Elisa – im Gegensatz zu ihrem Bruder – gar nicht wusste, dass Fenja die Erbin der Backsteinvilla war. Außerdem gingen mich die Finanzen der Lorenzens und deren Verwendung wahrlich nichts an.

»Dann hoffe ich, dass ihm das gelingt«, sagte ich leise. »Ich ziehe mich jetzt auch nach oben zurück, denn ich will meine Tochter anrufen und habe noch eine Menge E-Mails und Nachrichten von Fans meines Podcasts zu beantworten, die liegen geblieben sind.«

»Na klar, mach das«, erwiderte Elisa und griff nach ihrem Handy. »Ich kümmere mich derweil um die letzten Formalitäten in Lübeck. Andreas hielt es nämlich leider nicht für nötig, nach der Kündigung den Strom und das Telefon abzumelden, und ist stattdessen mit seiner neuen Flamme in den Urlaub geflogen.«

»Aber wo wirst du dann wohnen, und wann musst du wieder in der Bücherei sein?«, fragte ich verwundert.

»Wohnen werde ich vorerst hier und arbeiten wahrscheinlich künftig in Niebüll. Als ich in der Stadtbücherei nach meiner Mutter gefragt habe, sagte man mir, dass dort ab dem Spätsommer eine Stelle frei wird. Und auf die werde ich mich jetzt bewerben. Drück mir bitte die Daumen, dass das klappt.«

Ich war verdutzt und wusste zunächst gar nicht, was ich sagen sollte. Dann fiel mir wieder ein, dass Elisa am ersten Morgen in Niebüll sehr gelöst, fast schon gut gelaunt gewirkt hatte, was mich angesichts der Umstände erstaunt hatte. Nun kannte ich den Grund für ihre positive Stimmung. »Wow, das nennt man dann wohl einen Neuanfang«, erwiderte ich und umarmte Elisa. »Das freut mich wirklich sehr für dich, und ich drücke ganz fest die Daumen, dass sich alles so entwickelt, wie du es dir wünschst.«

Wie so häufig hatte das Nordseewetter am frühen Abend sein Regengewand gegen ein Kleid aus Sonnenstrahlen getauscht.

Die Temperaturen waren spürbar nach oben geklettert, die Schafe suchten auf dem Küstengrasstreifen nach Wildkräutern, und der Hahn stolzierte auf der Terrasse umher, beäugt von einem Seeadler, der mit ausgebreiteten Schwingen und scharfem Blick vom Himmel aus nach Beute spähte. Ich wartete am Trampelpfad auf Fenja, die vorgeschlagen hatte, einen Spaziergang am Meer zu machen. Elisa besuchte währenddessen eine Freundin in Keitum, und ich war gespannt darauf, was mich bei dem Gespräch mit der alten Dame erwartete.

»Ist dieser Ausblick nicht wundervoll?«, sagte Fenja, als sie wie aus dem Nichts neben mir auftauchte, und deutete auf die Vogelschutzinsel gegenüber. »Ich habe ihn vermisst, als ich in Niebüll war. Wie ich hörte, haben Sie dort nach mir gesucht und auch sonst nichts unversucht gelassen, um meine Tochter zu unterstützen, dafür danke ich Ihnen sehr. Es tut mir leid, dass Sie sich Sorgen um mich gemacht haben und ich Sie habe warten lassen, doch es gibt leider Momente im Leben, auf die einen niemand vorbereitet und in denen man sich nicht so verhält, wie man es sonst tun würde.«

»Das verstehe ich vollkommen«, erwiderte ich leise und genoss die Wärme der Abendsonne auf meinem Gesicht. Bei Dunkelheit und Regen erschienen einem die Dinge weit aussichtsloser, als wenn es draußen hell und freundlich war. »Ich habe gern auf Sie gewartet.«

Fenja strich kurz über meinen Arm und schlug dann den Weg Richtung Ellenbogen ein, den ich so sehr liebte, weil der nördlichste Punkt der Insel eine ganz besondere Atmosphäre verströmte. Zudem konnte man von dort aus in der Ferne die Insel Rømø erkennen, wo Kathrin mich morgen von der Fähre abholen würde. Sie wollte sich dort mit einer Stoffhändlerin treffen, die in ihrem Atelier Textilien mit besonderen Mustern bedruckte, und hatte mich eingeladen, Zeit bei ihr in Friedrichstadt zu verbringen.

»Ich vermute, dass Sie einen gewissen Termindruck haben, was unser geplantes Projekt betrifft, aber ich möchte Sie dennoch fragen, ob wir die angedachte Biografie ein wenig hintanstellen können.«

Mir schnürte sich augenblicklich die Kehle zu, denn Fenjas Bitte bedeutete unweigerlich das vorläufige Aus für die Biografienreihe. Ich hatte den ganzen Nachmittag damit zugebracht, alle weiteren bereits gesendeten, aber auch die demnächst geplanten Podcast-Beiträge daraufhin abzuklopfen, ob einer von ihnen ebenfalls das Potenzial zum Zugpferd hatte. Doch so interessant alle anderen Bücherfrauen auch waren, keine Geschichte war so vielversprechend wie die über Fenja.

»Der Grund für meine Bitte ist ein Versprechen, das ich einem lieben Menschen am Sterbebett in Niebüll gegeben habe. Ich habe Ihnen bei den Vorgesprächen zum Podcast von ihm erzählt, er arbeitete für das Friesische Museum in Niebüll, und wir waren lange Jahre sehr eng befreundet. Oder viel mehr als das, doch das tut jetzt nichts zur Sache. Vor seinem Tod hat Jasper Timm sich gewünscht, dass ich mich endlich mit meiner eigenen Vergangenheit, aber auch der meiner Familie auseinandersetze, in der Hoffnung, künftig ein besseres Verhältnis zu meinen Kindern, aber vor allem zu Elisa zu bekommen. Kenntnis über die Dinge zu haben, die Menschen widerfahren sind, ist wichtig, auch wenn man sich gern vor ihnen verstecken und sie ignorieren würde, das hat Jasper mir all die Jahre über immer wieder gesagt. Doch ich habe seine Ratschläge nie befolgt, weil ich vermeintlich Wichtigeres zu tun hatte. Er selbst war ein hingebungsvoller Familienvater und hat mich stets bedauert, weil ich kein so inniges Verhältnis zu meinen Kindern hatte wie er zu seinen. Für mich waren wohl die Bücher meine Familie, aber das war mir nie so richtig klar. Romane konnten mir nicht wehtun, sie waren immer für mich da. Sie waren ein Trost und Halt in Momenten, in denen ich glaubte, dass das Leben nicht lebenswert ist. Dass einfach alles zu viel wird und ich es nicht schaffe …«

Fenja hielt einen Moment inne und seufzte, ganz so, als sei diese Erkenntnis noch frisch und hätte sie gerade erst mit voller Wucht getroffen. Ich war überrascht von der Offenheit, mit der sie mir begegnete, aber natürlich auch sehr berührt, denn es sprach viel Kummer aus den Worten der alten Dame, die wahrscheinlich weit mehr erlebt hatte, als ich auch nur erahnte.

»Nach den Schilderungen von Eric und meiner Tochter könnte ich mir momentan keine bessere Person wünschen, die diese schwierigen und zeitaufwendigen Nachforschungen gemeinsam mit mir betreibt, als Sie«, fuhr sie fort, und ich glaubte zunächst, mich verhört zu haben. Dass sie mit Elisa lange Zeit im Auto verbracht hatte, hatte ihre Tochter mir selbst erzählt. Doch wann hatte Fenja mit Eric über mich gesprochen?

»Sie haben sich in den vergangenen Tagen so selbstverständlich in die Welt von Listland eingefügt, als gehörten Sie hierher.«

Ich fühlte mich geschmeichelt, hatte aber keine Ahnung, worauf Fenja hinauswollte. Deshalb war ich froh, dass wir strammen Schrittes am Ufer entlanggingen. Nun war keine Spur mehr von der Steifheit und Ermüdung an Fenja, wie ich sie vorhin wahrgenommen hatte.

»Ich weiß, dass das jetzt seltsam klingt und Sie sich von Ihrem Aufenthalt etwas völlig anderes versprochen haben«, fuhr sie fort. »Und ich weiß auch, dass ich Sie mit nichts weiter locken kann als mit der Aussicht, aus allem, was ich erfahren werde und zu erzählen habe, eines Tages vielleicht doch noch ein Buch zu machen. Aber ich kann Ihnen weder etwas versprechen noch Ihnen Sicherheit geben. Natürlich bezahle ich Sie für Ihre Mühen, doch das versteht sich ja eigentlich von selbst.«

»Sie … Sie wollen mich als eine Art Detektivin engagieren, oder wie soll ich mir das vorstellen?« Ich sah aus dem Augenwinkel, wie Fenja schmunzelte.

»So in etwa«, erwiderte sie. »Ich würde mich gern selbst als Miss Marple betätigen, aber mir fehlt diese Kombinationsgabe, die Sie offenbar haben. Zudem stecke ich emotional zu tief in allem drin, und solche Dinge bedürfen der Weitsicht. Sie müssen sich nicht gleich entscheiden, auch nicht morgen oder übermorgen. Aber ich würde es mir nie verzeihen, wenn ich Sie nicht zumindest gefragt hätte. Es ist wichtig, sich den Schmerzen der Vergangenheit zu stellen, um ihnen keine Macht über die Gegenwart und die Zukunft zu geben, das habe ich mittlerweile begriffen. Die neuesten Buchpublikationen ranken sich beinahe ausnahmslos um diese Themen, und das nicht nur, weil es gerade Mode ist und sich gut verkauft. Nein, es ist allerhöchste Eisenbahn, dieser *stummen Zeit,* wie die kluge Silke von Bremen ihr Buchdebüt über unsere Insel genannt hat, endlich eine Stimme zu verleihen, vor allem hier in Nordfriesland. Und ich würde mich deutlich sicherer fühlen, diesen schwierigen Weg gemeinsam mit Ihnen zu beschreiten, denn Sie sind empathisch, klug und warmherzig, das weiß ich auch aus unserer gemeinsamen Arbeit am Podcast und durch die Korrespondenz, die wir miteinander geführt haben. Ich mochte es immer sehr, wenn Sie von Ihrer Tochter erzählt haben, die Sie offenbar über alles lieben.«

Fenjas Worte fielen tief, denn ich hatte das Gefühl, etwas weit Größeres bewirken zu können, wenn ich ihrer Bitte nachkam, als *nur* einen potenziellen Bestseller zu schreiben. Dennoch war ihr Vorschlag beinahe surreal und bürdete mir viel Verantwortung auf, der ich natürlich gerecht werden müsste, denn ich wollte Fenja keinesfalls enttäuschen.

»Ich möchte tatsächlich darüber nachdenken«, erwiderte ich. »Und das werde ich in Friedrichstadt tun, wo ich ab morgen bei meiner Tochter zu Besuch sein werde.«

»Es ist wirklich schön, dass Sie beide ein so enges Verhältnis zueinander haben«, erwiderte Fenja leise, und nun sah ich Tränen in ihren Augen glitzern. »Genau das wünsche ich mir auch, bevor es zu spät dafür ist, schließlich bin ich nicht mehr die Jüngste. Also fahren Sie zu Ihrer Kathrin, genießen Sie die hübsche Grachtenstadt und die Nähe Ihrer Tochter. Familie und gemeinsame Zeit ist das Kostbarste, was es gibt. Das ist mir leider erst jetzt klar geworden. Und ich hoffe, es ist noch nicht zu spät.«

Das Haus
am Ende der Welt

Das Haus wurde unfreiwillig Zeuge von Ereignissen, die mit denen des Weltgeschehens in unmittelbarem Zusammenhang standen. Doch davon wusste das junge Mädchen nichts, das so verzweifelt auf einen Brief, eine winzige Nachricht und das Wiedersehen mit dem Mann wartete, dem sie ihr Herz geschenkt hatte. Es sah, wie das Mädchen, das nun zur Frau geworden war, schlaflose Nächte im Alkoven verbrachte und sich jede Sekunde des Zusammenseins mit ihrem Geliebten in Erinnerung rief. Hatte sie etwas falsch verstanden oder, noch schlimmer, etwas falsch gemacht?

Die Balken des Hauses ächzten und stöhnten als Spiegelbild der Gemütsverfassung der jungen Frau und Vorahnung dessen, was kommen würde. Nicht mehr lange, und dann würde es offensichtlich werden, dass unter diesem Dach neues Leben heranwuchs. Neues Leben, hineingeboren in eine Zeit, die später als stumme Zeit in die Geschichte eingehen würde.

Als dunkelste Zeit, die Listland und Nordfriesland je erlebt hatten ...

TEIL ZWEI

25

LISTLAND, 1937

Lene

Der Herbstwind zerrte an Ästen und Nerven, riss Blätter von den Bäumen, jagte schwere Wolken übers Meer und heulte lautstark ums Haus. Nebelschwaden hingen tief über der Nordsee, und an besonders grauen Tagen fiel es schwer zu unterscheiden, wo alles begann und wo es endete. Wellenberge türmten sich machtvoll auf. Der Wind klang wie das wehklagende Jammern ertrinkender Seefahrer, die in den letzten Sekunden ihres Lebens an die Liebsten daheim dachten, die sie nie wiedersehen würden.

Lene Iwersen stand, wie jeden Tag, am Flutsaum und schaute in Richtung des Lister Hafens, der nur noch schemenhaft zu erkennen war. Doch sie wollte die Hoffnung auf ein Wiedersehen mit Marten – oder zumindest ein Lebenszeichen – nach wie vor nicht aufgeben, denn Hoffnung war alles, was ihr noch geblieben war. Außer natürlich, trotz aller Sorgen um die Zukunft, der Vorfreude auf das Kind, das unter ihrem Herzen heranwuchs und von dem sie Marten geschrieben hatte. Es würde sie an ihren Geliebten erinnern und unzertrennlich mit ihm verbinden, auch wenn Marten nicht hier, an ihrer Seite sein konnte. Doch ihr letzter Brief war, wie die zuvor und andere danach, mit dem Vermerk »Empfänger unbekannt« über den Postweg zu Lene nach Listland zurückgekehrt. Nun waren vor allem die Texte des Dichters Jens

Emil Mungard, die sie in ihrem mit Blumenmotiven bestickten Leinenbuch gesammelt hatte, treue Begleiter in den Stunden, die sie allein am Meer verbrachte, auf der Suche nach Trost und innerem Frieden.

> *Böte sich ein Hafen in mir,*
> *gern wollt' mit dem Sturm ich kämpfen,*
> *wüsst' ich eine Stätte hier,*
> *wollt' ich meine Sehnsucht dämpfen.*

Worte wie diese trafen sie tief ins Herz, sie hätte den feinsinnigen Dichter sehr gern kennengelernt und ihm erzählt, wie viel ihr seine Arbeit bedeutete. Wegen seiner Kontakte zu niederländischen Westfriesen war er jedoch auf der Insel nicht mehr wohlgelitten und hatte im vergangenen Jahr sogar einen Schutzhaftbefehl erhalten, weil er als »national unzuverlässig« galt. Dabei war es doch die Liebe zu seiner Heimat, zu diesem wunderschönen Eiland in der Nordsee, die sein Denken und Tun bestimmte – das hätte Lene am liebsten jedem persönlich ins Gesicht gesagt, der behauptete, dass der Dichter das Ansehen des Deutschen Reiches im Ausland schwer schädigte.

»Komm ins Haus, Liebes«, hörte Lene ihre Mutter durch die Nebelwand aus Sehnsucht rufen, bevor diese ihr eine wollene Jacke um die Schulter legte. »Du wirst dich noch erkälten, und das ist weder für dich noch für das Kind gut. Außerdem möchte ich mit dir über deine Zukunft sprechen.«

Zukunft?! Lene konnte sich kaum vorstellen, dass es so etwas noch für sie geben konnte, denn durch die Schwangerschaft kam es natürlich nicht mehr infrage, bei *Sölring Boker* in die Lehre zu gehen, obgleich das Buchhändlerpaar Alice und Robert Johannsen sie mit Kusshand genommen hätte. Robert Johannsen war sofort bezaubert von ihr gewesen, als Lene einige Tage nach Martens überhasteter Abreise zum Vorstellungsgespräch gekommen war. Doch mehr noch als ihre liebenswürdige Art hatte den Buchhändler ihr umfangreiches Wissen über viele Titel beeindruckt, die sie nur hatte lesen können, weil sie durch Kontakte an Bücher gelangt war, deren Lektüre vielen anderen aufgrund der Zensur verwehrt blieb.

Mit dem Lehrvertrag in den Händen war sie zum Ufer des Lister Ellenbogens gerannt, hatte den Kopf in den Nacken gelegt und ihre Freude laut herausgeschrien. Sie hatte den Strandkrabben, Watvögeln und Möwen von ihrem großen Glück erzählt, und wenn Klabautermann Bo da gewesen wäre, hätte sie ihn an den Händen gefasst und mit ihm ein Tänzchen im Sand gewagt, egal, wie streng der fliegende Händler roch.

Weit lieber wäre es ihr natürlich gewesen, mit Marten zu feiern, dass sie bald als Lehrmädchen in Westerland anfangen und ihm somit ein Stück weit näher sein würde. Denn von Westerland aus fuhr der Zug nach Friedrichstadt …

Doch dann war der Tag gekommen, an dem sie sich morgens unwohl gefühlt hatte und so gar nicht wie sie selbst.

Von diesem Tag an war alles anders geworden, doch Lene versuchte, das Zerplatzen ihres Traums, Buchhändlerin zu werden, ebenso tapfer zu ertragen wie den Kummer über den Verlust ihrer großen Liebe und die Sorge darum, was künftig mit ihrem Leben geschehen, wovon sie ihre Existenz bestreiten würde. Doch sie wusste um die bedingungslose Unterstützung ihrer Eltern, das Kind unter ihrem Herzen schenkte ihr Lebensmut, und sie hoffte insgeheim, dass es ein Mädchen werden würde, das sie Martje nennen wollte.

»Möchtest du etwas Heißes trinken?«, fragte Beeke.

Lene nickte und schaute ihrer Mutter dabei zu, wie sie eine

Kanne Tee aus selbst gepflückten Kräutern zubereitete, während Joona schwanzwedelnd jede ihrer Bewegungen verfolgte.

»Dieses Getränk ist nichts für Hunde«, sagte Lene und vergrub ihre Finger in Joonas flauschigem Fell. Die Berührung fühlte sich warm und tröstlich an und erinnerte sie an die Momente, die sie mit Joona und Marten zusammen am Meer verbracht hatte. An jene letzten Stunden, bevor ihr Geliebter zurück nach Friedrichstadt gereist war. Es verging kein Tag, keine Minute, keine Sekunde, ohne dass sie sich fragte, ob es Marten gut ging, was geschehen und wieso alles völlig anders gekommen war, als sie beide sich das erträumt hatten. Doch das Grübeln war sinnlos, denn es gab keinen Anhaltspunkt, keine Möglichkeit, Erkundungen einzuziehen, keinen Anker, an dem sie sich festhalten konnte, außer ihrer eigenen Stärke.

Beeke trug den Tee und frisch gebackene Friesenkekse nach nebenan in die Stuv, und Lene folgte ihr, voller Vorfreude auf das Gebäck, das es nur noch zu besonderen Anlässen gab. Ein kleines Stückchen Glück, für das sie dankbar war. Vor zwei Monaten hatte Konrad eine Milchkuh gekauft, die nun neben den Ponys Eeb und Flud auf der Koppel graste und sich dort wohlfühlte. Lene hatte das hübsche Tier mit dem schwarz-weiß gefleckten Fell sofort ins Herz geschlossen und Murmel getauft, weil es eine kugelförmige Blesse auf der ansonsten schwarzen Stirn trug. Nun lieferte Murmel zuverlässig Milch, die Beeke verarbeitete, weshalb es bei den Iwersens Kuchen oder Kekse mit echter Butter statt weniger wohlschmeckenden Ersatzes gab.

»Worüber möchtest du mit mir sprechen?«, fragte Lene, als Mutter und Tochter sich an den Tisch setzten. Konrad war an diesem Tag bei einem Treffen mit den anderen Eigentümern der Austernaufzuchtstation in List, so hatten die Frauen Gelegenheit, sich ungestört auszutauschen.

Beeke kam ohne Umschweife zur Sache, denn in ihren Augen galt es keine Zeit mehr zu verlieren. »Du weißt, dass wir in Niebüll entfernte Verwandte haben, nicht wahr?« Lene schenkte den Tee ein und fragte sich, worauf ihre Mutter hinauswollte. »Die Niebüller Iwersens sind befreundet mit den Pauls. Deren Sohn Friso wünscht sich eine Familie und könnte sich vorstellen, dich zur Frau zu nehmen. Er scheut harte Arbeit nicht, würde deinem Vater zur Hand gehen und sich zusätzlich nach einer Anstellung auf der Insel umsehen.«

»Gibt es denn keine passenden Frauen in Niebüll?«, erwiderte Lene und biss sich sogleich auf die Zunge. Sie hatte nicht vorgehabt, so barsch auf den Plan ihrer Mutter zu reagieren. Beeke hatte sie oft genug davor gewarnt, was es bedeutete, als Ledige ein Kind zu gebären und großzuziehen.

»Darum geht es nicht, und das weißt du auch. Die Zeit drängt, denn du kannst deine Schwangerschaft bald schon nicht mehr unter weiten Kleidern verstecken. Und auch wenn du dich überwiegend hier in der Einsamkeit aufhältst, so wird es doch Momente geben, in denen du unter Menschen bist. Zudem leben wir in unsicheren Zeiten, und sowohl dein Vater als auch ich wünschen uns, dass dein Kind in geordnete, sichere Verhältnisse geboren wird. Ich kenne Friso von früher, und da war er ein netter, anständiger Junge. Ich gehe davon aus, dass sich daran nichts geändert hat.«

Die Vorstellung, jemanden heiraten zu müssen, den sie weder kannte noch liebte, ängstigte Lene zutiefst, und ihr wurde übel, obgleich sie dieses Unwohlsein sonst nur in den frühen Morgenstunden verspürte. Doch weit mehr als das bekümmerte sie die Tatsache, dass durch die Schließung einer solchen Vernunftehe der Verlust der Liebe von Marten erst richtig greifbar und damit real wurde.

»Wie und wann soll das Kennenlernen denn stattfinden? Ich nehme an, so bald wie möglich.«

Beeke nickte und wärmte sich die kalten Hände an der heißen Teetasse. »Wir erwarten ihn in zwei Tagen, und er wohnt natürlich im Gästehaus.«

Das Gästehaus ...

Lene hatte seit Martens Abreise einen großen Bogen um das Holzhaus gemacht, in dem die Liebe ihres Lebens logiert und in dem sie beide gestohlene Zeit miteinander verbracht hatten. Nach ihm hatte keiner mehr dort gewohnt, weil immer weniger Sommerfrischler in die Abgeschiedenheit von Listland kamen. In den Monaten, in denen Marten ebenso plötzlich aus ihrem Leben verschwand, wie er gekommen war, hatte sich vieles verändert: Ihr Vater war fast ausnahmslos zu Hause, denn es gab kaum noch Fischerei-Aufträge für ihn und damit auch weniger Geld. Beeke spann noch mehr Wolle, die sie beim Scheren der Lister Schafe gewonnen hatte, und strickte ganze Nächte hindurch, denn sie verkaufte die wärmenden Unterkleider, Strümpfe, Socken und Mäntel als Auftragsarbeit auf der ganzen Insel. Der Winter nahte und damit eisige Kälte, und jeder versuchte, so gut es ging, sich vor Unbill aller Art zu schützen. Lene unterstützte ihre Mutter nach Kräften, und so saßen beide bis spät in die Nacht am Spinnrad in der Stuv, strickten, webten Schürzenbänder oder kämmten Wolle. Konrad las ihnen vor, oder die Familie hörte Musik vom Grammofon.

»Weiß Friso von meiner Schwangerschaft?«, fragte sie und konnte kaum glauben, was gerade geschah. Noch vor wenigen Wochen war Sommer gewesen. Sie war verliebt bis über beide Ohren, hatte ihr Glück hinausgeschrien, wenn keiner sie hörte. Sie hatte schwimmend die Wellen der Nordsee durchpflügt, gelacht, als ihr die salzige Gischt ins Gesicht spritzte, und dabei fröhlich gesungen, so sehr hatte sie das Leben und die Liebe genossen. Doch dann war der Brief nicht gekommen, auf den sie so sehnlich gewartet hatte. Und auch keine Einladung zu einer Verlobungsfeier in Friedrichstadt.

Lene hatte den glitzernden Ring an ihrem Finger gedreht und poliert, als sei der Brillant eine Art Kristallkugel, aus der man die Zukunft lesen konnte. Und schließlich hatte sie ihn in das hölzerne Kästchen zu Martens Haarlocke gelegt, den Silberschlüssel im Schloss umgedreht und die Kiste mit den hübschen Intarsien seitdem nicht mehr geöffnet.

»Natürlich weiß er davon«, erwiderte Beeke, und Lene schrak zusammen, als Joona plötzlich wie zustimmend bellte. »Die Aussicht auf ein anständiges Erbe tröstet ihn darüber hinweg, dass das Kind nicht sein eigenes Fleisch und Blut ist«, fuhr sie letztlich fort. Ihre Stimme wurde leiser und leiser und schließlich brüchig. »Ich möchte aber, dass du weißt, dass wir dich zu nichts zwingen. Dein Vater und ich wollen nur, dass du wohlbehütet und glücklich bist. Wenn du Friso nicht magst, dann finden wir eine andere Lösung. Wir Inselfrauen schaffen alles, was wir uns vornehmen, das weißt du doch.«

Lene dachte an die Sage von den tapferen Sylterinnen, die im Dreißigjährigen Krieg stark bewaffnete Schweden vertrieben hatten, indem sie sich in ihrer Sonntagstracht auf den Dünenkämmen verteilt, drohend Forken und Dreschflegel in die Luft gereckt und lautstark bedrohliche Lieder gesungen hatten. Sie dachte auch an Merret Lassen, die einst dem dänischen König furchtlos die Stirn geboten hatte. An die Hexen, die die Gestalt einer Meerjungfrau oder eines Schwans annehmen konnten, um Seeleute in die Irre zu führen.

»Dann freue ich mich darauf, die Bekanntschaft von Friso Pauls zu machen«, erwiderte sie und schenkte sich eine zweite Tasse Tee ein. »Und ich hoffe sehr, dass Bücher ihm etwas bedeuten.«

Darauf wusste Beeke nichts zu erwidern, und so saßen die beiden Frauen eine ganze Weile schweigend da. Jede von ihnen versunken in ihre eigene Gedankenwelt.

26

FRIEDRICHSTADT, GEGENWART

Anna

Friedrichstadt wurde 1621 von Herzog Friedrich III. von Schleswig-Holstein-Gottorf gegründet – und der Herzog hatte große Pläne: Er wollte den Ort zu einer bedeutenden Handelsstadt machen …

»Mama, alles okay mit dir?« Kathrins Frage unterbrach meine Lektüre eines Büchleins über die Holländerstadt, auch Klein-Amsterdam genannt. Das Buch beschrieb in drei Sprachen alles, was es Wichtiges darüber zu wissen gab.

»Alles bestens«, erwiderte ich und steckte das Buch in meine Handtasche. »Ich wollte mich nur kurz einstimmen, denn ich bin nun mal gern gut informiert, wie du weißt.«

Kathrin lachte leise und umrundete die Gracht auf der Suche nach einem Parkplatz, was einem kleinen Lotteriespiel glich. »Du weißt bestimmt mehr, als du glaubst, und ganz sicher auch mehr als ich, obwohl ich schon ein Weilchen hier wohne«, erwiderte sie und manövrierte das Auto schließlich in Richtung eines freien Platzes am Flussufer. »Steigst du bitte vorher aus, sonst kannst du die Beifahrertür nicht öffnen.«

Kurz darauf erklommen wir die steilen Stufen zum obersten Stockwerk eines imposanten Treppengiebelhauses, das an der weiß getünchten Fassade eine schmucke Hausmarke in Form einer Seerose trug.

»Viv freut sich schon auf dich und wird heute Abend für uns kochen. Eventuell kommt sogar Daniel dazu, aber bei dem weiß man nie so genau.«

»Ich würde euren Vermieter wirklich gern mal kennenlernen«, erwiderte ich und war ziemlich aus der Puste, als wir endlich oben angelangt waren.

Kathrin öffnete die quietschende Holztür zur Dachgeschosswohnung, sagte: »Hereinspaziert«, und trug meinen Koffer in das Zimmer ihrer Freundin Viv, die zwar heute mit uns essen, aber die kommenden Nächte bei ihrem neuen Freund verbringen würde. Hier drinnen war es angenehm warm, die dicken Mauern hatten die Sommersonne gespeichert, es duftete nach Holz, Backsteinwänden und auch ein wenig nach Staub, wenngleich es überall sauber war. Wohnungen unterm Dach verströmten nun mal ihren eigenen Geruch, und ich liebte ihn sehr.

»Ich muss schnell noch mal ein paar Mails checken und der Stoffhändlerin meine Bestellung durchgeben, aber danach bin ich ganz für dich da, Mama. Mach's dir hier schon mal gemütlich, oder komm in die Wohnküche, wie du magst.« Mit diesen Worten zog Kathrin sich zurück, und ich stellte mich ans Fenster, um auf die Treene zu schauen, die im weiteren Verlauf in die Eider mündete. Im Gegensatz zum unverstellten Blick im Listland standen auf der anderen Seite der Gracht ebenfalls Häuser. Die Holländer hatten Friedrichstadt nach ihrem heimatlichen Vorbild angelegt: Schnurgerade Straßen schnitten sich rechtwinklig mit anderen, das Zentrum bildete der charmante Marktplatz mit dem holprigen Kopfsteinpflaster, den hohen Linden, Hotels, Restaurants, Lädchen und der berühmten Marktpumpe mit dem Brunnenhäuschen.

Ich bestaunte die Rosen, die sich an den Spalieren neben den aufwendig gestalteten Türen entlangrankten und mit ihren roten

Blütenköpfen einen wunderschönen Kontrast zu den vorgeneigten Hausfassaden mit den Mauerankern bildeten. Ich konnte verstehen, dass Kathrin sich auf Anhieb in dieses zauberhafte Kleinod verliebt hatte, allerdings galt leider auch heute noch das, was schon den Gründer betrübt hatte: Friedrichstadt war nach wie vor kein bedeutender Handelsstandort. Klein-Amsterdam lockte zwar viele Touristen an, es gab noch lebendige Handwerkskultur und einen Tidehafen für Sport- und Freizeitschifffahrt, dennoch war es für die Bewohner nicht leicht, ihren Lebensunterhalt zu verdienen – und so auch für meine Tochter und ihre Freundin.

Viv hatte einen Teil ihres selbst gemachten Schmucks an der Wand aufgehängt, eine eindrucksvolle Präsentationsfläche und wichtiger Bestandteil ihres Instagram-Kanals. Vor lindgrünem Hintergrund funkelten Ohrringe, Halsketten, Armbänder, Ringe und Handyketten an antiken Haken, Zweigen oder Kleiderbügeln, und ich überlegte spontan, ob etwas davon Elisa gefallen könnte. Eine zarte Kette mit winzigen Vögeln als Anhänger würde gut zu den kurzen, blonden Haaren passen und ihren Schwanenhals unterstreichen. Es wäre schön, Elisa ein kleines Präsent für den Neuanfang in der Stadtbücherei und als Erinnerung an unsere gemeinsamen verrückten Tage im Listland und in Niebüll zu schenken, dachte ich ein wenig melancholisch. Als Fenjas Tochter mich heute Morgen zum Hafen in List gebracht hatte, standen mir Tränen in den Augen, weil ich nicht wusste, ob dies ein Abschied für immer werden würde – oder nur ein kurzes Intermezzo bis zum nächsten Wiedersehen.

Ich hatte ihr von der Bitte ihrer Mutter erzählt, während wir entlang der sonnenbeschienenen Dünen in Richtung Hafen gefahren waren, gefolgt von neugierigen Schafen, allen voran die süße Luzie, die Elisas Auto noch ein ganzes Weilchen hinterhergetrabt war.

»Hör auf dein Herz«, war alles, was Elisa zu Fenjas verrücktem Angebot sagte, und ich hatte während der Überfahrt nach Rømø gedacht: Anders kann es auch nicht funktionieren …

Listland und seine Geschichten erschienen mir einerseits meilenweit entfernt, andererseits wiederum so zum Greifen nah, als müsste ich nur über eine der Brücken spazieren oder mich in eines der Ruderboote setzen und wäre wieder auf der Insel. Aber ich wollte derzeit nicht über eine der Brücken spazieren, denn der Weg würde unweigerlich zu Eric führen und somit wehtun. Es kostete mich ohnehin sehr viel Kraft, nicht an ihn zu denken. Doch ich wollte die Zeit bei meiner Tochter nicht von Liebeskummer überschatten lassen, sondern sie genießen.

»Hey, Anna, schön, dich zu sehen.« Wie ein Wirbelsturm kam Kathrins Freundin Viv plötzlich in den Raum, und ich blickte in das hübsche Gesicht der jungen Frau, die gemeinsam mit meiner Tochter nach Friedrichstadt gegangen war, um dort ihr Glück zu versuchen. »Ich schenke dir die Kette, wenn sie dir gefällt«, sagte Viv. Ich protestierte, doch Viv ließ dies nicht gelten. Ihre roten Locken wippten fröhlich, Sommersprossen tanzten auf den Wangen, den Armen und den nackten Beinen. »Du hast so viel für uns getan, da ist es doch wohl das Mindeste, wenn ich dir diese kleine Kette schenke«, sagte sie und stellte sich vor ihre Dekowand, die Hände in die Hüften gestemmt. »Mal sehen, was könnte noch zu dir passen?«, murmelte sie, und ich wartete gespannt darauf, was sie wählen würde.

Ich trug äußerst selten Schmuck, denn es war mir zu viel Aufwand, Ketten und Ringe auf meine Kleidung abzustimmen. Die einzige Ausnahme bildete der Ring, den Christian mir anlässlich Kathrins Geburt geschenkt hatte. Ein kleiner Fisch zierte den schmalen, silbernen Reif, Christian hatte das Wort »Danke« und Kathrins Geburtsdatum eingravieren lassen. Meine Tochter war kurz nach Mitternacht des 20. Februar zur Welt gekommen und somit im Sternzeichen des Fisches geboren. Diesem Tierkreiszeichen sagte man nach, große Seelentiefe und Einfühlungsvermögen zu besitzen, anhänglich zu sein, aber dennoch nicht alles von sich preiszugeben. Das Motto der Fische lautete: »Mein Reich ist nicht von dieser Welt«, und dem konnte ich nur zustimmen, auch wenn Kathrin und ich ein enges Verhältnis hatten. Dennoch schien sie häufig meilenweit entfernt und traf Entscheidungen, die ich nicht immer nachvollziehen konnte.

Als ich einen Blick auf den Ring warf, flogen meine Gedanken wie durch den Aufwind einer Nordseeböe getragen zu dem Holzfisch in dem ausgehöhlten Buch, das wir auf dem Dachboden von Fenjas Haus gefunden hatten. Glaubte man den Astrologen, so symbolisierten die Fische als zwölftes Tierkreiszeichen den Anfang und das Ende.

»Was hältst du hiervon?«, fragte Viv und reichte mir ein filigranes Silberarmband, an dem eine Muschel hing. »Der Fisch auf deinem Ring harmoniert sicher toll mit der Herzmuschel, findest du nicht?« Ohne meine Antwort abzuwarten, nahm Viv meinen linken Arm und legte mir das Kettchen um, es passte perfekt und stand mir ausgesprochen gut. »Wie für dich gemacht«, befand sie und schenkte mir ein breites Lächeln, in dem ein gewisser Stolz lag. »Es wäre mir eine Ehre, wenn du es tragen würdest.«

»Dann kann ich wohl nicht anders, als anzunehmen«, erwiderte ich und umarmte Viv. Obwohl es wehtat, dachte ich in diesem Moment doch an Eric und an einen kleinen Jungen namens Matthis, den ich nicht kannte, der aber genauso zu seinem Vater gehörte wie Kathrin zu mir.

»So, und nun gehe ich mal in die Küche. Ich hoffe, du hast ordentlich Hunger.«

Ich nickte und folgte Viv, als sich die Eingangstür öffnete und ein junger Mann eintrat. Offensichtlich Daniel, der Besitzer der Wohnung und damit Vermieter von Kathrin und Viv, der ebenfalls hier wohnte. Ich schätzte ihn auf Ende zwanzig, er war groß, hatte rötlich blonde Haare und ein gewinnendes Lächeln. Auch sein Händedruck war angenehm, als er sich mir vorstellte.

»Wie schön, Sie endlich kennenzulernen«, sagte er. »Kathrin und Viv haben schon viel von Ihnen und Ihrem tollen Podcast erzählt. Ich hatte leider noch keine Zeit, hineinzuhören, aber das werde ich ganz bestimmt noch tun.«

Wir setzten uns beide an den großen, wackligen Tisch aus dunkelbraunem Holz, nachdem Daniel sich ein Bier aus dem Kühlschrank genommen und mir ein Glas Wasser gereicht hatte. Er trank aus der Flasche, streckte seine langen Beine aus und betrachtete mich so aufmerksam, als erwartete er, dass ich etwas Bestimmtes sagte.

»Womit beschäftigen Sie sich beruflich?«, fragte ich, weil ich vage im Kopf hatte, dass Daniel irgendetwas mit der Universität in Kiel oder Flensburg zu tun hatte.

»Zunächst einmal, ich bin Daniel«, erwiderte er, und wir prosteten einander zu. »Zurzeit gebe ich einige Seminare an der Uni Kiel, wo ich zuvor Geschichte und Politikwissenschaft studiert habe. Zudem veranstalte ich Stadtführungen in Friedrichstadt und organisiere manchmal kulturelle Veranstaltungen in der Synagoge.«

»In der Synagoge?«, fragte ich verwundert, weil ich bei meinen bisherigen Besuchen kein solches Gebäude gesehen hatte. Ich wusste lediglich, dass der Stadtgründer künftige Siedler nicht nur mit der Aussicht auf Privilegien in das spätere Friedrichstadt gelockt hatte, sondern auch mit der Zusage für die Ausübung von Religionsfreiheit. Die unter Denkmalschutz stehende Remonstrantenkirche galt bis heute als ein Symbol für die religiöse Vielfalt in der Stadt.

»Ganz genau.« Daniel nickte bekräftigend und wandte sich dann an Kathrin und Viv. »Kann ich euch bei irgendwas helfen?«

Viv reichte ihm ein Schneidebrett samt scharfem Messer, einer Knoblauchzehe und zwei Schalotten, und Daniel begann sofort, alles in kleine Würfel zu schneiden, während ich ihm dabei zusah und mir der Gedanke an die Synagoge nicht mehr aus dem Kopf ging. Im Koffer steckte Lene Iwersens Sammlung von Texten des jüdischen Sylter Heimatdichters Jens Emil Mungard, der nach seiner Inhaftierung im KZ Sachsenhausen ermordet worden war und vor dessen ehemaligem Wohnhaus in Keitum ein Stolperstein angebracht war. Während in der Küche lebhaft geplaudert wurde, zückte ich mein Smartphone und gab in der Suchmaschine die Stichwörter »Jüdische Symbole« und »Fisch« ein. Dieser galt nach jüdischer Tradition als Zeichen für Fruchtbarkeit und Glück …

27

FRIEDRICHSTADT, GEGENWART

Anna

Der Morgen in Friedrichstadt weckte mich mit einem sonnigen Kuss, der dem Albtraum, aus dem ich aufgeschreckt war, etwas von seiner Härte nahm. Viv hatte weder ein Rollo noch Vorhänge, und so schien die Sonne mit aller Kraft in das Zimmer, in dem ich eine äußerst unschöne Nacht verbracht hatte. Im Traum waren mir Bilder von Mungards Stolperstein, Erics Garten, Fenjas schwerem Gang die Treppe hinauf, dem Grabstein ihres Vaters, die Fotografie eines mir unbekannten, riesigen Hauses am Waldrand und eine von Großmutter Clara erschienen. All diese Impressionen hatten sich wie in einem Kaleidoskop vermischt, waren auseinandergestoben und hatten sich in immer wieder neuen Formationen zusammengesetzt. Wäre der Traum ein Film gewesen, hätte man ihn mit Musik untermalt, die sonst bei Noir-Krimis eingesetzt wurde, welche an Düsternis kaum zu überbieten waren.

Ich setzte mich auf und rieb mir die Augen in der Hoffnung, die bedrückenden Bilder schnellstmöglich aus meinem Kopf zu bekommen. Die Sonne ließ ihre Strahlen auf der hellen, mit Rosenmotiven verzierten Bettdecke tanzen und schien mir sagen zu wollen: »Hey, das war nur ein böser Traum, entspann dich.« Doch so schön es auch in Vivs Zimmer war und sosehr ich den vergangenen Abend mit ihr, meiner Tochter und Daniel genossen hatte, so sehr spürte ich eine Beklemmung, die zentnerschwer auf meiner Brust lastete.

Ich hatte in den Tagen seit meiner Ankunft auf der Insel häufiger an meine Großmutter und die Zeit bei ihr gedacht, weil mich im Listland vieles an sie erinnerte. Clara Riemann war 1931 in Tönning geboren, wo sie 2021 im Alter von stolzen neunzig Jahren verstorben war. Ich hatte sie sehr geliebt, wenngleich Clara eine strenge Frau gewesen war. Kathrin hatte sie hingegen als liebevolle, weichherzige *Oma* erleben dürfen, die in den späteren, milden Jahren ihr letztes Hemd für die Urenkelin gegeben hätte, deren Liebe für die Schneiderei sie teilte. Kathrin hatte ihr das jadegrüne Seidenkleid mit Samtbordüre in der Taille genäht, welches Clara anlässlich des runden Geburtstags trug, den unsere Familie in einem Restaurant am Hafen von Tönning gefeiert hatte. Mit neunzig war meine Großmutter immer noch eine beeindruckende Persönlichkeit gewesen, wenngleich sie im Alter geschrumpft war. Ihre pergamentartige Haut hatte sich an ihren dürren Körper geschmiegt, der an eine zarte Weidenrute erinnerte, die drohte zu zerbrechen. Clara hatte zeitlebens ein schwieriges Verhältnis zum Essen gehabt. Man musste sie meist dazu überreden, sonst hätte sie es vergessen. Die einzige Ausnahme bildeten Backwaren, die sie nicht nur leidenschaftlich gern aß, sondern auch zubereitete. Kathrin liebte ihre ausgebackenen Küchlein aus Äpfeln, die an den Ästen von Claras knorrigen Bäumen wuchsen. Oder Futjes mit Pflaumenmus, ebenfalls aus der Ernte meiner Großmutter, bei der ihr meine Mutter Lore, Kathrin oder ich zur Hand gingen. Bis zu ihrem fünfundachtzigsten Lebensjahr hatte Clara jedoch darauf bestanden, selbst zum höchsten Baumwipfel hinaufzusteigen und die reifen Früchte persönlich zu pflücken.

Wer auch immer danebenstand und die Leiter festhielt, schickte innerlich Stoßgebete zum Himmel, dass alles gut gehen möge. Den letzten Atemzug tat meine Großmutter drei Tage nach ihrem großen Geburtstag in ihrem gemütlichen, nach Äpfeln und Meer duftenden Bett. Eine Nachbarin hatte sie gefunden und gesagt, dass ein seliges Lächeln auf Claras Lippen gelegen hatte. Vielleicht war sie da schon ihrem Heinz im Himmel begegnet, der nicht mehr aus der Kriegsgefangenschaft zurückgekehrt war und seitdem auf der anderen Seite sehnsüchtig darauf wartete, sein Clärchen endlich wieder in die Arme zu schließen.

»Ich sollte mal wieder das Grab besuchen«, murmelte ich und beschloss, Tönning auf meine Reiseliste zu setzen. Seit dem Verkauf ihres alten Bauernhauses war ich nicht wieder dort gewesen, denn es war unserer Familie schwergefallen, von Clara, aber auch von dem großen Garten und dem Haubarg Abschied zu nehmen, der typisch für die Halbinsel Eiderstedt war. Nun diente er als Wochenenddomizil für eine wohlhabende Hamburger Familie, die über genug Geld verfügte, in Tönning wieder alles auf Vordermann zu bringen.

»Außerdem sollte ich schleunigst Kaffee trinken und duschen«, fuhr ich mit dem Selbstgespräch fort, weil plötzlich Eric wieder in meinem Kopf auftauchte und mich daran erinnerte, dass der Kummer sich nicht plötzlich in nichts aufgelöst hatte, nur weil ich versuchte, dieses Gefühl zu verdrängen. Ich nahm das Handy und hätte am liebsten geschrieben: *Denkst du noch an mich?* Oder: *Ich wünschte, du hättest mich nicht geküsst.* Doch ich unterließ es, schließlich war ich kein impulsiver Teenager, sondern eine erwachsene Frau, die zurzeit weitaus größere Probleme zu bewältigen hatte. Meine Verlegerin wartete auf ein Exposé und Probekapitel. Und Fenja auf meine Entscheidung hinsichtlich der von ihr gewünschten familiären Detektivarbeit. Da beides zusammenhing, würde es wohl noch eine Weile dauern, den Gordischen

Knoten zu lösen und zu einer Entscheidung zu gelangen, mit der ich leben und zu der ich stehen konnte.

Nachdem ich geduscht hatte, kochte ich mir einen Kaffee und füllte ihn in einen Thermosbecher, den ich stets auf Reisen dabeihatte. Ich wollte spazieren gehen, denn bis zum gemeinsamen Frühstück hatte ich noch über eine Stunde Zeit und wünschte mir einen klaren Kopf.

Als ich am Ufer der Treene stand und aufs Wasser schaute, wo Enten gemächlich ihre Runden zogen, war mir schon deutlich leichter ums Herz. Die Nachtgespenster hatten gegen den Charme des Örtchens kaum eine Chance und zogen sich zurück. Meine Schritte hallten auf dem Kopfsteinpflaster, eine grau-weiß getigerte Katze duckte sich unter einem parkenden Auto, als ich mich ihr näherte. Ich spazierte über den Marktplatz, die Brücke über der Gracht und vorbei an schnuckeligen Lädchen mit einladenden Waren in den hübsch dekorierten Schaufenstern zu der Buchhandlung Jan Stümpel am Fürstenburgwall. Vor der verschlossenen Tür des altehrwürdigen Buchladens stand eine steinerne Skulptur mit einem Stapel aus bunten Büchern, auf dem ein Rabe thronte. Wie zur Untermalung hörte ich die Rufe der zahllosen Krähen, die scharenweise in den Ästen der Bäume auf dem Marktplatz saßen und auch dort schliefen. Heute Nacht hatte ich im Halbschlaf ihr »Kraraaa« vernommen, das durch das geöffnete Fenster in Vivs Zimmer drang wie die unheimliche Melodie aus einem Gruselfilm.

Ich betrachtete die Auslage im Schaufenster und sah, dass ich einige der dort ausgestellten Romane kannte. *Als Großmutter im Regen tanzte* von Trude Teige und die Fortsetzung. *Die Rückkehr der Kraniche* von Romy Fölck, *Marschlande* von Jarka Kubsova und *Unter dem Moor* von Tanja Weber. Es schien, als beschäftigte sich die gesamte literarische Welt mit der Aufarbeitung von

Familiengeschichten, vergessenen Orten und der Auseinandersetzung mit dem wohl schwierigsten Verhältnis, das man zu jemandem haben konnte: dem zu sich selbst.

»Brauchst du Lesenachschub?«, fragte Daniel, der die Treppe hinaufkam, die zur Buchhandlung führte, und stellte sich neben mich. Er trug Sportkleidung, seine Stirn glänzte von einem leichten Schweißfilm, seine welligen Haare waren feucht.

»Eigentlich nicht«, erwiderte ich und drehte mich zu dem jungen Mann, mit dem ich mich gestern Abend lange über seine Tätigkeit als Stadtführer und über Literatur unterhalten hatte. »Aber man kann nie genug Bücher haben, nicht wahr?«

»Meine Worte«, erwiderte Daniel lächelnd und steckte einen Zettel in den Briefkasten neben der Eingangstür. »Und deshalb bestelle ich mir auch wieder einen neuen Schwung«, erklärte er. »Es ist einfach tröstlich zu wissen, dass Bücher wie Freunde sind und immer zur Stelle, wenn man sie braucht.«

Ich schmunzelte angesichts der Formulierung und trank einen Schluck heißen Kaffee aus meinem Becher.

»So, ich will dann mal wieder, sonst schaffe ich es nicht rechtzeitig zum Frühstück. Kathrin macht heute ihr legendäres Porridge, in dem ich mich wälzen könnte«, sagte Daniel, tippte sich kurz mit der Hand an die Stirn, sprintete die Treppe hinunter und lief dann an der Gracht entlang.

Ich hatte bereits gestern mit ihm vereinbart, dass ich gern mal an seiner Stadtführung über jüdische Geschichte in Friedrichstadt teilnehmen und mir auch die Fotoausstellung in der Synagoge anschauen würde, wenn es zeitlich bei uns beiden passte. Ich verweilte noch einen Moment vor der Buchauslage und sinnierte darüber, dass Daniel Kathrins Porridge als legendär bezeichnete, wohingegen ich gar nicht wusste, dass meine Tochter Haferbrei mochte. In unserer Familie standen alle mit Haferflocken auf

Kriegsfuß, weil schon Clara angewidert den Mund verzogen hatte, wenn irgendjemand ihr dergleichen anbot. Hafermilch bezeichnete sie ebenso als Werk des Teufels wie Sauce Hollandaise und konnte kaum glauben, dass Kuhmilch im Kaffee immer mehr verpönt war. Diese starke Aversion rührte von ihrem Aufenthalt in einem Kinderkurheim in St. Peter-Ording, in das ihre Eltern sie und ihren kleinen Bruder geschickt hatten, weil beide viel zu dünn waren und ständig kränkelten. Über diese Zeit kam Clara so gut wie nie ein Wort über die Lippen, außer dass sie sich regelmäßig übergeben hatte, als man sie zwang, Hafergrütze zu essen. Seitdem verabscheute unsere Familie kollektiv Hafer, stellvertretend für den Ekel, der Großmutter Clara seit dem zarten Alter von vierzehn Jahren befallen hatte, wenn sie nur das im Wind wogende Getreide zu Gesicht bekam – oder die Packungen im Supermarkt. *Und nun kochte Kathrin ihr legendäres Porridge?!* Punkt acht Uhr konnte ich mich davon überzeugen, dass Daniel recht gehabt hatte. Als ich die Tür mit dem Ersatzschlüssel meiner Tochter öffnete, roch es nach dem erwärmten Haferbrei, frischem Obst, Vanille und Zimt. Tröstlich warm und zugleich ekelerregend.

In mir blitzte erneut das Bild des Hauses am Waldrand aus meinem Albtraum auf, und ich bekam zittrige Knie.

»Guten Morgen, Mama«, begrüßte Kathrin mich fröhlich und gab mir einen Kuss auf die Wange, als ich mich neben sie stellte und ihr dabei zuschaute, wie sie den Brei umrührte. »Hast du gut geschlafen?«

Ich erwiderte: »Geht so«, und kämpfte gegen einen plötzlichen Würgereiz an. Meine Brust verengte sich, ich bekam kaum noch Luft, und mir brach der Schweiß aus, während sich auf einmal alles um mich drehte. Hatte ich gestern Abend etwas Schlechtes gegessen? Ich konnte die Frage »Werde ich krank?« nicht zu Ende denken, als ich mich auf einmal auf dem steinharten Küchenboden wiederfand und Kathrin einen spitzen Schrei ausstieß. Dann ging alles sehr schnell: Daniel war in diesem Augenblick vom Joggen zurückgekommen und trug mich gemeinsam mit Kathrin auf das Sofa unter dem Fenster der geräumigen Wohnküche. Ich befand mich in einem Niemandsland aus Nebel, flirrender Hitze, dem Geruch von Hafergrütze, dem Duft nach Vanille, der Kathrin bei ihrer Geburt umgeben hatte, und saß gemeinsam mit meiner Großmutter Clara unter dem Apfelbaum, dessen Stamm nach ihrem Tod ein Blitzschlag in zwei Hälften gespalten hatte. Dann beugte sich ein junger Mann über mich und sagte: »Ihr habt mich getötet, weil nicht mehr über mich gesprochen wird«, und wandte sich dann von mir ab. Er hinterließ eine Fußspur aus Schlick und Sand, als er sich hinkend in Richtung Wattenmeer schleppte. Algen hatten sich in seinen Haaren verfangen, es stank nach Verwesung und dem Abgrund am tiefen Meeresboden, wo all die Geheimnisse verrotteten wie gesunkene Schiffswracks.

28

LISTLAND, 1938

Lene

Mit dem späten Frühjahr war die Sonne nach Listland zurückgekehrt, ebenso wie die Wärme, der Duft nach Strandhafer, Flieder und Hoffnung. Frisch geborene Lämmer sprangen ausgelassen umher und begrüßten jeden neuen Tag mit fröhlichem Blöken. Lene saß in einem Schaukelstuhl auf der Terrasse vor dem Reetdachhaus, wiegte die kleine Martje in den Armen und sang leise: »Dat du min Leevsten bist …« Sie streichelte mit dem Finger vorsichtig die zarten Wangen des kleinen Wunders, das sie zwei Wochen zuvor mithilfe ihrer Mutter Beeke und einer kundigen Hebamme zur Welt gebracht hatte. Martje glückste zufrieden und schlief dann weiter.

»Du lächelst ja, meine Hübsche«, murmelte Lene und musste arg an sich halten, um nicht fortwährend das Flaumhaar ihrer Tochter zu streicheln, welches die Farbe der Blätter von silbrigem Strandwermut hatte und so weich war wie Joonas Fell. Der Hofhund saß hechelnd neben Mutter und Tochter und bewachte die beiden auf Schritt und Tritt.

Wird sie später Marten ähnlich sehen?, fragte Lene sich und schluckte bei dem Gedanken an ihren Geliebten schwer. Seit Friso Pauls und sie sich das Jawort gegeben hatten, trug Lene seinen Namen, obgleich sie weit lieber Behlau geheißen hätte. Doch es half nichts, über verschüttete Milch zu weinen, hätte ihre Großmutter gesagt, und so versagte Lene sich außer der tiefen Liebe zu Martje und ihren Eltern beinahe jede Gefühlsregung.

Genau wie jegliche Spekulation darüber, weshalb Marten spurlos verschwunden war und seine Briefe ungeöffnet an sie zurückkamen.

Friso war, wie Beeke vermutet hatte, ein anständiger Kerl und behandelte sie gut. Als er von Niebüll nach Listland gereist war, um sich ihr vorzustellen, hatte sie schnell der Vereinbarung zugestimmt, denn es gab kaum eine andere Wahl. Da sie schwanger war und das Kind eines anderen unter dem Herzen trug, hatte Friso nicht auf den Vollzug der Ehe nach der stillen Trauung in List bestanden und wohnte aus Respekt vor der werdenden Mutter im Gästehaus. Er ließ sich von Lenes Eltern in alle Belange von Haus und Hof, der Fischerei, des Lenkens des Pferdefuhrwerks, auch der Schafschur und des Melkens von Kuh Murmel einweisen. Friso war recht wortkarg, doch das kam Lene zupass. Alles in allem hätte sie es schlechter treffen können. Die kleine Martje und die gestohlenen Momente, in denen sie lesen konnte, waren ihr ganzes Glück. Zudem war sie zutiefst erfüllt von Dankbarkeit, denn hier im Listland konnte man die Angst, die alle in Atem hielt, seit die Nationalsozialisten ihre Pläne zur Erlangung der Weltmacht mit Härte vorantrieben, weitgehend verdrängen, denn sie schienen in dieser Umgebung geradezu surreal.

Lene liebte das bedächtige Schaukeln in dem Stuhl, in dem schon Beeke und alle Vorfahrinnen ihre Kinder gewiegt und gestillt hatten, wenn sonst niemand zugegen war. Das in der Sonne glitzernde Meer, der hohe, grenzenlose Himmel über ihr, die frische Seeluft und der Gesang der Zwergseeschwalben waren die Zutaten des Garns, aus dem Lene einen Kokon für ihre kleine Tochter weben wollte, der sie ihr ganzes Leben lang beschützen sollte.

Denn wer mit solchen Geschenken der Natur geboren wurde, davon war Lene felsenfest überzeugt, dem wurde eine äußerst kostbare Mitgift zuteil. Und der war gewappnet für alles, was da kommen mochte.

Nachdem Martje kurz aufgewacht und dann wieder eingeschlafen war, stand Lene auf, um die Tochter zu windeln. Konrad hatte einen Wickeltisch in Lenes Zimmer aufgestellt, in dem nun auch die Wiege stand, in der die kleinen Kinder der Familie seit Generationen schliefen. Lene betrat den Raum, durch dessen weiße Sprossenfenster nach dem langen, dunklen Winter endlich die Sonne hineinschien, und war überrascht, Friso darin vorzufinden. Er betrachtete eingehend das Regal in Lenes Alkoven, wo nach wie vor besondere Bücher standen, die mit Intarsien besetzte Holzkiste und ihre Sammlung von Broschen, Haarspangen und Schürzenbändern. Lenes Herz pochte, als sie dies sah, und sie war froh, dass sie die Briefe an Marten an einem anderen Ort aufbewahrte. Offensichtlich musste sie künftig vorsichtiger sein, denn sie wollte nicht, dass Friso ihre sehnsuchtsvollen Zeilen an den Mann las, der ihr das Herz gestohlen hatte.

»Was hast du mit Friedrichstadt zu schaffen?«, fragte Friso, der eine Postkarte in der Hand hielt und eine so ernste Miene zur Schau trug, wie Lene sie bislang noch nicht bei ihm gesehen hatte. Sie hätte am liebsten gefragt: »Was hast du in meinem Zimmer zu suchen?« Doch sie unterließ es, weil sie keine Kraft für eine Auseinandersetzung hatte. Die Nächte waren seit Martjes Geburt kurz und wurden fortwährend unterbrochen, weil sie die Tochter stillte, in den Schlaf wiegte oder ihr das kleine Bäuchlein massierte, wenn Martje zu hastig getrunken hatte.

»Nichts weiter«, entgegnete sie daher und verspürte großes Unbehagen, weil sich der Raum plötzlich merklich verengte und die Luft so stickig war, dass es ihr den Atem raubte.

»Und wieso bist du dann im Besitz einer solchen Karte?« Auch Frisos Tonfall war neu: fordernd, etwas lauter als sonst und hörbar getragen von der Ansicht, er habe als Lenes Ehemann ein Recht auf Antwort.

Lene kam ins Schlingern, die kleine Martje erwachte in ihren Armen und begann zu weinen. Joona bellte und stellte seine Rute steil auf, ein Zeichen dafür, dass er angespannt auf die Zwischentöne reagierte, die sich zwischen seinem Frauchen und Friso eingeschlichen hatten.

»Ich habe sie in der Buchhandlung in Westerland gekauft. Mir gefällt das Bild vom Rudern auf der Gracht, weil ich es mir schön vorstelle, unter den Brücken hindurchzufahren.«

Und weil ich mich beim Betrachten Marten nahe fühle ...

Friso starrte sie eine Weile an, sein Blick war kaum zu deuten. Zum ersten Mal kam Lene die Bezeichnung »stahlblau« in den Sinn, wenn sie Frisos Augenfarbe hätte beschreiben sollen. Hart wie Stahl. Eisblau. Irgendwie unheimlich.

»Weiter hat das also nichts zu bedeuten?«, fragte er und erinnerte sie auf einmal an den strengen Mathematiklehrer in der Schule am Lister Landwehrdeich. Doch sie hatte keine Angst, denn im Gegensatz zu früher wusste sie sehr wohl, wer sie war und was sie konnte. Und auch, wie sie sich wehrte, wenn es nötig sein sollte. Mit mutiger Entschlossenheit, Dreschflegeln, Forken, Selbstbewusstsein und Furchtlosigkeit, wie die Sylterinnen, die einst kampflustige Schweden in die Flucht geschlagen hatten.

»Wenn ich es dir doch sage. Und nun entschuldige mich bitte, die Kleine braucht frische Windeln.«

Friso verließ das Zimmer ohne eine weitere Bemerkung, jedoch auch ohne einen Blick auf Martje zu werfen, die nun wie am Spieß brüllte. Bislang hatte er kaum Interesse an dem Kind gezeigt, was Lene ihm nicht verübelte. Außerdem war das auch gut so, denn Martjes Vater war nun mal ein feiner, wunderbarer Mensch, ein Mann, der sein Leben den Büchern verschrieben hatte. Friso hingegen hatte nichts für die schönen Künste übrig, er las lediglich die Tageszeitung oder Fachbücher über Ackerbau, Fischfang und Viehzucht. Martje war *ihr* Kind und nicht das eines Fremden, der nur durch eine Laune des Schicksals Teil ihres Lebens geworden war. Den Eltern gegenüber würde sie den unschönen Vorfall unerwähnt lassen, genau wie die Tatsache, dass Friso in ihren persönlichen Sachen herumgeschnüffelt hatte. Konrad war ohnehin besorgt wegen der politischen Lage und befürchtete Krieg. Beeke hatte alle Hände voll damit zu tun, zu stricken, den Hof in Ordnung zu halten und sich um die Lämmer zu kümmern, die gerade geboren worden waren. Friso arbeitete nämlich mittlerweile beim Bau der Kasernen, Bunker, des Flughafens und anderer militärischer Einrichtungen in List und kam manchmal tagelang nicht nach Hause. Nun hoffte Lene, dass er bald wieder seiner Arbeit nachgehen musste und erneut eine Weile fortblieb. Sein Tonfall hatte ihr einen Schrecken eingejagt, das spürte sie sehr deutlich, als es ihr endlich gelungen war, die weinende Martje durch Singen und das Wiegen in ihren Armen zu beruhigen.

In dem Moment, als Martje endlich eingeschlafen war und Lene sie vorsichtig in die Wiege gelegt hatte, kam Friso erneut ins Zimmer. Seine Wangen waren gerötet, und er sah aus, als hätte er sich gerade furchtbar geärgert.

»Verkehrst du etwa bei *Sölring Boker* und kaufst dort verbotene Bücher?«, fragte er in einem Tonfall, der Lene einen Schauer über den Rücken jagte. Doch dann erwachte augenblicklich Trotz in ihr: Sie hatte sich schon als junges Mädchen geschworen, sich durch nichts und von niemandem ihre Liebe zum Lesen nehmen zu lassen, und würde es auch jetzt nicht zulassen, dass man sich ihrer Passion in den Weg stellte. Deshalb reckte sie trotzig das

Kinn und sagte: »Ja, das tue ich. Und wäre ich nicht schwanger geworden, hätte ich dort eine Lehre als Buchhändlerin begonnen. Sobald ich mit der Kutsche fahren kann, möchte ich dort Bilderbücher für die kleine Martje kaufen.«

Frisos Augen funkelten vor Zorn und hatten gleichzeitig die Farbe von Gletscherwasser, als er sagte: »Ich verbiete dir ab sofort, auch nur in die Nähe der Buchhandlung zu kommen, die von dreckigen Juden betrieben wird.«

Als Lene daraufhin nichts erwiderte, weil sie starr vor Schreck war, kam Friso so dicht an sie heran, wie er es noch nie zuvor getan hatte, und sagte: »Haben wir uns verstanden?«

Lene war so perplex, dass sich ihre Augen mit Tränen füllten. Doch sie weigerte sich, »Ja« zu sagen oder auch nur zu nicken, und fuhr zusammen, als Friso türknallend den Raum verließ und Martje erneut zu weinen begann.

29

FRIEDRICHSTADT, GEGENWART

Anna

Geht's dir wieder besser, Mama?« In Kathrins Augen stand Besorgnis, als sie meine Stirn streichelte. Ich fühlte mich so benommen, als hätte ich hohes Fieber, und konnte noch immer nicht glauben, dass die Notärztin meinen Zustand als Folgeerscheinung einer Panikattacke bezeichnet hatte.

»Ein bisschen, mein Kätzchen, mach dir bitte keine Gedanken, in einer halben Stunde bin ich wieder fit wie ein Turnschuh.«

Daniel und Kathrin wechselten bedeutungsvolle Blicke, sodass ich mich fühlte wie auf einem emotionalen Präsentierteller. »Ich bleibe einfach noch ein Weilchen hier liegen, trinke Tee und ruhe mich aus.«

Und danach rufe ich meine Mutter an, denn ich habe Fragen ...

»Kann ich dich denn jetzt wirklich allein lassen? Ich müsste eigentlich in den Laden, aber wenn du meine Hilfe brauchst, gebe ich Viv Bescheid, dass sie mich vertreten soll.«

Ich konnte den Zwiespalt, in dem sich meine Tochter befand, beinahe körperlich spüren, setzte mich deshalb kerzengerade auf und zwang mich zu einem scheinbar unbeschwerten Lächeln, während ein Foto von Großmutter Clara vor meinem inneren Auge tanzte und schließlich in zwei Hälften zerfiel.

»Kein Problem«, erwiderte ich. »Geh ruhig in den Laden, ich kann dich ja anrufen, sollte ich irgendetwas brauchen, wovon ich allerdings nicht ausgehe. Und du, Daniel, solltest jetzt zur Uni fahren, Kiel liegt ja nicht gerade um die Ecke. Danke für eure Hilfe, aber ich komme wunderbar allein zurecht.«

Nachdem beide sich verabschiedet hatten, saß ich eine ganze Weile auf dem Sofa, starrte geradeaus und versuchte, meinen unregelmäßigen Atem unter Kontrolle zu bekommen. Die Ärztin hatte mir ein leichtes Beruhigungsmittel gegeben, das bereits zu wirken begann und meinen Herzschlag wieder in den Takt brachte. Ihre Frage »Stehen Sie gerade unter Druck oder emotionalem Stress?« hatte ich wahrheitsgemäß mit »Ja« beantwortet. Doch so ein Zustand war nicht neu für mich, weshalb reagierte ich also diesmal derart heftig? Und warum ausgerechnet hier in Friedrichstadt, wo ich mich wohlfühlte und das Zusammensein mit Kathrin genoss? Und was hatten die Fotografien und die plötzliche Erinnerung an Clara zu bedeuten?

Als ich mich einigermaßen gefangen hatte, wählte ich die Nummer meiner Mutter Lore, die meinen Anruf gut gelaunt entgegennahm.

»Wie ist es in Friedrichstadt, mein Liebling?«, fragte sie, weil ich ihr am Vorabend ein Bild von Kathrin, Viv und mir geschickt hatte, das Daniel geknipst hatte.

Ich stieg zunächst auf den Small Talk ein, erzählte ein bisschen von Listland und von meinem Zusammensein mit Kathrins Mitbewohnern. Lore plauderte über die Toskana, Ausflüge nach Pisa und Siena und eine Weinverkostung mit Freunden. Es fiel mir schwer, eine Überleitung zu dem Thema zu finden, das uns allen immer noch wehtat. Doch es musste sein, auch wenn ich meiner Mutter damit wahrscheinlich den Tag verdarb.

»Ich träume zurzeit immer wieder mal von Oma Clara«, hob ich an und spürte, wie sich erneut ein schweres Gewicht auf meine Brust legte. »Zudem habe ich ständig Bilder vor Augen, die ich nicht zuordnen kann, und würde gern wissen, ob du mir etwas dazu sagen kannst. Ich sehe immer wieder die Fotografie von einem großen Haus am Waldrand und das Bild eines kleinen Jungen an der Hand von Oma. Weißt du, was das bedeuten könnte?«

Im Nu war der sonst so fröhlich sprudelnde Redefluss meiner Mutter versiegt, und es dauerte eine ganze Weile, bis sie antwortete. »Der kleine Junge ist wahrscheinlich mein Onkel, der leider früh verstorben ist, und das Haus das Kinderkurheim in St. Peter-Ording, in das Clara und Hans nach dem Krieg geschickt wurden, um dort aufgepäppelt zu werden. Du weißt doch, wie schwer sich deine Großmutter immer mit dem Essen getan hat und wie dünn sie zeitlebens war. Vielleicht hast du die Aufnahmen mal beim Durchblättern eines Fotoalbums gesehen, obwohl ich mich wundere, dass Clara sie aufgehoben hat. Dieser Ort birgt nichts als traurige Erinnerungen, über die sie so gut wie nie gesprochen hat. Du hattest als Kind regelmäßig Albträume, in denen die Äste von Kiefern und Tannen nach dir griffen und dich würgten.«

»Was ist mit Hans passiert?«, fragte ich, weil ich bis zu diesem Moment jegliche Erinnerung daran verdrängt hatte, dass ich einen Großonkel gehabt hatte. Oder hatte ich am Ende gar nichts von seiner Existenz gewusst? Ich war mir gerade nicht sicher. Genau wie ich mich nicht an die wiederkehrenden Albträume aus meiner Kindheit erinnerte.

Es dauerte erneut eine Weile, bis meine Mutter mit leiser Stimme sagte: »Er ist im Watt ertrunken, und bis heute weiß keiner, wie das passieren konnte. Ich glaube, dass sich deine Großmutter zeitlebens die Schuld an diesem Unglück gegeben hat, auch wenn ich mir beim besten Willen nicht vorstellen kann, dass sie etwas mit seinem Tod zu tun hatte, denn sie liebte ihn geradezu abgöttisch. Aber genau aus diesem Grund war Hans bei uns immer ein Tabuthema, und ich wollte Clara keinen Schmerz zufügen, indem ich in der Vergangenheit herumstocherte, die sie so streng unter Verschluss hielt.«

Da war sie wieder, die unheilvolle Verflechtung von Verdrängung, Schweigen und Schuld.

Auch in meiner eigenen Familie ...

Meine Gedanken flogen augenblicklich zu Fenja und Elisa nach Listland, und nun konnte ich besser nachvollziehen, wie sehr es Fenja, ausgelöst durch die Bitte Jaspers und seinen Tod, ein Bedürfnis sein musste, im Alter von fünfundachtzig Jahren zu versuchen, Dinge zu bereinigen, ehe es womöglich eines Tages zu spät war. Wenn ich konnte, würde ich ihr sehr gern dabei helfen.

»Gab es denn irgendeinen Auslöser für deine Träume?«, fragte Lore, die sich immer schon gern mit Psychologie beschäftigt hatte. Bis zu ihrer Pensionierung hatte sie einen Kindergarten geleitet und war sowohl bei den Kindern als auch bei den Eltern äußerst beliebt gewesen, nicht zuletzt dank ihrer klugen Einfühlsamkeit.

Ich erzählte von Kathrins Porridge und von den fatalen Folgen, die der bloße Anblick und der Geruch des Haferbreis bei mir ausgelöst hatten.

»Das Geruchsgedächtnis des Menschen ist intensiv und lang anhaltend«, erwiderte Lore. »Denk nur an Marcel Prousts Erinnerung an seine weit zurückliegende Kindheit, die der Duft von Madeleines bei ihm ausgelöst hat. Claras Aversion gegen Hafer ist legendär und hat das Essverhalten unserer Familie nachhaltig geprägt. In deinem Fall scheint Porridge etwas in dir auszulösen, was du lange verdrängt hast, ob nun bewusst oder unbewusst. Was bedrückt dich momentan so sehr? Die olle Hafergrütze allein kann es ja nicht gewesen sein.«

Es tat gut, mit meiner Mutter zu sprechen und mich ihr so nahe zu fühlen, als lägen zwischen der Toskana und Nordfriesland nicht über tausend Kilometer. Und so erzählte ich von meinem beruflichen Dilemma, dem damit verbundenen Zwiespalt dem Verlag gegenüber und auch von der ungewöhnlichen Bitte, die Fenja an mich herangetragen hatte. Eric ließ ich allerdings unerwähnt.

»Hättest du denn Lust, der alten Dame zu helfen, und traust du dir das emotional zu? Immerhin weißt du nicht, was dich erwartet, wenn du erst einmal anfängst, tiefer zu graben. Die Geschichte von zwei Schwestern, die als Kinder getrennt wurden, weil die Mutter eine von ihnen verstoßen hat, ist äußerst grausam«, sagte meine Mutter, die schon immer eine gute Zuhörerin gewesen war und die richtigen Fragen stellte. »Versteh mich bitte nicht falsch. Fenja Lorenzen kann sich für dieses Unterfangen tatsächlich kaum eine bessere Unterstützung wünschen als dich. Aber ich möchte dich davor bewahren, dass du dich in eine Situation begibst, die dir nicht guttut. Solche traurigen Geschichten hinterlassen immer Spuren, und ich weiß, dass du dich nicht so gut abgrenzen kannst, wie es im Idealfall sein müsste.«

Ich erwiderte, dass ich mir dessen durchaus bewusst war, aber im Augenblick das Gefühl hatte, gar keine andere Wahl zu haben, als Fenja meine Hilfe zuzusichern.

»Lässt dein Kontostand es zu, wenn du das Verlagsprojekt vorerst in den Wind schießt und eine kleine Pause einlegst?«, wollte Lore wissen, und genau dieser Frage war ich heute Nacht nachgegangen, als ich lange wach gelegen und schließlich online meine finanzielle Situation überprüft hatte.

»Es wäre hart an der Grenze, aber machbar«, gab ich zurück und spürte, wie mit dem Aussprechen dieses Satzes ein Teil des Drucks nachließ.

»Dann tu, was dein Herz dir rät«, erwiderte Lore. »Du kannst immer auf mich zählen. Aber das weißt du ja.«

Ich bedankte mich, gerührt von der unverbrüchlichen Liebe

meiner Mutter, schickte einen Kuss durch die Telefonleitung nach Italien, atmete einen Moment tief durch und wählte dann die Nummer meiner Verlegerin. Meine Stimme zitterte noch nicht einmal, als ich ihr mit knappen Worten sagte, dass ich das Buchprojekt mit Fenja Lorenzen derzeit aus persönlichen Gründen nicht umsetzen konnte und noch nicht wusste, wie es mit der geplanten Reihe weiterging – und ob überhaupt.

Frau Dr. Christiansen klang alles andere als begeistert, aber sie entgegnete dennoch höflich: »Melden Sie sich, sollte sich etwas an der Situation ändern oder wenn Sie einfach mehr Zeit brauchen. Wir schätzen Sie als Autorin, glauben an Ihre Idee und würden Sie ungern verlieren.«

Die Last auf meiner Brust wurde weniger, jetzt galt es nur noch einen einzigen Anruf zu tätigen. Fenja Lorenzen stieß einen Seufzer der Erleichterung aus, als ich ihr meine Entscheidung mitteilte und sagte, dass ich morgen zurück nach Listland kommen würde. Nun konnte ich wieder frei atmen, und der Nebel in meinem Kopf lichtete sich merklich.

Nur der Gedanke daran, Eric wiederzusehen, war ein kleiner Stachel. Doch ich würde lernen, mit diesem Schmerz umzugehen, denn ich wollte jetzt nur noch eins: das Familiengeheimnis der Lorenzens entschlüsseln in der Hoffnung, Elisa und Fenja zu dem emotionalen Frieden zu verhelfen, den beide mehr als verdient hatten.

Meine Großmutter Clara hätte mir sicher beigepflichtet, und ich sah sie im Geiste aufmunternd lächeln, eng umschlungen von ihrem Mann und ihrem Bruder, die an beiden Seiten neben ihr saßen. Wenn schon ihre Geschichte für immer ein Rätsel bleiben würde, dann sollte es Fenja nicht ebenso ergehen.

Das Haus
am Ende der Welt

Das alte Reetdachhaus wurde Zeuge eines Verlaufs der Geschichte, den niemand erahnt hätte.

Großes Leid ereilte Nordfriesland und die Insel. Mütter, Töchter und Ehefrauen bangten um ihre Männer, Söhne und Väter, die in den Krieg gezogen waren, den sie selbst nicht gewollt hatten. Auch im Listland vermissten Beeke und Lene bereits Konrad Iwersen, der ihnen eine Woche zuvor Lebewohl gesagt und »seine Frauen« ein letztes Mal fest an sich gedrückt hatte. Die kleine Martje hatte fröhlich gekräht und gelacht, als Konrad sie in die Luft geworfen und dann wieder aufgefangen hatte. Dann war er gegangen, und keiner wusste, ob sie einander je wiedersehen würden. Doch niemand sprach über den Schmerz, über die große Lücke, welche die Abwesenheit von Konrad hinterließ. Auch nicht über die Ängste und Nöte, die schier unerträgliche Ungewissheit, denn sie wären dadurch noch größer und bedrohlicher geworden. Die Dinge würden kommen, wie sie kommen sollten, und nichts und niemand konnte daran etwas ändern. Der Glaube an die eigene Stärke und an Gott half. Aber vor allem die Erkenntnis, dass alles, was geschah, Schicksal war und man gut daran tat, dieses Schicksal anzunehmen und sich an den schönen Augenblicken zu erfreuen, die es natürlich auch gab und die sowohl Trost als auch Kraft spendeten. Man schrieb das Jahr 1940, und das Reetdach ächzte erneut unter Unwettern, Hitze, Kälte, Regen und Sturm. Doch es gab sehr viele lichte, gar helle Momente, denn nun erfüllte das fröhliche Glucksen eines zweiten Mädchens das Herzstück des Hauses, die Stuv.

Die kleine Martje hielt den Neuankömmling, der nun in der Wiege nahe der wärmenden Küchenhexe lag, anfangs für eine Puppe, bis die Puppe weinte, wenn sie aus dem Schlaf erwachte, oder lachte, wenn Martje das Schwesterchen an der Sohle der samtweichen Füßchen kitzelte. Fenja war, genau wie Martje, ein kleiner Sonnenschein, der selbst dem trübsten Tag ein Lächeln ins Gesicht zauberte. Das Reetdach beschützte die junge Familie, die nunmehr nur noch aus Frauen bestand, bis auf die Tage, an denen Fenjas Vater Friso bei der Familie war, wenn seine Tätigkeit für das Militär in List dies erlaubte.

Die Frauen wussten ihre Herzensheimat sehr zu schätzen.

Denn in unsicheren Zeiten war Geborgenheit das Wertvollste und Beste, was ein Haus zu geben hatte, egal, was in seinem Inneren geschehen mochte.

30

LISTLAND, 1941

Lene

Lene und die Mädchen verbrachten den Nachmittag am Ellenbogen, wo die schäumende Brandung und das Wattenmeer sich vereinten, und bohrten die Zehen in den warmen Sand. Martje konnte schon längst laufen, und Lene hatte alle Hände voll damit zu tun, den kleinen Wirbelwind wieder einzufangen, wenn Martje einer Strandkrabbe hinterherjagte, einem verirrten Schaf auf den Dünenkamm folgte oder ins Wasser lief, weil sie so gern in den Wellen planschte. Fenja hatte vor einigen Wochen ihren ersten Geburtstag gefeiert und war von eher ruhigem Naturell. Sie krabbelte bislang nur oder stand kurz auf wackligen Beinchen und war am glücklichsten, wenn sie auf dem Schoß der Mutter oder Großmutter dabei zuschaute, wie die Frauen Seiten um Seiten eines Bilderbuchs umblätterten.

An diesem strahlend schönen Sommertag saß Fenja auf einer Decke, die Beeke für ihre Enkelin aus Schafwolle gewebt hatte. Sie steckte abwechselnd ihre kleinen Händchen in den Mund, der aussah, als sei er nur fürs Küssen gemacht. Dann versuchte sie es mit den Füßen, plumpste dabei jedoch zur Seite. Sie hatte niedliche Löckchen und die blauen Augen ihres Vaters Friso, der seine Tochter heiß und innig liebte und froh darüber war, dass er wegen eines Beinleidens durch einen Unfall am Bau nicht eingezogen werden konnte, stattdessen vom Schreibtisch aus für die Verwaltung im Ortskern von List arbeitete und immer wieder längere Zeit im Listland verbringen konnte, um dort nach dem Rechten zu sehen. Dann verbrachte er so viel Zeit wie möglich mit seinem Herzblatt, wie er Fenja nannte, und gelegentlich auch mit beiden Kindern gemeinsam. Dennoch wahrte er eine gewisse Distanz zu Martje, die dies jedoch nicht weiter zu kümmern schien, schließlich brachten Lene und Beeke ihr alle Liebe entgegen, die sich ein kleines Mädchen nur wünschen konnte. Zudem war Listland ein einziger großer Abenteuerspielplatz: Es gab Hühner, Lämmer, Kuh Murmel und seit Kurzem ein Kätzchen namens Milchpfötchen, das ihnen zugelaufen war. Und natürlich die Ponys Eeb und Flud, die es ihr ganz besonders angetan hatten. Erst neulich hatte Lene sie in den Kindersattel gesetzt und Eeb am Halfter über die Koppel geführt. Beeke hatte das Pony von der anderen Seite flankiert und Martjes Rücken gehalten, damit diese nicht hinunterfallen konnte, obwohl Eeb mittlerweile eine ältere Dame war und nur noch gemächlichen Schrittes ging. Nach Martjes Geschmack hätte das Pony durchaus in flotten Trab verfallen können, das merkte man deutlich. Martje rief: »Hüa«, und drückte die kurzen Beinchen gegen den Bauch des Ponys, das jedoch unbeirrt weitertrottete und sich auch nicht daran störte, dass Martje ihr manchmal zu fest in die Mähne griff, wenn Beeke und Lene es nicht bemerkten. Und dann waren da auch noch die Dünen, die Pflanzen der Salzwiesen, die Vögel, Fische und Muscheln. Und all die Geheimnisse, welche die Nordsee barg ...

Während Martje mit nackten Füßen in einem flachen Priel herumpatschte, saßen Lene und Fenja dicht daneben. Lene hatte gerade das Bilderbuch zusammengeklappt, und nun richtete sich die Aufmerksamkeit der kleinen Fenja auf das lächelnde Gesicht, welches die Halme der Strandquecken in den Puderzuckersand zeichneten. Sie malte mit den Patschehändchen ebenfalls etwas in die feinen Sandkörner, schenkte Lene einen Blick, der ihr Mutterherz zum Schmelzen brachte, und deutete dann in Richtung ihrer Schwester.

Bislang war Fenja wasserscheu gewesen und weinte, sobald Lene versuchte, sie mit einem Waschlappen zu säubern, oder sie einmal die Woche in den Badezuber setzte, der in der Küche neben dem Herd stand und den Beeke zuvor mit warmem Wasser gefüllt hatte. Fenja mochte weder den Duft der Kernseife noch die orangefarbene Boje, die Friso ihr vom Lister Hafen mitgebracht hatte, damit seine Tochter im Zuber damit spielen konnte. Doch an diesem Tag schien die Kleine beschlossen zu haben, das Wattenmeer mit all seinen Wundern für sich entdecken zu wollen, was Lene ganz besonders freute. Also nahm sie Fenja auf den Arm, watete ins Wasser und stellte sich neben Martje, die gerade versuchte, mit der bloßen Hand Fische zu fangen. Weil Fenja mit großen, runden Augen auf das grünlich glitzernde Wasser schaute, ließ Lene sie vorsichtig herab und tauchte zunächst Fenjas Füße in die Nordsee, die an dieser Stelle recht warm war. Das erwartete Gebrüll blieb aus, stattdessen planschte Fenja so wild umher, dass Lene sie schließlich auf den Wattboden stellte, sich bückte und den zarten Körper des Mädchens umarmte, um es sofort aufzufangen, falls es hinfiel. Martje sah nun auch, dass ihr Schwesterchen mutig geworden war, nahm es an die Hand, und plötzlich ging Fenja. Lene traute ihren Augen kaum und konnte es nicht erwarten, ihrer Mutter davon zu berichten, dass Fenja an der Hand von Martje den Mut gefunden hatte, ihre ersten eigenen Schritte zu tun.

In diesem Moment plumpste Fenja auf den Po, Martje half ihr auf, und schon ging das Üben munter und unverdrossen weiter.

Dieser Augenblick war so zauberhaft, dass Lene ihn gern für immer konserviert hätte. Die Liebe der Mädchen zueinander war zutiefst anrührend und Lene glücklich darüber, dass zwei Kinder von verschiedenen Vätern und gänzlich unterschiedlichem Charakter sich so zugetan waren, als seien sie von jeher dafür bestimmt, die Schwester der jeweils anderen zu sein.

Am Abend dieses denkwürdigen Tages überlegte Lene, ob sie etwas anderes mit Büchern machen konnte, außer selbst zu lesen, mit Beeke über Literatur zu sprechen oder bei ihren Mädchen Interesse an Büchern zu wecken.

Martje tobte lieber umher, ihr fehlte die Geduld, sich länger auf etwas zu konzentrieren, aber das würde sich vielleicht ändern, wenn sie älter wurde oder sich Zeit nahm, die Illustrationen der Bilderbücher länger zu betrachten als nur eine Sekunde. Die einzige Kinderbuchfigur, die Martjes Aufmerksamkeit fesseln konnte, war Nis Puk, ein Inselkobold, der Schabernack trieb und rachsüchtig sein konnte, wenn man es sich mit ihm verscherzte. Lene dachte stets, wenn sie den Töchtern von der launischen Sagengestalt erzählte, die Streiche spielte und liebend gern Hafergrütze mit einem Klacks Butter aß, an Bo, den fliegenden Händler, den sie gelegentlich am Strand getroffen hatte, bevor Marten Behlau in ihr Leben getreten war. Sie hatte ihn zum letzten Mal vor der Nacht am Strand gesehen, in der Martje gezeugt worden war. Hatten die Kriegswirren Bo vertrieben? Stand er jetzt anderen jungen Mädchen mit Rat beiseite, oder versuchte er, ihnen allerlei Tand zu verkaufen, den er am Strand fand und in den Taschen seines bodenlangen Mantels bei sich trug?

An diesem Abend erzählte Lene ihren Töchtern beim Zubettgehen von Bo und wie sie ihm das erste Mal an einem magischen Schneetag am Meer begegnet war. Martje blieb ausnahmsweise ruhig und lauschte den Worten der Mutter mit glänzenden Augen und leicht geöffnetem Mund. Fenja war natürlich zu klein, um zu verstehen, was die Mutter sagte. Doch sie kuschelte sich eng an ihre Schwester, stopfte sich den Zipfel der weißen Leinenbettdecke in den Mund und gab keinen Mucks von sich. Bis sie aus heiterem Himmel »Bo« sagte und zu lachen begann. Martje wiederholte den Namen, und so flogen binnen Sekunden zahllose »Bos« durch die Luft von Lenes Zimmer, in dem sie zu dritt schliefen. In besonders kalten Nächten schlüpfte Beeke zu ihrer Tochter in das Alkovenbett, damit beide sich gegenseitig wärmen und die kummervolle Sehnsucht lindern konnten, die jede von ihnen still in sich trug.

Angelockt durch das Lachen in Lenes Zimmer, stand Beeke nun in der Tür und lächelte, als sie sah, wie vergnügt ihre Enkelinnen waren. Und sie schmunzelte, als Lene sagte: »Wer hätte gedacht, dass Fenjas erstes Wort Bo sein würde und nicht Mama oder Papa.«

»Wie sieht Bo aus?«, wollte Martje wissen, und in diesem Moment wusste Lene, was sie tun würde: Sie würde Bo in Erzählungen lebendig werden lassen, und zwar nicht nur in Form abendlicher Gutenachtgeschichten, sondern als geschriebenen Text. Gleich morgen würde sie sich die Feder des Kolkraben und das Tintenfass nehmen, das Bo ihr geschenkt hatte, und beginnen, Notizen für ein Kinderbuch zu verfassen, das nur für ihre Töchter bestimmt war. Nachdem Lene den geheimnisvollen Klabautermann so lebendig beschrieben hatte, dass Martje sich die Decke über den Kopf zog, sagte Beeke: »Ich wünschte, ich hätte Bo auch mal gesehen, doch es scheint, als zeigte er sich nur ganz besonderen Menschen. Und nun schlaft gut, ihr süßen Mäuse.« Dann gab sie ihren Enkelinnen einen Kuss auf die Stirn und bedeutete Lene mit einem Kopfnicken, dass sie mit ihr sprechen wollte.

»Dass ihr mir ja keinen Unsinn macht«, drohte Lene den Töchtern spielerisch, und Martje warf ihr Kissen in Lenes Richtung, die es gekonnt auffing. Dieses Spiel gehörte mittlerweile zum

Abendritual, und Lene freute sich auf den Tag, an dem Fenja ebenfalls mitmachen würde. Danach verließ sie das Zimmer und lehnte die Tür an.

»Wollen wir noch einen Gutenachttee trinken?«, fragte Beeke. Im Hintergrund spielte das Grammofon eine zarte Melodie. Lenes Blick fiel auf das Akkordeon auf dem Sofa, das sie schon lange nicht mehr zum Klingen gebracht hatte. Ihr fehlte das Musizieren, doch sie hatte sich geschworen, erst wieder zu spielen, wenn ihr Vater unversehrt nach Listland zurückkehrte. Aber bislang gab es bis auf wenige Briefe zu Beginn keine weitere Nachricht von ihm, und er war auch nicht für einen Fronturlaub auf die Insel gekommen. Lene stellte zwei Teetassen auf den Esstisch, auf dem sich mehrere Bücher stapelten, die Beeke noch einmal lesen wollte. Nachschub von *Sölring Boker* gab es nicht mehr, denn die Buchhandlung war geschlossen, das Ehepaar galt als verschollen.

»Wie lange bleibt Friso bei seiner Familie in Niebüll?«, fragte Beeke und schenkte den beiden Tee aus getrockneten Lavendelblüten ein, der die Nerven beruhigte, den Schlaf förderte und einen angenehmen Duft im Haus verströmte. Sie hatte die Samen auf dem Markt gekauft und freute sich darüber, dass der Lavendel auf der Sonnenseite ihres Gartens gedieh, obwohl er eigentlich Mittelmeerklima brauchte.

»Ein paar Tage, denn seine Mutter ist krank«, erwiderte Lene und dachte bei sich: *Meinetwegen braucht er gar nicht wiederzukommen.* Doch dann ermahnte sie sich, weil sie wusste, wie sehr Fenja ihn liebte und vermisste. »Hast du eigentlich Pläne mit dem Gästehaus? Ich finde es so schade, dass es leer steht. Wollen wir nicht mal unsere Verwandtschaft aus Westerland einladen? Ein Tapetenwechsel tut meiner Tante und den Cousinen sicher gut.«

Beeke nahm das Strickzeug, obgleich ihre Handgelenke unter der immerwährenden Tätigkeit litten und schmerzten. »Das ist eine schöne Idee, dann wären wir hier nicht so einsam. Ich schreibe meiner Schwester, schließlich hätte sie dich für die Dauer deiner Ausbildung bei sich wohnen lassen, und so könnte ich mich für ihr nettes Angebot erkenntlich zeigen.«

Lenes Gedanken schweiften zu Alice Johannsen und dem Tag, als sie sich in der Buchhandlung vorgestellt hatte. Da hatte sie Postkarten von Schriftstellern an den Wänden hängen sehen, welche die Autorinnen und Autoren dem Buchhändlerpaar aus fernen Ländern geschickt hatten. Es gab auch Dankeskarten für Lesungen, die bei *Sölring Boker* stattgefunden hatten. Sie dachte wehmütig an den Ausflug mit Marten nach Kampen zum Haus Kliffende, wo so viele bedeutende Künstler ein und aus gegangen waren.

»Wenn die Zeiten besser werden, könnten wir doch aus dem Gästehaus etwas Ähnliches machen wie das Kampener Haus von Clara Tiedemann«, hörte sie sich plötzlich sagen. »Wir könnten Künstler hierher einladen, Lesungen veranstalten, musikalische Soireen oder kleine Theaterstücke aufführen lassen. List sollte den Gästen auch etwas Kulturelles zu bieten haben, damit nicht alle nach Kampen, Keitum oder Westerland pilgern, wenn sie gute Unterhaltung suchen, findest du nicht auch? Außerdem könnten wir anlässlich der Darbietungen die Künstler hier beherbergen oder ihnen eine Heimat geben, wenn sie in Ruhe malen, schreiben oder eine andere künstlerische Tätigkeit ausüben wollen.«

In dieser Sekunde erlaubte sich Lene eine kleine Gedankenreise zu Marten, der hier im Listland ein Buch hatte schreiben wollen. Lene zweifelte nicht daran, dass es großartig geworden wäre, wenn er die Zeit gehabt hätte, es zu vollenden. Die ersten fünfzig Seiten waren bereits geschrieben gewesen, als er Hals über Kopf nach Friedrichstadt hatte abreisen müssen, und nun war es mehr als fraglich, ob den fünfzig je weitere gefolgt waren. Lene hatte den Text bedauerlicherweise nicht zu Gesicht bekommen, da Marten ihn erst vorzeigen wollte, wenn er hundertprozentig zufrieden damit gewesen wäre. Doch das war zu diesem Zeitpunkt nicht der Fall gewesen, denn seine Ansprüche waren hoch.

Beeke legte das Strickzeug beiseite und schaute Lene mit glänzenden Augen an. »Was für eine wundervolle Idee«, stimmte sie zu. »Konrad würde das bestimmt gefallen und mir natürlich ebenfalls. Ach, wäre es nur endlich so weit, dass wieder Frieden herrscht und wir angstfrei leben und planen können. Nach all der Zeit der Ungewissheit und Sorgen ist mir leider die Fähigkeit zu träumen abhandengekommen, obwohl ich mir als junges Mädchen geschworen habe, dass das niemals passieren darf, denn ohne Träume ist ein Leben nicht lebenswert.«

»Ebendeshalb sollten wir nicht nur über meinen Vorschlag nachdenken, sondern ihn Stück für Stück in die Tat umsetzen. Wir könnten Skizzen für einen Umbau anfertigen, das Holzhaus neu streichen, Listen mit Namen von Künstlerinnen und Künstlern schreiben, die wir zu uns einladen wollen. Und das Wichtigste überhaupt: Wir brauchen einen wohlklingenden Namen für das Gästehaus.«

»Wie wäre es mit Lenes literarischem Logierhaus? Ich liebe Alliterationen, wie du weißt«, schlug Beeke, ohne lange nachzudenken, vor, und nun pochte Lenes Herz vor Aufregung und Freude. Von heute an gab es etwas, woran es sich zu glauben lohnte. Und der Glaube versetzte bekanntlich Berge.

31

LISTLAND, GEGENWART

Anna

Heute Nachmittag würde ich wieder im Listland sein …

Mit dem Gefühl, am Beginn einer Abenteuerreise zu stehen, war ich in Friedrichstadt in die Regionalbahn gestiegen und würde schon bald wieder auf der Insel sein, die mittlerweile eine so große Rolle in meinem Leben spielte, wie ich es mir nie erträumt hätte. Der Gedanke an das Wiedersehen mit Fenja und Elisa erfüllte mich mit Vorfreude, ebenso die Aussicht darauf, dass ich nun ohne Termindruck Zeit am Lister Ellenbogen verbringen und in Ruhe auf Spurensuche gehen konnte. Ich sehne mich nach dem atemberaubenden Ausblick, den ich von *meinem* Fenster aus hatte, dem Gesang der Seevögel, der mich schon frühmorgens weckte, genau wie das Blöken der hungrigen Lämmer und das Rauschen des Windes. Doch ich würde auch Eric begegnen. Die Vorstellung, ihn erneut zu treffen, verursachte ein Ziehen zwischen Herz und Bauch.

Als ich in Westerland ausstieg, erblickte ich Elisa, die am Bahnsteig auf mich wartete und fröhlich winkte, und ich beschloss, mir ein Beispiel an ihr zu nehmen: Wenn sie es schaffte, sich auf die Herausforderungen einzustellen, die das Leben ihr gerade abverlangte, dann würde mir das auch gelingen.

»Anna, wie schön«, sagte Elisa und umarmte mich zur Begrüßung. Dann betrachtete sie mich genauer und fragte: »Alles gut bei dir?« Ich antwortete wahrheitsgemäß, dass die Zeit in Friedrichstadt herausfordernd gewesen war, wenngleich ich das Zusammensein mit Kathrin sehr genossen hatte. »Dann tut dir sicher ein wenig Ruhe gut«, erwiderte Elisa und lotste mich zum Platz vor dem Bahnhof, auf dem man das Auto kurz parken durfte. »Du musst ja nicht sofort mit deiner … hm, wie soll ich es formulieren …? Rechercharbeit beginnen, auf einen Tag mehr oder weniger kommt es jetzt schließlich auch nicht mehr an, das sieht meine Mutter bestimmt auch so. Seit ich weiß, dass sie dich um Hilfe gebeten hat, weil ihr daran gelegen ist, durch die Klärung der familiären Vergangenheit langfristig unser Verhältnis zu verbessern, läuft es übrigens deutlich entspannter mit uns.«

»Das freut mich wirklich sehr«, entgegnete ich und betrachtete während der Fahrt beglückt die Häuser, die flanierenden Urlauber, die blühenden Heckenrosen auf den Friesenwällen am Wegesrand und den Himmel, der heute beinahe kobaltblau war. »Und was die Recherche betrifft: Lass uns das Ganze einfach Detektiv-Spielen nennen, dann bekommt dieses Unterfangen mehr Leichtigkeit. Schließlich kann ich nichts versprechen.«

»Alles klar, Miss Marple, obwohl du für diesen Namen eindeutig zu jung bist. Mal schauen, was könnte zu dir passen? Es gibt leider nicht viele berühmte Detektivinnen.«

»Nenn mich einfach weiter Anna«, erwiderte ich schmunzelnd. Mittlerweile fuhren wir auf der Straße nach List, und mein Herz begann zu pochen. Es fühlte sich an, wie nach Hause zu kommen …

Nachdem Luzie mich stürmisch begrüßt und mir mit ihrer rosigen Zunge über den Handrücken geleckt hatte, betrat ich Fenjas Haus und atmete den Duft ein, den das Reet, getrocknete Küchenkräuter, die Schale voll Äpfel auf dem Esstisch und die Nordseebrise verströmten.

»Mama hat sich kurz hingelegt«, erklärte Elisa und bot mir Tee an. Doch ich lehnte ab. »Gern ein bisschen später. Jetzt möchte ich erst mal auspacken.«

»Na klar, mach ganz entspannt. Übrigens ist Eric nicht hier, falls dir der Gedanke an ihn Unbehagen bereitet. Er hat gestern alle Bücher, die vielleicht noch zu retten sind, abgeholt. Alle anderen mussten wir wohl oder übel entsorgen, das Gästehaus ist wieder deutlich leerer. Bis später dann.«

Eric war also gar nicht da und würde vermutlich auch nicht kommen. Mied er bewusst meine Nähe? Gedankenverloren ging ich die Holztreppe nach oben. Unglaublich, wie wohltuend vertraut mir alles hier war. Ich wusste, dass die Stufen drei und sieben ganz besonders laut knackten. Und ebenso, dass die rechte Seite des Sprossenfensters im Gästezimmer ein wenig klemmte. Auch dass eine Spinne in der Ecke über dem Kleiderschrank ihr feines Netz gewoben hatte und immer mal wieder herauskrabbelte. Doch Spinnen und Reetdächer gehörten nun mal ebenso zusammen wie Schafe und Wolle. Oder Ebbe und Flut.

Nachdem ich meine Sachen ausgepackt hatte, suchte ich nach einem geeigneten Ort für die Pinnwand, die ich in Friedrichstadt gekauft hatte und nun an der Wand befestigen wollte, um dort alle Informationen übersichtlich angeordnet im Blick zu behalten, so wie ich es aus Krimis kannte. Kurz entschlossen nahm ich das Bild über dem Schreibtisch ab, das einen Bauerngarten mit rotem Klatschmohn, weißen Margeriten, blauen Kornblumen und Lupinen zeigte, wie Emil Nolde sie gern malte. Zum Glück hatte die Pinnwand aus Kork in etwa dieselben Maße, und nun konnte ich beginnen, alle Hinweise mit Reißzwecken zu befestigen: die ausgedruckte Fotografie des Fundstücks vom Dachboden, Bilder von Fenjas Haus in Niebüll. Die Trauerauzeige für Jasper Timm, Informationen aus dem Internet zu verschiedenen Themen, die vielleicht in Zusammenhang mit dem Fund standen, so wie die Symbolik von Fischen in Astrologie und Religion. Doch der wichtigste Schlüssel zu allem blieb Fenja. Nur sie konnte mir sagen, ob sie das Geheimversteck in der Verschalung des Dachbalkens und seinen Inhalt kannte. Andernfalls würde ich nur sehr schwer mit allem vorankommen. Lenes Buch mit den Texten Mungards legte ich mitten auf den Schreibtisch, ich hatte es während der Zugfahrt mehrmals durchgeblättert und war immer wieder bei dem Gedicht *Stranddistel* hängen geblieben. Ähnlich wie dem nach wie vor wegen seiner politischen Haltung umstrittenen Maler Emil Nolde war dem Sylter Heimatdichter von den Nationalsozialisten verboten worden, seine Kunst auszuüben. Mungard erhielt bereits 1935 ein ausdrückliches Schreibverbot, und ich bedauere dies zutiefst, denn Zeilen wie diese waren einfach großartig und bezeugten die Tiefe der nordfriesischen Seele:

> *Stranddistel ist meine Blume*
> *Stranddistel nennen sie auch mich*
> *Sie wächst auf Dünensand,*
> *Ich auf diesem Lebens–Strand,*
> *Und Stacheln haben wir beide!*

In dem ausgehöhlten Gedichtband auf dem Dachboden war der Blütenkopf einer getrockneten Stranddistel versteckt gewesen. Auch Fenja hatte eine Distel als Teil des Blumenarrangements gewählt, das sie in Niebüll auf das Grab von Friso Pauls gelegt hatte. Ich musste sie unbedingt über ihr Verhältnis zu ihrem Vater und die Umstände befragen, unter denen sie von ihrer Mutter verstoßen worden war. Hoffentlich war sie bereit, alle Karten offen auf den Tisch zu legen, andernfalls würde es schwierig werden, ihr zu helfen. Ich beschloss spontan, noch einmal auf den Dachboden zu gehen, der mir nach wie vor Dreh- und Angelpunkt für alles zu sein schien. Da die Trittleiter an der Luke lehnte, konnte ich problemlos hinaufsteigen und war erstaunt, wie kahl und leer der Raum ohne die Bücherberge aussah. Die Sonne schickte diffuses Zwielicht durch die beiden Fenster des Dachgeschosses, Staubpartikel tanzten durch die Luft und sanken irgendwann auf den Holzboden, der an vielen Stellen kleine Löcher aufwies. Der Zahn der Zeit hatte mächtig daran genagt, nicht nur am Reet und den Balken.

Ich stellte mich mitten in den Raum, schloss die Augen und versuchte, die Atmosphäre auf mich wirken zu lassen. Je länger ich dort stand, desto intensiver nahm ich die Geräusche wahr, die durch die undichten Stellen drangen: das Pfeifen des Windes, das Gezwitscher der Sommervögel, sogar das Rauschen der Nordseewellen. Doch ich hörte auch – wie aus einer anderen Welt kommend – Kinderlachen, aufgeregtes Wispern, Knistern und Knacken. Ich hörte, wie ein junges Mädchen sang, ein anderes weinte. All diese Geräusche klangen, als stammten sie aus einer längst vergangenen Zeit. Dann lief etwas über meine Füße, ich öffnete die Augen und hätte beinahe einen Schrei ausgestoßen, als ich sah, dass eine Maus unweit von mir in einem Loch in der Abseite saß und mich scheinbar fragend musterte, bevor sie in ihrem Nest verschwand.

»Das Ganze erinnert an einen Schweizer Käse«, hatte Reetdachdecker Arfst nach der Begehung des maroden Dachgeschosses gesagt, und ich konnte ihm nur beipflichten.

Wie viele Hohlräume gab es hier noch, die bislang unentdeckt geblieben waren? Obwohl ich keine Angst vor Mäusen hatte, kostete es mich dennoch Überwindung, mit der Taschenlampe meines Handys in die Behausung zu leuchten, um sie näher zu untersuchen. Zunächst konnte ich nur Nistmaterial wie Stroh, kleine

Zweige, etwas Moos und Möwenfedern sehen, doch ich vermutete, dass sich dahinter weit mehr verbarg, als ich mit bloßem Auge erkennen konnte, und befand mich nun in einem Zwiespalt: Einerseits wollte ich das Nest nicht zerstören, andererseits wollte ich wissen, ob auch dort noch etwas versteckt war, was womöglich zur Lösung des Rätsels beitrug. Ich musste die Maus also hervorlocken und anschließend versuchen, ihr Nest wiederherzustellen.

Wenige Minuten später gelang es mir tatsächlich, das possierliche Tierchen mit einem Stück Gouda aus seinem Bau zu lotsen. Ich hatte kleine Bröckchen quer über dem Boden verstreut, die zu einem größeren Stück am anderen Ende des Raums führten, damit ich ungehindert nachschauen und die Maus währenddessen friedlich schmausen konnte. Elisa betrachtete aus der Entfernung gespannt das Geschehen, da ich sie zuvor am Kühlschrank getroffen und ihr von meiner Entdeckung erzählt hatte. Ich legte mich flach auf den Boden, griff mit der durch einen Gartenhandschuh geschützten Hand in den Bau, holte nach und nach das Nistmaterial hervor und tastete mich so weit vor, wie ich kam. Meine Fingerspitzen berührten schließlich etwas, das sich nicht wie Heu oder Moos anfühlte, sondern eher wie … Kunststoff. Doch ich schaffte es nicht, den Fund zutage zu fördern.

»Lass mich mal, ich habe längere Arme«, sagte Elisa, als sie sah, dass ich an meine körperlichen Grenzen stieß. Schließlich hielt sie einen in Plastikfolie gehüllten Packen Briefe in der Hand, der mit einer blauen Samtschleife umwickelt war. »Die Umschläge sind alle an einen gewissen Marten Behlau in Friedrichstadt adressiert«, sagte sie, nachdem sie die Schlaufe des Samtbandes gelöst und die Anschrift überflogen hatte. »Und sie kamen alle mit dem Vermerk *Empfänger unbekannt* hierher zurück. Geschrieben wurden sie von meiner Großmutter Lene.«

Mein Herz hämmerte hart gegen die Brust, jede meiner Nervenzellen vibrierte vor Aufregung. Dieser Fund war unerwartet und sensationell zugleich. Ich war froh, dass ich meinem Impuls gefolgt war, hier oben im wahrsten Sinne des Wortes tiefer zu graben, obgleich mir die Situation ein wenig lächerlich und surreal erschien. In Romanen und Filmen lagen die Schlüssel zur Auflösung großer Geheimnisse fast ausnahmslos auf dem Dachboden oder im Keller verborgen, was ich in Rezensionen stets als unoriginell kritisiert hatte. Es gab schließlich so viele andere mögliche Verstecke! Doch nun befand ich mich in einer ähnlichen Situation.

Bevor ich weiter auf Spurensuche ging, versetzte ich das Nest so gut wie möglich in seinen Ursprungszustand und suchte dann mit der Taschenlampe akribisch jeden einzelnen Zentimeter des Dachbodens nach weiteren Hohlräumen ab, von nun an wollte ich nichts mehr dem Zufall überlassen. Währenddessen saß Elisa im Schneidersitz am Rand der Trittleiter und las den ersten der insgesamt zehn Briefe.

»Wenn ich diese Zeilen von 1937 richtig verstehe, ist mein Großvater Friso nicht der leibliche Vater meiner Tante Martje, sondern ein gewisser Marten Behlau, an den die Briefe adressiert sind«, sagte Elisa so langsam, als entwickelte sie ihre Theorie erst beim Sprechen. »Marten und meine Großmutter wollten heiraten, und Lene scheint sehr verliebt in ihn gewesen zu sein.« Elisa las weiter, ich setzte mich neben sie und klopfte mir den Staub vom T-Shirt, während Elisa völlig versunken in die Briefe von Lene Iwersen war, wie ihre Großmutter vor der Heirat geheißen hatte. Lenes Schrift war rundlich und gut lesbar, ähnlich wie die von Elisa.

»Ich bin sehr gespannt, was meine Mutter zu alldem sagt und was in Wahrheit dahintersteckt, und kann kaum fassen, wie wenig ich über meine Familie weiß«, ließ Elisa schließlich verlauten und reckte dann ihre steifen Gliedmaßen. »Und es scheint, als hätte meine Großmutter viel Leid ertragen müssen, weil sie offenbar nie erfahren hat, was aus Marten geworden ist. Man liest aus jedem weiteren Brief ihre wachsende Sorge und Verzweiflung darüber heraus, dass ihre Hoffnungen zerplatzt sind wie eine Seifenblase, aber auch eine gewisse Tapferkeit, mit der sie ihr Schicksal getragen hat.«

»Ach du meine Güte, was für eine tragische Liebesgeschichte«, entgegnete ich und dachte unwillkürlich an Eric. Um nicht in Grübeleien über ihn zu verfallen, schlug ich vor, in der Stuv etwas zu trinken.

»Unglaublich, dass deine Tante nicht die Tochter von Friso ist und deine Mutter und sie nur Halbschwestern sind«, sagte ich, nachdem der grüne Tee allmählich seine belebende Wirkung entfaltet und ich das Ausmaß der neuen Erkenntnisse in voller Tragweite verinnerlicht hatte. »Martje klingt tatsächlich so ähnlich wie Marten, was ich sehr schön finde.«

»Da hast du recht«, erwiderte Elisa seufzend und strich sich eine Haarsträhne hinters Ohr. Sie trug das Silberkettchen, das ich ihr aus Friedrichstadt mitgebracht hatte, und es stand ihr genauso gut, wie ich erhofft hatte.

»Dann bleibt auf alle Fälle die Frage, ob Marten Behlau je davon erfahren hat, dass er auf der Insel eine Tochter hat, da die Briefe ungeöffnet zurückgekommen sind. Und natürlich, ob meine Mutter womöglich doch weiß, weshalb Lene sie verstoßen hat und warum von Martje jegliche Spur fehlt.«

»Wer ist Marten Behlau, und was sind das für Briefe auf dem Tisch?« Fenja Lorenzen war unbemerkt in die Stuv gekommen, hatte offenbar einen Teil des Gesprächs mit angehört und starrte nun mit geweiteten Augen auf den Packen Briefe.

Dann nahm sie sie in die Hand, und ich konnte sehen, dass sie am ganzen Körper zitterte wie Espenlaub.

*Das Haus
am Ende der Welt*

Listland war bislang vom Krieg verschont worden, zumindest, was das Äußere des Hauses betraf. Seinem Dach war bisher kein Halm durch militärische Angriffe gekrümmt worden. Nur das Wetter hatte das Reet immer weiter ausgedünnt, Stürme hatten Löcher hineingefressen, und so durchweichte der prasselnde Regen nach und nach die Dachbalken. Das Haus hielt trotz einiger Blessuren tapfer den Witterungsbedingungen stand, doch es konnte nicht verhindern, was mit seinen Bewohnern passierte. Ihnen hatte das Schicksal tiefe Wunden zugefügt, die sie ein Leben lang mit sich herumtragen und die niemals völlig verheilen würden, egal, was man gemeinhin über das Zusammenspiel von Zeit und Wunden sagte. Lene hatte mit ansehen müssen, wie ihre Mutter zusammenbrach, als sie erfuhr, dass ihr Mann an der Front gefallen war. Sie hatte, so gut es ging, versucht, ihren eigenen Schmerz über den Tod des geliebten Vaters in einem Winkel ihres Herzens zu verbannen, wo ihr der Kummer nichts anhaben konnte, denn sie musste stark sein. Für ihre Mutter und ihre beiden süßen Töchter, die möglichst unbeschwert aufwachsen und eine glückliche Kindheit haben sollten. Lene weinte keine der vielen Tränen, die sich in ihrer Seele sammelten, und verbot sich nach wie vor, an Marten zu denken. Das Haus indes seufzte schwer, und die traurigen Geschichten sickerten darin ein wie der Regen, die Sonnenstrahlen und der ewige Wind, der über die Insel heulte, als beklage er den Lauf der Dinge, den niemand aufhalten konnte.

32

LISTLAND, MÄRZ 1945

Lene

»Mama, wo ist Fenja?« Die siebenjährige Martje sammelte am Vormittag gemeinsam mit ihrer Mutter Lene Eier ein, welche die Hühner in den frühen Morgenstunden gelegt hatten. Für gewöhnlich wich die kleine Schwester ihr dabei nicht von der Seite, die zwei waren fast nur im Doppelpack anzutreffen.

»Fenja ist vorhin mit deinem Vater nach List gefahren, weil er dort etwas zu erledigen hat«, erwiderte Lene und ging mit ihrer Erstgeborenen zurück ins Haus. Sie würde gleich eine Hühnerbrühe kochen, denn Beeke lag mit einer schweren Grippe im Bett. »Heute Abend sind die beiden wieder zurück, und dann gibt es zur Feier des Tages Hühnchen. Das isst du doch so gern.«

Martje leckte sich genussvoll über die blassrosa Lippen, die mittlerweile denen von Marten ähnelten. Überhaupt geriet das Mädchen immer mehr zum Ebenbild seines leiblichen Vaters. Der silbrige Glanz der Haare hatte sich in den Farbton von Sommerweizen verwandelt, ihre Augen betrachteten die Welt genauso neugierig und offen, wie Marten Behlau seine Umgebung mit all ihrer Schönheit bestaunt hatte. Zudem loderte in Martje etwas Wildes, Ungestümes. Sie ließ sich nicht gern etwas sagen und wurde schnell bockig, wenn man ihr etwas verbot. Die Trotzphasen ihrer Tochter erinnerten Lene daran, dass Marten sie bei einer kleinen Auseinandersetzung über Literatur einmal »meine Stranddistel« genannt hatte. Schön, aber stachelig.

Lene hatte bei diesem Disput in höchsten Tönen für Hermann Hesses Erzählung *Narziß und Goldmund* geschwärmt, doch Marten konnte dem Werk des Autors nicht viel abgewinnen. Dies war der erste und letzte Streit zwischen ihnen beiden gewesen, letzten Endes eher eine kleine Kabbelei, nicht weiter erwähnenswert. Doch Lene hatte ihren Standpunkt deutlich klargemacht und selbstbewusst vertreten. In diesem Moment war es ihr egal gewesen, ob Marten Buchhändler und somit »vom Fach« war, was ihm wiederum imponiert hatte. Danach hatte Lene ihm das Stranddistelgedicht von Mungard vorgelesen, und sie hatten sich im Sichtschutz des hohen Dünengrases so lange und inniglich geküsst, bis am Himmel der Mond aufgegangen war und es Zeit für Lene wurde, sich zurück ins Haus zu schleichen.

»Kann ich zu Eeb und Flud?«, fragte Martje, und Lene nickte flüchtig, weil sie in Gedanken immer noch in der Vergangenheit weilte, als sie unbeschwert und verliebt gewesen war. Als sie gedacht hatte, ihr stünde eine strahlende Zukunft bevor. Erst dann fiel ihr ein, dass Friso mit dem Pferdefuhrwerk nach List gefahren war. Prompt bekam Martje einen kleinen Wutanfall und weinte, weil der Vater sie nicht zu diesem Ausflug mitgenommen hatte, obwohl Martje es liebte, die Welt außerhalb von Listland zu erkunden. »Papa hat mich nicht lieb«, rief sie zornig, stampfte auf und schob trotzig den Unterkiefer vor. »Er mag nur Fenja. Warum ist das so?«

Martjes Wut, gepaart mit starkem Kummer, traf Lene unvorbereitet und voller Wucht. Es war das erste Mal, dass ihre Tochter etwas in dieser Art äußerte. Deshalb nahm sie ihre Kleine sofort in den Arm und strich ihr liebevoll über die Locken, die nun nach allen Seiten abstanden – ein Sinnbild der Empörung und der

Aufgewühltheit. »Aber das stimmt doch gar nicht«, hörte sie sich selbst sagen und hoffte, dass Martje ihren Worten Glauben schenken und sich schnell wieder beruhigen würde. »Er hat dich genauso lieb wie deine Schwester, und daran wird sich auch nie etwas ändern. Vielleicht planen die beiden eine Überraschung für dich, schließlich hast du bald …« Sie wollte gerade »Geburtstag« sagen, doch der lag noch in weiter Ferne. »… schließlich wirst du bald ein Schulkind«, sagte sie stattdessen. Sie würde Friso nach der Rückkehr das Schulheft und einen Füllfederhalter zustecken, die sie neulich in Westerland besorgt hatte, und behaupten, er hätte beides in List für seine ältere Tochter gekauft. Lene und Beeke wollten ohnehin alsbald mit dem Unterrichten beginnen, damit Martje Anschluss fand, wenn endlich Frieden war und die Kinder wieder zur Schule gehen konnten.

»Eine Überraschung? Au fein«, rief Martje begeistert aus und klatschte in die Hände. Dann stürmte sie nach draußen, um mit Joona und Milchpfötchen zu spielen, die sich bestens verstanden und sich so gar nicht wie Hund und Katz verhielten.

Lene fegte währenddessen den Hof und dachte an das seltsame Gespräch mit Friso am Vorabend. Er hatte nach Einsicht in Beekes Buch der Logiergäste verlangt mit der Begründung, er wolle sich auf die Zeit nach dem Krieg vorbereiten, wenn die Reiselust wieder erwachte. Angeblich wollte er auf Basis der bisherigen Einnahmen grob kalkulieren, wie viel Geld sich irgendwann mit der Vermietung an Sommerfrischler verdienen ließ. Irgendetwas in Lenes Innerem hatte sich gesträubt, doch sie übergab ihm schließlich das Buch, weil Friso vehement darauf bestand und sie einen weiteren Streit vermeiden wollte. Zwischen ihnen beiden standen die Dinge schon lange nicht mehr gut. Sie hatten nichts gemeinsam außer der Liebe zu Fenja. Daher war Lene froh, dass Friso weiterhin im Gästehaus wohnte und sich ihr nicht mehr körperlich näherte. Lene wäre es schwergefallen, Berührungen von einem Mann zu erdulden, der glühend für die Nationalsozialisten schwärmte und darunter litt, dass er aufgrund seiner körperlichen Versehrtheit nicht für das geliebte Vaterland in den Krieg ziehen konnte. Diese Haltung widerte sie zutiefst an, war sie doch friedliebend, weltoffen, tolerant und zu einem Menschen erzogen worden, der das Neue begrüßte und sich darüber freute, wenn sich die Welt weiterdrehte, bunter und vielfältiger wurde.

Nachdem Lene die Hühnersuppe gekocht und eine Schüssel mit frischem Wasser gefüllt hatte, ging sie in das Zimmer ihrer Mutter. Beeke schlief mit dem Gesicht zur Wand, an der eine gerahmte Fotografie von Konrad Iwersen hing. Lene stellte den tiefen Teller und die Waschschüssel auf den Tisch, lauschte den regelmäßigen Atemgeräuschen der Mutter und betrachtete dann die Fotografie, die ihren geliebten Vater zeigte: Er stand am Uferrand, aufgestützt auf den Stiel eines Schiebenetzes, das die Insulaner Gliep nannten und nutzten, um in flachen Prielen bei Ebbe Krabben zu fangen. Konrad strahlte über das ganze Gesicht, was nicht nur an seinem reichen Fang lag, sondern vor allem daran, dass Beeke die Aufnahme gemacht hatte.

So muss Liebe sein, dachte Lene seufzend und betrauerte, dass es ihren Eltern nicht vergönnt gewesen war, gemeinsam und in Frieden alt zu werden. Da Beeke tief und fest schlief, nahm Lene kurzerhand die Suppe wieder mit, sie würde sie später erwärmen, wenn ihre Mutter wieder wach war. Weil es gerade still im Haus war, da Martje erst lange gespielt und schließlich müde im Alkoven in einen Nachmittagsschlaf gefallen war, ging Lene hinauf auf den Dachboden, wohin sie sich manchmal flüchtete, wenn Friso lautstark den Volksempfänger mit den abscheulichen Nachrichten hörte, die nur Propagandazwecken dienten und »einem das Gehirn vernebelten«, wie Beeke zu sagen pflegte.

Unter dem Reetdach hatte sie eine Leselampe und einen kleinen Tisch aufgestellt sowie einen Teppich ausgelegt und genoss dort den Luxus, für ein paar Minuten oder sogar eine ganze Stunde ihre geliebten Bücher zu lesen. Diejenigen, die sie unerlaubterweise bei *Sölring Boker* erstanden hatte, lagerte sie in einer großen Seemannskiste, dem Erbe ihres Großvaters. Nach der Lektüre verschloss sie alles sorgsam mit einem Schlüssel, den sie wiederum in einem von zwei Geheimverstecken auf dem Dachboden aufbewahrte. Das eine befand sich in einem Loch an der Stelle, wo der Holzboden und die Wand der Abseite aufeinandertrafen, das andere im Hohlraum der Verschalung eines Dachbalkens, der im Laufe der Jahre morsch geworden war. Dieser Hohlraum war groß genug, um darin eine alte Gedichtsammlung zu verstecken, die sie gemeinsam mit ihrem Vater ausgehöhlt hatte. Darin bewahrte sie die kleine Schachtel mit Martens Haarlocke auf, ein aus Holz geschnitztes, blaues Fischchen, das er ihr am Tag nach dem Heiratsantrag geschenkt hatte, und ihren Verlobungsring. Von ihm würde sie sich niemals trennen, es sei denn aus großer finanzieller Not. In Zeiten wie diesen tat es gut zu wissen, dass sie eine stille Reserve besaß, von der nur sie und Beeke etwas wussten.

In dem tiefen Loch, das einst ein Marder ausgehöhlt haben musste, bewahrte sie die Briefe auf, die sie an Marten geschickt hatte und die allesamt mit dem Vermerk »Empfänger unbekannt« an sie zurückgekommen waren, was sie unendlich traurig gemacht hatte. Sie hatte sie mit einer Schleife aus dunkelblauem Samt zusammengebunden und zuvor in schützenden Kunststoff eingehüllt. Ein verschnürtes Päckchen Erinnerungen an eine Lebensphase, die ihr mittlerweile so weit entfernt schien, als hätte es sie nie gegeben. Darum war es auch Zeit, an die Zukunft zu denken.

An diesem beinahe magischen Ort, nur durch das Reetdach getrennt vom Sternenzelt, werden Lesungen, Konzerte und kleine Theateraufführungen stattfinden, dachte sie schwärmerisch und holte die Aufzeichnungen, die Beeke und sie angefertigt hatten, aus der Seemannskiste. Friso wusste nichts von diesen Plänen, und es ging ihn auch nichts an. Es gab Momente, in denen Lene ernsthaft erwog, zu ihren Verwandten nahe Niebüll zu ziehen, weil sie Frisos Gegenwart nicht länger ertrug. Doch dann verwarf sie den Gedanken wieder, denn es herrschte immer noch Krieg, und ihre Familie war hier weitgehend in Sicherheit. Außerdem liebte sie Listland und konnte sich nicht vorstellen, diesen Landstrich zu verlassen, selbst wenn ihre Mutter und die beiden Töchter sie begleiteten.

Ich kann es kaum erwarten, bis es so weit ist und wir unsere Lister Kulturbühne ins Leben rufen können, dachte Lene und betrachtete die Entwürfe, die ihre Mutter gezeichnet und mit Wasserfarben koloriert hatte. Hier auf dem Dachboden würden nur die Lesungen stattfinden, die einen intimen Rahmen brauchten und etwas ganz Besonderes waren. Größere Veranstaltungen plante sie bei gutem Wetter draußen, der Hof und der Bereich vor dem Haus bis zum Ufer boten Platz genug. Im Geiste hörte Lene Streicher und eine Querflöte mit den Austernfischern und Seeschwalben um die Wette musizieren. Vielleicht würde sie selbst sogar wieder Akkordeon spielen, allein schon, um das Andenken ihres Vaters in Ehren zu halten. Momentan verstaubte es nur und erinnerte sie daran, dass Konrad das Instrument nie wieder in der Hand halten würde. Um den Anflug von Traurigkeit und Sehnsucht nach ihrem Vater zu überwinden, nahm Lene ein Heft und einen Bleistift und notierte alles, was ihr einfiel, um die künftigen Lesungen zu bewerben. Natürlich würde sie mit einer Buchhandlung zusammenarbeiten, denn die Besucher würden die Romane oder Gedichtbände der Autorinnen und Autoren kaufen wollen, deren Erzählungen und Worten sie zuvor andächtig gelauscht hatten. Zudem brauchten sie exzellente Kontakte zur Presse. Zeitungsberichte waren schließlich das A und O, um für etwas zu werben. Als sie einen Moment die Augen schloss und im Geiste eine kleine Ansprache anlässlich einer Buchpremiere hielt, hörte sie, wie jemand die Trittleiter zum Boden hinaufstieg. Das konnte nur Friso sein, der von List zurückgekehrt war.

»Ich muss dir etwas sagen«, begann er ohne eine Begrüßung und stemmte die Hände in die Hüften. »Und du gibst jetzt keine Widerworte. Pack augenblicklich Fenjas Sachen, denn wir fahren heute noch zu meiner Familie nach Niebüll.«

Lene glaubte zunächst, sich verhört zu haben, wurde aber schnell eines Besseren belehrt: Friso fasste sie grob am Arm und zwang sie, aufzustehen. »Na, wird's bald?«, blaffte er. »Martje soll nicht merken, dass ihre Schwester für immer von hier fortgeht, sonst gibt es nur unnötiges Gebrüll. Also sorg dafür, dass unsere Abreise möglichst schnell und ohne Aufsehen vonstattengeht.«

»Für immer? Aber was? Warum?«, stammelte Lene, die nicht wusste, wie ihr geschah.

Frisos Befehl brach mit der Wucht einer sich überschlagenden Nordseewelle über sie herein, die sie umherschleuderte, bis ihr die Sinne schwanden. Wie durch eine Nebelwand hörte sie, wie Friso zischte: »Muss ich dir wirklich sagen, was ich über deinen Liebhaber aus Friedrichstadt herausgefunden habe?«

33

LISTLAND, GEGENWART

Anna

Das hier haben wir bei den Aufräumarbeiten nach dem Sturm in der morschen Verschalung eines Dachbalkens gefunden. Es gibt also noch mehr mysteriöse Funde als nur die Briefe«, erklärte Elisa, nachdem sie in ihr Zimmer gegangen war, und überreichte Fenja nun die Gedichtsammlung mit dem Geheimfach, die sie geholt hatte.

Die alte Dame wurde augenblicklich kalkweiß im Gesicht und betrachtete wortlos die Briefe, die Stranddistel, den Holzfisch und die silberne Dose mit der Asche. Dann setzte sie sich auf das Sofa im hinteren Teil der Stuv und las die Briefe ihrer Mutter an einen Unbekannten namens Marten Behlau. Die Umschläge lagen verstreut auf der Couch und dem kleinen Beistelltisch, daneben der ausgehöhlte Buchblock mitsamt Inhalt. Im Zimmer war nach wie vor kein Ton zu hören außer dem Geräusch des Pendels der alten Standuhr, das sich hinter der Glasscheibe gemächlich hin- und herbewegte.

»Ich gehe mal eben die Lämmer füttern«, sagte Elisa, und ich wog ab, ob ich ihr folgen oder bei Fenja bleiben sollte. Da diese jedoch kurz aufsah und ihr Blick, in dem eine gewisse Hilflosigkeit lag, meinen kreuzte, entschied ich, auszuharren. Doch es sollten noch weitere Minuten, die sich anfühlten wie Stunden, vergehen, bis die alte Dame ihre Sprache wiederfand.

»Ich kann kaum glauben, dass Martje die Tochter dieses Marten Behlau und damit lediglich meine Halbschwester ist.« Fenjas Stimme klang dünn und schwach. Ihre schmalen Finger krallten sich in den Packen Briefe, und sie wiegte den gesenkten Kopf hin und her, beinahe synchron zu den Bewegungen des Standuhrpendels. »Martje und ich haben einander sehr geliebt, auch wenn wir gänzlich unterschiedlich waren«, flüsterte sie. Ich setzte mich neben sie auf das Sofa, um sie besser verstehen zu können. »Wir waren wie Tag und Nacht, wie Sonne und Mond, unterwegs auf unterschiedlichen Umlaufbahnen, doch immer durch das Band der Liebe verbunden. Bis Martje eines Tages verschwand, wodurch ein großes Loch in mein Herz gerissen wurde. Sie war einer der wichtigsten Menschen in meinem Leben. Als ich sie verlor, verlor ich auch die Fähigkeit zu tiefer Liebe.«

Dieser schlichte Satz hallte wieder und wieder in meinen Ohren nach, denn er schien mir der Schlüssel zu vielem zu sein, was an Fenja unverständlich war, wenn nicht gar zu allem. Doch das Verschwinden der geliebten Schwester, gepaart mit dem schweren Verlust, hatte momentan keine Priorität, denn ich musste versuchen, etwas über jenen Marten Behlau aus Friedrichstadt herauszufinden, an den die sehnsuchtsvollen Briefe von Fenjas Mutter Lene adressiert gewesen waren. Was war aus ihm geworden? Welche Rolle spielte er in dem familiären Wirrwarr der Lorenzens? Zum Glück gab es durch die Anschrift eine konkret verfolgbare Spur, also griff ich nach dem Umschlag, der zuoberst lag, und erschauerte, als ich sie genauer betrachtete: Es war die Adresse der Wohngemeinschaft meiner Tochter Kathrin.

»Ich gehe mal eben nach oben und recherchiere ein wenig, vielleicht erfahre ich mehr durch meine Kontakte in Friedrichstadt«, sagte ich und versuchte, meine Aufregung unter Kontrolle zu bekommen, damit ich klar denken konnte. Fenja nickte abwesend und nahm sich dann einen weiteren Brief vor.

Im Zimmer angekommen, begann ich sofort mit der Internetsuche, denn ich fühlte mich wie ein Zug, den man aufs Gleis gesetzt hatte. Ich wollte durchstarten und so schnell wie möglich ans Ziel kommen, erst recht, da Martens Adresse mit der von Kathrin identisch war. Also gab ich den Namen von Lenes großer Liebe in Kombination mit Friedrichstadt ein. Das Stadtregister wies insgesamt elf Treffer aus, allerdings keinen für einen Marten Behlau, der Buchhändler gewesen sein musste, wie Elisa den Briefen entnommen hatte. Zudem hatte es 1937 keine Buchhandlung an diesem Ort gegeben. Da ich auf dem Weg nicht weiterkam, rief ich Kathrin an und bat sie um die Handynummer von Daniel. Immerhin war er der Vermieter, also wusste er mit Sicherheit weit mehr über die Besitzverhältnisse des Treppengiebelhauses an der Gracht als meine Tochter. Kathrin leitete mir sofort Daniels Kontakt weiter, und ich schickte ihm eine Nachricht mit der Bitte um Rückruf. Dann starrte ich angestrengt auf die Pinnwand. Ich suchte nach einem Bindeglied zwischen den Notizen und Fotos oder zumindest nach einem roten Faden. Doch ich konnte kein Muster erkennen, sosehr ich mir das auch wünschte.

Fenja und Martje waren offenbar Halbschwestern – zumindest, wenn man Lenes Briefen Glauben schenkte –, und ihre Mutter Lene hatte Fenja, die höchstwahrscheinlich die leibliche Tochter von Friso Pauls war, verstoßen. Doch wieso? Hatte sie eine schwierige Ehe geführt, und Fenja hatte sie stets schmerzhaft daran erinnert? Hatte der Ehemann ihr womöglich sogar Gewalt angetan? Friso war in Niebüll beerdigt worden und Lene sicherlich auf dem Friedhof in List. Das deutete darauf hin, dass die beiden ihre letzten Lebensjahre nicht als Paar verbracht hatten – oder nicht gemeinsam begraben sein wollten. Fenja musste einiges darüber wissen, schließlich war sie zu dem Zeitpunkt kein kleines Kind mehr gewesen.

Bevor sie sich mir nicht öffnete, würde ich unweigerlich weiter im Dunkeln tappen, also konnte ich nur hoffen, dass sie endlich redete, sobald sie den ersten Schock verwunden hatte. Vor meinem inneren Auge tanzte der Poststempel »Empfänger unbekannt« auf Lenes Korrespondenz und erinnerte mich mit einem Mal an den Briefroman *Adressat unbekannt* aus der Feder der amerikanischen Schriftstellerin Kathrine Kressmann Taylor. Es handelte sich um einen fiktiven Briefwechsel zwischen einem in San Francisco lebenden, jüdischen Kunsthändler und seinem nach Deutschland zurückgekehrten Freund und Geschäftspartner, der zum unkritischen Verehrer der Nationalsozialisten wurde. Um sich nicht dem Verdacht auszusetzen, mit Juden zu sympathisieren, ließ der in Deutschland Lebende die Korrespondenz mit dem Vermerk »Adressat unbekannt« zurückgehen.

Ich dachte an Lenes Vorliebe für die Texte des jüdischen Dichters Jens Emil Mungard. An die Symbolik der stacheligen, widerständigen Stranddistel, einem seiner berühmtesten Gedichte, auf das man unweigerlich stieß, wenn man seinen Namen bei Wikipedia eingab. Ich dachte an die Bedeutung von Fischen im jüdischen Glauben, an die Tatsache, dass in Friedrichstadt aufgrund der Religionsfreiheit die meisten Juden Nordfrieslands gelebt hatten.

War Marten Behlau womöglich Jude gewesen?

Ich bekam Gänsehaut und wünschte mir in diesem Moment, dass ich »Nein« zu Fenjas Bitte gesagt hätte, denn ich verlor mich bereits in abstrusen, grausamen Theorien. Zum Glück klingelte in diesem Augenblick mein Handy.

»Was kann ich für dich tun, Anna?«, ertönte die fröhliche Stimme von Annas Vermieter. »Bist du wieder auf der Insel?«

Ich erklärte kurz, worum es ging, und fragte, ob Daniel etwas über die Geschichte des Hauses wusste, in dem er die Wohnung unter dem Dach besaß.

»Das Haus gehört meiner Familie«, erwiderte er zu meiner großen Überraschung. »Es wurde zwar kurz vor dem Krieg enteignet, aber es ist meinen Eltern gelungen, es später wieder zurückzukaufen.«

»Wieso enteignet?« Noch während ich den Begriff wiederholte, verstand ich. Daniels Familie musste tatsächlich zur jüdischen Gemeinde in Friedrichstadt gehört haben, die etwa dreißig Mitglieder umfasst hatte, welche ausnahmslos durch die Nationalsozialisten vertrieben oder ermordet worden waren. Daniel bestätigte dies, und ich fragte ihn, ob ihm der Name Marten Behlau etwas sagte.

»Mir nicht, aber ich spreche gern mal mit meiner Großtante Ruth, vielleicht kann sie etwas mit dem Namen anfangen. Allerdings ist sie aufgrund ihres Alters manchmal ein wenig verwirrt, das muss ich leider vorwegsagen.«

Ich erwiderte: »Das macht nichts, jede noch so kleine Spur hilft weiter, danke für deine Mühe«, beendete das Telefonat und setzte mich auf das Bett, über dem die Reproduktion des Gemäldes des jüdischen Malers Sally Katzenstein hing.

Wenn Marten Behlau tatsächlich Jude gewesen war, bedeutete das, dass in Martjes Adern zur Hälfte jüdisches Blut geflossen war.

In damaligen Zeiten konnte das im schlimmsten Fall ein Todesurteil sein, auf alle Fälle war man großen Repressalien ausgesetzt, denn viele Menschen in Nordfriesland waren ebenso judenfeindlich gewesen wie auch sonst in Deutschland. Natürlich hatte es Ausnahmen gegeben, tapfere, widerständige Menschen, die versuchten zu helfen, doch diese waren leider in der Minderheit gewesen.

34

LISTLAND, MÄRZ 1945

Lene

Darf ich erfahren, was hier los ist? Wieso drohst du meiner Tochter?« Mit einem Mal stand Beeke auf dem Dachboden. Sie war weiß wie ein Gespenst. Um ihren mageren Körper flatterte ein Nachthemd aus Leinen, die grauen Haare waren zu einem langen Zopf geflochten, der ihr über die Schulter hing. Sie musterte Friso mit fieberglasigen Augen, in denen Entschlossenheit lag.

Friso zuckte zusammen, fing sich aber schnell wieder. »Leg dich ins Bett, du bist schließlich krank. Das ist eine Sache zwischen Lene und mir«, sagte er barsch, jedoch deutlich höflicher, als er noch eben mit Lene gesprochen hatte.

Seine Schwiegermutter stemmte die Hände in die Hüften und erwiderte: »Wenn du planst, meine Enkeltochter auf Nimmerwiedersehen nach Niebüll mitzunehmen und sowohl deine Ehefrau als auch den Hof zu verlassen, dann geht mich das sehr wohl etwas an, schließlich habe ich dich ins Haus geholt. Also rede mit mir. Was gibt dir das Recht, auch nur eine Sekunde an so etwas Furchtbares zu denken?«

Lene hielt den Atem an und versuchte, das Zittern zu unterdrücken, das ihren ganzen Körper erfasst hatte.

Sei stark, Lene, sei stark!, sprach sie sich innerlich Mut zu und bewunderte ihre Mutter dafür, dass diese sich – offensichtlich alarmiert durch Frisos laute Stimme – aus dem Krankenbett hinauf auf den Dachboden gequält hatte.

Die Anstrengung stand ihr deutlich ins Gesicht geschrieben, aber auch der feste Wille, ihre Familie zu verteidigen.

»Wusstest du, dass deine Tochter eine Judenhure ist und Martje somit ein jüdisches Balg? Ich möchte Fenja vor diesem schändlichen Einfluss schützen und habe daher jedes Recht, sie mitzunehmen, wohin auch immer ich will. Oder wollt ihr, dass ich verrate, was ich über jenen Marten Behlau herausgefunden habe, den ihr damals vorbehaltlos und freudig in eure Arme geschlossen habt?« Frisos Augen glänzten, und es lag Triumph in seinem Blick.

Lene wurde schwindelig, denn sie wusste weder, was sie von dem halten sollte, was Friso da sagte, noch, wie sie darauf reagieren sollte. Marten ein Jude?! Und ihre Tochter somit zur Hälfte ein jüdisches Kind? Und das in Zeiten, in denen Menschen dieses Glaubens denunziert, vertrieben, gequält und sogar ermordet wurden, glaubte man dem, was im Laufe des Krieges immer deutlicher zutage kam und sich nicht länger leugnen ließ.

»Woher willst du das wissen? Uns ist nichts dergleichen bekannt«, erwiderte Beeke und hielt dem Blick ihres erzürnten Schwiegersohns stand.

»Ich habe meine Quellen«, erwiderte dieser. »Zunächst war es nur eine Vermutung, doch heute habe ich dank meiner militärischen Kontakte und eures Gästebuchs Gewissheit. Also stell dich mir nicht weiter in den Weg, wenn du nicht riskieren willst, dass deine Tochter und deine Enkelin einen hohen Preis für diesen abscheulichen Fehltritt zahlen. Ich werde niemandem etwas verraten, und auch mein Informant hat mir Diskretion zugesichert. Doch die Voraussetzung dafür ist, dass Fenja und ich noch heute Abend die Insel verlassen und keiner von euch beiden versucht, künftig mit meiner Tochter Kontakt aufzunehmen. Habt ihr mich verstanden?«

Beeke hatte sich mittlerweile neben Lene gestellt und drückte deren Hand. Lene konnte das heiße Fieber spüren, aber auch, was der Druck von Beekes Händen sagte: »Lass Friso gewähren. In der momentanen Situation hat es keinen Sinn, sich gegen ihn zu stemmen.«

Lenes Gedanken überschlugen sich. Hatte Friso wirklich recht, oder ließ sie sich gerade von ihm ins Bockshorn jagen? Marten hatte nie etwas in dieser Art erwähnt …

Und doch hatte er plötzlich aus familiären Gründen abreisen müssen, und seine Briefe waren ungeöffnet zurückgekommen. Er hatte sie geliebt, davon war Lene nach wie vor überzeugt, und er hatte sie heiraten wollen. Bedeutete dies am Ende, dass er, wie so viele Juden aus Friedrichstadt, deportiert worden war? Lene wurde schwindelig, und sie sah in diesem Moment keinen anderen Ausweg, als zu sagen: »Dann muss es wohl so sein, auch wenn ich selbst nur sagen kann, dass ich nichts davon wusste. Doch darum geht es jetzt nicht, sondern darum, dass wir dich offenbar nicht umstimmen können, wir nach wie vor Krieg haben und dass ich alles tun werde, um das Leben meiner Töchter zu schützen, auch wenn es mir und den Schwestern das Herz brechen wird. Ich hoffe, du hast in deiner blinden Wut bedacht, dass die beiden Mädchen einander abgöttisch lieben.«

Friso erwiderte: »Dann tu, wie ich dir geheißen habe. In einer halben Stunde muss Fenjas Hab und Gut bereitstehen. Ich habe sie übrigens in List in der Obhut des Militärs gelassen. Du brauchst dich also nicht darum zu sorgen, dass es gleich eine herzzerreißende Abschiedsszene geben wird.«

Mit diesen Worten polterte Friso die Trittleiter nach unten, und die beiden Frauen fielen einander Halt suchend in die Arme.

Beeke strich ihrer Tochter übers Haar, und Lene war froh, dass sie in diesem Moment nicht allein war.

»Es wird alles wieder gut«, flüsterte Beeke, und Lene schloss die Augen. Konnte es wirklich sein, dass sie ihre geliebte Tochter zum letzten Mal gesehen hatte, als diese heute Morgen auf dem Pferdefuhrwerk neben Friso Platz genommen und die Mähne von Eeb gestreichelt hatte? Lene sah noch das liebe Lächeln von Fenja, die sich auf den Ausflug mit ihrem Vater freute und ihr noch lange zuwinkte, bevor das Pferdefuhrwerk aus Lenes Blickfeld verschwunden war.

»Wie soll ich das nur Martje erklären?«, flüsterte sie, aber noch immer weinte sie keine Träne.

»Das besprechen wir in Ruhe«, erwiderte Beeke. »Doch das braucht Zeit und einen kühlen Kopf. Lass uns jetzt erst einmal alles packen, was Fenja braucht, um sich in ihrem neuen Zuhause einzugewöhnen. Im Moment zählt nur, dass sie so wenig Schaden wie möglich nimmt, alles andere regeln wir, wenn Friso die Insel verlassen hat.«

Wenn Friso die Insel verlassen und meinen Augenstern mitgenommen hat, dachte Lene, wusste aber im selben Moment, dass sie tun musste, was Beeke ihr riet. Fenja brauchte vor allem ihre Lieblingsbücher und natürlich den Stoffhasen, den Beeke ihr aus Schafwolle gestrickt hatte. Warme Kleidung, den kleinen Sonnenhut, ein Foto ihrer Familie. Doch halt, das würde Friso sicher als Affront betrachten und es ihr wegnehmen. Doch irgendetwas musste sie doch tun können, um Fenja eine Erinnerung an Listland mitzugeben.

Während die beiden Frauen Fenjas Kleidung, Spielsachen und Bücher zusammensuchten, kam Lene eine Idee: Sie trennte die Naht von Hasi auf, schob ein Familienfoto hinein, das Beeke letztes Jahr anlässlich Fenjas Geburtstag gemacht hatte, schrieb eine

Nachricht an ihre Tochter und nähte die Naht in Windeseile zu, während Beeke alles in ihren alten Reisekoffer packte, der aus besseren Zeiten stammte.

Zum Glück schlief Martje nach wie vor wie ein Stein und bekam nicht mit, dass ihre Kinderwelt gerade in Stücke zerbrach. Doch sie würde noch früh genug erfahren, dass ihre geliebte kleine Schwester die Insel verlassen hatte …

Pünktlich auf die Minute standen Mutter und Tochter auf dem Hof und übergaben Friso Fenjas Gepäck. Lene fütterte Eeb und Flud mit je einer Möhre, tätschelte den beiden Ponys zum letzten Mal den Hals und schaute dem Gespann lange hinterher. Mit Friso hatte sie weder ein Wort noch einen Blick gewechselt. Lene hatte noch nie zuvor in ihrem Leben so tiefen Hass empfunden, doch nun bekam sie eine Ahnung davon, wie sich jene Empfindung anfühlte, die seit Menschengedenken Unheil über die Welt gebracht hatte.

35

LISTLAND, GEGENWART

Anna

Als ich wieder nach unten in die Stuv ging, sah ich Elisa neben ihrer Mutter auf dem Sofa sitzen, den Arm liebevoll um deren Schulter gelegt. Ein anrührendes Bild, das in mir den Wunsch verstärkte, dieser Familie dabei zu helfen, den inneren Frieden zu finden, den sie so bitter nötig hatte. Ich erzählte von der Adressgleichheit von Lenes Briefen und der Wohnung meiner Tochter in Friedrichstadt und meinem Telefonat mit Daniel sowie der alten Ruth, die in einem Seniorenheim lebte und mit etwas Glück über Informationen verfügte, die weiterhelfen konnten.

»Ist dieser Daniel mit Marten Behlau verwandt?«, fragte Fenja, doch ich verneinte.

»Daniel gehört zwar zum Kreis der Friedrichstädter Behlaus, ist aber kein direkter Nachkomme von Marten, da dieser wahrscheinlich keine weiteren Kinder gezeugt hat. Doch momentan sind das alles nur Mutmaßungen, und ich kann jetzt nicht viel mehr tun, als zu hoffen, dass Ruth mich empfängt und gesprächsbereit ist, wenn ich sie in Friedrichstadt besuche.«

»Ich würde gern mitkommen«, sagte Fenja und blickte mir fest in die Augen. »Und ich möchte euch erzählen, was ich über meine Kindheit weiß, auch wenn sie unter einem Nebelschleier liegt und ich sehr, sehr viele Erinnerungslücken habe. Doch ich muss euch noch um ein wenig Geduld bitten, da ich mich erst einmal sammeln und ein, zwei Nächte über all das schlafen muss, was ich heute erfahren habe. Bitte entschuldigt mich, ich gehe jetzt nach oben.«

»Aber natürlich, Mama«, erwiderte Elisa und stand ebenfalls vom Sofa auf. »Das war für uns alle äußerst aufwühlend, und ich denke auch, dass es das Beste ist, erst einmal die vielen bisherigen Informationen zu verarbeiten, bevor wir neue Erkenntnisse zu verkraften haben.«

Ich nickte zustimmend und überlegte, was ich mit dem restlichen Tag anfangen sollte. Und dann kam mir eine Idee: Ich wollte die Grabstätte der Frau besuchen, die der Mittelpunkt aller Geheimnisse war, die sich um das Haus im Listland rankten – Lene Pauls, geborene Iwersen.

Elisa bestätigte mir, dass ihre Großmutter auf dem Lister Dünenfriedhof beerdigt worden war, und bot an, mir ihr Fahrrad zu leihen. Sie selbst wollte einen Strandspaziergang machen, um ein wenig zur Ruhe zu kommen. Ich rief indessen bei der Friedhofsverwaltung an, um sicherzugehen, dass ich das parkähnliche Gelände jederzeit betreten konnte, und erhielt die Information, dass dies zum Glück rund um die Uhr möglich war.

Als ich nach einer Dreiviertelstunde Fahrt am Dünenfriedhof angekommen war, war es bereits früher Abend. Ich stellte das Rad in der Nähe der beiden rot gestrichenen Gatter ab, die durch einen Pfosten aus Ziegelsteinen getrennt waren, und atmete einmal tief durch, denn Gräber erinnerten mich stets an meine Großmutter Clara, die in den vergangenen Tagen so präsent in meinen Gedanken gewesen war wie noch nie zuvor. Es schien, als sei ihr ebenfalls daran gelegen, das Geheimnis von Listland zu lüften, stellvertretend für die dunklen Flecken in unserer eigenen Familiengeschichte, die wohl nie geklärt werden würden.

Ich ging den gepflasterten Weg entlang, der von Laubbäumen

umsäumt war, und lauschte dem Gesang der Vögel, die in den Ästen ihre Lieder trällerten. Als Erstes rückten die für Nordfriesland typischen »sprechenden Grabsteine« in mein Blickfeld, die als Bodenplatten, wie zufällig dort abgelegt, auf der leicht abschüssigen Wiese verteilt waren und von der Abendsonne beschienen wurden. Sie erzählten Geschichten von erfolgreichen Seefahrern, tapferen Walfängern und von Zeiten, die meilenweit entfernt zu sein schienen und doch so präsent, als seien sie erst gestern geschehen. Ich hörte das Gurren von Tauben und ging weiter, bis ich zu den Grabstätten neueren Datums kam. Ihre Steine waren vergleichsweise schlicht, genau wie die Bepflanzung. Hier wirkte alles eher rustikal und natürlich, im Hintergrund der unterschiedlich hoch gelegenen Ebenen des Friedhofs ragten Dünen auf, ein ungewöhnlicher Anblick an einem Ort wie diesem. Eine Treppe mit dunklem Holzgeländer führte ein Stück weit nach unten, und es dauerte nicht lange, bis ich vor dem Ehrenmal für den Flieger Wolfgang von Gronau stand, der mit seinen Pionierflügen über den Atlantik der Luftfahrt neue Wege geebnet hatte, wie auf der Tafel zu lesen war.

Ein süßlicher Duft von Heckenrosen lag in der Luft, Bienen und andere Insekten summten emsig umher, auf der Suche nach Nektar. In diesem Moment schien ich die einzige Besucherin auf dem Friedhof zu sein, was mich freute, denn ich hätte mich ungern Lenes Grab genähert, wenn Urlauber unterwegs gewesen wären, um diese Ruhestätte zu bestaunen und an Gräbern von bekannten Persönlichkeiten haltzumachen.

Ich zuckte zunächst zusammen, als ich den Namen Dora Heldt auf einem der Grabsteine las, denn so hieß eine beliebte Bestsellerautorin aus List, doch dann fiel mir zum Glück ein, dass sie den Namen ihrer Großmutter als Pseudonym für ihre Romane gewählt hatte.

Es dauerte eine Weile, bis ich Lenes Grabstätte gefunden hatte, sie war im Familiengrab der Iwersens beigesetzt worden, gemeinsam mit ihrer Mutter Beeke und ihrem Vater Konrad und deren Vorfahren. Fenjas Mutter war 1921 in List geboren worden und 1996 verstorben. Sie wurde also fünfundsiebzig Jahre alt, weit älter, als es ihren Eltern vergönnt gewesen war. Konrad war im Krieg gefallen und Beeke 1965 verstorben.

In dieser schlichten Ruhestätte, hinter deren Grabstein rosafarbene und gelbe Rosen ihre Blütenkelche in Richtung Himmel reckten, würde später auch Fenja begraben werden und vermutlich auch Elisa und Eric. Ich betrachtete die Inschrift mit Lenes Namen, und schon wirbelten wieder zahllose Fragen in meinem Kopf herum: Welche Geheimnisse hatte sie mit ins Grab genommen? Und weshalb hatte sie die Briefe und den ausgehöhlten Buchblock nie an ihre Familie weitergegeben? Fenja war 1956 wieder nach Listland zurückgekehrt und hatte später eine Ausbildung zur Buchhändlerin in Westerland gemacht, wie ich aus dem Vorgespräch zum Podcast wusste. Sie hatte also Zeit mit ihrer Mutter verbracht, die sie laut eigener Aussage einst »verstoßen« hatte. Ich konnte mir kaum vorstellen, wie das Verhältnis der beiden Frauen zueinander gewesen war und wieso Lene nicht irgendwann der Tochter das Versteck auf dem Dachboden und die Bedeutung der darin verborgenen Geheimnisse oder Botschaften verraten hatte.

»Bitte sprich mit mir«, flüsterte ich und fühlte mich ihr sehr nahe, obgleich ich nicht einmal wusste, wie sie ausgesehen hatte. Ich hoffte sehr, dass Fenja irgendwann bereit sein würde, mir eine Fotografie ihrer Mutter zu zeigen, und war gespannt, ob die beiden Ähnlichkeit miteinander hatten oder Fenja eher nach ihrem Vater Friso kam. Nach einer Weile des Innehaltens und Grübelns überfiel mich eine derartige Melancholie, gepaart mit der Sorge, letztlich nicht viel in der Sache ausrichten zu können, dass ich beschloss, meinen Rundgang zu beenden und wieder zurück nach Listland zu fahren. Ich fotografierte den Grabstein und schlenderte schließlich in Richtung der Trauerecke, die durch Spenden finanziert worden war, wie ich auf der Internetseite der Kirchengemeinde List gelesen hatte. Auf einfachen Holzstelen waren dort Schilder mit Namen der Verstorbenen befestigt. Persönliche Andenken wie eine Holzmöwe, bunte Ballons und an einem Band flatternde Herzen aus Holz machten – im Gegensatz zu den Urnen- und Steingräbern – einen wesentlich lebendigeren, liebevolleren Eindruck.

Wind kam auf und rauschte durch die Blätter der angrenzenden Silberpappeln und Ebereschen, deren Früchte im August in tiefem Orangerot leuchteten. Zu meiner Überraschung sah ich, dass ein Mann zwischen den Stelen spazieren ging, langsam, den Kopf nach unten geneigt. Es dauerte einen Moment, bis ich realisierte, dass mich nur noch wenige Meter von dem Mann trennten, den ich mir seit Tagen aus dem Kopf zu schlagen versuchte.

»Eric?«, fragte ich, als ich näher kam, und schon traf sein Blick den meinen. Ich konnte in seinen Augen freudige Überraschung lesen, und sofort begann mein Herz, etliche Takte schneller zu schlagen.

»Anna«, erwiderte er leise und lächelte zaghaft. »Wie schön, dich zu sehen. Ich habe viel an dich gedacht.«

Aus seinen Worten sprach so viel Wärme, dass ich sofort ehrlich »Und ich auch an dich« erwiderte, denn natürlich war es mir trotz der auf mich einprasselnden Ereignisse kaum gelungen, nicht an den Mann zu denken, der mir mittlerweile so viel bedeutete, obgleich wir uns erst kurz kannten.

»Besuchst du deinen Vater?« Erst als ich die Frage aussprach, fiel mir auf, dass Ole Lorenzen nicht im Familiengrab der Iwersens bestattet worden war.

Er erwiderte: »Ja«, und machte eine vage Handbewegung, die den Himmel, die Erde, die Vögel und die Heckenrosen einzuschließen schien. »Ich halte mal wieder Zwiesprache mit ihm, wie immer, wenn mir vieles durch den Kopf geht oder ich mir über etwas klar werden möchte.«

Hat diese Unklarheit etwas mit mir zu tun?, fragte ich mich unwillkürlich und spürte, wie gut mir Erics bloße Nähe tat.

»Und wie geht's dir? Meine Mutter hat vorhin angerufen und mich für morgen Abend zum Essen gebeten, weil sie Elisa, mir und dir alles erzählen möchte, was sie über ihre Kindheit im Listland weiß, uns aber bislang verschwiegen hat. Der Tod von Jasper Timm scheint einiges in ihr ausgelöst zu haben, und ich finde es großartig, dass du meine Mutter dabei unterstützen willst, sich mit ihrer Vergangenheit auseinanderzusetzen. Mir ist allerdings nicht klar, wie es nun beruflich für dich weitergeht.«

Es tat unendlich gut, wieder Erics Stimme zu hören, in seine Augen zu schauen und zu wissen, dass er sich offenbar Gedanken um mich machte. Einen winzigen Moment lang gab ich mich der Illusion hin, dass sich zwischen uns etwas entwickeln könnte, doch dann rief ich mich wieder zur Räson.

»Das weiß ich ehrlich gesagt auch noch nicht so genau«, erwiderte ich, und wir beide gingen so selbstverständlich nebeneinanderher, als hätten wir uns zu einem gemeinsamen Spaziergang verabredet. »Ich weiß nur, dass ich deiner Mutter gern helfen möchte und deshalb bei meinem Buchprojekt eine kleine Pause eingelegt habe. Zum Glück habe ich im Vorfeld so viele Podcast-Beiträge produziert, dass ich noch eine ganze Weile senden kann.«

»Aber die Buchreihe war dir doch so wichtig«, entgegnete Eric, blieb stehen und schaute mir fest in die Augen. »Du hast mir gesagt, dass deine Zukunft als Freiberuflerin trotz des Podcast-

Erfolgs auf unsicheren Füßen steht und du ein zweites Standbein brauchst. Und dennoch riskierst du einen Erfolg versprechenden, lukrativen Auftrag für etwas, das dich nicht persönlich betrifft? Überleg dir bitte gut, Anna, ob es das wert ist.«

Ich wusste nicht, was ich darauf entgegnen sollte, erst recht nicht, als Eric unvermittelt meine Hände nahm und sie eine ganze Weile festhielt, während er mir weiter in die Augen schaute. Also sagte ich einfach gar nichts und genoss die unverhoffte Berührung.

»Hast du Lust, mit mir zu Abend zu essen?«, fragte Eric in die Stille hinein, und ich antwortete: »Ja«, ohne über die Konsequenzen nachzudenken.

»Dann lass uns am Hafen Fischbrötchen holen, wenn du darauf Appetit hast, und etwas zu trinken. Wir könnten in die Braderuper Heide fahren und dort ein wenig spazieren gehen. Da ist es ruhig und wunderschön.«

»Das klingt fantastisch«, erwiderte ich. »Allerdings bin ich mit dem Rad da.«

»Wir packen es einfach in den Camper, denn ich bin ausnahmsweise mit dem Wohnmobil gefahren, weil ich vorhin die Bücher von Fenja weggebracht habe, die trotz aller Bemühungen leider nicht zu retten waren, und das waren eine ganze Menge.«

Ich fragte nicht weiter nach, was genau Eric mit Fenjas Schätzen gemacht hatte, denn die bloße Vorstellung verursachte mir Magengrummeln. Stattdessen freute ich mich darauf, den Abend gemeinsam mit Eric am Meer zu verbringen.

36

LISTLAND, GEGENWART

Anna

Es fühlte sich eigentümlich an, am darauffolgenden Spätnachmittag Seite an Seite mit Eric und Elisa den Tisch zu decken, Salat zu machen und alles für das Essen vorzubereiten, bei dem Fenja endlich über ihre Vergangenheit sprechen wollte. Wenn Eric und ich zufällig aneinanderstießen, weil wir zur selben Zeit nach einem Gewürz, einem Teller oder den Servietten griffen, fühlte es sich an wie ein Stromschlag. So gern ich auch meine Gefühle für ihn unter Kontrolle gehabt hätte, es gelang mir nicht. Als hätte eine höhere Macht die Oberhand und steuerte bisher nie gekannte Empfindungen. Ich schwebte in einer seltsamen Blase aus Verliebtheit, gepaart mit der Trauer darüber, dass aus uns kein Paar werden konnte, egal, wie sehr ich mir das auch wünschte.

»Ich schiebe die Baguettes in den Ofen, und dann kann es meinetwegen losgehen«, sagte Elisa, die zuvor Kräuterbutter zubereitet und Chilischoten und Frühlingszwiebeln für die Scampipfanne zerkleinert hatte, für die Eric zuständig war.

Während wir zu dritt in der Küche werkelten, saß die eigentliche Gastgeberin auf der Terrasse und blickte aufs Meer. Wahrscheinlich befand sie sich in einem ähnlichen emotionalen Schwebezustand wie ich. Womöglich dachte sie gerade an Jasper Timm und daran, dass sie ihn für immer verloren hatte.

»Dann hole ich Fenja«, erwiderte ich, froh, für einen Moment der aufgeheizten Stimmung zu entkommen, die zwischen Eric und mir herrschte. Gestern Abend hatten wir beide versucht, auf freundschaftlicher Basis miteinander zu reden, anstatt zu flirten oder zu persönlich zu werden. Ich hatte mich höflich nach Matthis erkundigt, mir sein Foto zeigen lassen – ein süßer Junge mit frechem Blick – und erfahren, dass Eric Nadine versprochen hatte, in spätestens einer Woche dauerhaft bei ihr einzuziehen. Die Reetdachkate im Frischwassertal würde er allerdings behalten, da diese unaufhaltsam im Wert stieg und eine Unterkunftsmöglichkeit für Freunde bot, wenn diese mal Urlaub auf Sylt machen wollten. Meine Stimmung war augenblicklich ins Bodenlose gefallen. Es gab nun definitiv kein Zurück mehr für Eric ...

»Das Essen ist fertig«, sagte ich leise zu Fenja, die mit geschlossenen Augen im Freien saß und noch keinen Schluck von dem Weißwein getrunken hatte, den sie mit nach draußen genommen hatte. Ich berührte sie sanft am Arm, und als Fenja mühsam die Augen öffnete, durchströmte mich tiefes Mitgefühl. Was jetzt folgte, würde sie viel Mut und Kraft kosten. »Bist du bereit, oder möchtest du noch einen Augenblick hierbleiben?« Heute Morgen hatte die alte Dame mir das Du angeboten, das sich für mich immer noch fremd anfühlte.

Fenja seufzte tief, schüttelte den Kopf und erhob sich. Ihre Bewegungen waren steif und wirkten, als schmerzte sie jeder einzelne Knochen. Als wir gemeinsam ins Haus gingen, sagte sie: »Das duftet ja köstlich«, und lächelte.

»Dann setzt euch mal hin, und ich fülle eure Teller auf«, erwiderte Eric, und Elisa holte das dampfend heiße Brot aus dem Backofen. Obwohl es noch nicht dämmerte, hatte ich Kerzen angezündet, denn dies war zweifelsohne ein feierlicher Moment.

Draußen war es ohnehin diesig und recht kühl, für die kommenden Tage war schlechtes Wetter angesagt.

»Lasst uns darauf anstoßen, dass wir nach längerer Zeit mal wieder alle gemeinsam zu Abend essen«, sagte Elisa und erhob das Glas.

»Auf uns«, sagte Eric, der mir gegenübersaß. »Und eine glückliche Zukunft.«

»Dem schließe ich mich an«, sagte Fenja, und ich lauschte dem zarten Klingen der Gläser, die einander flüchtig berührten. Während des Essens unterhielten wir uns über Elisas Zukunft als Bibliothekarin in der Stadtbücherei Niebüll, da sie am Tag zuvor die Zusage für die Stelle bekommen hatte. Wir plauderten auch über meine Tochter, den kleinen Matthis, der nach dem Sommer in den Kindergarten kommen würde, und Erics nächste Aufträge. Der Salat und die Scampipfanne schmeckten ausgesprochen köstlich, genau wie der Weißwein, der auf der Insel angebaut worden war und das würzige Aroma der Salzwiesen in sich trug. Ich fühlte mich in der Runde aufgehoben und zugehörig, musste mich aber immer wieder daran erinnern, dass meine Zeit im Listland enden, ich wieder in mein eigentliches Leben in Hamburg zurückkehren und Eric womöglich nie wiedersehen würde.

»Möchte jemand einen Digestif?«, fragte Elisa, nachdem wir gegessen hatten und das Gespräch ins Stocken geraten war. Vibrierende Spannung lag förmlich greifbar in der Luft.

Keiner von uns wusste, was Fenja erzählen würde, vielleicht noch nicht einmal sie selbst. Durch das Fenster konnte ich sehen, dass es windiger geworden war.

Der Kiefernzweig schlug kräftig gegen die Scheibe, die weißen Wolken färbten sich grau, und die hereinströmende Luft duftete nach Regen. Nachdem Elisa uns allen Sanddornlikör eingeschenkt hatte, war es still in dem alten Reetdachhaus, das so viele Generationen, Geschichten und Geheimnisse unter seinem Dach beherbergte.

»Ich weiß nicht genau, wie und wo ich anfangen soll«, hob Fenja schließlich an. »Doch das tut wahrscheinlich auch nichts zur Sache. Ich werde einfach erzählen, woran ich mich erinnere, und hoffe, dass ihr meinen Gedankensplittern folgen könnt. Es ist möglich, dass einiges nicht hundertprozentig der Wahrheit entspricht, zumindest nicht einer objektiven, dazu ist das einfach alles zu lange her. Doch bevor ich über meine Kindheit spreche, möchte ich vorweg etwas zu Jasper Timm sagen, einem wunderbaren Mann, der in meinem Leben eine große Rolle gespielt hat. Um etwaigen Befürchtungen vorwegzugreifen: Ich hatte während meiner Ehe keine Affäre mit ihm, und ihr seid beide die Kinder meines geschätzten Ole, dem ich auf ewig liebevoll zugetan sein werde.«

Elisa stieß ein »Gott sei Dank« hervor und entspannte sich merklich. Während des Essens hatte sie die Schultern hochgezogen und mehrmals nervös gehüstelt. Über Erics Gesicht huschte ein Ausdruck der Freude, doch er sagte nichts. Ich war ebenso erleichtert, registrierte aber sehr wohl, dass Fenja in Zusammenhang mit ihrem Ehemann nur von Zuneigung und nicht von Liebe gesprochen hatte.

»Wie ihr wisst, habe ich nicht nur in meiner Kindheit viel Zeit in Niebüll verbracht, sondern auch später, da ich diesen Ort in mein Herz geschlossen habe und er beinahe eine ebensolche Heimat für mich ist wie Listland. Mein Vater Friso und ich wohnten in einem Haus nahe dem Friesischen Museum, in dem seine Familie, die nicht sehr begütert war, schon zuvor zur Untermiete bei einer älteren Dame gelebt hatte. Nach dem Tod seiner Eltern blieben mein Vater und ich dort, Friso unterstützte tatkräftig Wiebke Volquard, die für mich im Laufe der Jahre zu einer Art Ersatzgroßmutter geworden war und ich so etwas wie ihre Enkelin. Alles in allem hatten wir es gut miteinander. Meine Kindheit war auf den ersten Blick schön und weitgehend unbelastet vom Krieg und seinen Folgen. Ich hatte viele Freiheiten, stromerte auf den Wiesen und Feldern umher, baute mir ein Zelt im Wald, badete im Naturbad Wehle, das nach einem Bruch im Gotteskoogdeich entstanden war. Es gab nette Nachbarskinder, mit denen ich auf der Straße alte friesische Spiele gespielt und meinen Spaß gehabt hatte. Und ich hatte meine geliebten Bücher, denn auch Wiebke las sehr viel und besaß eine ansehnliche Sammlung von Kinderbüchern und Romanen. Mein Vater arbeitete indessen für das Programm Nord, das den Ausbau des Wegenetzes, eine zentrale Wasserversorgung und vieles mehr vorantrieb, um die geschwächte Wirtschaft Nordfrieslands anzukurbeln, und war damit sehr beschäftigt. Dennoch verbrachte er Zeit mit mir, und wir unternahmen gemeinsam Ausflüge in die Umgebung. Ich ging zur Schule, hatte ausreichend zu essen und saubere Kleidung, in den damaligen Zeiten alles andere als selbstverständlich. Anfangs vermisste ich Listland, meine Mutter Lene, Großmutter Beeke und vor allem meine ältere Schwester Martje. Mein Vater hatte mir gesagt, dass meine Mutter während unseres eigentlich nur für kurze Zeit geplanten Besuchs auf dem Festland an einer schweren Grippe verstorben war, man den hoch verschuldeten Hof zwangsversteigern lassen musste und Martje in die Obhut einer Tante nach Hamburg gegeben worden war, wo sie es zweifelsohne besser haben würde.«

An dieser Stelle brach Fenjas Stimme, und ich dachte intuitiv: Diese Geschichte entbehrt jeder Logik. Zu viele Zufälle, zu viel Drama. Weshalb wurde Martje nicht zu ihrem Vater und der Schwester nach Niebüll geschickt?

Und lebte Beeke Iwersen zu dieser Zeit nicht noch?

»Wie alt warst du, als du nach Niebüll gekommen bist?«, fragte Eric, dem ebenso Zweifel im Gesicht standen, genau wie seiner

Schwester, die auf ihrer Unterlippe kaute und die Serviette zusammenknüllte.

»Knapp fünf Jahre«, erwiderte Fenja. »Der Krieg war noch nicht vorbei, und alles, woran ich mich erinnere, ist, dass ich plötzlich in einem fremden Bett aufwachte, nach meiner Mama und Martje rief und schrecklich geweint habe. Dann kam Wiebke, nahm mich in den Arm und gab mir mein Lieblingsstofftier, einen Hasen aus Schafwolle. Mein Vater war in dieser Nacht nicht da, und ich fühlte mich so schrecklich verloren und eiskalt in meinem Inneren, dass ich es kaum beschreiben kann. Ich beruhigte mich erst ein bisschen, als er wiederkam und mich zu trösten versuchte. Doch ich verstand nicht, was geschehen war, ich vermisste meine Familie, mein Zuhause, ich begriff nicht, warum sich von einer Sekunde auf die andere alles geändert hatte. Ich litt noch eine ganze Weile, doch im Laufe der Zeit verblassten die Erinnerungen immer mehr, und irgendwann konnte ich mich kaum noch entsinnen. Ich wusste nicht mehr, wie meine Mutter, meine Großmutter und meine Schwester ausgesehen hatten. Wie es auf der Insel war, von der ich stammte. Manchmal glaubte ich sogar, dass ich mir meine Kindheitserinnerungen nur eingebildet hatte.«

Ein klarer Fall von traumatischer Verdrängung, dachte ich, während sich Tränen des Mitgefühls für das einsame kleine Mädchen, das Fenja gewesen war, hinter meinen Augenlidern sammelten.

»Oh, mein Gott, das tut mir so leid«, entfuhr es Elisa, und sie betrachtete ihre Mutter mit, wie es schien, erwachendem Verständnis.

»Die Jahre vergingen, und mein Vater wurde sehr krank. Er starb 1956, und da erfuhr ich von Wiebke, dass meine Mutter und meine Schwester mitsamt Großmutter Beeke nach wie vor im

Listland lebten und sie mich deshalb dorthin zurückschicken wollte, sosehr sie mich auch vermissen würde. Sie sagte, sie habe lange genug mit angesehen, wie ich unter dem Verlust meiner Familie gelitten hatte, und wünschte sich nichts sehnlicher, als dass ich endlich wieder meine Lieben in die Arme schließen und in die eigentliche Heimat zurückkehren konnte. Das Haus war nicht verkauft worden, Lene, Beeke und Martje lebten dort nach wie vor. Ihr könnt euch sicher vorstellen, welch ein Schock das für mich war.«

»Woher wusste diese Wiebke davon?«, fragte Elisa, die der Schilderung ihrer Mutter mit angehaltenem Atem gelauscht hatte.

»Sie hatte irgendwann zufällig mitbekommen, dass Friso Briefe, die ich an meine Schwester in Hamburg geschrieben hatte, einfach in eine Schublade gesteckt hatte, ohne sie abzuschicken. Also stellte sie ihn zur Rede und drohte ihm, den Mietvertrag zu kündigen, wenn er ihr nicht die Wahrheit sagte, denn sie liebte mich sehr und hatte wohl schon länger den Verdacht, dass mein Vater es mit gewissen Tatsachen nicht immer allzu genau nahm. Und so erfuhr sie, dass er die Briefe gar nicht abschicken konnte, weil Martje nach wie vor im Listland lebte und es gar keine Tante in Hamburg gab. Er hatte das alles nur erfunden, weil er es nicht länger ertragen konnte, mit Lene unter einem Dach zu leben. Mir gegenüber hatte er allerdings bis zu seinem Tod an seiner Version der Dinge festgehalten, als ich am Sterbebett seine Hand hielt.«

»Tut mir leid, wenn ich das jetzt so sage, aber aus meiner Sicht passt da einiges nicht zusammen«, meldete sich nun Eric zu Wort und sprach das aus, was ich dachte, seit Fenja begonnen hatte, zu erzählen. »Hattest du nicht mal gesagt, Lene hätte dich verstoßen? Für mich klingt das eher so, als ob Großvater Friso, aus welchem Grund auch immer, irgendein krummes Ding gedreht hätte, um dich für sich allein zu haben. Was zu unserer neuen Erkenntnis passt, dass Martje und du offensichtlich unterschiedliche Väter habt. Vielleicht war er eifersüchtig, hat sich aber leider nicht klargemacht, was die Trennung von allem, was dir lieb und teuer war, für dich bedeutet hat. Zumal du noch sehr klein warst.«

»Ich kann mir auch keinen rechten Reim auf das alles machen, und die Briefe meiner Mutter werfen natürlich ein neues Licht auf die Geschichte«, erwiderte Fenja und blickte in die Ferne, als sähe sie dort ihr junges Ich, weit weg von der Familie und ihrem einst so geliebten Zuhause. »Ich habe nicht ohne Grund eingangs gesagt, dass mich meine Erinnerungen sicher trügen und ich keinen Anspruch auf Vollständigkeit erhebe, weil ich anscheinend von etlichen Seiten Lügenmärchen aufgetischt bekommen habe. Fakt bleibt aber, dass meine Mutter lebte und ich es nie verstanden habe, weshalb sie mich damals hat gehen lassen. Welche Mutter trennt sich freiwillig von ihrem Kind? Wie grausam, kalt und gefühllos muss man sein, um so etwas zu tun? Nach der Lektüre der Briefe habe ich den Verdacht, dass sie mit Martje allein sein wollte, weil sie das Kind des Mannes war, den sie von Herzen geliebt hat und den sie hatte heiraten wollen. Mein Vater scheint nur eine Art Notnagel gewesen zu sein und ich die Tochter, die sie zufällig bekommen, sich aber nie gewünscht hat.«

Mein Blick kreuzte kurz den von Elisa, die ihre Lippen aufeinandergepresst hatte. Schilderte ihre Mutter da gerade eine ähnliche Befürchtung, wie Elisa sie in Bezug auf Fenja hegte? Dass sie das ungeliebte Kind war, das eher einer Laune des Schicksals entsprungen war als wahrer Liebe?

»Wie war es denn, als du wieder zurück nach Listland gekommen bist? Da muss sich doch alles aufgeklärt haben«, sagte Elisa, während ich mich ärgerte, dass ich nicht vorgeschlagen hatte, das Gespräch aufzuzeichnen. Ich machte mir zwar Notizen, doch ergaben diese bislang keinen richtigen Sinn.

Es waren genau jene ungefilterten Gedankensplitter, die Fenja bereits prophezeit hatte, und es wäre gut gewesen, sie Wort für Wort zu konservieren.

»Meine Rückkehr war auf eine gewisse Weise fast noch schrecklicher als der plötzliche Umzug nach Niebüll. Ich war immerhin fast sechzehn Jahre alt und hatte elf davon in dem Glauben gelebt, dass meine Mutter tot war, es mein Zuhause nicht mehr gab und meine geliebte Schwester sich nicht mehr um mich scherte, schließlich hatte sie meine Briefe nie beantwortet. Das war das Gegenteil von dem Happy End, das sich die liebe Wiebke Volquard für mich gewünscht hatte, die übrigens kurz nach meiner Abreise Richtung Insel verstarb und mir das Haus neben dem Friesischen Museum vererbte, wo ich Jasper Timm begegnet bin und mich unsterblich in ihn verliebt habe. Eric wusste von der Villa, und dich möchte ich heute endlich davon in Kenntnis setzen.«

»Du besitzt ein Haus in Niebüll?«, fragte Elisa mit weit aufgerissenen Augen, und Eric blickte betreten zu Boden.

Mein Gefühl in Bezug auf Jasper hatte mich also nicht getrogen, er war offenbar Fenjas große Liebe gewesen.

Doch in diesem Moment schien die Tatsache, dass sie keinerlei Kenntnis von der Villa in Niebüll gehabt hatte, Elisa weit mehr zu interessieren als die Gefühle ihrer Mutter für Jasper Timm. Kein Wunder, dass Elisa befürchtete, dass Fenja ihren Sohn mehr liebte und ihm den Vorzug gab – wenn sie ihn in Geheimnisse einweihte, die sie ihrer Tochter nicht offenbarte. Würde es Fenja gelingen, Elisa die Beweggründe für das Verschweigen zu erklären, ohne deren gerade gewonnenes Vertrauen erneut zu verspielen?

Ich wünschte es den beiden so sehr, doch ich befürchtete, dass dieser Weg sehr, sehr lang werden würde.

37

LISTLAND, 1956

Lene

Seit über zehn Jahren herrschte endlich Frieden, und Lene erwachte häufig morgens mit den Worten »Aus – aus – alles aus« im Kopf, einem Gedichtzitat des Husumer Studienrats Lorenz Conrad Peters, der damit nicht nur das Ende des Krieges meinte, sondern vor allem die schwierige Zeit, die nun auf diejenigen wartete, die mit Hungersnot und Armut zu kämpfen hatten. Wenn sich Mutlosigkeit über ihre Seele legte wie eine steinerne Decke, rief sie sich in Erinnerung, wie gut es ihnen im Listland ging: Sie hatten eine Kuh, Schafe, mittlerweile wieder ein Pony, das einen kleineren Karren ziehen konnte, Hühner, die Eier legten, und den prächtigen Gemüsegarten, der die Familie gut ernährte.

Seit einigen Jahren besuchten die Insulaner einander wieder, Lene unterhielt sich ab und zu mit dem Postboten und lud ihn zu einer Tasse Tee ein, wenn er Briefe oder kleine Pakete von Beekes Freunden aus New York brachte, die Bücher, Schokolade und sogar Kaugummi enthielten, wobei sie diesem nichts abgewinnen konnte und ihn stets an Martje weitergab.

An diesem Tag bat sie den netten Boten jedoch nicht herein, denn sie erkannte an der Adresse des Umschlags, dass der Brief mit dem Absendernamen Wiebke Volquard von großer Bedeutung sein musste, da er aus Niebüll stammte. Lene ging schnurstracks zu ihrer Mutter, die gerade auf dem Boden kniete und

Tomaten ausgeizte, damit diese kräftig wachsen und sich schmackhafte Früchte ausbilden konnten, die sie für die Zubereitung von Salat und Suppen verwendete.

»Ich habe Post aus Niebüll«, rief sie, noch bevor sie die Gartenpforte erreicht hatte, und Beeke erhob sich schwerfällig. Seit Konrads Tod und der starken Grippe kurz vor Kriegsende war sie merklich gealtert, doch es steckte nach wie vor eine unbändige Lebenskraft in ihr, und sie war immer noch eine schöne und beeindruckende Frau. Ihre Energie und der unerschütterliche Glaube an das Gute halfen Lene an dunklen Tagen, wenn sie in einem unheilvollen Strudel aus trüben Gedanken und dem schmerzlichen Vermissen ihrer Tochter Fenja zu versinken drohte.

»Lies vor«, bat Beeke aufgeregt, und Lenes Hände zitterten beim Öffnen des Kuverts. Sie sah sich außerstande, eine weitere schlechte Nachricht zu verkraften, und betete, dass ihr das diesmal erspart blieb. Der Tag Ende November 1945, als ein Päckchen aus Amerika mit einem Brief und einer Beigabe gekommen war, die ihr den Boden unter den Füßen weggerissen hatte, gehörte zu den finstersten ihres Lebens. Zuweilen glaubte sie, diesen Schock niemals verwinden zu können. Sie hatte den Brief damals in tausend Stücke zerrissen und die Papierfetzen der Nordsee übergeben, die sie alsbald verschluckte und in ihren Abgrund riss. Die Beigabe hatte sie auf dem Dachboden versteckt und seit diesem Tage nicht wieder zur Hand genommen.

»Friso ist verstorben«, las Lene vor, doch die Nachricht vom Tod ihres Mannes ließ sie völlig unberührt. Ihre Gedanken galten lediglich Fenja, von der Wiebke schrieb, dass sie in wenigen Tagen nach Listland aufbrechen würde, um in ihr Zuhause zurückzukehren, vorausgesetzt, die Familie bestätigte ihr per Rückantwort, dass das junge Mädchen auf der Insel in stabile und geordnete Verhältnisse kam.

»Unsere kleine Fenja kehrt wieder heim«, wiederholte Beeke mehrere Male, als ob sie sich durch das laute Aussprechen vergewissern musste, dass die vorgelesenen Zeilen kein Wunschtraum waren, sondern Wirklichkeit. »Wir können das Kind endlich in unsere Arme schließen, welch ein unglaubliches Geschenk.«

Dann rollten Tränen des Glücks über ihre Wangen, und sie umarmte die Tochter, die wiederum ihrerseits den Brief von Wiebke mehrfach las und Beeke weiter über alles unterrichtete, was in den Zeilen der ihnen Unbekannten aus Niebüll stand.

»Frau Volquard schreibt, dass Friso Fenja Lügenmärchen aufgetischt und behauptet hat, dass ich tot sei, das Haus zwangsversteigert und Martje zu einer Tante nach Hamburg geschickt wurde«, fasste sie den Inhalt für ihre Mutter zusammen, die Lene mit weit aufgerissenen Augen anstarrte. »Fenjas Briefe an Martje hat er abgefangen und sie damit glauben machen wollen, ihre Schwester würde sie nicht mehr lieben, weil sie es nicht für nötig hielt zu antworten.«

»Was für ein schlechter Mensch Friso doch war«, sagte Beeke angewidert. »Hätte ich ihn nur niemals in unser Leben gelassen.«

»Dich trifft keinerlei Schuld, das haben wir doch schon mehrfach besprochen«, erwiderte Lene und streichelte ihrer Mutter sanft über die tränennasse Wange. »Du hast in dem guten Glauben gehandelt, das Beste für mich und Martje zu tun, und so war es zu Anfang ja auch. Die politischen Verhältnisse haben in vielen Menschen das Schlechteste zutage gebracht und alles zerstört. Doch jetzt zählt nur, dass es unserer Fenja offenbar gut geht und sie endlich wieder heimkommt. Mittlerweile ist sie eine junge Frau. Wie sie wohl aussieht? Werden wir sie wiedererkennen?«

Beeke nickte und lächelte. »Sie ist jetzt in demselben Alter, in dem du dich damals in Marten verliebt hast«, sagte sie. Und dann, völlig unvermittelt: »Ob sie wohl noch gern Futjes isst? Ich backe welche für den Tag ihrer Ankunft, was meinst du?«

»Das ist eine wunderbare Idee«, stimmte Lene zu. »Und wir müssen ihr ein behagliches Zimmer herrichten. Sollen wir sie im Gästehaus unterbringen oder im oberen Stockwerk?«

»Fenja ist meine Enkelin«, erwiderte Beeke. »Ich ziehe selbstverständlich ins Gästehaus und räume ihr mehr als gern den Platz unter diesem wunderbaren Dach ein.« Sie deutete mit einer Kopfbewegung in Richtung des reetgedeckten Hauses, das im vergangenen Jahr einen frischen Anstrich erhalten hatte.

Und so verging der Vormittag damit, dass die beiden Frauen zunächst den erbetenen Antwortbrief an Wiebke Volquard schrieben, in dem sie sich außerdem für deren liebevolle Umsicht und Fürsorge bedankten. Danach schmiedeten sie Pläne für die Zeit nach Fenjas Ankunft und tauschten Erinnerungen an das kleine Mädchen aus, das von sonnigem Gemüt gewesen war und dem bereits als Kleinkind Bücher viel bedeutet hatten. Währenddessen machte sich eine so große Freude im Haus und in den Herzen der beiden Frauen breit, wie sie dort schon lange nicht mehr geherrscht hatte.

Doch Lenes Gedanken galten auch Martje, und sie wusste nicht recht, wie sie der älteren Tochter sagen sollte, dass ihre jüngere Schwester bald wieder auf die Insel zurückkehren würde.

Als Martje aus List heimkam, wo sie für Lene Besorgungen gemacht hatte, zuckte sie lediglich mit den Achseln, als die Mutter ihr die Neuigkeiten mitteilte, und ging dann ohne ein weiteres Wort in ihr Zimmer. Lene folgte ihr, blieb jedoch vor der Tür stehen, die soeben knallend ins Schloss gefallen war, und ihre Vorfreude auf Fenja schmälerte sich ein wenig, denn sie wünschte sich nichts mehr als Seelenfrieden für ihre Liebsten. Die Schwestern waren doch als Kinder unzertrennbar gewesen?! Weshalb freute Martje sich nicht über diese wunderbare Neuigkeit und zog sich stattdessen schmollend zurück? Lene stand noch eine ganze Weile vor Martjes Zimmer, gab jedoch irgendwann auf und ging in die Küche, um eine Suppe für das Abendessen zu kochen. Sie entschied sich für eine klare Brühe mit Pfannkuchenstreifen, die Martje so gern aß, und vermengte Eier, Milch, Zucker und Salz mit geübten Griffen.

Während sie den Teig rührte, dachte sie an die Begründung, die sie sich damals für die plötzliche Abreise von Friso und Fenja ausgedacht hatte, die jedoch aus heutiger Sicht ebenso wenig schlüssig war wie die Version, die Friso seiner Tochter aufgetischt hatte. Zunächst hatte Lene auf Zeit gespielt in der Hoffnung, dass Friso irgendwann wieder zur Vernunft kommen und erkennen würde, dass die Mädchen unendlich unter seiner erpresserischen Entscheidung leiden mussten. Spätestens als wieder Frieden herrschte, so dachte Lene, würde er zur Besinnung kommen und erkennen, wohin ihn sein blinder Hass geführt hatte. Nach der überstürzten Abreise von Friso und Fenja hatte sie Martje mit dem Argument vertröstet, dass Friso von seiner Familie gebraucht wurde und Fenja bei sich haben wollte, damit er sich in Niebüll nicht so einsam fühlte. Martje hatte zunächst gar nichts dazu gesagt, sehr zur Verwunderung von Lene und Beeke. Erst einen Tag später, als sie Eeb und Flud auf der Koppel besuchen wollte und die Ponys dort nicht vorfand, erkannte sie offenbar, dass ihr so vieles, was sie liebte, ohne jegliche Vorwarnung entrissen worden war. Sie reagierte, wie so oft, mit heftigen Wutanfällen, Geschrei und Tränen. Lene und Beeke konnten nichts weiter tun, als sie zu trösten und zu versuchen, ihren Schmerz durch Ablenkung ein wenig zu lindern, was ihnen jedoch kaum gelang.

Zu dieser Zeit geschah es, dass ein junger Ziegenbock sich nach Listland verirrte und den Dingen eine neue Wendung gab. Eines

Tages stand er auf der Koppel, musterte die Umgebung aus hellgelben Augen, stieß seine Hörner mehrmals kraftvoll gegen das Gatter und zog damit die Aufmerksamkeit von Martje auf sich, die gerade den Hahn verfolgte, um ihn zu triezen. Lene beobachtete die Szenerie vom Gemüsegarten aus und spürte beinahe körperlich, dass da etwas Bedeutsames vor sich ging. Die Ziege meckerte und rammte erneut mehrfach das Gatter. Martje näherte sich neugierig dem Holzzaun, zunächst zögerlich, doch dann immer mutiger, den Blick fest auf das Tier gerichtet. Je näher Martje kam, desto ruhiger wurde die junge Ziege, die hungrig ihre Zunge nach den Pflanzen ausstreckte, welche am Rand des Weideplatzes wuchsen.

Lene spannte ihren Körper an, bereit, sofort loszurennen, sollte ihre kleine Tochter in Schwierigkeiten geraten.

»Hallo, Karl«, rief Martje schließlich aus, schlüpfte zwischen den Gatterstäben hindurch und streichelte den Kopf des jungen Bocks, der augenblicklich aufhörte zu meckern und stillhielt. Lene wusste einiges über die strenge Rangordnung von Ziegen, diesen intelligenten, jedoch äußerst eigenwilligen Tieren, und hatte mehrfach mit dem Gedanken gespielt, sich welche zuzulegen, denn die Geißen gaben ebenfalls Milch, und sie liebte den Käse, den man daraus gewinnen konnte.

»Hast du dich verlaufen, oder bist du weggerannt, weil deine Familie dich nicht mehr lieb hat?«, hörte sie Martje die Ziege fragen, und Lenes Herz wurde schwer. Was hatte Friso nur angerichtet? Würde es ihr jemals gelingen, die Wunden zu heilen, die seine Entscheidung dem siebenjährigen Mädchen zugefügt hatte? Ihre Tochter schmiegte das Gesicht an Karls Hals, so wie sie es zuvor mit Eeb und Flud getan hatte. Karl meckerte noch einmal, aber leise und beinahe so, als wollte er Martje zustimmen und sie trösten. Dann leckte er mit seiner rosa Zunge über ihren Handrücken.

»Na, wen haben wir denn da?«, fragte Lene, die sich behutsam der Weide genähert hatte.

»Das ist Karl, er wohnt ab jetzt bei uns«, erwiderte Martje, als sei dies das Selbstverständlichste der Welt. Von diesem Tag an stellte sie keine Fragen mehr zum Verbleib ihrer Schwester und des Vaters, und Lene wagte es nicht, die Sprache wieder auf Fenja oder Friso zu bringen. So gingen die Jahre ins Land, und Lene wusste nicht, ob Martje jemals auch nur noch einen einzigen Gedanken auf diesen Teil ihrer Familie verwendete. Und nun würden die beiden Schwestern einander bald wieder gegenüberstehen ...

38

LISTLAND, 1956

Lene

Zwei Wochen später warteten Lene und Beeke am Bahnhof darauf, dass Fenja endlich aus dem Abteil stieg. Martje hatte keinerlei Interesse an der Ankunft der Schwester gezeigt und nutzte die Gelegenheit, um in Westerland Freunde zu treffen und bummeln zu gehen. Mit achtzehn Jahren war sie zwar noch lange nicht volljährig, aber kaum noch zu bändigen und sehr unstet. Sie half ihrer Mutter bei der Vermietung, verdiente sich hie und da in List oder anderswo Geld dazu und unterhielt sich am liebsten mit den Urlaubern, die auf die Insel kamen, denn sie träumte von fernen Orten und konnte es kaum abwarten, diese irgendwann einmal zu besuchen. Die Straßen waren nun deutlich besser ausgebaut, sodass Martje entweder von Lene gefahren wurde, die einen Führerschein gemacht und sich vom Erlös ihres Verlobungsrings und anderen Ersparnissen einen VW Käfer gekauft hatte. Oder sie fuhr mit dem Fahrrad, da sie sich gern bewegte, egal, bei welchem Wetter.

»Es wäre schön, wenn wir heute alle gemeinsam zu Abend essen könnten«, hatte Lene ihr zum Abschied zugerufen, doch da war Martje schon Richtung Kurpromenade gestürmt, ohne Antwort zu geben.

»Ist das unsere Fenja?«, fragte Beeke, deren Sehkraft stark nachgelassen hatte, und deutete auf eine schlanke, junge Frau mit rotblonden, welligen Haaren, die relativ kurz geschnitten waren.

Sie trug ein tailliertes, ausgestelltes Sommerkleid, das ihre schmalen Waden umspielte und dessen himmelblauer Stoff mit weißen Punkten verziert war.

In der Hand hielt sie einen dunkelblauen Koffer, ihre zierlichen Füße steckten in schneeweißen Lackschuhen, die spitz zuliefen.

»Aber natürlich ist das unser Mädchen«, rief Lene aus und lief der jungen Frau entgegen, die zaghaft lächelte, als ihre Mutter sie fest umarmte. Sie selbst blieb steif und zeigte nichts von der Freude, Lene wiederzusehen, die diese sich erhofft hatte. Die Begrüßung von Beeke fiel ein wenig herzlicher aus, doch alles in allem stand scheue Fremdheit im Raum, und Lene wäre am liebsten in die Buchhandlung gegangen und hätte sich dort in die Neuerscheinungen vertieft, statt sich der ablehnenden Haltung ihrer Tochter auszusetzen, auf die sie sich so unbändig gefreut hatte.

»Hattest du eine gute Fahrt, mein Kind?«, fragte Beeke und hakte sich bei Fenja ein. Lene nahm ihrer Tochter indes den schweren Koffer ab und überlegte, was sie tun konnte, um das Eis zu brechen, doch es fiel ihr nichts ein. Sie musste sich wohl oder übel in Geduld üben, schließlich stand das Mädchen sicher noch unter Schock. Auch wenn Lene ihrem Mann keine einzige Träne nachweinte, so litt Fenja höchstwahrscheinlich unter dem Tod ihres Vaters Friso. »Wir haben dein Zimmer hübsch hergerichtet und hoffen, dass du dich im Listland wohlfühlen wirst«, sagte Beeke und versuchte, die Rückfahrt zur nördlichen Inselspitze mit zwangloser Plauderei zu überbrücken. Lene fuhr und beobachtete im Rückspiegel, dass Fenja mit großen Augen die hohen Dünen bestaunte, deren heller Sand im Sonnenlicht so weiß glänzte, als sei er aus Puderzucker.

»Die sind ja süß«, sagte Fenja, als vereinzelt Schafe den Weg zum Reetdachhaus kreuzten, das hellblaue Automobil bestaunten und sich ihm in den Weg stellten.

»Wir haben sehr viele Schafe und neugeborene Lämmer«, erwiderte Lene, froh, ein Thema gefunden zu haben, über das sie mit ihrer Tochter sprechen konnte. »Du kannst mir gern beim Füttern helfen, wenn du magst, die Tierchen sind wirklich entzückend.«

Fenja erwiderte darauf jedoch nichts, und Lenes Herz wurde schwer. Der Moment, den sie sich in ihren Träumen immer wieder ausgemalt hatte, verlief gänzlich anders als erhofft.

»Da wären wir«, sagte sie jedoch betont fröhlich, nachdem sie auf dem Vorplatz des Hofes gehalten hatte, um das hübsche Auto abzustellen, das den Frauen von Listland viel Freiheit ermöglichte. Lene konnte sich kaum noch an die Zeiten erinnern, in denen sie mit dem Pferdefuhrwerk über die Insel gefahren war und erheblich mehr Zeit für Besuche in Kampen, Keitum oder Westerland hatte aufwenden müssen. Dennoch blieb das Automobil ein Luxus, und sie versuchte, es so gut wie möglich zu schonen.

»Und hier ist dein Zimmer«, sagte Beeke und öffnete die Tür zum Raum im ersten Stock, in dem sie selbst zuvor gewohnt hatte. »Wir haben die Wände frisch gestrichen, neue Gardinen genäht und alles so hübsch wie möglich für deinen Empfang bereitet. Gefällt es dir?«

Lene hatte Beeke den Vortritt gelassen, da sie glaubte, dass Fenja der Großmutter mehr zugetan war als ihr selbst. Die junge Frau, die ihr gerade so fremd war, als hätte Lene sie nicht selbst zur Welt gebracht, stand eine Weile regungslos in dem Raum, der Behaglichkeit verströmte und von den Sonnenstrahlen erhellt wurde, die schräg durchs Fenster fielen. Gegenüber vom Bett standen ein wunderschöner alter Bauernschrank, in den Holzwürmer kleine Löcher genagt hatten, und zudem ein Regal, randvoll gefüllt mit den Lieblingsbüchern von Lene. Auf dem Schreibtisch leuchteten Frühlingsblumen aus dem Garten in einem weißen

Emaille-Krug. Doch Fenjas Aufmerksamkeit galt weder der Einrichtung noch dem prachtvollen Blumenstrauß. Sie betrachtete stattdessen beinahe ehrfürchtig den Inhalt des Regals, las aufmerksam die Buchrücken und zog schließlich einen Roman nach dem anderen heraus. Beeke und Lene sagten kein Wort, denn dieser Augenblick war pure Magie. Fenjas Gesicht erstrahlte, als hätte man ein Licht angeknipst, sie las murmelnd die Titel vor, die sie besonders zu interessieren schienen, dann nahm sie *Das doppelte Lottchen* von Erich Kästner zur Hand und setzte sich auf das Bett mit der geblümten Tagesdecke, die Beeke aus Stoffresten für Fenja angefertigt hatte.

»Das gehört zu meinen Lieblingsbüchern«, sagte diese kaum hörbar und strich mit der Hand über den Einband.

»Zu meinen auch«, erwiderte Lene. »Genau wie *Pünktchen und Anton*. Du hast schon als kleines Kind Bücher geliebt, schön, dass du dir die Freude am Lesen offenbar bewahrt hast. Unser gesamtes Haus gleicht einer Bibliothek, auch auf dem Dachboden. Du kannst also nach Herzenslust stöbern.«

»Das wäre schön«, erwiderte Fenja mit verträumtem Gesichtsausdruck. »Doch jetzt würde ich mich gern etwas ausruhen, die Fahrt hat mich ermüdet.«

»Aber sicher, mein Kind, aber sicher«, erwiderte Beeke und schloss die Vorhänge, die vom hereinströmenden Wind aufgebauscht wurden. Das Rauschen der Brandung war aus der Ferne zu hören sowie der Gesang der Austernfischer, die im Schlick nach Strandkrebsen suchten und im Frühjahr ihre Eier in Bodenmulden auf dem Küstenstreifen ausbrüteten, der zum Watt führte.

»Schlaf gut«, sagte Lene und hätte am liebsten »meine Kleine« hinzugefügt. Doch das junge Mädchen ähnelte kaum noch dem Kind von einst, das stets die Nähe der älteren Schwester gesucht hatte, wenn es sich nicht gerade vorlesen ließ oder mit dem Hasen spielte, den Beeke ihm einst gestrickt hatte. Dem fantasiebegabten Kind, dem Lene die Geschichten von Bo, dem fliegenden Händler erzählt und sie damit zum Lachen und Staunen gebracht hatte.

»Gib ihr Zeit«, versuchte Beeke, sie zu trösten, als die Frauen auf der Terrasse vor dem Haus Tee tranken und auf das Wasser schauten, das in der Sonne silbrig glitzerte. »Das renkt sich alles wieder ein. Vertrau mir.«

»Das würde ich ja gern«, erwiderte Lene seufzend und schirmte die Augen mit der Hand gegen die Sonne ab. »Aber sie hat gar nicht nach Martje gefragt, und ich wage kaum daran zu denken, wie es wird, wenn die beiden heute Abend aufeinandertreffen. Doch ich bin froh, dass ihr Bücher nach wie vor Freude zu bereiten scheinen, denn davon gibt es hier ja ausgesprochen viele.«

»In der Tat«, erwiderte Beeke schmunzelnd. »Es wird Zeit, dass wir sie katalogisieren und ordnen, sonst verlieren wir zwei sammelwütigen Bücherfrauen von Listland irgendwann den Überblick.«

»Und es wird Zeit, dass wir mit den kulturellen Veranstaltungen beginnen, die wir geplant haben«, erwiderte Lene lächelnd und blickte verträumt in die Ferne.

Bislang hatte es im Listland so viel zu tun gegeben, dass keine Zeit geblieben war, die Pläne für *Lenes literarisches Logierhaus* in die Tat umzusetzen. Zudem würde es sicher noch eine Weile dauern, bis wieder so viele Gäste auf die Insel kamen, dass es sich lohnte, aufwendige Veranstaltungen wie Lesungen und Konzerte zu organisieren. Momentan war Lene froh, wenn sie Zimmer an Urlauber vermieten konnte, welche die Abgeschiedenheit zu schätzen wussten. Die meisten Sommerfrischler gaben eher Westerland den Vorzug, denn der Ort war gut erreichbar, die Kurpromenade verlockte zum Flanieren, es gab Cafés und Läden, die ihre Waren feilboten. Auch das Kaufhaus H. B. Jensen, in dem Lene als Sechzehnjährige mit Beeke das blaue Kleid gekauft hatte, das sie in jener bedeutsamen Nacht mit Marten getragen hatte, hatte die Kriegsjahre überlebt und bildete das Herzstück der Friedrichstraße.

»Denkst du eigentlich manchmal noch an Marten?«, fragte Beeke, als wüsste sie, dass ihre Tochter gerade in Erinnerungen an ihn versunken gewesen war. Lene schüttelte den Kopf, doch dieses Verneinen entsprach nicht ganz der Wahrheit. Erst neulich hatte sie auf dem Dachboden ihre Schatzkiste zur Hand genommen, in der sie seine Haarlocke und früher den Verlobungsring aufbewahrt hatte. Den wertvollen Brillanten hatte sie, als das Geld knapp war, an einen Schmuckhändler verkauft, und nun war es an der Zeit, sich auch von der Locke ihres Geliebten zu trennen, denn sie musste lernen, die Vergangenheit loszulassen, um Platz für die Gegenwart und die Zukunft zu schaffen.

Die Stranddistel, das Holzfischlein und der Inhalt der silbernen Dose blieben allerdings vorläufig an ihrem Platz im Geheimversteck, genau wie ihre Briefe an Marten.

Doch es würde der Tag kommen, an dem sie ihren Töchtern die Geheimnisse offenbaren und ihnen einen Teil der Geschichte erzählen würde, den bislang nur sie allein kannte.

39

LISTLAND, GEGENWART

Anna

Ich kann nicht glauben, dass du mir nie erzählt hast, dass das Haus in Niebüll dir gehört«, sagte Elisa. Ihr stand die Fassungslosigkeit förmlich ins Gesicht geschrieben, und Eric blickte betreten zu Boden. »Aber du wusstest davon«, sagte sie beinahe anklagend zu ihrem Bruder, und mir wurde mulmig bei dem Gedanken, dass sogar ich Kenntnis von den Besitzverhältnissen der Villa hatte, nur Fenjas Tochter nicht.

»Ich habe Eric vor einiger Zeit davon erzählt, weil ich seinen Rat für anstehende Sanierungsarbeiten brauchte«, verteidigte Fenja sich. »Ursprünglich hatte ich nicht vorgehabt, ihn einzuweihen, ihr solltet beide erst davon erfahren, wenn ihr das Haus in Niebüll erbt.«

»Das glaube ich jetzt nicht«, zischte Elisa und sprang auf. Mir selbst war die Szene derart unangenehm, dass ich am liebsten den Raum verlassen hätte, doch das war keine Option. Heute Abend sollten so viele Wahrheiten wie möglich auf den Tisch kommen, egal, wie sehr sie vielleicht auch schmerzten, anders würden wir nicht weiterkommen. »Wieso vertraust du ihm und mir nicht?«, setzte Elisa nach, und es begann in meinem Magen zu rumoren. Fenja bei der Aufarbeitung ihrer Vergangenheit zu helfen, war das eine. Einem Mutter-Tochter-Drama beizuwohnen, etwas völlig anderes.

»Dass ich dir nichts von der Villa erzählt habe, ist doch kein Zeichen mangelnden Vertrauens«, hielt Fenja dagegen. »Dir entgeht kein Anteil am Erbe und auch sonst nichts, das verspreche ich dir. Eric hat lediglich seinen fachlichen Rat beigesteuert, und das war auch schon alles.«

»Du erzielst doch aber Einnahmen durch die Vermietung der Wohnungen, oder nicht?«, bohrte Elisa weiter nach und tigerte unruhig auf und ab, während sie sprach. Eric schenkte sich ein zweites Glas Wein ein, und ich hätte es ihm am liebsten gleichgetan. Doch ich wollte einen klaren Kopf behalten und wünschte, Elisa würde nicht so unüberlegt und emotional reagieren, obgleich ich sie natürlich verstehen konnte.

»Das ist richtig«, entgegnete Fenja, sichtlich darum bemüht, die Fassung zu wahren. »Ich investiere diese Einnahmen in die Buchstiftung und andere literarische Projekte. Das ist nicht verwerflich, und ich bin zudem niemandem darüber Rechenschaft schuldig als mir selbst und meinem Steuerberater.«

Diese Antwort schien Elisa einen Moment zu denken zu geben, denn sie blieb stehen und verschränkte abweisend die Arme. »Und wieso hast du das Haus in Niebüll sanieren, aber das Dach über dem eigenen Kopf mitsamt deinen über alles geliebten Buchschätzen verrotten lassen?«

Eins zu null für Elisa, dieses Argument war tatsächlich nicht von der Hand zu weisen. Über Erics Gesicht huschte ein kurzes Grinsen.

»Das ... das ist eine durchaus berechtigte Frage, die ich dir ehrlich gesagt auch nicht recht beantworten kann«, hob Fenja an, ihre Stimme klang deutlich leiser als noch eben. »Um dies zu verstehen, müsstet ihr weit mehr über mich, mein Leben und meine Empfindungen wissen als bisher. Und wahrscheinlich müsste auch ich mich dazu besser kennen. Doch ich bin zeit meines

Lebens vor vielem davongelaufen, wahrscheinlich am meisten vor mir selbst, und stehe erst jetzt am Beginn dieser Art von Selbstreflexion, die für eure Generation viel selbstverständlicher ist. Zu meiner Zeit konnte man es sich nicht leisten, Nabelschau zu betreiben, man war häufig gezwungen zu handeln oder die Dinge zu nehmen, wie sie waren. Doch ich will nichts beschönigen, denn der Schaden an der Buchsammlung ist immens. Ich könnte zu meiner Verteidigung vorbringen, dass ich bereits von meiner Mutter so viele Bücher geerbt habe, dass ich sie kaum unterbringen konnte. Dennoch habe ich als passionierte Bibliophile weitergesammelt, weil ich Bücher über alles liebe und Eric plante, irgendwann ein Antiquariat zu eröffnen, wofür er natürlich Ware brauchte. Zudem war ich vollauf damit beschäftigt, als Buchhändlerin zu arbeiten, Kinderbücher zu schreiben, mich um den Fortbestand nordfriesischer Literatur und um Leseförderung für Kinder zu kümmern. Und natürlich war ich auch Ehefrau und irgendwann Mutter von euch beiden.« Fenja hielt einen Moment inne, und ich seufzte innerlich, weil die Reihenfolge ihrer Aufzählung widerspiegelte, worunter Elisa zeitlebens gelitten hatte.

Elisa sagte leise: »Na toll«, ließ ihre Mutter aber weitersprechen.

»Zudem bekam ich von allen Seiten besondere Buchschätze geschenkt, die bei Haushaltsauflösungen anfielen oder die nicht ins Archiv gebracht werden sollten, weil man es als sicherer empfand, wenn ich die Bücher in meine Obhut nahm, schließlich hatte es im Archiv einmal gebrannt – leider eine fatale Fehleinschätzung. Ich habe das Katalogisieren und die Entscheidung darüber, was eines Tages aus allem werden sollte, immer wieder hinausgezögert und verschoben. Irgendwann wurde ich zu alt, meine Knie zu steif, um die Trittleiter hinaufzugehen, und irgendwie geriet der Dachboden in Vergessenheit. Doch ich gebe zu, dass ich auch überfordert mit der Vorstellung war, was später aus der riesigen Sammlung werden sollte, denn Erics Antiquariat lief nicht so gut wie erhofft, du, Elisa, bist nach Lübeck gezogen, und meine Schwester Martje ...« An dieser Stelle brach Fenjas Stimme. »Nun ja, sie wird wohl nie mehr zurückkommen und Anspruch auf diesen Teil des Erbes erheben, aber das beginne ich erst allmählich zu akzeptieren. Und was Erics Warnungen bezüglich des Daches betrifft, so habe ich schlicht und einfach darauf vertraut, dass es halten würde. Es wurde nicht mit diesem neuen, schnellwüchsigen Reet aus China gedeckt und hat in den vergangenen Jahrzehnten allem tapfer standgehalten. Wahrscheinlich war das naiv von mir und der Dachboden mitsamt Inhalt eine Art blinder Fleck, aber ich hatte das Gottvertrauen, dass schon alles gut gehen würde.«

Keiner sprach ein Wort, nachdem Fenja ihren Monolog beendet hatte. Der Begriff »blinder Fleck« beschrieb perfekt ein Phänomen, das sicher die meisten Menschen kannten, es sich aber nur ungern eingestanden.

»Immerhin hast du mich hierher eingeladen, um mit dem Katalogisieren zu beginnen«, sagte Elisa, nachdem sie sich wieder zu uns an den Tisch gesetzt hatte. »Das bedeutet, dass du dir sehr wohl dessen bewusst warst, was für eine Aufgabe auf dich wartete.«

»Ich habe dich eingeladen, weil ich dich von deinem Kummer wegen der Trennung von Andreas ablenken und weil ich die Chance haben wollte, dich zu trösten und dir zu zeigen, wie sehr ich dich liebe. Ich wollte dir das Gefühl vermitteln, dass Listland dein Zuhause ist und dir hier nichts passieren kann, weil ich auf dich achtgeben werde, solange ich es noch kann. Im Übrigen überschreibe ich dir eine Wohnung deiner Wahl in dem Haus in Niebüll. Dann hast du einen schönen Ort für dich, wenn du in der

Stadtbücherei zu arbeiten beginnst, und kannst kostenfrei wohnen.« Fenjas Worte waren kaum zu hören, gingen mir jedoch sehr zu Herzen.

»Ach Mama, das … was soll ich sagen …«, erwiderte Elisa schluchzend, und dies war der Augenblick, in dem ich beschloss, mich diskret zurückzuziehen. Wortlos öffnete ich die Terrassentür, Eric folgte mir auf dem Fuße. »Wollen wir an den Strand?«, fragte er, und ich nickte.

Wir standen am Ufer in der Nähe der Brutstätte der Zwergseeschwalben und schauten auf das Wasser, welches das Farbenspiel der untergehenden Sonne widerspiegelte. Schleierwolken durchzogen in Streifen den orangefarbenen Ball, der in wenigen Minuten im Wasser versinken und am nächsten Tag an anderer Stelle wieder in den Himmel steigen würde. Am Rande des Flutsaums bewegten sich Strandkrabben aufeinander zu und stoben wieder auseinander, die sanften Nordseewellen schimmerten wie mit Satin unterlegter Organzastoff. Ich zog meine Schuhe aus und planschte mit den Füßen im flachen Wasser umher. Algen verfingen sich in meinen Zehen, der Wind streichelte meine Wangen. Am liebsten würde ich bleiben.

Für immer.

Gemeinsam mit Eric.

Das Haus
am Ende der Welt

Die junge Frau war in das Haus zurückgekehrt, in dem sie einst als kleines Mädchen glücklich gewesen war und es geliebt hatte, mit der älteren Schwester auf dem Dachboden Verstecken oder Verkleiden zu spielen. Das Haus war damals erfüllt gewesen von fröhlichem Glucksen und Lachen, von Kinderreimen und Vorlesestunden am Abend. Es hatte Sätzen wie »Ich hab dich lieb« und »Ich dich noch viel mehr« gelauscht, welche die Schwestern einander zugeflüstert hatten, wenn sie sich nachts im Alkoven aneinanderschmiegten und dem Herzschlag der jeweils anderen lauschten.

Doch nach der Rückkehr der jüngeren Schwester schien es, als hätte es dieses Band zwischen ihnen niemals gegeben, genau wie das stille Versprechen, ein Leben lang füreinander da zu sein. Beide gingen vom ersten Tag der Wiederbegegnung an getrennte Wege. Die Jüngere dachte, die Liebe der älteren Schwester zu ihr sei erloschen, weil diese nie auf die Briefe geantwortet hatte, die sie ihr geschrieben und in denen sie gestanden hatte, wie sehr ihr die zweite Hälfte fehlte. Wie unvollständig und leer sie sich fühlte. Da half auch die Erkenntnis nicht, dass sie beide Opfer einer Intrige geworden waren, denn der Schmerz hatte sich viel zu lange eingegraben und saß äußerst tief.

In der Älteren war etwas zerbrochen, als sie hatte erkennen müssen, dass das, was sie liebte, von einem Tag auf den anderen verschwinden konnte und sie machtlos dagegen war. Derartige Gefühle würde sie niemals wieder zulassen, denn sie gingen unweigerlich Hand in Hand mit unerträglicher Trauer. Und so lebte jede von ihnen ihr eigenes Leben, obgleich sie unter demselben Dach wohnten. Die Ältere plante, die Insel so schnell wie möglich zu verlassen, denn es zog sie in die große, weite Welt, in der es so viel gab, was Listland ihr nicht bieten konnte. Sie studierte den Globus, den die Großmutter ihr zum Geburtstag geschenkt hatte, und malte mit dem Finger Reiserouten nach, denen sie folgen würde, sobald sie ihre Volljährigkeit erreicht hatte oder vielleicht auch schon früher. Als erstes Ziel hatte sie Rømø auserkoren, auf dessen Ufer man von Listland aus an klaren Tagen einen wunderbaren Blick hatte. Die Wattenmeerinsel mit den breiten Sandstränden gehörte zu Dänemark und erschien ihr als idealer Ausgangspunkt. Sie wollte frei sein und ihr Leben leben, wie ein Zugvogel, der seine Route kannte und unbeirrt seiner Bestimmung folgte. Doch anders als diese Vögel würde sie sich niemandem anschließen, denn sie würde mit leichtem Gepäck reisen und keine Bindungen knüpfen, die sie an Orte und Menschen fesseln würden.

Denn dann konnte ihr niemand wieder einen solchen Schmerz zufügen, wie ihn der plötzliche Verlust von Fenja verursacht hatte.

40

FRIEDRICHSTADT, GEGENWART

Anna

Fenja und ich stiegen in den Zug, der uns nach Friedrichstadt zu Ruth Arendt bringen würde. Die alte Dame lebte in einem Seniorenheim nahe der Treene und würde uns beide dort empfangen.

»Bist du nervös?«, fragte ich Fenja, die mir gegenüber Platz nahm. Vor uns lagen zwei Stunden Fahrt mit der Regionalbahn, die wir nutzen konnten, um nach Belieben zu reden oder zu schweigen.

»Nervös ist nicht der richtige Ausdruck«, erwiderte sie. »Gespannt und voller Hoffnung, etwas zu erfahren, was uns weiterhilft, trifft es viel eher. Doch ich versuche, meine Erwartungen nicht allzu hochzuschrauben.«

Nachdem wir die Holländerstadt erreicht hatten, spazierten wir vom Bahnhof gemächlich in Richtung Zentrum mit dem charmanten Marktplatz, wo auch Kathrins und Vivs Laden lag. Fenja hatte darum gebeten, die beiden kennenzulernen, bevor wir am Abend wieder zurück auf die Insel fuhren, und wir hatten dem gern zugestimmt.

»Frau Arendt hat heute einen guten Tag und freut sich auf Sie beide«, sagte die sympathische Dame am Infotresen der Seniorenresidenz. »Sie erwartet Sie im Besucherzimmer.«

Wir gingen über den Flur und wurden alsbald von einer Pflegerin empfangen, die uns mit einer weißhaarigen Dame im Rollstuhl bekannt machte.

»Guten Tag, Frau Arendt«, begrüßte ich die alte Frau mit blauen Augen, die von einem feinen Faltenkranz umrahmt wurden, auf denen ein milchig trüber Film lag. Sie hatte ein kleines, schmales Gesicht, blasse, durchscheinende Haut und sehr dünne Ärmchen. »Das ist Fenja Lorenzen, und ich bin Anna März, wir beide haben telefoniert. Meine Tochter Kathrin wohnt in der Wohnung von Daniel, in dem Treppengiebelhaus Ihrer Familie, ganz in der Nähe.«

»Der gute Daniel«, erwiderte Ruth strahlend. »Er ist so ein lieber Junge und besucht mich, sooft er kann. Aber bitte nehmen Sie doch Platz. Ich habe uns Tee und Kekse bestellt, ich hoffe, Sie mögen beides.«

»Sehr gern«, erwiderte Fenja und gab Ruth die Hand. »Ich danke Ihnen, dass Sie bereit sind, mit uns zu sprechen, und sich Zeit für uns nehmen.«

»Ach was, Zeit«, erwiderte Ruth mit einer wegwerfenden Handbewegung. »Was haben die Menschen nur immer mit der Zeit. Ständig jammern sie herum, dass sie zu wenig davon haben, statt die zu nutzen, die ihnen zur Verfügung steht. Und womit vergeuden sie die kostbaren Stunden dann? Sie starren fortwährend auf diese Mobiltelefone, anstatt den Himmel zu bestaunen. Doch was rede ich da, Sie sind nicht hierhergekommen, um meine Ansichten zu hören, sondern das, was ich über Marten weiß.«

Ihre zittrigen Hände griffen nach einer Mappe aus Leder, die neben ihr auf dem Tisch lag, ich schenkte uns dreien währenddessen Tee ein.

»In welchem verwandtschaftlichen Verhältnis stehen oder standen Sie zu Herrn Behlau?«, fragte Fenja und trank einen Schluck Schwarztee.

»Stand«, erwiderte Ruth. »Denn Marten ist leider seit vielen Jahren tot. Er war der ältere Bruder meiner entfernten Cousine Mathilde. Unsere Familien flohen im Sommer 1937 nach Amerika, um uns dort vor der Verfolgung durch die Nationalsozialisten in Sicherheit zu bringen. Marten, Mathilde und deren Eltern gingen zu Verwandten nach Manhattan, meine Mutter und ich konnten bei einer Tante in Long Island unterschlüpfen.«

»Dann ist Marten also nicht gewaltsam umgekommen?«, hakte ich nach, weil ich befürchtet hatte, er sei deportiert worden und hätte deshalb nie auf die Briefe von Lene Iwersen geantwortet.

Ruth schüttelte den Kopf, und mir fiel ein Stein vom Herzen. Durch die Nachforschungen und die daraus entstandene Nähe zu den Lorenzens fühlte ich mich dem Schicksal der Familie mittlerweile so sehr verbunden, als wäre sie meine eigene. Und auch wenn Marten Behlau viel zu jung gestorben war, so war es tröstlich zu wissen, dass die Todesursache eine andere war als befürchtet.

»Wir Behlaus und Arendts hatten unendliches Glück, im Gegensatz zu anderen Juden«, erzählte Ruth. »Wir verfügten über die nötigen finanziellen Mittel und den Rückhalt der Verwandtschaft, die teils schon lange vor uns nach Amerika ausgewandert war und sich sofort bereit erklärte zu helfen. Ich bin unendlich dankbar, dass wir diesem grausamen Schicksal entronnen sind, nicht zuletzt dank des Insistierens von Martens Vater, der nicht so lange zögerte, die Heimat zu verlassen, wie viele, die dieses Zögern das Leben gekostet hat.« Die Augen der alten Frau blickten nun in die Ferne, als verlören sie sich in ihrem früheren Leben als Exilantin.

»Haben Sie Kenntnis davon, wann Marten gestorben ist und woran?«, hakte Fenja nach. »Wie Sie durch das Telefonat mit Anna wissen, glauben wir derzeit, dass er ursprünglich meine

Mutter Lene heiraten wollte, als die beiden sich während seines Aufenthalts im Listland ineinander verliebten. Ich war noch bis vor Kurzem in dem Glauben, dass mein Vater Friso Pauls, den meine Mutter letzten Endes geheiratet hat, auch der Vater meiner älteren Schwester Martje war, doch ihre wiedergefundenen Briefe an Marten zeichnen ein gänzlich anderes Bild.«

Nun huschte ein Lächeln über Ruths Gesicht, und sie schien wieder hier bei uns zu sein und nicht in der Vergangenheit.

»Friso Pauls ist aller Wahrscheinlichkeit nach nicht der Vater Ihrer Schwester«, erwiderte sie in einem Tonfall, als hätte nie etwas anderes zur Debatte gestanden. »Schauen Sie hier rein, da finden Sie die Antwort.«

Sie händigte Fenja die Ledermappe aus, in die wir beide zeitgleich schauten. Auf der ersten Seite des weißen Papiers stand in wunderschöner Handschrift: »Listland«. Und darunter: »Verfasser: Marten Behlau, Spätsommer 1937«. Fenja blätterte weiter, und ich konnte bereits den ersten Zeilen entnehmen, dass dieses Manuskript eine Liebeserklärung an den Ort war, den ich so sehr ins Herz geschlossen hatte, aber vor allem an ein junges, buchbegeistertes Mädchen namens Lene Iwersen, das er hatte heiraten wollen.

»Mathilde erzählte mir, dass Marten diesen Roman nicht vollenden konnte, da ihm die Trennung von seiner großen Liebe das Herz zerriss. Er hatte sich bewusst entschieden, Lene nichts von seiner Flucht und dem Aufenthalt in Amerika zu schreiben, weil er sie nicht in Gefahr bringen wollte. Er wusste jedoch um die Folgen, die sein plötzliches Verschwinden für ihre junge Seele haben musste, zumal die beiden vor seiner hastigen Abreise eine Nacht miteinander verbracht hatten. Das alles hatte ihm furchtbar zugesetzt, da er ein feinsinniger, sensibler Mensch war. Er starb leider kurz nach Kriegsende an einer Sepsis, bevor er die

Chance hatte, auf die Insel zurückzukehren, alles aufzuklären und um seine große Liebe zu kämpfen. Ist das nicht furchtbar traurig?«

Ich nickte und versuchte, die Tragik dieser Geschichte nicht allzu nahe an mich heranzulassen, um fokussiert zu bleiben. Dennoch fragte ich: »Dann hat er also nie erfahren, dass er Vater geworden ist?«

»Ich wüsste nicht, wie das hätte geschehen sollen, Frau März. Lene und er hatten ja keinerlei Kontakt, und zudem hatte auch niemand Kenntnis davon, wohin die Behlaus gegangen waren, schließlich haben sie bewusst jegliche Spuren verwischt«, erwiderte Ruth. »Ich habe das alles erst von meiner Cousine Mathilde gehört, als wir allesamt später wieder nach Friedrichstadt zurückgegangen waren, weil die Heimat uns so fehlte. Bevor Marten starb, hatte er seiner Schwester alles über seine Liebe zu Lene erzählt und auch, wo sie lebte. Sie hatte ihn ursprünglich auf der Insel besuchen wollen, doch dazu kam es nicht mehr, weil die Behlaus bei Nacht und Nebel nach Amerika geflohen waren. Mathilde sandte auf Bitte ihres Bruders von Amerika einen Brief mit der Nachricht von seinem Tod und Überresten eines Teils seiner Asche nach Listland, damit Lene sie dort seinem letzten Wunsch entsprechend der Nordsee übergeben konnte. Er selbst hatte nur noch die Kraft, ein letztes ›Ich liebe dich‹ als Gruß zu verfassen, das Mathilde ihren Zeilen hinzufügte, bevor dieser begabte und wunderbare junge Mann diese Welt verließ.«

Mir stockte der Atem, denn ich dachte sofort an den Inhalt der Silberdose im ausgehöhlten Buchblock. Es handelte sich dabei also nicht um verbranntes Papier, sondern ...

»Um Himmels willen«, sagte Fenja, der die Bedeutung von Ruths Erzählung nun ebenfalls klar wurde, und schlug sich erschrocken mit der Hand auf den Mund.

»Und Sie sind also die Tochter jener Lene, die Marten so sehr geliebt hat?«, fragte Ruth an Fenja gewandt, als müsse sie sicherstellen, dass sie diese äußerst persönlichen Informationen auch der richtigen Person anvertraute.

Fenja nickte, und ich sah Tränen in ihren Augen glitzern. »Ich bin, wie gesagt, die jüngere Schwester, Martje ist in jungen Jahren verschwunden, und es fehlt nach wie vor jede Spur von ihr.«

»Welch ein schöner Name und eine liebevolle Erinnerung an Marten«, murmelte Ruth. »Doch das tut nichts zur Sache, denn es muss furchtbar für Sie sein, nicht zu wissen, was aus ihr geworden ist. Damit teilen Sie leider das Schicksal so vieler, denen das Leben grausam mitgespielt hat, denn es gibt unzählige Menschen, die im Krieg und in den darauffolgenden Jahren so endgültig verschwunden sind, als hätte es sie nie gegeben. Unendlich viele Schicksale, unendlich viele ungelöste Rätsel, das ist furchtbar! Ihre Mutter hat offenbar auch einige Geheimnisse mit ins Grab genommen, ansonsten stünden Sie nicht hier und müssten diese Nachforschungen anstellen.« Fenja nickte. »Sie ahnen gar nicht, wie häufig ich das alles schon erlebt habe«, fuhr Ruth fort. »Wir Alten bekommen ja meist nur selten Besuch, aber wenn, dann häufig in Zusammenhang mit solchen Fragen. Nehmen Sie dieses Romanfragment, in der Hoffnung, dass es zur weiteren Klärung der Dinge beiträgt, und machen Sie etwas daraus. Sie sind doch Journalistin, Anna, und haben viele Bücher geschrieben, oder?«

»Woher wissen Sie das?«, fragte ich irritiert.

Ruth zwinkerte mir zu und sagte: »Ich musste mich doch vergewissern, wen ich zu mir einlade und wem ich diese kostbaren Seiten anvertraue, sie sind schließlich ein echtes Vermächtnis. Auch wenn ich Mobiltelefone nicht mag, haben sie doch ein Gutes. Man kann mit ihrer Hilfe vieles über Menschen herausfinden, wenn man eine nette Pflegekraft hat, die das für einen recherchiert. Ich habe auch das Interview mit Ihnen beiden gehört. Es hat mir sehr gefallen, auch wenn meine Augen leider schon lange viel zu schwach sind, um noch in Büchern zu schmökern. Doch das übernimmt dann Daniel, der mir vorliest, ist das nicht wunderbar?«

»O ja, das ist es«, erwiderte Fenja. »Ich danke Ihnen wirklich sehr für Ihr Vertrauen, es war mir eine Freude, Sie kennenzulernen. Vielleicht darf ich Sie irgendwann einmal wieder besuchen, dann lese ich Ihnen vor, wenn Sie mögen.«

»Das wäre wirklich reizend«, erwiderte Ruth, der bereits die Augen zufielen.

Ich rief nach einer Pflegerin, die ihren Schützling zurück aufs Zimmer brachte, nachdem wir uns verabschiedet und bedankt hatten. Als wir vor der Seniorenresidenz standen, legte ich den Arm um Fenja in der Hoffnung, sie ein wenig zu beruhigen oder auch zu trösten, denn sie wirkte ziemlich mitgenommen, was ich daran sehen konnte, wie fest sie die Ledermappe umklammerte. »Nun haben wir über vieles Gewissheit, einiges wird sich hoffentlich noch aus Martens Buch erschließen«, sagte ich. »Es ist wunderbar, dass Ruth uns sein begonnenes Manuskript anvertraut hat, allerdings ist damit auch eine große Aufgabe verbunden.«

»Das kann man wohl sagen«, erwiderte Fenja seufzend. »Ich fühle mich schon beim bloßen Gedanken daran überfordert. Aber wie heißt es so schön? Kommt Zeit, kommt Rat.«

Dann gingen wir eine Weile am Ufer der Treene spazieren, um das Erlebte ein wenig nachhallen zu lassen. Friedrichstadt wirkte so friedlich und zauberhaft, dass ich mir kaum vorstellen konnte, dass Menschen jüdischer Herkunft auch hier der Verfolgung ausgesetzt gewesen waren, in einer Stadt, die einst neue Bewohner mit der Aussicht auf Ausübung der Religionsfreiheit angelockt hatte.

»Hast du immer noch Lust, meine Tochter und ihre Freundin kennenzulernen?«, fragte ich Fenja, als wir auf der Brücke am Marktplatz standen und hinunter auf die Gracht schauten.

»Aber natürlich«, erwiderte diese und schenkte mir ein warmes Lächeln. »Nach all dem Düsteren, das ich heute gehört habe, wird mir ein wenig Leichtigkeit und eine kleine Pause von der Vergangenheit guttun. Sagtest du nicht, deine Tochter hätte extra Kuchen für uns gebacken?« Fenja zwinkerte mir zu, und so schlugen wir den Weg zum Laden ein.

»Das ist Fenja Lorenzen«, stellte ich Kathrin die alte Dame vor, mit der ich mittlerweile so vieles erlebt hatte, was ich nie vergessen würde.

Kathrin kam hinter dem Verkaufstresen hervor und umarmte Fenja. »Schön, Sie endlich kennenzulernen«, sagte sie. »Ich hoffe, meine Friesentorte ist so gut geworden, wie ich es mir wünsche. Ich habe sie zum ersten Mal gebacken, weil ich von Mama weiß, wie sehr Sie diesen Kuchen lieben, und ich wollte Ihnen unbedingt eine Freude machen.«

»Das ist wirklich reizend«, erwiderte Fenja, und auf ihrem Gesicht lag ein Leuchten, wie ich es sonst nur an ihr gesehen hatte, wenn sie über Bücher sprach.

41

LISTLAND, GEGENWART

Anna

Für den Abend nach unserer gestrigen Rückkehr aus Friedrichstadt war eine starke Sturmflut angekündigt, bereits die fünfte in diesem Jahr, wie Fenja mir erzählte.

»Diese Wetterkapriolen machen mir allmählich Angst, sie können so viel zerstören, nicht nur auf Dachböden«, sagte die alte Dame, als wir gemeinsam mit Elisa alle Blumentöpfe auf der Terrasse, den Tisch, die Stühle, einen Sonnenschirm und den Grill zusammensammelten und im ehemaligen Gästehaus verstauten. »Auch die Vogelwelt ist betroffen. In der Brutzeit gab es bereits drei schwere Stürme, die unsere Brutinsel am Ellenbogen bedroht haben, wo immerhin an die fünfzig Zwergseeschwalben, Sand- und Seeregenpfeifer sowie Küstenseeschwalben ihre Eier abgelegt haben. Zum Glück kümmerten sich Naturschützer mit viel Liebe und Sachkenntnis um die Vögel und siedelten die Gelege vorsichtig in mit Sand gefüllten Kisten um. Leider haben nicht alle Nester die Stürme überstanden, doch es ist immerhin gelungen, einen Großteil zu retten.«

Ich lauschte Fenjas Worten andächtig und schaute zugleich den jungen Zwergseeschwalben dabei zu, wie sie übers Watt flogen und dort nach Futter suchten. Die kleinsten Seeschwalbenvögel der Welt galten zwar noch nicht als bedrohte Vogelart, doch dezimierten sich ihre Bestände, so wie es leider bei vielen

Tieren der Fall war, wenn sich nicht Naturschützer für sie engagierten.

»Wie gut, dass das Bewusstsein für die Klimakrise allmählich steigt und nicht nur der Meeresspiegel«, erwiderte ich. »In einem Naturparadies wie Listland bekommt man ein noch besseres Gefühl für diese Problematik. Ich wünschte, ich könnte irgendetwas tun, aber ich habe leider kein Händchen für diese Themen, außer darüber zu berichten, wenn es sich ergibt.«

»Dafür hast du zahllose andere Talente, wenn ich allein bedenke, wie viel Bewegung in den vergangenen Tagen dank deiner Hilfe in unsere Familienforschung gekommen ist«, meldete sich nun Elisa zu Wort, die in der Nacht das begonnene Manuskript von Marten gelesen hatte.

Ich selbst hatte am frühen Morgen einen Blick darauf geworfen und versuchte, mir einen Reim auf all die neuen Informationen zu machen, die ich bislang sammeln konnte. Momentan waren es noch Puzzleteile, von denen bereits ein Großteil zusammengesetzt war und das Gesamtbild erahnen ließ. Doch es war noch nicht komplett, was mich beinahe rasend machte.

»Wenn ihr meine Unterstützung nicht mehr braucht, würde ich gern einen Strandspaziergang machen und meine Gedanken sortieren«, sagte ich, weil ich mir viel von der Bewegung an der frischen Luft erhoffte. Beim Verfassen meiner schwierigen Reportagen hatten mir meist Spaziergänge an der Elbe dabei geholfen, den Artikel genau so zu schreiben, wie ich ihn mir vorgestellt hatte.

»Mach das, meine Liebe, momentan ist das Wetter ja noch ganz stabil«, erwiderte Fenja, und Elisa lächelte zustimmend.

Also marschierte ich los und fühlte mich an den Tag meiner Ankunft auf der Insel erinnert: Diffuses Licht lag über dem Horizont der Nordsee.

Die Luft war schwül, Mückenschwärme schwirrten über den Küstengrasbüscheln, doch es wehte streckenweise ein kühler Wind. Ich ging barfuß am Flutsaum entlang und genoss es, wenn das hineinleckende Salzwasser meine nackten Knöchel umspielte. Auf dem Weg entdeckte ich Reste von Schafwolle, die sich in den Abzäunungen des Küstenschutzgebietes verfangen hatten, gelbe Blüten der Acker-Gänsedistel, die mit den hellrosafarbenen des Strand-Milchkrauts harmonierten. Dazwischen fanden sich olivfarbener Blasentang und mit Seepocken bedeckte Muscheln, Treibholz und Quallen. Ich folgte den Fußspuren eines Vogels im Sand, sah Strandroggen und Küstengras im Wind wogen und lauschte den Schreien der Seevögel, die mir heute unruhig erschienen. Aber wahrscheinlich bildete ich mir das nur ein, weil ich wusste, dass es am Abend eine Sturmflut geben würde.

Als ich mich dem Nehrungshaken am Ellenbogen näherte, an dem Brandung und Wattenmeer ineinanderflossen, nahm ich aus dem Augenwinkel eine Bewegung im Wasser wahr, das silbergrau schimmerte. Ich blieb stehen, blinzelte gegen das diffuse Licht an und traute meinen Augen kaum, als ich erkannte, dass eine Robbe auf mich zuschwamm. Sie tauchte ihr rundes Köpfchen immer wieder unter Wasser, paddelte weiter in meine Richtung, die Hinterflosse steil aufgerichtet. Wenn sie wieder an die Oberfläche kam, sah sie aus, als würde sie lächeln und mir mit ihren dunklen Knopfaugen schelmisch zuzwinkern. Ich hielt unwillkürlich den Atem an und blieb reglos stehen, um den magischen Moment zu genießen. Die Robbe suchte in diesem flachen Teil des Gewässers nach Fischen, und ich wollte sie keinesfalls dabei stören.

Der Mensch richtete schon genug Unheil an, indem er in den Lauf der Dinge eingriff und glaubte, alles beherrschen zu können, ob die Natur oder die eigene Spezies. Meine Gedanken flogen zu Marten Behlau, dessen Romanfragment mir sehr gut gefiel. Er schrieb feinsinnig und war ein äußerst genauer Beobachter gewesen. Er spielte die Sprachklaviatur mit virtuoser Leichtigkeit und erzeugte mit wenigen Worten eine Atmosphäre, die ihresgleichen suchte, ohne kitschig oder gar pathetisch zu werden. Ich war erstaunt, dass das 1937 von ihm beschriebene Listland dem ähnelte, wie ich diesen Landstrich heute wahrnahm. Aus jeder Silbe und jeder Zeile sprachen eine tiefe Verbundenheit mit der Natur, aber auch mit Lene Iwersen, die in seinen Augen Listland verkörperte, als seien sie und dieser Ort am Ende der Welt ein und dasselbe. Wäre es ihm vergönnt gewesen, länger zu leben und weiterzuschreiben, so wäre aus ihm sicher ein renommierter Autor geworden, dachte ich mit Bedauern.

Dem Text hatte ich entnommen, dass er seiner künftigen Braut nichts von seiner jüdischen Herkunft erzählt hatte, da derartige Themen zwischen den beiden keinerlei Rolle gespielt zu haben schienen. Er lobte ihren Literaturgeschmack, die Begeisterung, mit der sie zensierte Bücher gelesen und sich daraus eine weltoffene, kritische Geisteshaltung gebildet hatte, die auch durch ihre Eltern Beeke und Konrad Iwersen gestützt worden war, denen Marten Hochachtung zollte. Ich versuchte, mir auszumalen, welchen Verlauf das Schicksal von Lene genommen hätte, wäre es ihr vergönnt gewesen, ihre große Liebe zu heiraten. Doch dann hätte es Fenja nicht gegeben, und ich stünde nur hier, um den Spuren der Vögel, Waldeidechsen und Kreuzkröten zu folgen, die hier beheimatet waren, und nicht auch denen der Vergangenheit. Ich dachte an den mir unbekannten Friso, an dessen Grab ich Fenja gesehen hatte. Wenn ich sie richtig verstand, liebte sie ihren Vater, auch wenn sie wusste, dass seine intriganten Machenschaften viel Unglück über sie selbst und ihre Familie gebracht hatten. In diesem Zusammenhang rief ich mir nochmals Fenjas Blumengruß in Erinnerung, den sie in Niebüll an Frisos letzter Ruhestätte abgelegt hatte, und die Entschlüsselung der Botschaften, für die jede Blüte oder Pflanze stand. In meinem Handy hatte ich dazu Folgendes notiert: *Die Kornblume sagt: »Ich gebe die Hoffnung nicht auf.« Die Wicke: »Tag und Nacht umschwebt mich dein Bild.« Der Storchenschnabel: »Nicht jedes ist wahr, was man spricht.« Und die Distel: »Du hast mich verletzt, aber ich liebe dich.«*

Ich bekam augenblicklich Gänsehaut und war dankbar dafür, dass ich zu meinen Eltern trotz der üblichen Differenzen niemals ein ambivalentes Verhältnis gehabt hatte, wie es Fenja zu Friso und Elisa wiederum zu Fenja hatte. Auch Christian und mir war es gelungen, Kathrin gemeinsam in Liebe zu erziehen und ihr das nötige Urvertrauen mitzugeben, obgleich wir nicht als klassische Familie zusammenlebten und sie natürlich in ihren Teenagerjahren rebelliert hatte.

Mit einem Mal kam mir ein Gedanke, den ich sofort überprüfen musste: Ich rief Elisa auf ihrem Handy an und bat darum, Fenja sprechen zu können. »Weißt du etwas über die politische Einstellung deines Vaters?«, fragte ich die alte Dame, die sichtlich überrascht von meinem Anruf war. Sie antwortete nicht sofort, und ich beobachtete, wie die Robbe weiter nach Nahrung suchte und schließlich einen Fisch im Maul hatte, der Sekunden später in ihrem Bauch verschwunden war.

»Er war nicht sehr liberal, streng und hatte feste Vorstellungen von allem«, erwiderte Fenja, der die Antwort schwerzufallen schien. Sie sprach leise und stockend, als müsse sie die Antwort erst auf ihren Wahrheitsgehalt überprüfen, bevor sie ihr über die Lippen kam.

Ich musste also konkreter werden. »Sympathisierte er mit den Nationalsozialisten und war womöglich judenfeindlich eingestellt?«

In meinem Kopf hatte sich eine steile These gebildet, die ich allerdings noch auf Logik überprüfen wollte, bevor ich sie laut aussprach. Es folgte erneutes Schweigen, das von der Nordseebrandung übertönt wurde, die sich sprudelnd ins sanfte Wattenmeer ergoss. Die Robbe war verschwunden, Sanderlinge tippelten am Ufer umher und pickten nach kleinen Schlickkrebsen.

»Auch wenn ich mir das nur ungern eingestehe, war das so«, erwiderte Fenja. »Mich haben seine Tiraden schon als Kind verstört, weil für mich alle Menschen gleich wertvoll sind und mich starke negative Emotionen wie Wut und Hass abschrecken. Mein Vater war mir gegenüber sehr liebevoll und zugewandt, doch er hatte auch eine dunkle Seite, das kann ich leider nicht leugnen. Wiebke Volquard hat mir damals sicher nicht ohne Grund gesagt, dass er mich belogen hat, was meine Familie im Listland betrifft. Aber wieso fragst du?«

Nun war ich diejenige, die zögerte, denn ich wusste nicht, wie Fenja auf meine Vermutung reagieren würde. Doch sie schien in eine ähnliche Richtung zu denken wie ich.

»Meinst du, er hat geahnt, dass Martje zur Hälfte jüdischer Abstammung war, und ist deshalb mit mir nach Niebüll gegangen?«

Ich war erleichtert, dass Fenja das aussprach, von dem ich vermutete, dass es der Wahrheit sehr nahekam, und erwiderte: »Möglich wäre es.« Währenddessen trat ich den Rückweg zum Haus an, weil sich die dunklen Wolken verdichteten und auftürmten. Dann begann es zu nieseln.

»Das würde zu dem passen, was meine Mutter mir immer wieder gesagt hat, als ich nach Frisos Tod nach Listland zurückgekehrt bin. Sie hatte angedeutet, dass sie mich nicht freiwillig hergegeben hat, wenn ich jedoch weiter nachbohrte, hüllte sie sich in Schweigen, was nicht gerade dazu beigetragen hat, dass ich wieder Vertrauen zu ihr fassen konnte.«

»Wahrscheinlich wollte sie dich vor der traurigen Wahrheit beschützen, wie jede gute Mutter es tun würde. Sie wollte sicher vermeiden, dass du ein Bild von deinem Vater bekommst, das deine Liebe zu ihm erschüttert. Danke für deine ehrliche Einschätzung, die mir weitergeholfen hat, wir sehen uns gleich.«

Als ich wieder beim Haus war, kam Luzie mir entgegengetrabt und schmiegte ihr wollenes Köpfchen in meine Hand, eine wahre Wohltat angesichts der düsteren Erkenntnisse der vergangenen Tage. »Hast du Angst vor dem nahenden Gewitter?«, fragte ich und streichelte das schwarze Schäflein, das seit meinem ersten Tag im Listland merklich gewachsen war. Luzie machte: »Mäh«, und ich musste lachen, weil dieser Laut keck und frech klang. »Richtig so, es gibt keinen Grund zur Sorge«, erwiderte ich und kraulte Luzie hinterm Ohr. »Auf dem Hof kann dir nichts geschehen, wir passen hier alle aufeinander auf.«

Das Schaf folgte mir bis zur Eingangstür und wäre beinahe mit ins Haus geschlüpft, doch es wurde von Elisa daran gehindert. »Mach, dass du zu deinen Kumpels kommst, ich habe gerade Futter für euch hingestellt«, sagte sie und drohte Luzie spielerisch mit dem Zeigefinger. Dann wandte sie sich mir zu und sagte: »Mama hat Tee gekocht, möchtest du auch welchen, Anna?«

Ich bejahte und folgte Elisa in die Stuv. Mittlerweile hörte man Donnergrollen in der Ferne, und erste Blitze zuckten am Himmel. Das Gewitter kam früher als erwartet, es war eben trotz modernster Technik nicht alles berechenbar.

»Wem gehört denn das niedliche Plüschtier?«, fragte ich, weil ich sah, dass Fenja, die am Tisch saß, einen abgegriffenen Hasen in der Hand hielt, der offensichtlich aus Schafwolle gefertigt worden war. Der Anblick war zugleich anrührend, aber auch irgendwie schräg, denn ich fragte mich, wieso Fenja das Stofftier hervorgekramt hatte.

»Das ist Hasi, den meine Großmutter Beeke für mich gemacht hatte«, erwiderte Fenja. »Er war in meinem Koffer, als ich so plötzlich nach Niebüll reisen musste, genau wie meine liebsten Kinderbücher. Nach unserem Gespräch von eben habe ich nachgedacht und mich gefragt, ob meine Mutter mir damals irgendetwas mitgegeben haben könnte, was mich an Listland erinnern sollte. Und siehe da ...« Sie griff mit der Hand in den Bauch des Hasen, dessen Naht an der Seite aufgetrennt war. Dann zog sie eine alte Schwarz-Weiß-Fotografie heraus, auf der Beeke, Lene, Fenja und Martje zu sehen waren: eng aneinandergeschmiegt und strahlend.

Auf der Rückseite standen Lenes Worte: »Wir werden dich immer lieben und beten dafür, dass du eines Tages wieder zu uns zurückkommst. Deine Mutter«

Ich betrachtete die Aufnahme aus dem Jahr 1944 von den vier Frauen, die einander so ähnlich sahen und doch so unterschiedliche Charaktere hatten. Fenja war damals offenbar sehr viel unbedarfter und emotionaler gewesen, denn sie schmiegte sich besonders eng an Martje und schaute zu ihr hoch. In ihrem Blick lagen Bewunderung und große Zuneigung, wenn nicht gar Liebe. Mit der einen Hand hielt sie die ihrer Mutter Lene, einer bildschönen Frau, in deren Gesichtszügen ich eine gewisse Ähnlichkeit mit ihrer Enkelin Elisa ausmachen konnte. Beeke waren die Spuren der Vergangenheit deutlich anzusehen, aber auch die große Freude darüber, gemeinsam mit ihrer Tochter und den beiden Enkelinnen Martje und Fenja auf einer Fotografie verewigt zu werden. Martje schaute selbstbewusst in die Kamera, ihr Blick war stark und fest, und ich konnte mir gut vorstellen, dass sie einen nicht ganz einfachen Charakter gehabt hatte.

»Wie schön, dass du dieses Bild nach all den Jahren gefunden hast«, sagte ich, immer noch versunken in den Anblick der vier

Frauen von Listland. Sie saßen auf dem Sofa, auf dem Fenja die Briefe von Lene an Marten gelesen hatte, auch die Stuv hatte sich in all den Jahren kaum verändert. »Und wenn du nach einem Beweis dafür gesucht hast, dass deine Mutter dich geliebt und nicht verstoßen hat, wie du es immer glaubtest, dann hältst du ihn gerade in den Händen. Ich bin sehr froh, dass du auf die Idee gekommen bist, den Stoffhasen genauer zu untersuchen.«

Ein Schluchzen unterbrach unser Gespräch, und erst jetzt wurde mir bewusst, dass natürlich auch Elisa im Raum war und miterlebte, wie die falsche Wahrnehmung, die Fenja fast zeitlebens von ihrer Mutter gehabt hatte, nach und nach von der Wahrheit ersetzt wurde, die nun endlich ans Tageslicht gekommen war. Elisa umschlang ihre Mutter, und beide weinten, den Kopf jeweils auf die Schulter der anderen gelehnt. Sie weinten um die verlorene Zeit, in der jede von ihnen mit dem bitteren Gefühl gelebt hatte, von der Mutter nicht geliebt worden zu sein, obgleich das Gegenteil der Fall gewesen war.

Hinter meinen Augenlidern sammelten sich ebenfalls Tränen, doch es waren Tränen des Glücks darüber, dass ich dabei hatte helfen können, diese Versöhnung herbeizuführen.

Als Elisa sich irgendwann aus der Umarmung ihrer Mutter gelöst hatte, fragte sie, wo diese all die Jahre über den Stoffhasen aufbewahrt hatte.

»In der Seemannskiste, in der meine Mutter und Großmutter einst die Bücher versteckt hatten, die der Zensur unterworfen waren. Ich bin froh, dass diese Kiste in meiner Wohnung in Niebüll steht und nicht hier auf dem Dachboden. Als ich nach Jaspers Tod abgereist bin, habe ich das Stofftier, einige Fotoalben und einen Zettel mit den Worten ›Ich liebe dich‹ mitgenommen, von dem ich nicht wusste, wer ihn geschrieben und wem diese Liebeserklärung gegolten hatte. Wenn ich mich an das Gespräch mit Ruth

Arendt erinnere und die Schrift mit der des Manuskripts vergleiche, würde ich sagen ...«

»... dass dies jene letzten Zeilen von Marten an Lene sind, die seine Schwester damals dem Brief beigefügt hat ...«, vervollständigte ich Fenjas Satz. »Das bedeutet, dass sie seinen letzten Gruß erhalten hat und in dem Bewusstsein starb, dass seine letzten Gedanken ihr gegolten hatten, was in gewisser Weise tröstlich ist.«

»Eine Liebe für die Ewigkeit«, murmelte Fenja und blickte gedankenverloren in die Ferne, während draußen der Sturm entgegen der Ankündigung wieder abflaute und am Horizont ein Regenbogen erschien.

42

LISTLAND, 1996

Lene

Der Tag, an dem Lene beschloss, dass es endlich an der Zeit war, ihre Tochter Fenja in all die Geheimnisse einzuweihen, die sie schon viel zu lange mit sich herumgetragen hatte, war wunderschön: Die Sommersonne lachte über Listland, Lämmer tobten auf staksigen Beinchen umher und erkundeten voller Neugier den Strand, beäugt von den jungen Zwergseeschwalben, die am Himmel das Fliegen übten.

Lene saß mit ihren Enkeln Eric und Elisa bei Kaffee und Kuchen im Schatten der hohen Kiefer, die am Rand der Terrasse wuchs und sich bei Sturm in Richtung des Reetdachhauses bog, in dem Lene geboren war, genau wie ihre Töchter Martje und Fenja und wiederum Fenjas Kinder. Eric und Elisa folgten Lenes heutigen Erzählungen genauso atemlos, wie sie es als kleine Kinder getan hatten, denn sie liebten es, wenn ihre Großmutter von der Vergangenheit im Listland, den gesammelten Büchern und Bo, dem fliegenden Händler erzählte oder aus den Kinderbüchern vorlas, die Fenja nach den Erzählungen der Mutter geschrieben und selbst bebildert hatte. Sie fanden es bedauerlich, wenngleich auch verständlich, dass aus den Plänen für *Lenes literarisches Logierhaus* nie etwas geworden war, denn zu guter Letzt hatten Lene und ihre Mutter beschlossen, dass Listland ein stilles Naturparadies bleiben sollte. Besucher von Lesungen, Konzerten oder

Theaterstücken würden unweigerlich Unruhe in das Idyll bringen, in dem Vögel, Schafe, Insekten und andere Tiere bislang ungestört hatten leben dürfen.

Lenes Tochter Fenja war an diesem Tag wieder einmal von einer Reise nach Niebüll zurückgekehrt und Lene glücklich darüber, dass sie all ihre Lieben um sich hatte, wenngleich Fenja nur kurz Kaffee getrunken hatte und dann wieder ins Haus gegangen war. Beeke, Konrad und Marten fehlten allerdings. Doch Lene hatte im Laufe der Jahre gelernt, nicht darum zu trauern, was das Leben ihr genommen hatte, sondern dankbar für das zu sein, was ihr geschenkt worden war, denn das war unendlich viel: die wunderschöne Heimat, die unvergessliche Zeit mit Marten, der Liebe ihres Lebens, sein Abschiedsgruß und die Gewissheit, dass er sie geliebt und bis zu seinem letzten Atemzug an sie gedacht hatte. Beeindruckende und kluge Bücher, die ihr geholfen hatten, manch kummervolle Zeit zu überstehen. Ihre beiden wundervollen Töchter, von denen die eine leider verschwunden blieb, egal, wie sehr Lene, aber vor allem Fenja nach ihr gesucht hatten. Martje war stets ein Zugvogel gewesen, und tief in sich spürte Lene, dass sie lebte und immer noch dabei war, ihr Ziel zu erreichen, egal, wie lang und beschwerlich ihre Reise auch sein mochte – und das beruhigte sie in gewisser Weise.

»Ich fahre jetzt nach Keitum«, sagte Elisa schließlich und gab ihrer Großmutter einen Kuss auf die Wange. »Wir sehen uns dann später beim Abendessen.«

»Und ich gehe surfen«, ließ Eric Lene wissen und umarmte die alte Dame. »Üben wir morgen zusammen mit Elisa das Akkordeonspielen?«

»Ja, das machen wir«, erwiderte Lene und winkte ihren beiden Enkeln nach, als diese vom Hof fuhren. Eric auf dem Rad, umkreist von neugierigen Hühnern und einigen Schafen. Elisa mit einem VW, ähnlich dem, den Lene sich nach dem Krieg gekauft hatte. Fenjas Mann Ole war gerade auf einem Kongress, Fenja selbst saß oben in ihrem Zimmer und arbeitete, wie sie es fast immer tat, wenn sie im Listland war. Ob es daran lag, dass Bücher die Liebe ihres Lebens waren, oder weil sie allzu große Nähe zu ihrer Mutter meiden wollte, wusste Lene nicht und hatte es mittlerweile aufgegeben, sich den Kopf darüber zu zerbrechen. Viel wichtiger war, dass es Fenja gut ging, und das schien im Großen und Ganzen der Fall zu sein.

Lene erhob sich von dem geflochtenen Korbsessel, auf den die Mittagssonne unbarmherzig brannte, und spürte, wie schwer ihr das Leben mittlerweile in den Knochen saß. Innerlich war sie trotz ihrer fünfundsiebzig Jahre noch das junge Mädchen, das die Buchwelt und das Herz des angehenden Schriftstellers Marten Behlau erobern wollte. Doch dann hatte das Schicksal andere Pläne für sie gehabt. Und sie hatte diese irgendwann akzeptiert, so schwer ihr dies zuweilen auch gefallen war. Lene fächerte sich mit einem dünnen Büchlein Luft zu, es waren die Erinnerungen von Clara Tiedemann an ihre Zeit auf der Insel, und wischte sich mit einem Stofftaschentuch den feinen Schweißfilm ab, der sich auf ihrer Stirn gebildet hatte. Sie erinnerte sich daran, wie sie, Hand in Hand mit Marten, zum Haus Kliffende in Kampen spaziert war, und an den ersten Kuss von vielen, die noch folgen sollten. Dann blickte sie hinauf zum Fenster von Fenjas Zimmer und sah, dass diese ihr kurz zuwinkte.

»Ich gehe zum Wasser und kühle mich dort ab«, murmelte sie und schlug den Weg zum Meer über den schmalen Trampelpfad ein, der neuerdings zur Seeseite hin mit einem Holzschild, auf dem »Privat« stand, gekennzeichnet war.

Mittlerweile kamen viele Besucher zur Nordspitze der Insel

und bestaunten die beiden Leuchttürme, das Wasserschauspiel am Ellenbogen, die nach Wildkräutern suchenden Schafe auf den Dünenkämmen und die Seehunde und Kegelrobben, die immer näher ans Ufer kamen, weil sie nach und nach ihre naturgegebene Scheu vor den Menschen verloren. Austernfischer sangen ihre Lieder, Lachmöwen schrien, heute war es beinahe windstill im Listland. Lene ging in Richtung der Stelle, an der sie Marten nach dessen Ankunft zufällig getroffen, Wochen später eine wunderschöne Nacht mit ihm verbracht und schließlich einen Heiratsantrag bekommen hatte. Hier würde sie morgen endlich das tun, worum seine Schwester Mathilde sie gebeten hatte, weil es Martens letzter Wunsch gewesen war: Sie würde den Teil seiner Asche in der Nordsee verstreuen, den Mathilde ihr geschickt hatte, zusammen mit dem Brief, der die Todesnachricht enthielt, den sie sofort zerrissen hatte, und seinen letzten Liebesgruß, den sie in der alten Seemannskiste auf dem Dachboden aufbewahrte. Es war Zeit, Marten gehen zu lassen und Fenja endlich alles darüber zu erzählen, was ihre Liebe zu dem Mann jüdischer Herkunft letztlich für grausame Konsequenzen gehabt hatte. Sie hatte die Tochter lange davor bewahrt, zu erfahren, welche Rolle ihr Vater Friso wirklich bei alldem gespielt hatte, denn sie wollte ihr diesen Schmerz und die Enttäuschung über den geliebten Vater ersparen. Doch jetzt, wo sie alt war, wünschte sie sich auch, dass nichts mehr zwischen ihrer Tochter und ihr stand. Fenja sollte wissen, wie furchtbar es für sie gewesen war, ihr geliebte Tochter ziehen zu lassen und sie damit von ihrer über alles geliebten Schwester Martje zu trennen.

Lene zog die Schuhe aus und patschte barfuß im Wasser umher, das wunderbar kühlte und guttat. Sie dachte daran, wie sie als junges Mädchen oftmals morgens nach Sonnenaufgang mit ihrem Vater Konrad am Flutsaum den Tanz der Strandkrabben beobachtet hatte. Wie Beeke und Hund Joona sie bei der Rückkehr am Haus erwartet und freudig begrüßt hatten. Sie dachte auch an den Moment am Morgen nach der gemeinsamen Nacht, an dem Marten ihr das Fischlein aus Holz geschenkt hatte, von ihm selbst geschnitzt und blau bemalt. Sie hatte sofort gewusst, dass es seine Art gewesen war, sich dafür zu bedanken, dass sie sich ihm noch vor der Eheschließung hingegeben hatte, denn er wusste um das Brautgeschenk, welches die Zwergseeschwalben ihren Weibchen nach Vollzug der Paarung machten: Sie überreichten ihnen zum Dank einen Fisch.

Angesichts all dieser aufwühlenden Erinnerungen wurde ihr ein wenig flau und schwindelig. Dieses plötzliche Unwohlsein war sicher auch der Hitze geschuldet, die nun immer sengender wurde und Mückenschwärme über der Nordsee tanzen ließ, die vor ihr lag wie ein Tuch aus grüngrauem Seidenstoff. Sie schirmte die Augen gegen die Sonne ab und erkannte in der Ferne eine schemenhafte Gestalt, die nach ihr rief.

»Kleine Iwersen, da bist du ja wieder«, hörte sie Bo, den fliegenden Händler rufen, dem sie einst das Tintenfass und den Federkiel abgekauft hatte, mit dem sie später ihre Erlebnisse mit dem seltsamen Klabautermann niedergeschrieben hatte, weil Martje und Fenja diese Bo-Geschichten über alles liebten. »Komm zu mir, hier drin ist es angenehm kühl.«

Bei ihren anderen Begegnungen hatte das eigenartige Männchen stets ein unangenehmer Geruch nach Brackwasser, Algen und toten Fischen umweht. Doch heute duftete Bo anders: nach den Dünenrosen in der Kampener Heide, selbst gebackenen Futjes, süßlichem Strandhafer und … Büchern …

Als die Nordseewellen ihre Knöchel umspielten und der Wind auf ihrem Gesicht sich anfühlte, als streichelte Marten sie, tat es nicht mehr ganz so weh, als sie einen scharfen Stich in der Brust verspürte und langsam auf diejenigen zuging, die am anderen Ufer auf sie warteten, um sie in ihre Arme zu schließen. Lene entfuhr ein letzter Seufzer.

Dann war sie angekommen.

Endlich!

43

LISTLAND, GEGENWART

Anna

»Bist du bereit?« Alle Augen richteten sich auf Fenja, die am Ufer stand und die silberne Dose in der Hand hielt, um das zu tun, wozu ihre Mutter Lene nicht mehr imstande gewesen war, weil sie an einem heißen Sommertag am Meer einem plötzlichen Herzanfall erlegen war.

»Ich denke, ja«, erwiderte die alte Dame, straffte die Schultern und öffnete langsam den Deckel. Heute war es windstill und somit perfekt, um Martens Asche der Nordsee zu übergeben, die auch schon seine große Liebe Lene in die Arme genommen und ihr Herz für immer mit sich davongetragen hatte. »Mögest du in Frieden ruhen und auf ewig glücklich mit meiner Mutter vereint sein«, sagte Fenja und verstreute die graue Asche über der sanft plätschernden See, die gerade auflief und die Priele füllte. Eric und Elisa standen neben ihrer Mutter, ich ein Stück weit dahinter. Ich versuchte, die Emotionalität dieses Augenblicks so wenig wie möglich an mich heranzulassen, denn in diesem Moment endete meine persönliche Reise.

Ich hatte, so gut es ging, dabei geholfen, die Wahrheit ans Licht zu bringen, und alles mir Mögliche getan, um diese Familie auf dem Weg der gegenseitigen Annäherung zu begleiten. Letztlich war alles sehr viel schneller gegangen als gedacht. Doch dies lag allein daran, dass meine Tochter Kathrin zufällig in dem Haus lebte, das einst Martens Familie gehört hatte. Aber eigentlich glaubte ich nicht an Zufälle, sondern eher an Schicksal. Daran, dass alles eine Bedeutung hatte, die sich einem allerdings oftmals erst sehr viel später erschloss.

Wäre Ruth nicht mehr am Leben gewesen, hätten uns viele Informationen gefehlt, um die Zusammenhänge zu entschlüsseln und zu begreifen. Und Fenja wäre auch nicht im Besitz des Romanfragments aus der Feder des verstorbenen Marten Behlau, dem wir soeben die letzte Ehre erwiesen hatten. Nachdem wir alle noch eine Weile auf das Wasser geblickt und den Sonnenuntergang betrachtet hatten, war es an der Zeit, wieder zurück zum Haus zu gehen. Wir wollten gemeinsam essen und besprechen, was wir mit Martens Roman machen konnten, denn Ruth hatte uns einen klaren Auftrag erteilt.

»Das hat mich doch weit mehr mitgenommen, als ich geahnt hätte«, sagte Elisa, als wir im Schein der flackernden Windlichter saßen und auf das Wohl aller Verstorbenen tranken, die uns lieb und teuer waren.

»Mich auch«, stimmte Eric zu, und ich dachte: Mich nimmt gerade am meisten mit, dass ich euch alle und dieses wunderschöne Listland verlassen muss, obgleich ich am liebsten hierbleiben würde. Doch es war sicher besser so, denn Eric war mittlerweile bei Nadine eingezogen, sehr zur Freude des kleinen Matthis, der sein Glück kaum fassen konnte.

Für den Jungen freute es mich, dass seine Familie wieder vollständig war und er mehr Zeit mit seinem Vater verbringen konnte, doch mir versetzten Erics Anblick und seine Nähe sehnsuchtsvolle Stiche im Herzen, die ich leider nicht zu unterdrücken vermochte.

»Bald können all die vergangenen Geschichten ruhen«, sagte

Fenja leise. »Und das ist auch gut so. Die Frage zu Martens Manuskript kann ich leider gerade nicht beantworten, das braucht Zeit.«

»Magst du uns zum Abschluss dieser alten Geschichten noch von Jasper Timm und dir erzählen?«, fragte Elisa, und ich blickte in die Sterne, die heute besonders hell am Himmel funkelten. »Du scheinst ihn sehr geliebt zu haben, mehr als Papa, nicht wahr?«

Fenja nickte, was ich mutig fand, weil es ehrlich war, und ich war gespannt zu hören, was es über diese Liebe zu erzählen gab.

»Wie ihr wisst«, hob sie an, »habe ich als junge Buchhändlerin in Westerland gearbeitet, doch auch wenn sich mein beruflicher Traum erfüllt hat, ließ mir das spurlose Verschwinden meiner Schwester keine Ruhe. Also stellte ich Nachforschungen an und zog damit die Aufmerksamkeit eures Vaters, eines jungen Polizisten, auf mich. Er hatte sich in der ersten Sekunde in mich verliebt, und ich war geschmeichelt von seinen Avancen, angetan von seiner Fröhlichkeit, seinem Intellekt und seinem Faible für Detektivromane, die er geradezu verschlang und immer bei mir in der Buchhandlung kaufte oder bestellte. Zudem wusste ich es zu schätzen, dass er die Suche nach Martje unermüdlich vorantrieb, wenngleich es kaum einen Anhaltspunkt und keine nennenswerte Spur von ihr gab. Doch da war auch Jasper, den ich bei seiner ehrenamtlichen Arbeit für das Friesische Museum in Niebüll kennenlernte, der jedoch verheiratet war und drei kleine Kinder hatte. Wenn wir Zeit zusammen verbrachten, war es, als gäbe es nur noch uns und sonst nichts anderes. Zwischen uns war jene viel beschriebene Magie, die einen kopflos machen kann. Jedoch nicht so kopflos, dass wir beide eine Familie zerstört hätten, um uns zu nehmen, was wir uns so sehnlich wünschten. Ich gab irgendwann dem Werben eures Vaters nach, Jasper und ich sahen einander nur noch selten, denn es schmerzte mich zu sehr, ihm zu begegnen und zu wissen, dass das mit uns nicht sein durfte. Ole zog zu mir nach Listland, und wir führten eine wirklich schöne Ehe, die uns euch Kinder geschenkt hat, und so vergingen die Jahre. Jaspers Frau starb früher als Ole, doch ich hätte diese vermeintliche Chance auf ein spätes Liebesglück niemals genutzt, um Versäumtes nachzuholen. Das geschah erst, nachdem ich eine angemessene Zeit um euren Vater getrauert hatte. Ich bin dankbar, dass das Schicksal Jasper und mir noch kostbare Momente geschenkt hat, denn sie reichten trotz der Kürze für ein ganzes Leben.«

Falsches Timing, genau wie bei mir, dachte ich traurig und blickte in Richtung Eric, der meinen Blick erwiderte und ziemlich geknickt wirkte.

»Jasper war ein guter, großherziger Mann, dem immer viel daran gelegen war, dass es euch gut geht, genau wie seinen eigenen Kindern«, fuhr Fenja fort, nicht ahnend, dass ihre Liebesgeschichte fatal meiner ähnelte. Doch anders als ihr gönnte das Schicksal mir und Eric höchstwahrscheinlich kein spätes Happy End. »Wie ihr bereits wisst, war Jasper derjenige, der sich wünschte, dass ich mich meiner Vergangenheit stelle, in der Hoffnung, etwaige Missverständnisse aufzuklären, die unsere Familie belastet haben. Und da sind wir nun, am Ende eines Tages, an dem wir die Asche eines jungen Mannes verstreut haben, der auf gewisse Weise ein Teil dieser Familie ist. Ich würde gern etwas mit seinem literarischen Nachlass anfangen, aber ich weiß weder, was, noch wie. Anna, hast du irgendeine Idee?«

Ich schrak auf, denn meine Gedanken waren bei Eric gewesen und nicht bei Martens Buch. »Du könntest es dem Sylt-Museum schenken, als ein Zeitdokument«, schlug ich vor, was mir seit dem Gespräch mit Ruth durch den Kopf gegangen war. »Oder du suchst jemanden, der das Fragment zum Anlass nimmt, die Geschichte weiterzuerzählen. Das wäre dann eher ein Fall für eine Veröffentlichung innerhalb deiner Stiftung für nordfriesische Literatur.«

»Meinst du etwas in der Art wie der unvollendete Kurzroman *Wir sehen uns im August* von Gabriel García Márquez, der viele Jahre nach seinem Tod verlegt wurde, obwohl der Autor es nicht wollte?«, fragte Elisa interessiert.

»So in etwa, nur mit dem Unterschied, dass in diesem Fall Marten das wahrscheinlich auch gewollt hätte, sonst hätte er das Manuskript nicht seiner Schwester Mathilde überantwortet. Es gibt in der Verlagswelt etliche Beispiele für postume Nachbearbeitung, die man sich mal genauer anschauen und nach der Lektüre die Idee der Fortsetzung von *Listland* auf Umsetzbarkeit prüfen könnte«, entgegnete ich.

Fenjas Blick suchte meinen, und noch bevor sie den Mund öffnete, ahnte ich, was sie mich fragen würde. »Nein, nein, ich bin keine Belletristikautorin«, versuchte ich, die Bitte der alten Dame abzuwiegeln.

Doch sie ließ nicht locker. »Oder wären Martens Seiten ein guter Aufhänger für meine Geschichte, die du ja ursprünglich schreiben wolltest?« Fenja fixierte mich geradezu. Ich konnte ihren Blick trotz des schummerigen Lichts sowohl sehen als auch beinahe körperlich spüren. »Diese Geschichte ist allerdings noch nicht zu Ende erzählt, obwohl wir jetzt so viel mehr wissen als noch vor einigen Wochen. Doch jedes Buch braucht einen überzeugenden Schluss.«

Mir wurde heiß und kalt, weil ich ahnte, worauf Fenja hinauswollte.

»Wir haben zwar dank deiner Hilfe ein Etappenziel erreicht, doch es ist nur der Auftakt zu einer weiteren Geschichte, nämlich der von Martje.«

»Fragst du Anna gerade allen Ernstes, ob sie sich auf die Suche nach deiner verschollenen Schwester begibt?«, meldete sich nun Eric zu Wort, der bislang überwiegend geschwiegen hatte und in sich gekehrt war.

»Ja, das tue ich«, erwiderte Fenja mit einem beinahe koketten Unterton in der Stimme. »Ich möchte, dass die Geschichte unserer Familie vollständig erzählt wird, denn sie steht sinnbildlich für viele, die sich in Schweigen hüllen und oftmals drohen daran zu ersticken. Wenn man den Toten eine Stimme gibt, dann haben sie viel zu erzählen. Und die Welt ist bereit, ihnen endlich zuzuhören. Ich habe das gesamte Material von Oles Nachforschungen gesammelt und übergebe es dir, Anna, wenn du dir vorstellen kannst, die Suche aufzunehmen, von der mutmaßliche Spuren nach Amrum und Föhr führen. Deine Verlegerin wird sicher begeistert sein, denn am Ende hast du vielleicht sogar Stoff für ein zweites Buch, und es entsteht eine Dilogie, die du in aller Ruhe hier bei uns schreiben kannst. Wenn du magst, richtest du dich häuslich im Gästehaus ein, das zum Schreiben perfekt ist, wie wir von Marten wissen.«

»Nun lass Anna doch erst mal durchatmen und nachdenken, bevor du Vermarktungspläne schmiedest und sie bittest, bei uns einzuziehen. Sie hat ein eigenes Leben und eine eigene Familie«, ermahnte Elisa ihre Mutter, während es in meinem Kopf ratterte: Ich könnte also doch ein Buch über Fenja Lorenzen, den Star meiner Podcast-Reihe *Bemerkenswerte Bücherfrauen*, schreiben und mit Glück sogar ein zweites. Die alte Dame stand vollends hinter allem und würde mich bei meinen Recherchen unterstützen, das war mehr als offensichtlich. Ich könnte weiter im Listland bleiben.

Ab und an Eric sehen.

Kathrin hierher einladen, dem Lärm Hamburgs entfliehen und

hier die Ruhe der Natur genießen, nach der ich mich immer gesehnt hatte.

Eric sah mich an und hob fragend die Augenbraue. Sein Blick verfing sich in meinem, und ich wusste in diesem Moment, was ich tun musste. Ich würde Fenjas Bitte zustimmen.

Egal, was sich daraus für Konsequenzen ergaben.

Denn was wäre das Leben ohne Lebendigkeit und einen gewissen Wagemut?

LISTLAND, 1957
Fenja und Martje

Die beiden Schwestern standen am Ufer und betrachteten die Strandkrebse, die im flachen Priel schwammen, sich aufeinander zubewegten und dann wieder auseinanderstoben.

Fenja und Martje waren einander zufällig am Meer begegnet, wenngleich sie ihre Tage für gewöhnlich getrennt voneinander verbrachten und versuchten, sich aus dem Weg zu gehen.

»Mutter nennt das den Tanz der Strandkrabben«, sagte Fenja und beobachtete die Tiere fasziniert. »Es sieht so aus, als träfen sie einander zufällig, unterhielten sich und wünschten sich dann gegenseitig eine gute Reise. Ist das nicht zauberhaft?«

Martje lachte und sagte: »Das Gegenteil ist der Fall, du Dummerchen. Das sind rivalisierende Männchen, die gegeneinander kämpfen. Du musst noch viel lernen, Kleines, und deine Emotionalität ablegen, sonst überlebst du nicht lange.«

Fenja war zunächst entsetzt über die Worte der Schwester, die sie einst so geliebt und bewundert hatte. Doch dann schaute sie genauer hin und musste Martje recht geben, deshalb nickte sie stumm.

Martje dankte es ihr, indem sie ihr spielerisch in die Seite knuffte und sagte: »Wo wir gerade beim Thema ›Gute Reise‹ sind. Ich gehe bald fort von hier, denn Listland hat mir nichts mehr zu geben. Es könnte sein, dass du mir ein bisschen fehlen wirst, aber darauf kann ich leider keine Rücksicht nehmen. Pass auf dich auf, kleine Schwester.«

NACHWORT
UND DANKSAGUNG

Ich danke meinen Testleserinnen Yvonne Meurer-Jensen von der Buchhandlung Bücher-Känguruh in Itzehoe, Sabine Sopha von den Magazinen *LandGang* und *SYLT*, Martha Rink und Britta Böhner. Ihr habt mir den Rücken gestärkt, Mut gemacht, kluge Anmerkungen beigesteuert und mich angespornt.

Danke meinem Verlag Droemer Knaur, der bereit ist, gemeinsam mit mir einen neuen Weg einzuschlagen. Julia: Du bist die Beste, und ich hoffe, dass wir noch viele weitere Bücher zusammen machen. Danke Birgit Förster für die akribische Redaktion, toll, dass Sie stets so genau nachhaken und bei den Korrekturen immer »meine Sprache« sprechen.

Thomas Diedrichsen aus Listland hat mir erlaubt, diesen Roman an einem besonderen Fleckchen Erde spielen zu lassen, der für mich einer der schönsten Orte in Nordfriesland ist. Ich werde die Recherchezeit in der Ferienwohnung Uthörn nie vergessen, genau wie die süßen Flaschenlämmer. Mit Thomas habe ich auch die Frage der Formulierungen zu »Listland« erörtert, denn da gibt es unzählige Varianten: von »auf« über »in« ist offenbar vieles möglich. Korrekt sollte es wohl »im« heißen. Beim Reihentitel habe ich mir allerdings erlaubt, ein wenig freier damit umzugehen 😊.

Kalli Teske vom Friesischen Museum in Niebüll danke ich für die Idee mit dem Geheimfach im ausgehöhlten Gedichtband und eine grandiose Führung durch dieses wundervolle Kleinod, in dem Geschichte lebendig wird. Zudem hat Herr Teske mir als ehrenamtlicher Mitarbeiter Niebüll betreffende Detailfragen beantwortet. Wer noch nie in diesem Museum war: Jetzt wird's aber Zeit!

Ich danke zudem Sinje Lornsen vom Sylter Archiv und Katrin Hochgesang vom Nordfriisk Instituut in Bredstedt. Auch Letzterem sollten Sie unbedingt einen Besuch abstatten, wenn Sie im Norden unterwegs sind, denn es ist öffentlich zugängig und bietet eine eindrucksvolle Ausstellung, die auch Kinder begeistert.

Anke Kiefl von der Buchhandlung Bücherwurm in Westerland für Einblicke in die Historie des Hauses, in dem ihre zauberhafte Buchhandlung untergebracht ist. Danke dafür, dass ich an diesem Ort die fiktive Buchhandlung *Sölring Boker,* geführt vom ebenfalls fiktiven Buchhändlerpaar, errichten durfte.

Rolf Klaumann von der Badebuchhandlung danke ich für das emotionale »Mitgehen«, ermutigende und erhellende Gespräche sowie die Organisation der Konzertlesung mit dem Organisten Jürgen Borstelmann, die mir sehr am Herzen liegt.
    Dem Vollblutmusiker und Komponisten Jürgen Borstelmann für sein wunderschönes Album. Christoph Hansen und seinem Trio für die Vertonung der Gedichte von Jens Emil Mungard, die mein Schreiben begleitet haben. Erhältlich als CD.

Anett Petersen von der Stadtbücherei in Niebüll für die spontane Begeisterung und einen gemeinsamen Gottesdienstbesuch in der Deezbüller Kirche. Ebenso dem gesamten Team in Vorfreude auf die Lesung in der Bücherei.

Dennis Leu von der Bücherstube Leu in Niebüll für den wertvollen Hinweis auf die »Hitler-Eiche« vor dem Richard-Haizmann-Museum. Solches Detailwissen ist natürlich großartig!

Susanne Ingwersen (sannebluemchen auf Instagram) für ihre wunderschönen Blumendekoideen und Inspiration für die Figur der Gesche Jessen. Besuchen Sie die sympathische Floristin samstags auf dem Niebüller Wochenmarkt, oder halten Sie beim Spaziergang durch Niebüll nach ihrem *Lädchen* (Ein hübscher Schrank) Ausschau.

Meiner wunderbaren Kollegin und »Rechercheexpertin« Sina Beerwald für das Buch »111 Orte auf Sylt, die Geschichte erzählen« – eine schier unerschöpfliche Inspirationsquelle und äußerst hilfreich zum Nachlesen, wenn ich sonst nicht weiterkam. Ich lege allen ans Herz, dieses besondere Buch zu kaufen und sich einmal auf äußerst unterhaltsame Weise mit der historischen Seite der Insel zu beschäftigen.

Sylt ist nicht nur die Insel der Schönen und Reichen, sondern ein historisch bedeutungsvoller Ort. Die Spuren jener dunklen, stummen Zeit finden sich überall, wenn man genau hinsieht, nicht nur in Form zahlloser Stolpersteine.

Die Zeit, die ich in der Vergangenheitsebene beschreibe, ist mitunter nicht leicht zu recherchieren, schon gar nicht »nur« im Internet. Deshalb habe ich vor und während des Schreibens zahllose, oftmals auch antiquarische Bücher gelesen und natürlich mehrere Tage im Archiv in Westerland und im Nordfriisk Instituut in Bredstedt verbracht.

Dennoch habe ich mit Listland einen beinahe märchenhaften Ort erschaffen, in dem das geschehen konnte, was ich erzählen wollte, eine Romanwelt mit eigenen Gesetzmäßigkeiten. Dafür braucht es natürlich eine gewisse künstlerische Freiheit. Sollte jemand Fehler im Text entdecken, tut es mir leid, denn ich habe viel Hingabe, Leidenschaft und Ernsthaftigkeit in dieses Buch gesteckt. Doch dies hier ist ein Roman, kein historisches Sachbuch.

Ich wollte vor allem eine Geschichte erzählen, die zeigt, wie grausam Vorurteile, Hass und Krieg sind. Wie wichtig es ist, Fragen zu stellen und damit das Schweigen zu brechen, das beinahe ebenso viel Leid über die Welt bringt, wie es diejenigen getan haben, die Menschen furchtbare Traumata zugefügt haben. Lasst uns eine bunte, vielfältige Welt gestalten, in der die Liebe zu den Menschen, der Natur und Büchern eine große Rolle spielt. Denn so eine Welt – davon bin ich felsenfest überzeugt – kann es geben. Wenn wir alle zusammenhalten und diesen Weg gemeinsam gehen.

Danke allen Bücherliebenden. Ich wünsche viel Freude beim Lesen.
Gabriella Engelmann

Quellen Jens Emil Mungard:

Das Gedicht *Stranddistel*, das im Roman eine symbolische Rolle spielt, habe ich dem Wikipedia-Eintrag (Rubrik Werke) über den Sylter Dichter entnommen. Meine Quelle für das Zitat aus dem Gedicht *Iir – Einsam* entstammt dem Buch Jens Mungard, *Gedichte – Dechtings,* Hg. von Ingo Laabs, Verlag Nordfriisk Instituut, Bredstedt, ISBN 978-3-88007-380-7

Die Geschichte um

Die Bücherfrauen von Listland

geht weiter …

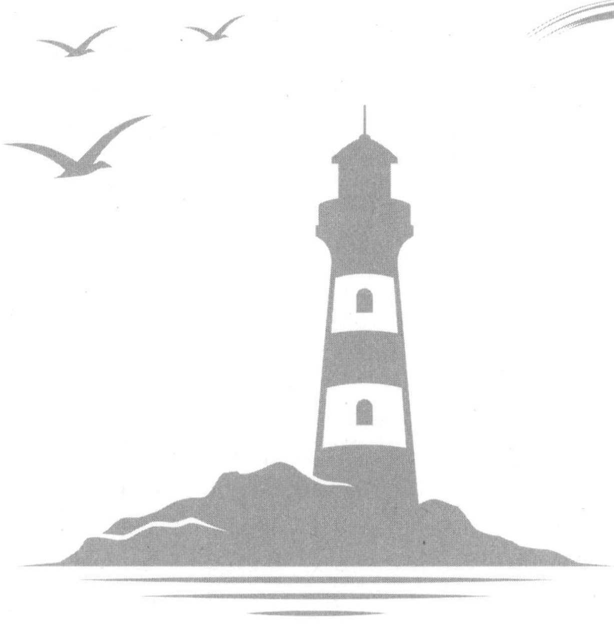

KNAUR

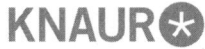

DIE BÜCHERFRAUEN VON LISTLAND

DER DUFT DES STRANDHAFERS

TEIL 2

Im zweiten Teil, *Der Duft des Strandhafers,* steht Fenjas ältere Schwester im Mittelpunkt. Die eigenwillige Martje träumt von einem wilden, freien Leben fernab vom Listland und verliebt sich Hals über Kopf in den gefährlich attraktiven Strandpiraten Hark aus Hörnum. Nach einem Bootsunglück führen Martjes Spuren auf die Nordseeinsel Amrum, bis sie sich gänzlich verlieren.

Anna versucht auf der Gegenwartsebene, die Verschollene aufzuspüren und auch ihren Platz auf dem Anwesen der Familie Lorenzen im Listland zu finden, wo sie sich zum Schreiben ihres Buches einquartiert hat. Denn sie würde am liebsten dauerhaft auf der Insel leben. Zudem gewinnt eine Studentin im Rahmen eines Schreibstipendiums, das von Fenjas Nordfriisk-Stiftung gefördert wird, einen halbjährigen Aufenthalt auf Sylt. Doch diese junge Frau ist nicht nur ein literarisches Naturtalent, sondern scheint ebenfalls ein Geheimnis zu verbergen, dessen Enthüllung Anna gefährlich nahe kommt.

»Ein spannendes und bewegendes Buch,
das mich sehr berührt hat.«
Yvonne Meurer-Jensen, Buchhandlung Bücher-Känguruh
über *Der Gesang der Seeschwalben*